ALGUIEN TE VIGILA

JOY FIELDING

ALGUIEN TE VIGILA

Traducción de Eduardo G. Murillo

Umbriel Editores

Argentina • Chile • Colombia • España
Estados Unidos • México • Perú • Uruguay • Venezuela

Título original: *Someone Is Watching*
Editor original: Penguin Random House / Doubleday Canada
Traducción: Eduardo G. Murillo

1.ª edición Noviembre 2015

Aribau, 142, pral. – 08036 Barcelona
www.umbrieleditores.com

ISBN: 978-84-92915-73-6
E-ISBN: 978-84-9944-894-7
Depósito legal: B-19.542–2015

Fotocomposición: Ediciones Urano, S.A.U.
Impreso por Romanyà Valls, S.A. – Verdaguer, 1 – 08786 Capellades (Barcelona)

Impreso en España – *Printed in Spain*

Para las personas que más quiero en este mundo:
Warren, Shannon, Annie, Renee, Courtney, Hayden y Skylar

1

El día empieza de la manera habitual. Otro día de octubre en Miami, de una belleza monótona, con el típico cielo azul sin nubes y una temperatura máxima prevista que rondará los veintisiete grados. Nada sugiere que hoy presente una variación sustancial con respecto a ayer o anteayer, nada sugiere que hoy o, más en concreto, esta noche, vaya a cambiar mi vida para siempre.

Me despierto a las siete. Me ducho y me visto, una falda negra plisada y una blusa de algodón blanca, un atuendo un poco más formal que el habitual. Me cepillo el pelo, castaño claro, que cuelga en ondas sueltas hasta la mitad de mi espalda. Aplico un toque de colorete a mis mejillas y una pizca de rímel a mis pestañas. Me preparo un poco de café, engullo un *muffin* y llamo a la portería a las ocho y media para que uno de los empleados del aparcamiento suba mi coche del garaje.

Podría ir yo misma a buscar el Porsche plateado, pero a los empleados les pone conducirlo, aunque sean los treinta segundos que tardan en subir por la rampa circular desde mi plaza de aparcamiento, en el nivel menos tres, hasta la entrada delantera. El de esta mañana es Finn, casi apuesto con su uniforme de pantalones caqui y camisa de manga corta verde bosque, sentado al volante.

—¿Mucho trabajo hoy, señorita Carpenter? —pregunta mientras cambiamos de sitio.

—Tan sólo un día más en el paraíso.

—Que lo disfrute —dice, al tiempo que cierra mi puerta y se despide agitando la mano.

Me dirijo hacia Biscayne Boulevard y el bufete de Holden, Cunningham y Kravitz, para el cual llevo trabajando como investigadora casi dos años. El bufete, que emplea a unas trescientas personas, ciento veinticinco de las cuales son abogados, ocupa las tres últimas plantas de una impresionante torre de mármol en el corazón comercial de la ciudad. En circunstancias normales me daría el gusto de tomar otra taza de café, mientras intercambio los cumplidos de rigor con quien estuviera remoloneando en la sala de descanso, pero hoy debo presentarme en el tribunal, de modo que aparco el coche en el garaje subterráneo, guardo bajo llave en la guantera la Glock para la que tengo permiso, y paro un taxi para recorrer el breve trayecto que me separa de la calle West Flagler 73 y el Palacio de Justicia del Condado de Miami-Dade. El aparcamiento en la calle es prácticamente mínimo o inexistente en esta zona, y no puedo permitirme el lujo de desperdiciar un tiempo precioso buscando un hueco. Me han citado como testigo de refutación en un caso de espionaje industrial, y estoy ansiosa por prestar declaración. Al contrario que muchos compañeros de profesión, que prefieren permanecer en el anonimato, a mí me gusta mucho testificar.

Tal vez se deba a que, como investigadora, paso mucho tiempo en relativo aislamiento. Mi trabajo consiste en reunir información que pueda ser útil para la defensa, investigar a esposas infieles y a empleados sospechosos, ocuparme de tareas de vigilancia, tomar fotografías, grabar en vídeo encuentros clandestinos, buscar e interrogar a posibles testigos, localizar a herederos desaparecidos y reunir datos, algunos de los cuales podrían resultar pertinentes y admisibles en el tribunal, y otros tan sólo lúbricos, pero útiles de todos modos. Cuando he recabado toda la información necesaria, me siento y redacto un informe. En ocasiones, como hoy, me citan para prestar declaración. Es esencial un conocimiento superficial de derecho, de manera que los varios años que pasé en la Universidad de Miami estudiando criminología no significaron una pérdida de tiempo total, pese a que interrumpí la carrera antes de licenciarme. Según la página web donde obtuve mi permiso de investigadora, forma parte de la descripción de mi trabajo ser lista, instruida, tenaz, metódica, ingeniosa y discreta. Intento ser todo eso.

Cuando llego al Palacio de Justicia, ya se ha formado una larga cola de gente que está esperando para atravesar los detectores de metales. La ascensión en un ascensor abarrotado hasta el piso veintiuno es lentísima. Parece casi de chiste ahora pensar que, cuando finalizó la construcción de este edificio de veintiocho pisos en 1928, no sólo era el edificio más alto de Florida, sino el más alto al sur de Ohio. Por asombroso que parezca, su fachada de piedra caliza blanca aún consigue destacarse entre los edificios de cristal, en su mayoría casi indistinguibles unos de otros, que lo rodean y empequeñecen. El interior del edificio es otra historia, diferente y menos impresionante; el vestíbulo todavía espera los fondos necesarios para completar su interrumpida renovación, y la mayoría de las salas de los tribunales parecen tan rancias como el olor que a veces las impregna.

—Diga su nombre y ocupación —ordena el secretario del condado cuando subo a prestar declaración y accedo a decir toda la verdad y nada más que la verdad.

—Bailey Carpenter. Investigadora de Holden, Cunningham y Kravitz.

—¿Cómo estás, Bailey? —pregunta Sean Holden cuando tomo asiento. Sean no sólo es mi jefe, sino uno de los padres fundadores y una de las principales estrellas del bufete, a pesar de que sólo tiene cuarenta y dos años. Le veo abrocharse los botones de su chaqueta azul de raya diplomática, mientras pienso que es un hombre impresionante. No es apuesto en el sentido tradicional. Sus facciones son algo toscas, sus ojos color avellana pequeños y demasiado huidizos, su pelo oscuro tal vez demasiado rizado, sus labios una pizca demasiado gruesos. Un poco demasiado de todo, lo cual suele ser más que suficiente para intimidar a la otra parte.

El caso que se dirime en la sala es relativamente simple: nuestro cliente, el propietario de una cadena local de panaderías que gozan de cierto éxito, ha sido demandado por una antigua empleada, que le acusa de despido improcedente. Él la demandó a su vez, alegando que la mujer fue despedida por divulgar secretos industriales a su principal competidor. Ella ya ha testificado que sus encuentros con el competidor en cuestión fueron totalmente inocentes, que su marido y ella le conocen desde la infancia, y que sus encuentros, todos los cuales están detallados en mi informe y entregados ya como pruebas, se produjeron con el único propósito de preparar una fiesta sorpresa para el cuarenta cumpleaños del marido. Declaró de manera voluntaria que es una mujer honrada, que jamás traicionaría voluntariamente la confianza de su jefe. Ése fue su error. Los testigos nunca deben declarar nada de manera voluntaria.

Sean me formula una serie de preguntas relacionadas con el trabajo, al parecer inofensivas, antes de centrarse en la razón de mi presencia aquí.

—Está enterada de que Janice Elder ya ha declarado bajo juramento que es, y cito textualmente, «una mujer honrada incapaz de semejante traición».

—Sí, estoy enterada.

—¿Y está aquí para refutar dicha declaración?

—Tengo pruebas que refutan tanto su afirmación de honradez como la de que es incapaz de traicionar.

El abogado de la otra parte se pone en pie de inmediato.

—Protesto, señoría.

—La propia señora Elder abrió la puerta a esta línea de interrogatorio —interviene Sean, y el juez dictamina enseguida en su favor.

—¿Ha dicho que tiene pruebas que refutan tanto su afirmación de honradez como la de que es incapaz de traicionar? —pregunta Sean, repitiendo mis palabras.

—Sí.

—¿Qué pruebas tiene?

Consulto mis notas, aunque la verdad es que no las necesito. Sean y yo llevamos ensayando mi testimonio desde hace días, y sé exactamente lo que voy a decir.

—La noche del doce de marzo de 2013 —empiezo—, seguí a la señora Elder hasta el hotel Doubleday Hilton de Fort Lauderdale…

Veo por el rabillo del ojo que Janice Elder conferencia apresuradamente con su abogado. Veo pánico en sus ojos.

—Protesto —repite el abogado.

Su protesta es desestimada de nuevo.

—Prosiga, señorita Carpenter.

—La vi acercarse al mostrador de recepción y recibir la tarjeta de una habitación. La doscientos catorce, a nombre de un tal Carl Segretti.

—¿Qué demonios? —exclama un hombre desde el banco que hay justo detrás de la señora Elder. Es Todd Elder, el marido de Janice, y ya se ha puesto en pie, una combinación de conmoción e indignación ha provocado que su piel bronceada se tiña de un rojo intenso, como si alguien le hubiera prendido fuego—. ¿Te has estado viendo a escondidas con Carl?

—Protesto, señoría. Esto no tiene nada que ver con el caso.

—Al contrario, señoría…

—¡Zorra mentirosa!

—Orden en la sala.

—¿Te has estado tirando a mi primo?

—Alguacil, llévese a ese hombre. —El juez golpea la mesa con el mazo—. Se suspende el juicio durante treinta minutos.

—Buen trabajo —comenta Sean mientras paso de largo para salir de la sala. La hostilidad de los ojos de la señora Elder me quema la espalda como ácido.

Consulto en el pasillo mi teléfono mientras espero a saber si me llamarán de nuevo al estrado. Hay un mensaje de Alissa Dunphy, que hace tres años fue nombrada socia en el bufete, en el que me pide investigar la posible reaparición de un tal Roland Peterson, un padre tránsfuga que huyó de Miami hace unos meses para no pagar a su exesposa los varios cientos de miles de dólares que le debe en concepto de pensión alimenticia y manutención del hijo.

—Bien, eso ha sido una sorpresa bastante desagradable —dice una voz detrás de mí, mientras devuelvo el teléfono a mi bolso de lona gigante. La voz pertenece al abogado que representa a Janice Elder. Se llama Owen Weaver y calculo que tendrá treinta y pocos años, lo cual significa que tiene unos cuantos años más que yo. Observo que sus dientes son blancos y rectos, algo que no concuerda del todo con su atractiva sonrisa torcida.

—Sólo estaba haciendo mi trabajo —le digo, una disculpa a medias.

—¿Tienes que hacerlo tan bien? —La sonrisa que le ilumina sus ojos castaño claro me revela que, en realidad, no estamos hablando del caso en absoluto—. Hazme un favor.

—Si puedo.

—Cena conmigo —continúa, confirmando mis sospechas.

—¿Qué?

—Cena conmigo. El restaurante que tú elijas. ¿El sábado por la noche?

—¿Me estás pidiendo una cita?

—¿Te sorprende?

—Bien, teniendo en cuenta las circunstancias…

—¿Te refieres al hecho de que acabas de destrozarme el caso?

—Exacto.

—Aun así, hemos de comer.

—Eso también es verdad. —La puerta de la sala se abre de golpe y Sean Holden se dirige con paso decidido hacia mí.

—Si me disculpas un momento… Mi jefe…

—Por supuesto. —Owen Weaver introduce la mano en el bolsillo interior de su chaqueta azul marino y me entrega su tarjeta—. Llámame. —Sonríe, primero a mí, y después a Sean—. Concédame diez minutos con mi cliente —le dice antes de alejarse.

Mi jefe asiente.

—¿De qué estabais hablando?

Guardo la tarjeta de Owen en el bolso y me encojo de hombros, como para indicar que la conversación carecía de toda importancia. Sean mira hacia la sala, y mis ojos siguen los de él. El marido de la señora Elder está solo y con cara de esfinge junto a la puerta, los puños caídos a los costados, su cuerpo musculoso y tenso, preparado para entrar en acción. Capta mi mirada y dibuja con la boca la palabra «zorra», transfiriendo la furia que siente por su esposa a mí. No es la primera vez que he sido víctima de una rabia inmerecida.

Cuando el juicio se reanuda, media hora después, la señora Elder ha accedido a retirar su demanda si nuestro cliente hace lo mismo. Nuestro cliente rezonga, pero al final cede, y nadie se marcha contento, lo cual, según me han dicho, es una señal inequívoca de un buen compromiso. Al menos, Sean y yo nos sentimos complacidos.

—He de irme corriendo —me dice mientras salimos del Palacio de Justicia—. Nos veremos más tarde. Ah, Bailey —añade, al tiempo que para un taxi y sube—. Felicidades. Lo has hecho muy bien.

Veo el taxi desaparecer en el tráfico antes de parar a otro taxi para volver a Biscayne Boulevard. Pese a nuestra victoria en el tribunal, me siento un poco decepcionada. Supongo que esperaba algo más que una simple palmadita en la espalda. Una comida de celebración habría sido estupendo, pienso mientras localizo el coche en el garaje subterráneo y subo, abro la guantera y devuelvo mi pistola al bolso, donde aterriza sobre la tarjeta de Owen Weaver. Estoy acariciando la idea de aceptar su oferta. Desde que rompí con mi novio, he pasado demasiadas noches de sábado sola.

Veinte minutos después continúo dudando si acepto o no su invitación, cuando doblo la esquina de la calle 129 Noreste, en el Norte de Miami. Aparco mi coche en la tranquila calle residencial, me encamino hacia el edificio amarillo limón situado al final de la hilera de edificios similares, anticuados y de tonos pastel. Aquí es donde vive Sara McAllister. Sara era la novia de Roland Peterson cuando él huyó de la ciudad para no tener que pagar la pensión de sus hijos. Tengo la corazonada de que ella sea tal vez la razón de que él haya vuelto, algo que me propongo averiguar.

Cerca del final de la calle hay un círculo alargado de arbustos, un espacio aislado y recóndito al mismo tiempo, pese a su proximidad a la carretera. Difícilmente hubiera podido encontrar un mejor escondite para vigilar. Doy un vistazo a mi alrededor para asegurarme de que nadie está mirando, saco los prismáticos del bolso y me adentro hasta la mitad de los arbustos, desplazo varios brotes de color coral cuando me agacho entre las flores y me llevo los prismáticos a los ojos. Los apunto al apartamento de la esquina del tercer piso del edificio de cuatro plantas, y manipulo las lentes hasta que se funden en una sola imagen.

Las cortinas de la sala de estar de Sara McAllister están abiertas, pero con las luces encendidas es difícil distinguir gran cosa del interior, salvo una lámpara de pantalla blanca situada al lado de la ventana. Da la impresión de que el apartamento está vacío, lo cual no es sorprendente. Sara es comercial de Nordstrom y suele trabajar hasta las seis. Decido que sacaré poco en limpio rondando por aquí. Es más sensato volver por la noche.

Tengo previstas dos citas esta tarde, además de un montón de papeleo por terminar. También quiero llamar a mi hermano, Heath. Ha pasado una semana desde la última vez que hablamos, y no puedo parar de preocuparme por él. Lanzo una última mirada, en apariencia indiferente, alrededor de la vieja calle, congelada bajo la luz del sol como si estuviera detenida en el tiempo, tan inmóvil como una fotografía.

Empiezo a ponerme de pie cuando veo que algo destella en una ventana de enfrente, un indicio de que alguien se está apartando del marco. ¿Había alguien observándome?

Subo de nuevo los prismáticos hasta mis ojos, pero no veo a nadie. Paranoia profesional, decido, mientras salgo de los arbustos, me sacudo una flor de hibisco de la hombrera de mi blusa blanca, y me limpio la tierra adherida a mis rodillas. Decido que elegiré otro atuendo más apropiado para cuando vuelva esta noche y pueda utilizar la oscuridad a modo de escudo protector. Soy lo bastante ingenua para pensar que me mantendrá a salvo de ojos curiosos como los míos.

2

Esto es lo que recuerdo: el tibio aire de la noche, la oscuridad tan suave e invitadora como un chal de cachemira, una brisa ligera que rozaba como si flirteara con la parte superior de los arbustos entre los que me oculto, su dulce olor, sus flores de color coral replegadas sobre sí mismas, cerradas a la oscuridad. Soy vagamente consciente de su tenue aroma mientras miro a través de los prismáticos la ventana del tercer piso perteneciente a Sara McAllister, me duelen las rodillas de llevar tanto tiempo acuclillada, tengo calambres en los dedos de los pies. Es cerca de la medianoche y hace horas que estoy aquí, y la irritabilidad se está enroscando alrededor de mi conciencia como una boa constrictor hambrienta. Pienso que si no veo algo, lo que sea, pronto, daré por finalizada la noche.

Es entonces cuando lo oigo: el crujido de una rama, quizás, aunque no estoy segura, lo que indica que hay alguien detrás de mí. Me vuelvo a mirar, pero ya es demasiado tarde. Una mano enguantada cubre enseguida mi boca, enmudece mis chillidos. Noto sabor a cuero, viejo, rancio, terroso. Y después, aquellas manos en todas partes, sobre mis hombros, en mi pelo, me arrebatan los prismáticos de los dedos, un puño se estrella contra mi estómago y contra el lado de la cabeza, de modo que veo borroso el mundo que me rodea y el suelo cede bajo mis pies. Aprietan una funda de almohada contra mi rostro. No puedo respirar, y me entra el pánico. Conserva la calma, me digo, en un esfuerzo por recuperar el equilibrio y mantener a raya el creciente terror que siento. Toma nota de todo cuanto está sucediendo.

Pero todo está sucediendo demasiado deprisa. Incluso antes de que me cubran con la funda de almohada, el algodón blanco imponiéndose a la negrura de la noche, sólo veo una forma vaga. Un hombre, desde luego, pero no tengo ni idea de si es joven o viejo, gordo o delgado, negro, moreno o blanco. ¿Estaría esperándome el hombre al que yo estaba esperando? ¿Me vio escondida entre los arbustos y se limitó a esperar el momento adecuado?

Ésta es una buena noticia, me tranquilizo. Si es Roland Peterson sólo querrá asustarme, no matarme. Matarme sólo le traería más problemas, y ya tiene bastantes. Tal vez me dé una paliza, me meterá el temor de Dios en el cuerpo, pero después desaparecerá. Cuanto antes deje de oponer resistencia, antes me dejará en paz.

Sólo que no me deja en paz. Me está arrancando la ropa, sus dedos abren los botones de mi camisa negra y me suben el sujetador por encima de los pechos.

—¡No! —grito cuando me doy cuenta de lo que está sucediendo. Otro puño se estrella contra mi mandíbula, y la boca se me llena de sangre—. ¡Basta! Por favor. No haga eso.

Pero mis súplicas son ahogadas y, aunque el hombre las oiga, no sirven para detener, ni siquiera para aplacar, la ferocidad de su ataque. Un instante después me está bajando los tejanos y las bragas. Pataleo ferozmente en el aire, y creo que mi bota entra en contacto con su pecho, pero no estoy segura. Es posible que sólo se trate de un deseo frustrado.

¿Qué está pasando? ¿Dónde está todo el mundo? Ya sé la respuesta. No hay nadie. La mayoría de los vecinos de este barrio tienen más de sesenta años. Nadie sale después de las diez de la noche, y ya no digamos al filo de la medianoche. Hasta el más devoto paseador de perros ha acostado a la pequeña *Fifi* hace horas.

Siento todo el peso del brazo del hombre sobre mi cuello y hombros, me tiene clavada al suelo como una mariposa en una pared, mientras la otra mano forcejea con sus pantalones. Oigo el nauseabundo sonido de una cremallera al bajarse, y después más forcejeos, está desenvolviendo algo.

Se está poniendo un condón, comprendo, y estoy pensando en aprovechar esta distracción cuando un repentino puñetazo en el estómago me deja casi sin aliento y me impide intentar escapar. El hombre me separa las piernas a toda prisa y me penetra. Siento el frío repentino del condón lubricado cuando se abre paso dentro de mí, y sus manos me agarran las nalgas. Ruego a mi cuerpo que se quede entumecido, pero aun así noto las violentas embestidas. Después de lo que se me antoja una eternidad, todo termina. Me muerde el seno derecho cuando llega al orgasmo, y yo lanzo un grito. Segundos después, sus labios se acercan a mi oído, su aliento se abre paso entre las fibras de la delgada funda de almohada. Huele a colutorio, mentolado y fresco.

—Dime que me quieres —gruñe. Su mano enguantada aferra mi garganta—. Dime que me quieres.

Abro la boca, oigo la palabra «hijoputa» salir de mis labios. Es entonces cuando aumenta su presa. Las aletas de mi nariz se dilatan contra el algodón rígido de la funda de almohada, y jadeo horrorizada, respiro a grandes bocanadas, trago sangre. *Voy a morir aquí*, pienso, sin saber muy bien cuánto rato podré permanecer consciente. Imagino a mi madre y a mi padre, y por primera vez me alegro de que no estén vivos para tener que aguantar esto. El pulgar del hombre aprieta mi tráquea. Diminutos vasos sanguíneos estallan como fuegos artificiales detrás de mis ojos. Y entonces, por fin, misericordiosamente, la oscuridad exterior se desliza bajo mis párpados y ya no veo nada.

Cuando recobro el conocimiento, el hombre ha desaparecido.

La funda de almohada que rodeaba mi cabeza se ha desvanecido, y el aire de la noche está lamiendo mi cara, como un gato. Me quedo quieta un rato, incapaz de moverme, intentando reunir los pensamientos dispersos entre las flores de hibisco rotas que enmarcan mi cara, el sabor de la sangre en mi boca, un latido doloroso entre las piernas, los pechos doloridos y amoratados. Estoy desnuda de cintura para abajo, e incluso con los ojos casi cerrados por la hinchazón, distingo los riachuelos de sangre que surcan mis muslos. Poco a poco, me pongo el sujetador, recojo la blusa y busco los vaqueros entre los arbustos rotos. Mis bragas han desaparecido, así como mi bolso de lona, y junto con él mi pistola y el permiso de armas, el billetero, el móvil, la cámara, mis tarjetas de identificación (tanto personales como profesionales), y las llaves de mi coche y de mi apartamento, aunque consigo localizar los prismáticos.

—Socorro —oigo que grita alguien, sin apenas reconocer la voz que sé que es mía—. Que alguien me ayude, por favor.

Consigo ponerme los tejanos, intento levantarme, pero mis piernas poseen la fuerza de fideos mojados y se derrumban bajo mi cuerpo, de manera que gateo hasta la calle donde recuerdo haber aparcado el coche.

Como por milagro, el Porsche sigue en su sitio. Demasiado ostentoso para robarlo, probablemente. No es el coche más adecuado para alguien de mi profesión, pero había pertenecido a mi madre y no estoy dispuesta a desprenderme de él. Me aferro a la manilla de la puerta como si fuera un salvavidas, con la intención de incorporarme. El sofisticado sistema de alarma del coche se dispara al instante en una cacofonía de bocinas, timbres y silbidos. Me derrumbo sobre la carretera, la espalda apoyada contra la puerta, los pies extendidos ante mí. Miro hacia el apartamento que había estado vigilando y veo que un hombre aparece en la ventana. Guiada por un instinto, levanto los prismáticos. Pero son demasiado pesados, y yo estoy demasiado débil. Caen a mi lado sobre el hormigón.

Lo siguiente que recuerdo es despertar en la parte trasera de una ambulancia.

—Se pondrá bien —oigo que dice el paramédico.

—Se pondrá bien —repite otra voz.

Se equivocan.

Eso fue hace dos semanas. Ahora estoy en casa. Pero no me he puesto bien. No duermo, al menos sin el concurso de una potente medicación, y no como. Cuando lo intento, vomito. He perdido cuatro kilos, como mínimo, que no me podía permitir, porque, para empezar, pesaba cuatro kilos de menos. Y no lo he hecho a propósito. No soy de esas mujeres que creen en las dietas o vigilan lo que comen, y detesto el ejercicio. A mis veintinueve años, soy delgada por naturaleza. «Flacucha», me llamaban en el instituto. Fui la última chica de la clase en utilizar sujetador, aunque cuando mis pechos crecieron al fin, lo hicieron de una forma sorprendente, incluso sospechosa, hasta adquirir dimensiones grandes y abundantes. «Implantes, sin la menor duda», oí que decía una mujer de un grupo de abogadas en Holden, Cunningham y Kravitz, cuando pasé junto a ellas por el pasillo el mes anterior. Creo que fue el mes pasado, al menos. No estoy segura. Estoy perdiendo la noción del tiempo. Otra entrada para mi columna de «cosas perdidas». Justo debajo de «confianza en mí misma». Justo encima de «cordura».

También ya no me veo como era. Antes, era bonita. Ojos grandes verdeazulados, pómulos pronunciados, las palas delanteras algo salidas, lo cual provoca que mis labios parezcan más gruesos de lo que son en realidad, pelo castaño largo y espeso. Ahora tengo los ojos empañados debido a las lágrimas que nunca cesan, y rodeados de morados; tengo las mejillas arañadas y huecas, los labios agrietados e incluso rotos debido a que me los muerdo, una costumbre que tenía de pequeña y que ahora ha vuelto. Mi pelo, en otro tiempo un motivo de gran orgullo y alegría, cuelga sin vida alrededor de mi cara, reseco por culpa de lavarlo demasiado, al igual que la piel, casi en carne viva por efecto de las numerosas duchas que me doy. Pero incluso con tres y hasta cuatro duchas al día, no me siento limpia. Es como si me hubiera revolcado en barro durante semanas y la suciedad se hubiera filtrado por todos mis poros, hasta tales profundidades que ha invadido mi torrente sanguíneo. Estoy contaminada. Envenenada. Un peligro para todos los que me miran. No es de extrañar que apenas me reconozca cuando me miro en el espejo. Me he convertido en una de esas mujeres de aspecto lamentable que ves en las esquinas de las calles, los hombros hundidos, las manos temblorosas extendidas y suplicando una limosna, la clase de mujer por la que cruzas la calle con tal de evitarla. La clase de mujer a la que culpas en secreto de su infortunio.

Esta mujer se ha convertido en mi compañera de piso y mi acompañante constante. Me sigue de habitación en habitación, como el fantasma de Marley, arrastrando los pies sobre los suelos de mármol beis de mi espacioso apartamento de dos habitaciones. Juntas vivimos en el piso veintitrés de un edificio de vidrio ultramoderno en el distrito Brickell de Miami, una zona a la que suele denominarse «el Wall Street del Sur». Además de ser el centro financiero de Miami, el barrio está plagado de lujosos centros comerciales y hoteles de postín, por no hablar de las más de diez mil comunidades de propietarios en urbanizaciones de lujo con vistas espectaculares tanto de la ciudad como del mar. Los ventanales de mi sala de estar dan al hermoso río Miami, mientras idénticos ventanales de mi dormitorio dominan la parte posterior de otros rascacielos de vidrio. Por desgracia, muchos apartamentos están vacíos, pues el negocio inmobiliario de Florida quedó muy tocado por la reciente crisis económica. Pese a eso, otro edificio alto está creciendo justo al otro lado de la calle. Grúas por todas partes. El nuevo pájaro nacional, oigo a mi madre reír. Ya tenemos bastantes edificios de vidrio altos, pienso. De todos modos, ¿quién soy yo para protestar? Gente en casas de cristal, al fin y al cabo...

Me mudé el año pasado. Mi padre me compró el apartamento, si bien insistió en que sería feliz si viviera siempre en su casa. Pero admitió que tal vez había llegado ya el momento de que me independizara. Habían transcurrido dos años desde la muerte de mi madre. Yo trabajaba. Tenía novio. Tenía toda una vida por delante.

Eso era entonces, por supuesto.

Ahora es ahora.

Ahora no tengo nada. Mi trabajo está atascado; mi novio se fue; mi padre murió de un repentino ataque al corazón hace cuatro meses, y me dejó huérfana. Al menos, creo que han pasado cuatro meses desde que murió mi padre. Como ya he dicho, he perdido la noción del tiempo. Eso puede suceder cuando te quedas en el apartamento todo el día, cuando pegas un bote cada vez que suena el teléfono, y abandonas la cama sólo para ducharte o ir al lavabo, cuando tus únicos visitantes son la policía y el hermano que no me está demandando por la herencia de mi padre.

Gracias a Dios por mi hermano, Heath, aunque no sirva de mucha ayuda. Se derrumbó en el hospital cuando me vio después de la agresión, perdió el conocimiento y estuvo a punto de golpearse la cabeza contra un lado de la camilla. Fue casi divertido. Los médicos y enfermeras corrieron a su lado, y se olvidaron de mí un rato. «Es muy guapo», oí que susurraba una enfermera. No la culpo por distraerse unos momentos a causa de la apostura de Heath. Mi hermano, apenas once meses mayor que yo, es el más guapo de los hijos de mi padre. Su pelo oscuro siempre está cayendo sobre unos ojos de un tono verde anormal, y las pestañas que los enmarcan son obscenamente largas y femeninas. Las mujeres siempre se enamoran de él. Los hombres también. Y a Heath siempre le ha costado decir no. A nadie. A nada.

En el hospital, me examinaron de pies a cabeza, y después anunciaron que podía considerarme afortunada. Una extraña selección de palabras, y es probable que se reflejara en mi cara, porque se apresuraron a matizarlas: al decir «suerte», se referían a que mi atacante había utilizado condón, de manera que no dejó semen en mi interior. Como resultado, no tenía que tomar esa espantosa medicación antisida ni la píldora del día siguiente, con el fin de evitar embarazos indeseados. Me ahorró eso. Un violador muy considerado. La mala noticia era que no había dejado el menor rastro de él. No hay ADN que analizar mediante los sofisticados ordenadores del CSI. A menos que pueda proporcionar a la policía algo más para proseguir la investigación, a menos que pueda recordar algo, cualquier cosa...

—Piense —recuerdo que me animó el agente de policía uniformado la noche de la agresión—. ¿Puede recordar algo del hombre, cualquier cosa?

Negué con la cabeza, sentí que mi cerebro se agitaba. Me dolió, pero intentar hablar era más doloroso todavía.

—¿Podemos repasar todo una vez más, señorita Carpenter? —preguntó otra voz, esta vez femenina—. A veces, cuanto más repasamos algo, más podemos recordar. Algo que tal vez ni siquiera hayamos considerado importante...

Claro, recuerdo haber pensado. Importante. Lo que sea.

—Su nombre es Bailey Carpenter, y vive en el mil doscientos veintiocho de la Primera Avenida Noreste. ¿Correcto?

—Sí, es correcto.

—Eso está en el centro. La encontraron en el Norte de Miami.

—Sí. Como ya le dije, estaba vigilando un apartamento de la zona. Soy investigadora y trabajo para Holden, Cunningham y Kravitz.

—¿Es un bufete de abogados?

—Sí. Estaba buscando a un hombre llamado Roland Peterson, quien se marchó de la ciudad hace un año. Representamos a su exesposa, y nos habíamos enterado de que el señor Peterson había regresado a la ciudad en fechas recientes, posiblemente para ver a su antigua novia.

—¿Estaba vigilando el apartamento de la novia?

—Sí.

—¿Cree que Roland Peterson es el hombre que la atacó?

—No lo sé. ¿Van a detenerle?

—Le investigaremos, desde luego.

Yo sospechaba que Roland Peterson, tanto si era el hombre que me había violado o sólo un padre tránsfuga, estaría a punto de escapar de Florida a aquellas alturas.

—¿Puede describir al hombre que la atacó?

Sacudí la cabeza de nuevo, y sentí que mi cerebro se desplazaba hacia el oído izquierdo.

—Concédase unos minutos —me instó la mujer policía. Observé que iba vestida de paisano, lo cual debía significar que era detective. Detective Marx, creo que la había llamado el otro agente—. Ya sé que no es fácil, pero intente ubicarse de nuevo en aquellos arbustos.

¿De veras es tan ingenua la detective Marx?, pienso ahora. *¿No se da cuenta de que estaré entre esos arbustos el resto de mi vida?*

Recuerdo haber pensado que era demasiado menuda, demasiado insustancial para ser agente de policía, sus ojos gris claro eran demasiado suaves, demasiado solícitos.

—Es que todo sucedió muy deprisa. Ya sé que es un tópico. Sé que habría debido estar más alerta, más atenta a mi entorno…

—No fue culpa suya —la interrumpió la mujer.

—Pero he practicado judo y taekwondo —argumenté—. No es que no sepa defenderme.

—Pueden pillar desprevenido a cualquiera. ¿No oyó nada?

—No lo sé —respondí, mientras intentaba recordar y no recordar al mismo tiempo—. Noté algo. Un leve cambio en el aire. No, espere. Oí algo, tal vez un paso, tal vez una ramita al romperse. Empecé a darme la vuelta, y entonces… —Un pañuelo de papel apareció de repente en la mano extendida del agente. Lo cogí y lo rompí en pedazos antes de que llegara a mis ojos—. Empezó a pegarme. Me daba puñetazos en el estómago y la cara. No podía orientarme. Me encasquetó una funda de almohada en la cabeza. No podía ver. No podía respirar. Estaba muy asustada.

—Antes de que la golpeara, ¿pudo distinguir algo? ¿Una forma? ¿El tamaño?

Intenté imaginar al hombre. En serio. Pero sólo vi la oscuridad de la noche, seguida de la asfixiante blancura de la funda de almohada.

—¿Logró ver cómo iba vestido?

Negué de nuevo con la cabeza.

—Debía ir vestido de negro. Con vaqueros. Llevaba vaqueros.

Oí la cremallera del hombre y me entraron ganas de chillar para enmudecer aquel sonido.

—Bien. Eso ha estado muy bien, Bailey. Vio cosas. Puede recordar.

Me sentí estúpidamente orgullosa de mí misma y me di cuenta de que estaba ansiosa por complacer a aquella mujer de ojos tan dulces y grises.

—¿Sabe si el hombre era negro, blanco o hispano?

—Blanco —dije—. Tal vez hispano. Creo que tenía el pelo castaño.

—¿Qué más?

—Tenía manos grandes. Llevaba guantes de cuero.

Percibí de nuevo el sabor del cuero rancio y reprimí las ansias de vomitar.

—¿Puede calcular su altura?

—Creo que era normal.

—¿Podría decirnos si era obeso, enclenque, musculoso…?

—Normal —repetí. ¿Podía aportar menos información? He recibido formación destinada a captar los detalles más nimios. Pero toda mi formación se esfumó con el primer puñetazo—. Era muy fuerte.

—Luchó con él.

—Sí, pero no paraba de pegarme, así que no conseguí establecer un contacto real en ningún momento. Nunca conseguí verle la cara. Todo era como una gran mancha.

—¿Se fijó en sus zapatos?

—No. ¡Sí! —me corregí, y mi mente recreó el icónico logo de Nike en la lona de las zapatillas deportivas del hombre—. Llevaba zapatillas deportivas negras Nike.

—¿Puede decirnos, más o menos, qué numero calzaba?

—No, maldita sea. Soy una inútil. Una inútil total. No sé nada.

—Sí que sabe —dijo el agente—. Ha recordado las zapatillas deportivas.

—La mitad de la población de Miami utiliza zapatillas deportivas como ésas.

—¿Dijo algo?

—No.

—¿Está segura?

—No dijo nada.

Fue entonces cuando sentí los labios del hombre moverse cerca de mi oído, su voz abriéndose paso a través de la funda de almohada con la misma fuerza enfermiza que utilizaba para penetrarme. *Dime que me quieres.*

Todo mi cuerpo se puso a temblar. ¿Cómo podría olvidar aquello? ¿Cómo era posible que mi mente hubiera bloqueado algo tan obvio y terriblemente importante?

—¿Le dijo que le dijera que le quería? —repitió la detective Marx, incapaz de disimular su sorpresa y su asco.

—Sí. Lo repitió dos veces.

—¿Lo hizo usted?

—¿Si hice qué?

—Decirle que le quería.

—No. Le llamé hijoputa.

—Bien por usted —dijo, y experimenté una nueva oleada de orgullo—. Muy bien, Bailey. Esto es muy importante. ¿Puede decirme cómo sonaba? —Ya se estaba explicando antes de que yo pudiera pensar en una respuesta—. ¿Era norteamericano? ¿Tenía acento? ¿Su voz era grave o aguda? ¿Ceceaba? ¿Parecía joven o viejo?

—Joven. Viejo no, al menos. Pero no era un adolescente —maticé, mientras intentaba recordar cómo era la voz de los adolescentes—. Hablaba entre susurros. En realidad, era más bien un gruñido. No capté ni un acento ni un ceceo.

—Bien. Estupendo. Lo está haciendo muy bien, Bailey. ¿Cree que le reconocería si volviera a oír su voz?

Oh, Dios, pensé, mareada de pánico. No permitas que vuelva a oír esa voz, por favor.

—No lo sé. Quizá. Como ya le he dicho, hablaba entre susurros. —Otra oleada de pánico. Otro ataque de llanto. Otro pañuelo de papel—. Quiero volver a casa, por favor.

—Sólo unas preguntas más.

—No. No más preguntas. Se lo he contado todo.

Lo que le había contado era que el hombre que me había violado era, con toda probabilidad, un varón blanco de estatura y peso medios, de una edad comprendida entre los veinte y los cuarenta años, de pelo castaño y querencia por las zapatillas deportivas negras Nike. En otras palabras, no le había dicho nada.

—De acuerdo —accedió, aunque percibí reticencia en su voz—. ¿Le parece bien que nos pasemos por su apartamento mañana?

—¿Para qué?

—Por si recuerda algo. A veces, una buena noche de sueño…

—¿Cree que dormiré?

—Creo que los médicos le recetarán algo para ayudarla.

—¿Cree que algo me servirá de ayuda?

—Sé que ahora no tiene esa impresión —dijo, y apoyó una mano cariñosa sobre mi brazo. Me obligué a no encogerme ante el contacto—. Pero a la larga lo superará. Su mundo volverá a la normalidad.

Su seguridad me maravilló, así como su ingenuidad. ¿Cuándo ha sido normal mi mundo?

Una breve historia familiar. Mi padre, Eugene Carpenter, se casó tres veces y engendró siete hijos: un chico y una chica con su primera mujer, tres chicos con la segunda, y a Heath y a mí con la tercera. Empresario e inversor de éxito, que amasó su inmensa fortuna en la bolsa, comprando a la baja y vendiendo a precios altos por lo general, mi padre había llamado la atención de investigadores estatales en más de una ocasión debido a su sospechosa buena suerte. Pero a pesar de sus ímprobos esfuerzos, nunca pudieron demostrar nada ni remotamente cercano a falta de ética profesional o malversación, motivo de inmenso orgullo para mi padre y de profunda frustración para su hijo mayor, el ayudante del fiscal del Estado que había ordenado la investigación. Con posterioridad, mi padre cortó todo contacto con él, y después le borró de su testamento. De ahí la demanda relacionada con su herencia, de la cual

Heath y yo somos los principales beneficiarios. El resto de nuestros hermanastros se han sumado a la demanda para reclamar lo que, insisten, es legalmente de ellos.

No puedo decir que les culpe. Mi padre fue, a lo sumo, un marido abominable para sus madres y un padre indiferente para todos. Su sentido del humor cruel y retorcido quedó de manifiesto con los nombres de donnadies (Tom, Dick y Harry) que les puso a los tres hijos que tuvo con su segunda esposa, y si bien siempre insistió en que no había sido intencionado, al menos hasta que llegó Harry, había algo indiscutible: enfrentaba a los hermanos entre sí de manera constante, con el resultado de que, de no ser por la demanda, dudo que hoy en día se dirigieran la palabra.

Por sorprendente que parezca, éste no fue el padre que Heath o yo conocimos. Nuestra infancia fue idílica; nuestro padre, el más cariñoso y atento que cualquier niño pudiera desear. Le concedo el mérito a mi madre. Dieciocho años más joven que mi padre, éste proclamaba con frecuencia que era la primera mujer a la que había amado de verdad, la mujer que le había enseñado a ser un hombre. Y creo que, debido a que la quería, nos quiso a nosotros también. El padre que recuerdo era generoso y tierno, bondadoso y muy protector. Cuando mi madre murió hace tres años de cáncer de ovarios, a la edad trágicamente joven de cincuenta y cinco años, mi padre se volvió loco de dolor. Aun así, nunca nos abandonó, nunca buscó una escapatoria en el hombre que había sido, jamás fue el hombre que recuerdan mis hermanastros.

Siempre conté con su apoyo.

Y después, de repente, desapareció.

El hombre al que yo consideraba invencible murió de un infarto masivo a la edad de setenta y seis años.

Eso fue hace cuatro meses.

Desde que murió, he roto con mi novio, Travis, y me he embarcado en lo que casi todo el mundo considera una relación poco aconsejable con un hombre casado. No es que una cosa esté relacionada con la otra. Hacía cierto tiempo que mi relación con Travis había empezado a deteriorarse. Me sentía fatal por la pérdida de mi padre, experimentaba un recrudecimiento de los ataques de angustia cotidianos que me habían atormentado desde la muerte de mi madre, momentos en que ni siquiera podía mover las piernas, en que no podía inhalar aire suficiente para respirar. Intenté ocultar estos ataques a todo el mundo, y me las apañé bastante bien, pero había un hombre al que no era fácil engañar. «¿Vas a decirme qué está pasando?», preguntó. «¿Qué está pasando en realidad?» Y lo hice, a regañadientes de entrada, y después de manera compulsiva, como si una vez sacado ese tapón en concreto fuera imposible volver a meterlo. Se convirtió enseguida en mi aliado más íntimo, mi confidente, y al final, tal vez inevitablemente, en mi amante.

Supe desde el primer momento que jamás abandonaría a su esposa. Era la madre de sus hijos, y no podía imaginarse siendo un padre a tiempo parcial, por desdichado que fuera su matrimonio. Dijo que, si bien su mujer y él discutían muy pocas veces, se debía sobre todo a que vivían vidas separadas, y aunque se les veía en público con frecuencia, se retiraban a extremos opuestos de su casa cuando estaban solos. Habían transcurrido años desde la última vez que hicieron el amor.

¿Me lo creo? ¿Soy en realidad tan crédula? No lo sé. Sólo sé que cuando estoy con él, y cuando estamos juntos, estoy donde quiero estar y soy quien quiero ser. Es así de sencillo, por complicado, complejo y espantoso que parezca.

Cuando pienso ahora en las veces que hacíamos el amor, la forma delicada conque sus dedos exploraban mi cuerpo, el dulce tacto de su lengua, la sabiduría con la que me conducía hasta el orgasmo, me parece imposible que un acto tan lleno de ternura y amor pueda, en otras circunstancias, desbordar de odio y rabia, que lo que produce tanto placer pueda infligir tanto dolor. Me pregunto si alguna vez volveré a experimentar el goce de la caricia de un hombre, o si cada vez que un hombre penetre en mi cuerpo sentiré a un violador mancillando mi carne, si cada vez que los labios de un hombre se acerquen a mis pechos me retorceré de asco y horror. Me pregunto si alguna vez lograré de nuevo disfrutar del sexo, o si el problema consiste en que me han arrebatado algo más.

Cuando abandoné el hospital y me trajeron a casa después de todas las pruebas y las horas de interrogatorio policial, mi hermano estaba tan traumatizado que se fumó seguidos cuatro canutos, como mínimo, antes de poder calmarse. «Deberíamos llamar a Travis», murmuraba sin descanso, y después se quedó dormido como un tronco. Aunque Travis y yo ya no somos pareja, ellos dos siguen siendo amigos. Ya lo eran antes de que Travis y yo empezáramos a salir. De hecho, fue Heath quien nos presentó, y todavía no entiende por qué rompimos; no se lo he contado. Ya está bastante disgustado.

Y ahora estoy de pie junto a la ventana del apartamento que nunca abandono, mientras contemplo como ausente la parte posterior de media docena de torres de cristal idénticas, los ojos huecos de mi reflejo me miran, los dedos engarfiados alrededor de los omnipresentes prismáticos que se han convertido en una extensión virtual de mis manos. Un lado está abollado, debido a la caída posterior a la agresión, y mis dedos buscan la marca automáticamente, como buscarían una costra. Me llevo los prismáticos a los ojos y oigo la voz de mi madre: *Dime lo que ves*. Enfoco la obra cercana, veo a un obrero que discute con otro, golpea irritado el pecho de éste con la punta de los dedos, mientras otro obrero interviene.

Cambio de objetivo poco a poco, los dos círculos de los prismáticos se funden y separan sin cesar mientras me desplazo fugazmente de un piso a otro, sin dejar de ajustar las lentes. Por fin, me paro en el edificio que hay justo detrás del mío, me desplazo de una ventana a la siguiente, invado las vidas de los desprevenidos e ignorantes, observo sus rutinas triviales, violo su privacidad, los acerco al tiempo que los mantengo a una prudente distancia.

El teléfono que hay al lado de la cama suena y pego un bote, aunque no hago el menor esfuerzo por contestar. No quiero hablar con nadie. Estoy cansada de tranquilizar a la gente diciendo que estoy bien, que cada día todo va mejor.

No es así, y así continuará.

Aprieto los prismáticos contra mi cara, veo el universo desplegarse desde la lejanía. Es lo más cerca del mundo exterior que deseo estar.

3

La gente siempre te dice que es absurdo amargarte por cosas que no puedes controlar. Casi siempre me sentía de acuerdo. Pero eso era antes de que a mi madre le diagnosticaran el cáncer, antes de que contemplara impotente cómo la enfermedad le iba robando la energía, la sonrisa y, al final, su vida. Antes de que mi padre sucumbiera a un infarto masivo y muriera, justo semanas después de que sus médicos declararan que se encontraba en perfecto estado de salud. Antes de que un hombre me sorprendiera acuclillada en mitad de un macizo de arbustos aromáticos y me despojara de mi ropa, mi dignidad y la paz interior que todavía poseía. Ahora sé que el control es, a lo sumo, una ilusión inofensiva, un engaño inofensivo en el peor de los casos.

Nunca he tenido muchos amigos íntimos. No estoy segura de por qué exactamente. Por norma, soy muy sociable. Me llevo bien con casi todo el mundo. Soy buena conversadora, quizá demasiado. Pero no me vuelco en charlas profundas. Jamás he experimentado la necesidad de ponerme a hablar de mis sentimientos. Nunca he querido compartir los detalles de relaciones que considero privadas. Jocelyn, mi amiga del instituto, a la que hace años que no veo, me decía que era más como un chico que como una chica en ese sentido, que prefería hablar de generalidades antes que de cosas personales, y que si bien era muy buena oyente, nunca hablaba de mis problemas, nunca permitía que la gente se acercara demasiado. Decía que yo tenía problemas de confianza, tal vez porque mi familia era muy rica. Además de distante. No estoy segura de que estuviera en lo cierto. O sea, tal vez intimar con la gente no sea mi punto fuerte. Tal vez siempre me he sentido más cómoda como observadora que como participante. Pero yo soy así. Tal vez por eso soy tan buena en mi trabajo.

En cualquier caso, hace mucho tiempo que Jocelyn desapareció de mi vida. Después de graduarse en el instituto se fue un año a viajar por Europa, y después se matriculó en la Universidad de Berkeley, en California. Yo me quedé en el sur de Florida. Perdimos el contacto, aunque intentó hacerse amiga mía en Facebook hace unos años. Tenía la intención de contestar, pero era justo la época en que mi madre se estaba muriendo y nunca llegué a hacerlo.

Aunque parezca un tópico, mi madre siempre fue mi mejor amiga. Aun no puedo creer que haya muerto. La echo de menos cada día. Pero por más que mi cuerpo se muera de ganas de sentir sus brazos a mi alrededor, de recibir su beso en la frente, con la seguridad de que ese beso conseguirá que todo vaya a mejor, me siento muy agradecida de que no pueda verme ahora. Ni siquiera sus besos podrían arreglar esto.

Soy amiga de Alissa Dunphy, la asociada del bufete para la que estaba trabajando la noche que me atacaron, y de Sally Ogilby, ayudante de Phil Cunningham, el principal abogado de familia del bufete, pero muy pocas veces las veo fuera del trabajo. Alissa está encadenada a su escritorio, decidida a ascender en el bufete antes de cumplir los treinta y cinco, y Sally está casada, es madre de un niño de tres años y espera su segundo hijo, una niña, que nacerá dentro de un par de meses. Eso no le deja mucho tiempo para otros intereses. Tiene una vida muy ocupada. Tenemos vidas muy ocupadas.

Corrección: Teníamos.

Yo tenía una vida muy ocupada. Mi vida era muchas cosas.

Alissa ha llamado cada día desde el ataque, me ha manifestado en repetidas ocasiones cuánto lo lamenta, lo responsable que se siente, pregunta si puede hacer algo para ayudarme a superar este momento difícil. Yo le digo que no puede hacer nada, y casi puedo oír su suspiro de alivio.

—Si necesitas algo, dímelo… —insiste antes de colgar el teléfono.

Necesito recuperar mi vida. Necesito que todo vuelva a ser como antes. Necesito averiguar quién me hizo esto.

La policía cree que fue un acto aleatorio, un delito perpetrado aprovechando la oportunidad, un caso de momento equivocado, lugar equivocado. Aun así, preguntan: ¿es posible que alguien a quien haya investigado, alguien a quien haya arruinado su matrimonio con las fotografías que le tomé, alguien cuyo negocio se haya ido a pique debido a la información que desenterré me odie tanto como para hacer lo que hizo?

Pienso en la declaración que presté ante el tribunal la mañana de mi agresión, el veneno que escupieron los ojos de Todd Elder cuando estaba apoyado contra la pared junto a la puerta de la sala, la palabra «zorra» dibujada en silencio en sus labios. Encaja con la descripción general de un violador. Al igual que Owen Weaver, caigo en la cuenta, al recordar nuestro breve flirteo y su sonrisa que deja al descubierto su dentadura perfecta. Me estremezco cuando siento esos dientes clavados en mi pecho. ¿Es posible?

«¿Recuerdas algo de ese hombre?», me pregunto a diario, repitiendo la pregunta de la agente de policía.

Indago en mi mente, la escudriño en busca del más ínfimo fragmento, con la intención de ser tan constante, metódica e ingeniosa como lo era desde el punto de vista profesional. Pero no encuentro nada. No veo nada.

—Podría haber sido peor —recuerdo que dijo una enfermera—. Podría haberla sodomizado. Podría haberla obligado a hacerle una felación.

—Ojalá —me oigo decirle—. Le habría arrancado la polla de un mordisco.

—La habría matado.

—Habría valido la pena.

¿Es posible que este diálogo tuviera lugar? ¿O sólo lo estoy imaginando? Y si esa conversación fue real, ¿qué más habré reprimido? ¿Qué más hay, tan terrible de ver, tan espantoso de recordar?

Un día típico posviolación: me despierto a las cinco de la mañana después de una o dos horas de sueño. Me sacudo de encima una de las varias pesadillas recurrentes (un hombre enmascarado que me persigue por la calle; una mujer mirando desde su balcón, sin hacer nada; tiburones nadando en círculos alrededor de mis pies en aguas tranquilas), me levanto y busco en el cajón de arriba de mi mesita de noche, localizo las tijeras grandes que guardo allí desde la agresión, y empiezo mi registro matutino del apartamento.

El violador me robó la pistola, y aún he de sustituirla. Pero no pasa nada. He decidido que las tijeras significan algo más visceral, más personal, más satisfactorio. Siempre que pienso en devolverle el golpe al hombre que me atacó (y creo que se repite tanto como el acto de respirar), nunca me imagino disparándole. Pienso en apuñalarle, tal como él me apuñaló. Y si bien no puedo utilizar mi cuerpo como arma del mismo modo que hizo él, todavía puedo desgarrar su carne como él desgarró la mía, y las tijeras se convierten en una extensión de mi brazo, de mi furia.

En esa persona me he convertido. En esa mujer me convirtió.

Empuñando las tijeras miro debajo de la cama, aunque es demasiado baja para que alguien se pueda esconder debajo, y después recorro el largo pasillo de mármol, flanqueado a ambos lados por cuadros heredados de mis padres: una serie de corazones coloridos de Jim Dine, un desnudo de Motherwell, un Gottlieb abstracto rosa y negro, un Calder naranja y negro que parece un pavo. Llevo a cabo un rápido registro del segundo dormitorio que hace las veces de estudio, miro debajo del escritorio de metacrilato y mármol negro sobre el cual descansa mi ordenador, y detrás del sofá cama de pana púrpura donde a veces duerme Heath. Miro en su pequeño ropero y en el cuarto de baño contiguo, inspecciono el armarito diminuto que hay debajo del lavabo, antes de continuar por el pasillo hasta el aseo principal. Después de comprobar que no hay nadie agazapado detrás de la puerta, me acerco al armario del pasillo y busco pies escondidos debajo del perchero de chaquetas. Compruebo que la cerradura de la puerta principal está echada, y después me asomo a la cocina, camino de la zona de estar y el comedor.

En la sala rectangular, una gran mesa auxiliar cuadrada de piedra caliza, que descansa sobre una alfombra de cuero, ocupa el centro del espacio delineado por dos sofás blancos modernos que forman una ele. Cojines decorativos de un púrpura intenso adornan los sofás. Hacen juego con la butaca de terciopelo púrpura situada en la línea divisoria invisible que separa la zona de estar del comedor. Diez limones de plástico llenan un cuenco de mimbre oblongo colocado en mitad de la mesa de cristal del comedor. Una docena de rosas rosas de seda se alzan en un jarrón verde lima que descansa sobre la mesa de servicio apoyada contra la pared que hay frente a la ventana, bajo un cuadro de dos mujeres sin rostro que pasean cogidas de la mano por una playa desierta. No recuerdo quién lo pintó. Un artista local, me parece.

Una falsa palmera erguida junto a la ventana se eleva hacia el techo alto de la sala, de aspecto tan auténtico como cualquiera de las palmeras ubicuas que flanquean las calles. Orquídeas blancas artificiales cuelgan de un candelabro de pared junto a la puerta de la cocina. Todo el mundo supone que las orquídeas son reales, me felicitan por mi buen gusto con las flores. Se quedan estupefactos cuando digo que son falsas, y todavía más cuando confieso que prefiero estas imposturas a las auténticas. Son fáciles y poco exigentes, explico. No tienes que cuidarlas. No se mueren.

También tengo flores de verdad, por supuesto. En los días posteriores a mi violación, recibí como mínimo seis ramos diferentes. Procedían sobre todo de mis colegas del trabajo, y están distribuidos por todo el apartamento. Sean Holden envió dos docenas de rosas rosas. Travis me mandó un enorme ramo de crisantemos. Recordó que me gusta el púrpura, pero olvidó que detesto los crisantemos. Tal vez lo hizo a propósito, o es posible que yo nunca se lo dijera.

Después de asegurarme de que no hay nadie agazapado detrás de las cortinas de la sala de estar, preparado para abalanzarse sobre mí, vuelvo al dormitorio, donde inspecciono la ropa colgada en el ropero empotrado, con el fin de comprobar que no hay nadie oculto detrás de mis vaqueros y vestidos. Examino el dormitorio principal: el retrete aislado, la ducha acristalada, incluso la bañera de esmalte blanco con sus patas de león de latón, por si hay alguien enroscado dentro, como una serpiente en una cesta, a la espera de atacar. Repito la misma maniobra con el cesto de mimbre blanco que hay junto a la bañera, levanto la tapa y remuevo su contenido con las tijeras.

Llevo a cabo este ritual tres veces al día, aunque de vez en cuando varío el orden. Sólo cuando me convenzo por completo de que nadie ha sido capaz de colarse en mi refugio de vidrio que se alza hacia el cielo, abro la ducha. Cuando el vapor llena la habitación, me quito el pijama y entro en el cubículo.

Acompañada de mis tijeras.

Ni siquiera lanzó una ojeada a mi cuerpo desnudo. No puedo soportar la visión de mis pechos. El vello púbico me da asco. No me he afeitado las piernas ni las axilas desde el ataque. Todo me duele: las costillas, las muñecas, la espalda. Hasta la piel. Permanezco bajo el chorro constante de agua caliente hasta que ya no puedo sentir la piel. No me miro en el espejo velado por el vapor cuando salgo. Utilizo una toalla áspera para secarme, hasta dejarme la piel al rojo vivo. Tiro mi pijama a la cesta rebosante, lo cambio por otro y regreso al dormitorio, blandiendo las tijeras.

La habitación está sumida en la oscuridad. El sol aún no ha salido. Conservo las persianas cerradas hasta que llega la luz del sol.

Nunca sabes quién puede estar vigilando.

Le presiento antes de verle, le huelo antes de notar que se mueve encima de mí. Reconozco el olor de inmediato: colutorio, mentolado y fresco. De repente, siento todo el peso de su cuerpo sobre el mío, su codo apretado contra mi tráquea, que me impide respirar, que enmudece mis chillidos antes de nacer. «Dime que me quieres», ordena, mientras me penetra por la fuerza, mientras prende fuego a mis entrañas, como si me estuviera golpeando con una antorcha encendida. «Dime que me quieres.»

—¡No! —chillo, mientras mis manos golpean su pecho, mis pies patean sus muslos, mis dedos arañan su cuello y entran en contacto con la nada cuando manoteo desesperada sobre la cama.

Abro los ojos.

No hay nadie.

Me incorporo. Mi respiración tarda unos minutos en serenarse, hasta alcanzar algo parecido a la normalidad. La televisión continúa encendida. Cojo el mando a distancia de la mesita de noche y la apago. No tengo ni idea de qué hora es, de qué día es, de cuántas horas han transcurrido desde que estuve despierta por última vez.

El teléfono suena y pego un bote, lo miro hasta que cesa su horroroso aullido. El reloj de la mesita de noche me informa de que son las ocho y diez. Doy por sentado que de la mañana, aunque no estoy segura, y la verdad es que me da igual. Me levanto, saco las tijeras del cajón de arriba de la mesita de noche y empiezo a inspeccionar el apartamento. Cuando salgo al pasillo, el teléfono vuelve a sonar. No le hago caso.

El teléfono suena a intervalos durante los diez minutos que tardo en comprobar que ningún peligro me acecha en el apartamento. Está sonando cuando vuelvo al dormitorio. Debe de ser la policía, pienso, y levanto el aparato justo cuando para de sonar. Me encojo de hombros y me quedo inmóvil varios minutos, pero el teléfono se niega con tozudez a sonar de nuevo.

Acabo de salir de la ducha cuando oigo voces, seguidas del sonido de pasos, gente que ha irrumpido en mi apartamento. Agarro mi albornoz blanco demasiado grande de su gancho, al lado de la ducha, y me envuelvo con él, al tiempo que levanto las tijeras hasta el pecho y entro en el dormitorio, sin parar de repetirme que son imaginaciones mías. Es imposible que alguien haya accedido a mi apartamento. No hay nadie recorriendo mi pasillo. Nadie está susurrando ante la puerta de mi dormitorio.

Pero sí.

Una voz acuchilla el aire.

—¿Bailey? ¿Bailey, estás ahí?

Seguida de otra voz, una voz de hombre.

—¿Señorita Carpenter? ¿Va todo bien?

Mis rodillas flaquean. Se me seca la garganta. La habitación da vueltas a mi alrededor.

Una mujer aparece de repente en la entrada, y la cabeza de un hombre joven oscila sobre su hombro izquierdo. La mujer mide un metro sesenta de estatura, tiene el pelo rubio y corto, y ojos castaños bien separados. Tiene el estómago distendido, pesado debido al bebé que lleva dentro.

—¿Sally? —mascullo, mientras me esfuerzo por recobrar la voz y bajo las tijeras.

—¿Va todo bien? —pregunta el joven que hay detrás de ella. Sólo en este momento se definen sus facciones y reconozco a Finn, uno de los empleados del edificio que suele encargarse del mostrador de recepción—. La hemos llamado una y otra vez.

—Estaba en la ducha —contesto, mientras intento contener los chillidos—. ¿Cómo han entrado aquí?

—Ha sido culpa mía —se apresura a explicar Sally—. Me asusté mucho cuando no contestaste al teléfono. Tuve miedo de que te hubiera pasado algo, de que tal vez te hubieras hecho algo…

No es necesario que termine la frase. Ambas sabemos lo que ha estado a punto de decir.

—Lo siento muchísimo, señorita Carpenter —tercia Finn, mientras traslada su peso de un pie al otro—. No era nuestra intención asustarla.

—No te enfades —insiste Sally—. Yo le obligué.

Asiento. Las normas de la comunidad estipulan que el edificio posee duplicados de las llaves de todos los apartamentos para casos de emergencia. No cabe duda de que Sally creyó que se trataba de una emergencia.

—¿Qué estás haciendo aquí?

—¿No te acuerdas? Te dije anoche por teléfono que me pasaría por tu casa camino del trabajo.

—Se me fue de la cabeza.

La verdad es que no recuerdo en absoluto la llamada de anoche.

—¿Eso son unas tijeras? —pregunta Sally, y sus ojos se abren de par en par todavía más.

Las guardo en un bolsillo del albornoz.

—Siento una vez más haber irrumpido en su apartamento —se excusa Finn, mientras retrocede por el pasillo hacia la puerta, que cierra en silencio detrás de él.

—La ducha se ha alargado bastante —comenta Sally.

—Lo siento.

—No te disculpes. Fui yo la que se puso como loca e irrumpí en tu apartamento. ¿Has desayunado ya? He traído *muffins*.

Levanta una bolsa de papel marrón.

Preparo té, nos sentamos a la mesa del comedor, comemos *muffins* y fingimos que es un día normal y que somos gente normal que sostiene una conversación normal.

—¿Ya habéis decidido cómo se va a llamar el bebé? —pregunto. Sally lleva en casa unos veinte minutos, y creo que todavía no hemos hablado de eso, aunque no estoy segura. Tan sólo la he estado escuchando a medias.

—Aún no. Pero creo que estamos haciendo progresos. —Continúa cuando yo no hago más preguntas que abunden en el tema—. Yo sugerí que se llamara Avery, pero Bobby se puso enseguida como loco. Ya sabes que mi amado esposo se decanta siempre por nombres más tradicionales, como en el caso de Michael.

Michael es su hijo de tres años de edad. Sally quería llamarle Rafael, por el tenista Rafael Nadal, o Stellan, por un actor sueco al que siempre ha admirado, pero su marido insistió en algo más tradicional. Se manifestó en favor de Richard o Steve. Pactaron Michael justo cuando la cabeza del bebé estaba asomando, y Sally todavía no está convencida de haber tomado la decisión correcta. «Estaba abierta de piernas, con la mano del médico metida hasta la garganta», me contó en una ocasión. «Yo chillaba como una loca. Has de admitir que me encontraba en cierta desventaja por culpa de ese hombre.»

Me encojo al pensar en la imagen.

—¿No te gusta el nombre? —pregunta Sally.

—¿Qué?

—También estaba pensando en Nicola o Kendall.

—Me gusta Avery —le digo. La imagen se desvanece, pero persiste en mi imaginación, y se suma a una galería de imágenes similares.

—¿Sí? Me alegro mucho. Avery es mi favorito. ¿Qué te pasa? ¿No te gusta el *muffin*? Me dijeron que estaba relleno de arándanos, no sólo por encima para que se vean.

Los arándanos saben a pelotas de goma.

—Es delicioso —miento. Las bayas se pegan a mi paladar, como si fueran chicle, y ni siquiera los constantes esfuerzos de mi lengua consiguen desalojarlas.

—Odio cuando compras un *muffin* creyendo que está relleno de bayas, y resulta que sólo hay unas cuantas por encima —dice Sally—. Es una estafa. —Sonríe—. Hoy tienes mucho mejor aspecto. ¿Has dormido bien?

—Mucho mejor —contesto, utilizando sus palabras.

Me palmea la mano por encima de la mesa.

—Todo el mundo en el trabajo pregunta por ti.

—Qué amables.

—Me han dado recuerdos para ti.

—Salúdales de mi parte también.

Silencio. Acaba el resto del té, captura con la yema del dedo las últimas migas que han caído sobre la mesa y se las mete en la boca.

—Bien, creo que debería irme.

Me pongo en pie de inmediato.

—Gracias por pasar.

—Sí, y por darte un susto de muerte.

—Ya estoy bien.

—Tienes buen aspecto —comenta, y el entusiasmo forzado de su voz subraya la mentira—. Los morados casi han desaparecido por completo.

Sólo los que puedes ver, pienso.

—Bien —dice, y se inclina hacia delante para darme un abrazo vacilante. Por suerte, su abultado estómago impide que se acerque demasiado—. Nos veremos pronto.

—Estupendo.

—¿Algún plan para el resto del día? —pregunta, mientras yo abro la puerta.

—Nada en especial.

—Hace un día estupendo —comenta, como si fuera extraño. Miami está rebosante de días estupendos—. Tal vez deberías salir a dar un paseo.

—Tal vez.

Señala mi pelo mojado.

—Será mejor que te lo seques antes de que pilles un resfriado.

¿De qué sirve secarlo cuando voy a ducharme otra vez dentro de unas horas?

Cierro la puerta cuando sale y la observo a través de la mirilla mientras anadea por el pasillo hasta los ascensores. Después corro al cuarto de baño y vomito el té y el *muffin* de arándanos.

4

Recuerdo la primera vez que un chico me tocó los pechos. Se llamaba Brian, tenía diecisiete años y estaba en el último año de instituto en un centro cercano. Yo tenía quince y estaba muy emocionada por el hecho de que se hubiera fijado en mí, y ya no digamos por pedirme que saliera con él. Íbamos a una fiesta, y decidí ponerme el bonito vestido color vino que mi madre me había comprado hacía poco. Era sin mangas, con cuello de encaje blanco y grandes botones en forma de perla hasta el centro del corpiño. Me gustaba porque conseguía que mis pechos, todavía pequeños, parecieran más grandes. ¿Tal vez por eso pensó Brian que podía tocarlos? ¿Le había indicado el vestido que su caricia sería bienvenida? ¿Por eso se enfadó tanto cuando le aparté la mano de una palmada? ¿Por eso me devolvió ipso facto a casa, me depositó, humillada pero desafiante, ante la puerta, me llamó calientabraguetas, entre otros epítetos selectos?

Este recuerdo me conduce a otro anterior. Tengo doce años, quizá trece. La jornada escolar ha terminado, y estoy a punto de subir a un autobús para encontrarme con mi madre en el centro. Llevo mi uniforme del colegio (jersey verde sobre pulcra camisa blanca, falda verde a juego y calcetines hasta la rodilla, y zapatos Oxford negros que completan el poco excitante conjunto), y cuando levanto la pierna para subir al autobús, algo me roza las nalgas. La sensación se prolonga, se niega a desaparecer, mientras me giro con brusquedad y hundo las uñas en la mano indeseada. Un hombre bajo, de edad madura y calvo, se frota la mano y sonríe, al principio con timidez, y después con más descaro, antes de retroceder y desaparecer entre la multitud que todavía espera para subir al autobús. Me encamino hacia la parte posterior del autobús, con el estómago revuelto. Pasarán años hasta que pueda serme indiferente aquel hombre y su desagradable caricia, su sonrisa todavía más desagradable, una sonrisa que decía: «No pongas esa cara de escandalizada, pequeña. Tú sabes que te ha gustado».

¿De veras se lo creyó?, me pregunto ahora, de pie junto a la ventana del dormitorio y mirando con los prismáticos la calle. ¿Es posible que un hombre adulto crea que una niña acepta de buen grado la caricia no solicitada de un desconocido? ¿Hice algo para animarle a meterme mano cuando subí al autobús? ¿Le sonreí de manera provocativa? ¿Había levantado demasiado la pierna, expuesto demasiado muslo infantil? ¿Le había enviado algún tipo de mensaje capaz de hacerle creer que tenía derecho a ponerme las manos encima?

Estos pensamientos ocupan mi cabeza mientras enfoco los prismáticos en dos mujeres que corren entre los coches en movimiento, intentando cruzar la calle en rojo. Son las cinco de la tarde y todavía hay luz, aunque no tanto como la semana pasada a esta misma hora. Estamos a mediados de octubre, y pronto llegará el día en que cambiaremos los relojes de cara al invierno. «Atrasar en otoño», oigo decir a mi madre. «Adelantar en primavera». Eso me flipaba. Ahora pienso: *¿Qué más da? Una hora es igual que la siguiente.*

Intento recordar cómo he pasado el día. Sally vino a verme esta mañana, creo, y luego recuerdo que no, fue ayer. Hoy ha sido un día relativamente tranquilo. Ninguna visita. Ninguna llamada telefónica. De hecho, fui yo quien llamó a la policía esta mañana, y no al revés. Un cambio de guardia, por decirlo de alguna manera, aunque el contenido de la llamada siempre es el mismo. La policía ha eliminado como sospechoso de mi violación al hombre que estaba vigilando. Resulta que, al fin y al cabo, no era Roland Peterson, y la novia de Peterson (exnovia, insistió) juró que su nuevo novio, el hombre al que vi en la ventana, había estado con ella toda la noche. Así que tiene una coartada, al igual que Todd Elder, y hemos vuelto a la casilla de salida. Pregunto si hay pistas nuevas, si están más cerca de descubrir al hombre que me violó, y ellos me preguntan si he recordado algo que pudiera ayudarles en su investigación. La respuesta es la misma en ambos casos: no.

La policía promete mantenerse en contacto, y yo cuelgo el teléfono. No quiero ningún contacto.

Algo está pasando en la calle. Un altercado entre dos jóvenes. Apunto hacia ellos los prismáticos, veo que se enzarzan a puñetazos y que la gente se dispersa. Nadie interviene, lo cual debe ser una decisión sensata. ¿Cuántas veces he leído acerca de buenos samaritanos asesinados cuando intentaban mediar en una pelea?

¿Estaría mirando alguien la noche que me atacaron?, me pregunto, y no por primera vez. ¿Alguien presenció lo que estaba pasando y prefirió no intervenir por miedo a su propia seguridad? ¿Alguien vio u oyó algo que podría servir para identificar al hombre que me violó, alguien que sabe algo, pero no lo dice?

Según la policía, que afirma haber interrogado a todo el mundo que vive en la vecindad del lugar donde ocurrió el ataque, la respuesta es no. Por supuesto, sé por experiencia profesional que la policía no siempre es tan meticulosa como afirma, y que los testigos de delitos no son necesariamente tan veraces o comunicativos como deberían. No es que sean malas personas. No es que yo les sea indiferente. Lo que ocurre es que no quieren que sus vidas se vean perturbadas, así de claro. Si pueden mantener una distancia prudencial, optarán por permanecer al margen.

No les juzgo. Ni les culpo. La distancia procura seguridad, he llegado a creer.

El teléfono suena y pego un bote. Parece que me he precipitado al decir que era un día tranquilo. Me acerco al aparato enseguida, pues no quiero correr el riesgo de que se produzca una repetición de lo sucedido ayer.

—Hola, señorita Carpenter. Soy Finn, de portería.

Mi corazón se acelera al oír el sonido de la voz incorpórea que habla en mi oído. Siento a mi violador inclinado sobre mí. *Dime que me quieres*, dice. Me calmo al recordar que Finn siempre se identifica de esta manera («Soy Finn, *de portería*»), como si yo conociera a un montón de Finns y lo considerara divertido.

—Su hermano ha venido a verla —anuncia.

Me pregunto por qué se toma la molestia de avisarme. Todo el mundo que trabaja aquí conoce a Heath. Saben que basta con dejarle subir.

—No es Heath —precisa Finn, como si hubiera verbalizado en voz alta mi pensamiento.

Otro hombre interviene.

—Ya me ocupo yo. Bailey —dice, con su mejor voz de ayudante del fiscal del Estado—. Soy Gene. Dile a este payaso que me deje subir.

Oh, Dios, pienso, mientras la cabeza cae sobre mi pecho. No he visto a Gene (más formalmente Eugene, el primogénito y tocayo de mi padre) desde el funeral de nuestro padre. No he hablado con él desde que presentó la demanda. No tengo fuerzas ahora para sus bravatas y chorradas.

—Estoy un poco cansada —digo.

—No me obligues a llamar a las tropas.

Aunque no estoy segura de qué significa exactamente «las tropas», sé que no se marchará hasta que acceda a hablar con él.

—Déjele subir —digo a Finn.

Devuelvo el teléfono a su cargador, dejo los prismáticos sobre la mesita de noche, al lado, y me encamino hacia la puerta. Gene ya está esperando al otro lado cuando yo llego.

—¿Por qué demonios no me dijiste que te habían violado? —pregunta, incluso antes de que haya abierto la puerta por completo.

Retrocedo para dejarle entrar, cierro la puerta de inmediato y giro la llave dos veces.

—Es algo que prefiero no ir proclamando a los cuatro vientos —me oigo decir, y detesto el temblor de mi voz.

—Soy tu hermano.

—Me has demandado —le recuerdo.

—Una cosa no tiene nada que ver con la otra.

Descubro que me maravilla su capacidad de compartimentar. ¿Fue por esto que pudo investigar a su propio padre por fraude?

—¿Te apetece beber algo? —pregunto, porque no sé muy bien qué otra cosa decir, y tampoco estoy segura de si tengo algo que ofrecerle.

—Me he tenido que enterar por la policía, semanas después de que sucediera.

—Lo siento. Supongo que habría debido…

—Sí, habrías debido. Soy ayudante del fiscal del Estado, por el amor de Dios. Y no, no me apetece beber nada. ¿Cómo lo llevas?

Su voz se suaviza, entorna los ojos debido a lo que me gustaría que fuera preocupación, pero lo más probable es que sea suspicacia. No está seguro de creer en mi historia, comprendo en este momento, mientras le acompaño a la sala de estar.

—No muy bien.

—Tal vez te sentirías mejor si te vistieras.

Contempló mi pijama de franela azul, intento recordar la última vez que me lo cambié. Tal vez ayer, tal vez anteayer.

—Estás hecha un desastre.

—Gracias.

—Lo siento. Estoy disgustado. Esto es muy molesto.

No me fastidies, pienso.

—Escucha, no he venido a discutir.

Gene camina hacia la ventana de la sala de estar, y por primera vez reparo en una leve cojera. Es un hombre grande, alto, con la corpulencia de un defensa de fútbol americano, lo cual supongo que no es sorprendente, teniendo en cuenta que jugó fútbol en la universidad y estaba predestinado, a decir de todos, a seguir una carrera como profesional, antes de quedar apartado por una rotura de ligamentos de la rodilla derecha. O quizá fue la izquierda, pienso, cuando se detiene y se vuelve hacia mí. Podría ser guapo si fuera menos serio. Pero lleva su pelo castaño ralo muy corto, los labios siempre caídos, incluso cuando sonríe, lo cual no sucede a menudo, al menos en mi presencia. Se desabrocha la chaqueta de algodón azul marino y deja al descubierto una perceptible barriga que tensa la camisa azul claro. Manosea su corbata a rayas azules, demasiado ancha. No recuerdo haber visto nunca a Gene sin corbata.

—Bonito apartamento —comenta.

—Gracias.

—Tienes buen gusto.

—Gracias.

—¿Qué demonios sucedió?

Se acabaron los rodeos.

—Ya sabes lo que sucedió. Has dicho que hablaste con la policía.

—Quiero oírlo de tus labios.

No puedo hacerlo. No puedo continuar reviviendo el ataque en pro de la edificación de los demás.

—¿Esta visita es personal o profesional?

—¿A ti qué te parece?

—Te lo estoy preguntando.

—Soy tu hermano.

—Un hermano que ha presentado una demanda contra mí —le recuerdo de nuevo.

—¿Qué pasó, Bailey?

Su tono indica que lo seguirá preguntando hasta que reciba una respuesta.

Le cuento los datos esenciales de la agresión. Las palabras se pegan a mis dientes como caramelo de dulce de leche, y he de soltarlas con la lengua. Observo sus ojos, que se entornan y se dilatan alternativamente. Observo las arrugas de su frente cuando frunce el ceño, señal de evidente consternación. Veo que sus labios se tuercen hacia abajo.

—Te pareces más a tu madre que a nuestro padre —comento al final de mi relato.

Aparenta sorpresa.

—¿Cómo conoces el aspecto de mi madre?

—Vi su foto una vez, en un álbum de recortes de papá.

—No sabía que tenía un álbum de recortes.

—Sí. Unos cuantos, de hecho.

—Me gustaría verlos en algún momento.

Si yo no acepto, me pregunto, ¿me demandará para conseguirlos?

—¿Cómo está tu madre? —pregunto. No conozco a la madre de Gene. Nunca nos hemos encontrado. Pero siempre pensé que tenía una cara bondadosa. Tal vez tal como se le ve en las fotografías.

—Está bien. Disfrutando de su jubilación y de sus nietos.

Gene tiene dos hijos, de siete y nueve años de edad. No puedo recordar sus nombres ni la última vez que los vi, probablemente cuando el más pequeño era un bebé.

—¿Cómo están tus hijos?

—Son geniales. Pero ahora estamos hablando de ti —responde, como si de repente recordara el motivo de su presencia en mi apartamento.

—No hay nada más que hablar.

Era alguien que siempre tenía montones de cosas que decir. Tenía opiniones e intereses. Era complicada, polifacética. Después, me violaron.

—Es que no lo comprendo.

—¿Qué no comprendes?

—Cómo pudo suceder.

Le explico la situación de nuevo, que estaba escondida entre los arbustos, que el hombre me atacó por detrás, que era más fuerte que yo. ¿Es que Gene no me ha escuchado la primera vez?

—¿Qué demonios estabas haciendo escondida entre unos arbustos a esa hora de la noche? —pregunta encolerizado—. Tenías que saber que era peligroso.

—¿Estás insinuando que fue culpa mía?

—No, por supuesto que no insinúo eso. Sólo estoy diciendo que quizá no fue lo más inteligente del mundo.

—Es mi trabajo, Gene.

—En ese caso, tal vez deberías dedicarte a otra cosa.

—Me gusta lo que hago.

No le digo que me estoy tomando unos meses de permiso, que la sola idea de dedicarme a la vigilancia me provoca sudores fríos.

—Te gusta esconderte entre arbustos y perseguir a escoria —afirma, más que pregunta.

—Hago mucho más que eso.

—Creía que querías ser abogada.

—Quería ser un montón de cosas.

—Estoy seguro de que a tu madre le hubiera gustado que volvieras a la universidad y que, como mínimo, terminaras la licenciatura.

Me muerdo el labio para impedirme decir algo de lo que me arrepentiré. *¿Cómo te atreves?*, quiero chillar. No sabes absolutamente nada de mi madre ni de lo que habría querido. Pero no puedo, porque tiene razón. A mi madre le habría gustado que volviera a la universidad y que terminara la carrera. Bien sabe Dios que seguí montones de cursos, que dejé al menos tres carreras colgadas, pues nunca estaba segura de lo que deseaba ser: médico, abogada, criminóloga, bailarina.

—Escucha —dice Gene—. Sólo pienso en ti. Lo creas o no, te deseo lo mejor.

No le creo, pero no digo nada. *¿Qué quieres en realidad?*, me pregunto, mientras cojea hacia el sofá más cercano y se sienta, arrojando a un lado de cualquier manera dos cojines púrpuras. Uno se balancea al borde del asiento del sofá y cae al suelo. No hace el menor gesto por recogerlo.

—¿Te gusta trabajar para Sean Holden?

—Sí.

—¿Cómo es?

Me encojo de hombros, sin saber qué contestar.

—Siempre pensé que era un tipo listo —dice Gene, en respuesta a su propia pregunta—. Un poco engreído, pero listo. No me gustaría enfrentarme a él en los tribunales.

—Es un buen abogado.

—Es un donjuán, según tengo entendido.

—¿Un donjuán?

Gene sacude la cabeza.

—Si trabajas en la oficina del fiscal del Estado, siempre oyes cosas. Rumores. Ya sabes.

Mi corazón se acelera. ¿Está fisgando? ¿Para eso ha venido? ¿Para recabar información sobre Sean?

—He estado hablando con los demás —dice de repente.

Tardo un minuto en darme cuenta de que ya no estamos hablando de Sean Holden, sino de mi hermanastra Claire y de mis hermanastros Tom, Dick y Harry.

—¿Les has contado lo sucedido?

—Se quedaron horrorizados.

—Estoy segura.

—Te envían sus deseos de una rápida recuperación. —Gene parece extrañamente complacido consigo mismo, aunque las comisuras de su boca continúan hundiéndose. Me pregunto cómo sabrá su esposa cuándo es feliz. O si le importa—. Querían venir…

—Estoy segura. —Me estremezco. La idea de todos mis hermanos invadiendo el apartamento es sobrecogedora. Ciento cincuenta metros cuadrados no son suficientes para albergar tanta animosidad.

—Claire dijo que intentaría pasarse cuando acabara su turno. —Consulta su reloj, un Bulova de esfera blanca con una correa de cuero negra—. Llegará en cualquier momento.

—No es necesario.

—Es enfermera, Bailey. Tal vez podría ayudarte.

—No veo cómo…

El teléfono suena y pego un bote. Gene frunce más el ceño.

—Es probable que sea ella.

Entro en la cocina, cojo el teléfono, Finn se identifica y me comunica que Sean Holden ha venido a verme, ¿puedo dejarle subir?

—Por favor —digo, y muevo los labios para formar un silencioso «Gracias a Dios» mientras vuelvo a la sala de estar, con la esperanza de que la noticia consiga que mi hermano se bata en retirada a toda prisa—. Ha venido Sean Holden.

—Bien, hablando del rey de Roma…

—Gracias por venir, Gene.

Espero que capte la indirecta y se vaya. Pero continúa sentado, y su lenguaje corporal anuncia que no alberga la menor intención de marcharse.

Me encamino hacia la puerta y apoyo la frente contra la madera fría, mientras vigilo el pasillo a través de la mirilla. El teléfono vuelve a sonar, y doy un bote.

—¿Quieres que conteste? —oigo que pregunta Gene detrás de mí.

—No —le digo, pero ya está contestando.

—¿Hola? —le oigo decir—. Estupendo, gracias. Déjela subir.

Las puertas del ascensor se abren y Sean Holden sale al largo pasillo alfombrado de color beis y verde. Abro la puerta antes de que llegue. Sus grandes brazos me rodean. Me siento a salvo por primera vez desde su última visita, que creo que tuvo lugar hace varios días, aunque no estoy segura. Se me antoja una eternidad.

—¿Cómo estás? —susurra, y sus labios rozan mi pelo perpetuamente húmedo. Me conduce de vuelta al apartamento y cierra la puerta a su espalda.

—Bien —le digo—. Ha venido mi hermano.

Gene se reúne con nosotros en el vestíbulo y extiende la mano a modo de bienvenida.

—Bien, hola, Sean. Me alegro de volver a verte, pese a las circunstancias difíciles.

Casi sonrío. Me he convertido en «circunstancias difíciles».

—Gene —contesta Sean, al tiempo que arquea la ceja derecha—. No esperaba verte aquí.

—¿Y por qué? —El tono de mi hermano es desafiante, casi beligerante, aunque su expresión no se altera—. Pese a todo, Bailey es de la familia. Por supuesto, estoy muy disgustado por lo ocurrido.

—Por supuesto —coincide Sean—. Todos lo estamos.

—Yo también opinaría lo mismo, puesto que sucedió mientras estaba trabajando. Tu bufete podría considerarse responsable.

—Lo que pasó no fue culpa de Sean —aclaro.

—Aun así. Podría ser objeto de una demanda tremenda.

—¿Vas a demandarle a él también? —pregunto.

—Sólo pienso en tus intereses, Bailey —responde mi hermano, sin el menor rastro de ironía.

—Creo que tal vez he llegado en un mal momento —dice Sean.

—No. No te vayas, por favor —le suplico.

—Sí, quédate, por supuesto —insiste Gene, y mira hacia la puerta—. Era Finn, de portería, el que acaba de llamar por teléfono. Ha dicho que Claire ha llegado justo después de Sean. Le dije que la dejara subir.

—Un lugar muy concurrido —comenta Sean, y aunque ya no nos estamos tocando, noto que su cuerpo se pone en tensión.

Cierro los ojos, siento que mis piernas flaquean. ¿Cuándo desapareció mi derecho a decidir quién me puede visitar y quién no? ¿El hombre de los arbustos me arrebató eso también?

—¿Te encuentras bien, Bailey? —pregunta Sean.

—Creo que debería sentarme.

Pero incluso mientras las palabras surgen de mi boca, me distrae el inconfundible sonido de una llave que gira en la cerradura. Veo horrorizada que el picaporte gira rápidamente.

Segundos después, la puerta de mi apartamento se abre. Una chica joven, de unos quince o dieciséis años, de ojos azules y pelo rubio largo hasta los hombros, que enmarca una bonita cara ovalada, y una mujer casi con la misma cara, aunque algo más llena y varias décadas mayor, se quedan quietas en el umbral.

—¿Lo ves? —exclama la chica con aire triunfal—. Ya te dije que podría hacerlo. Estas cerraduras son una porquería. —Devuelve la lima para las uñas al gigantesco bolso de cuero marrón que cuelga de su hombro—. Hola a todos —saluda, antes de entrar en el vestíbulo y dejar caer el bolso en el suelo de mármol, para después pasar junto a mí y adentrarse en la sala de estar, todo con un fluido movimiento—. Caramba. Bonito lugar.

—Jade, por el amor de Dios —interviene su madre, y mueve la cabeza avergonzada en mi dirección—. Lo siento mucho —empieza, al tiempo que cierra la puerta a su espalda y mira a los dos hombres parados a mi lado. Su mirada se detiene un segundo de más en Sean—. Lo siento. ¿Hemos llegado en un mal momento?

—Claire, te presento a Sean Holden —dice Gene, sin hacer caso de la pregunta—. El jefe de Bailey.

—Oh. Encantada de conocerle, señor Holden.

—Lo mismo digo.

Sean sonríe cortésmente, aunque leo en sus ojos que ya está planificando su huida.

—Claire es la hermanastra de Bailey —continúa Gene de manera innecesaria.

—Que me ha demandado —digo en voz no demasiado baja.

—No tenemos por qué hablar de eso ahora. Jade, vuelve aquí —ordena Gene a la muchacha, mientras ésta avanza hacia la gran extensión del ventanal para mirar la calle—. Claire, haz algo.

—¿Como qué? —pregunta mi hermanastra—. ¿Quieres que me siente encima de ella?

Contemplo sus rostros mientras discuten. Hay todavía menos de mi padre en Claire que en Gene. Tiene la nariz más ancha, los ojos de un tono azul más claro. Debe tener unos diez años más que yo, es cinco centímetros más baja y pesa diez kilos más. Ambas nos parecemos a nuestras madres y no compartimos ningún rasgo físico. Nadie nos tomaría jamás por hermanastras. Pero tiene una cara agradable, pienso, aunque tal vez lo que veo es fatiga. Algo que sí compartimos.

—¿Dónde demonios vas ahora? —grita Gene cuando mi sobrina abandona la sala de estar para contonearse por el pasillo hacia los dormitorios.

La chica se detiene, gira en redondo y vuelve hacia nosotros. Lleva unos vaqueros de pitillo y una camiseta holgada. Su cara indica que preferiría estar en cualquier otro lugar menos aquí. Ardo en deseos de decirle que la comprendo a la perfección.

—Lo siento. ¿Qué ha sido de mis modales? —pregunta con burlona indignación, y se para ante mí—. Tú debes ser Bailey. —Los labios color cereza se mueven de manera furibunda mientras manipula una gigantesca bola de chicle desde un lado de su pequeña boca al otro—. Siento lo de la violación.

—Jade, por el amor de Dios —dice su madre.

Los ojos azules de la muchacha, cargados de sombra, se dilatan de desdén.

—¿Qué? —Mira hacia la puerta—. Deberías cambiar esa cerradura. No vale nada.

—Acabo de cambiarla.

Hace otra mueca con la que me indica que vuelva a cambiarla.

—¿Cómo la abriste? —pregunto.

—Es pan comido. —Jade vuelve a la puerta, la abre e indica el dispositivo de bloqueo—. ¿Ves esto? Es barato. Dicen que estos apartamentos son de lujo, y van e instalan esta porquería. Has de introducir algo largo y delgado, como una lima de uñas o una horquilla, y darle unas cuantas vueltas. Creía que eras investigadora privada. ¿No deberías saber estas cosas?

No sé qué responder. Tiene razón, supongo. Debería saberlo. Y tal vez lo sabía. Antes.

—¿Quieres que te enseñe?

Estoy a punto de aceptar su ofrecimiento, pero Claire interviene.

—Ahora no, Jade.

—Lo que has hecho es ilegal —comenta con severidad Gene—. Se llama allanamiento de morada.

—Oh, por favor. ¿Vas a detenerme?

—¿No has pasado ya bastante tiempo en el reformatorio?

Jade pone los ojos en blanco y mira hacia el techo.

—¿Quién eres tú? —pregunta a Sean, como si acabara de reparar en su presencia.

—Sean Holden.

Sonríe, divertido por sus excentricidades.

—¿Eres el novio de Bailey?

Él se encoge, al igual que yo.

—Su jefe. Y debería marcharme ya —añade al segundo siguiente. Jade le ha proporcionado la excusa perfecta para huir.

No discuto. Me aprieta la mano, se va. Le observo a través de la mirilla, mientras camina con paso decidido por el pasillo hacia los ascensores.

—Ha sido muy amable al venir a verte —dice Claire.

—Sólo está protegiendo su culo —le replica Gene, mientras me alejo de la puerta, con los ojos clavados en la cerradura.

—¿Dónde aprendiste a hacer eso? —pregunto a Jade.

—*Dog, el cazarrecompensas* —contesta como si tal cosa.

—¿Qué?

—Telerrealidad —aclara su madre—. Es lo único que mira.

—Aprendes un montón gracias a programas como *Dog* —dice Jade—. Tienes televisión, ¿verdad?

Señalo al fondo del pasillo.

—Están en los dormitorios.

Parece aliviada.

—¿Has visto alguna vez *Mil maneras de morir*?

—Creo que no.

—Deberías. Es el mejor. —De pronto, el rostro hosco de Jade se tiñe de entusiasmo—. No te creerías las estupideces que comete la gente, y que acaban provocando su muerte. Como aquella vez que una mujer se inyectó cemento en el culo para hacerlo más grande…

—Vale, Jade. Ya es suficiente por ahora. —Claire vuelve sus ojos cansados hacia mí—. Gene nos contó lo sucedido. ¿Cómo estás?

—Bien. No era necesario que vinieras.

—Te lo dije —advierte Jade.

Decido que esta chica me cae bien. No finge ni muestra preocupación forzada.

—Puedes ir a ver la tele, si quieres —le digo.

—Genial.

Ya se está alejando por el pasillo antes de que su madre o su tío puedan protestar. Segundos después, oímos la tele a todo volumen desde mi dormitorio.

—Baja eso —grita Claire en su dirección—. Ahora —añade, cuando no pasa nada. El volumen de la televisión baja apenas.

—Bájalo más —ordena Gene. Después—: La verdad, Claire, creo que dijiste que tenías controlada la cuestión.

Ella guarda silencio.

—¿Por qué no vamos a la sala de estar, donde podremos hablar como adultos sensatos? —sugiere Gene, como si fuera su casa y no la mía. Me encrespo, mis pies se niegan a moverse de su sitio.

—Creo que eso le toca decidirlo a Bailey —contesta Claire.

—Claro —digo—. La sala de estar, por supuesto.

Nos acomodamos en los sofás, Claire sentada a mi lado en uno, Gene enfrente en el otro. Me preparo para la conversación de adultos sensatos.

—¿Cómo te encuentras? —pregunta ella—. ¿Algún dolor, infecciones?

—Ninguna infección.

—¿Dolor? —insiste.

Niego con la cabeza. Mi dolor ya no es físico.

—Veo que los cardenales están desapareciendo. ¿Duermes bien?

—Así así.

—¿Los médicos te han recetado algo para ayudarte?

Asiento, aunque no tomo los comprimidos que me han prescrito. Necesito permanecer alerta. He de estar vigilante.

—Deberías tomártelo —insiste Claire—. Necesitas dormir. ¿Has hablado con algún terapeuta?

—No necesito un terapeuta.

—Todo el mundo en Miami necesita un terapeuta —comenta con una sonrisa irónica—. Tengo el nombre de una buena, si crees que te gustaría hablar con alguien.

—Estoy cansada de hablar.

—Comprendo. Pero tal vez cambies de idea.

Me encojo de hombros.

—De acuerdo. ¿En qué más puedo ayudarte?

—En nada. Estoy bien.

—No estás bien —responde Claire, mientras pasea la vista a su alrededor. Mis ojos siguen los de ella por la sala. Aparte de los cojines que Gene tiró al suelo antes, todo parece en su sitio. Tal vez hay algunas pelusillas en el rincón, pero…

—Convendría limpiar las ventanas.

—Es por la obra —me oigo decir, y recuerdo vagamente haber recibido un aviso del portero acerca de que, avanzada la semana, vendrían a limpiar la parte exterior de los ventanales—. En cuanto los limpian, vuelven a ensuciarse.

Lo mismo que yo, pienso, con el deseo de que todo el mundo se vaya para meterme en la ducha.

—¿Y la colada? Podría poner algunas lavadoras mientras estoy aquí…

—Todo está controlado —le digo, aunque el cubo está a rebosar. Me he quedado sin sábanas limpias. Se me ha terminado el detergente.

—¿Necesitas algo del súper? ¿Cuándo fue la última vez que comiste algo decente?

—Heath trajo pizza anoche —contesto, aunque tal vez fue anteanoche. O la noche anterior a ésa.

—Estás demasiado delgada. Has de conservar las energías.

—¿Por qué? ¿Para plantaros cara en el tribunal?

Claire dirige a Gene una mirada preocupada.

—Por favor, dime que no las has estado molestando con eso.

—No he tocado el tema.

—Vale, vamos a hacer lo siguiente —propone Claire—. Voy a efectuar una inspección completa de este apartamento para ver lo que hace falta, y después Jade y yo iremos al Publix y compraremos comida para prepararnos la cena.

—Rita me espera en casa a cenar —objeta Gene.

—Estupendo, porque no estás invitado. Dame dinero y lárgate de aquí.

Gene se pone en pie al instante y busca el billetero en el bolsillo.

—¿Cuánto necesitas?

—Con trescientos dólares será suficiente.

—¿Trescientos dólares?

—Imagino que la despensa de Bailey estará vacía. Venga, hermanito, dámelos.

Recuerdo ahora que, de hecho, Claire es dos años mayor que Gene, y que, con casi cuarenta años, es la mayor de los siete hijos de mi padre. Yo soy la más pequeña. Sujetalibros, pienso, y siento que mis labios se relajan en una sonrisa. Me alegro de que esté aquí, con independencia de sus motivos ulteriores. Es estupendo sentirse cuidada. Ha pasado mucho tiempo.

Gene entrega a regañadientes trescientos dólares a su hermana en efectivo, y después me da su tarjeta.

—Llámame si te apetece hablar —dice, y sé que se está refiriendo a la demanda que él y mis hermanastros han presentado contra Heath y contra mí por la herencia de mi padre, no a mi trauma más reciente. Claire le acompaña hasta la puerta—. Y tú, llámame cuando llegues a casa —añade, cuando su hermana se dispone a cerrar la puerta.

Segundos después, la oigo trastear en los armarios de la cocina.

—Jade —llama en dirección al dormitorio—. Apaga el maldito televisor y ven aquí. Nos vamos al supermercado.

No hay respuesta.

—Jade, ¿me has oído?

Nada todavía.

—La verdad —comenta Claire, mientras camina a grandes zancadas por el pasillo—, te vas a quedar sorda si continúas poniendo la tele a todo volumen.

La sigo por el pasillo hasta el dormitorio principal, donde mi televisor de pantalla grande está montado sobre el trozo de pared que hay entre los dos ventanales situados frente a mi cama *queen size*. En el televisor, un hombre está huyendo de la policía. Salta sobre una alta alambrada de tela metálica y se encuentra con un irritado caimán. Pero Jade no está mirando la televisión. Está delante de la ventana, casi en el mismo sitio que yo ocupo cada día, vigilando con los prismáticos el edificio de enfrente.

—Esto es genial —dice sin volverse—. Puedes verlo todo y nadie sabe que le estás mirando.

Claire le arrebata enseguida los prismáticos y los devuelve a la mesita de noche, junto a mi cama.

—Vamos al supermercado —anuncia.

—¿Qué? Me estás tomando el pelo.

—¿Por qué no te acuestas? —me sugiere Claire—. Volveremos dentro de una hora.

Empuja a Jade hacia el pasillo.

Oigo que la puerta del apartamento se cierra, y después obedezco y me tumbo en la cama, muy agotada. Mis ojos permanecen abiertos el rato suficiente para ver que el hombre de la televisión está luchando con el caimán, que ha engullido sus piernas. El caimán se transforma en un tiburón cuando el sueño se apodera de mí y empiezan las pesadillas, la gigantesca aleta del tiburón rompe la superficie del mar como tijeras cortando espumillón. Se desliza de manera amenazadora hacia donde estoy yo caminando en el agua, y cuando bajo la vista, veo al menos seis tiburones más dando vueltas alrededor de mis pies.

Nado frenéticamente hacia una balsa lejana, los brazos y las piernas como hélices, agitando lo que eran aguas plácidas. Casi he llegado.

Y entonces le veo.

Está acuclillado en el borde de la balsa, con el cuerpo inclinado hacia delante, el rostro oculto por el sol. Extiende la mano y yo la agarro, estoy a punto de izarme a la seguridad cuando noto la aspereza del guante de cuero negro que calza y percibo el olor de mi sangre en las puntas de los dedos. Grito y vuelvo a caer al agua cuando los tiburones llegan.

5

Despierto bañada en sudor.

Ha oscurecido y la televisión está encendida. En la pantalla, una mujer está posando para unas fotografías cerca del borde de un alto acantilado. Ríe y se ajusta un sombrerito de ala ancha que la protege del sol, mientras su marido toma la foto. «Retrocede un poco», le indica con un gesto. Ella obedece, tropieza con una pequeña roca y pierde el equilibrio, sus pies ceden cuando cae hacia el precipicio. Sus gritos resuenan en el gigantesco abismo mientras se precipita hacia la muerte, el sombrero se desprende de su cabeza y el aire lo atrapa, lo mece de un lado a otro. *Caída en el Gran Cañón*, anuncia la voz apocalíptica con regocijo apenas disimulado sobre la mediocre reconstrucción. *Número sesenta y tres de Mil maneras de morir.*

Cojo el mando a distancia de la mesita de noche y apago la televisión. He dormido menos de una hora. Al menos, creo que ha transcurrido menos de una hora desde que Claire y su hija fueron a comprar comestibles. Si es que estuvieron aquí. Tal vez vinieron ayer, o anteayer. Tal vez nunca estuvieron aquí. Tal vez sólo he soñado con ellas.

Bajo de la cama, me tiro un viejo jersey gris sobre los hombros y camino hacia la ventana, al tiempo que levanto los prismáticos de la mesita de noche, me los llevo a los ojos y los enfoco, mientras examino el exterior de los edificios de vidrio que hay frente a mi ventana y los apunto hacia la calle.

No son las seis y las calles están bulliciosas, gente apresurada en todas direcciones, salen del trabajo, se dirigen a casa para cenar. Veo a un hombre y una mujer abrazados en la esquina, y después les sigo mientras continúan calle abajo, tomados del brazo. Desde esta distancia no puedo distinguir sus caras, pero su postura me indica que son felices, que se sienten relajados mutuamente. Intento recordar cómo es ese sentimiento. No puedo.

Dime lo que ves, susurra una voz suave en mi oído. La voz de mi madre.

Y de esa forma me siento transportada desde el dormitorio de la casa de cristal en el piso veintitrés de un rascacielos hasta el dormitorio principal de la residencia palaciega de mis padres en South Beach. Los dedos de mis pies descalzos se hunden en la mullida alfombra blanca, mientras estoy de pie junto a la ventana y miro a través de los prismáticos el espectacular jardín que hay detrás, y me fijo en la exótica variedad de pájaros que hay al otro lado del cristal. Sucede hace tres años, transcurrido un año desde que diagnosticaron a mi madre que el cáncer, por cuya desaparición habíamos rezado, se había reproducido y era terminal.

Morirá dentro de cuatro meses.

—Veo un par de garzas y un precioso ornitorrinco —le digo—. Ven.

Voy a colocarme a su lado.

Pero está demasiado débil para levantarse de la cama, y veo que reprime una mueca cuando intento moverla. Está muy frágil, temo que se desintegre en mis manos, como un pergamino antiguo.

—Los veré la próxima vez —dice, con los ojos llenos de lágrimas.

Ambas sabemos que no habrá próxima vez.

—¿Quieres que te lea? —pregunto, mientras me acomodo en la sillita color melocotón que hay junto a la cama y abro la novela de misterio que le he estado leyendo, a razón de varios capítulos al día.

A mi madre siempre le gustaron las novelas de misterio. Cuando las demás chicas escuchaban cuentos a la hora de acostarse sobre Blancanieves y Cenicienta, ella me leía novelas de Raymond Chandler y de Agatha Christie.

Ahora hemos invertido los papeles.

De vez en cuando vemos la tele, series policiacas sobre todo, cualquier cosa que mantenga alejada su mente del dolor y mi mente del hecho de que la estoy perdiendo. «Es asombroso que siempre adivines quién es el asesino», me decía.

¿Cuándo me abandonó ese poder?, me pregunto, cuando el timbre del teléfono me arranca del pasado como un pez enganchado al anzuelo al final de un carrete.

—Soy Finn, de portería. —Intento contener los veloces latidos mientras él continúa—. Su hermana y su sobrina están subiendo lo que parece un año entero de comestibles.

—Gracias.

Caigo en la cuenta de que tengo hambre, de que no he comido nada en todo el día.

—Dígales, por favor, que pongan los carros vacíos en el ascensor cuando hayan terminado —dice, y le contesto que así lo haré, aunque segundos después ya no tengo ni idea de qué ha dicho.

Espero junto a la puerta del apartamento, escuchando los sonidos del ascensor. Escruto por la mirilla cuando Claire y Jade aparecen a la vista, cada una empujando un carro de la compra, ambos repletos de bolsas de comestibles.

—Hemos comprado todo lo que había en el súper —anuncia Jade cuando abre la puerta—. Espero que no seas vegana.

—He pensado que voy a asar unos cuantos filetes —anuncia Claire, mientras empieza a descargar un carro. Me da dos bolsas.

Me quedo parada, sin saber muy bien qué quiere que haga con ellas.

—Puedes empezar a sacar las cosas —me indica.

Tengo ganas de decirle que carezco de fuerzas, que no sé dónde hay que poner las cosas, que toda aquella idea de los comestibles fue idea de ella, no mía, pero la mirada de sus ojos me revela que no tolerará esas tonterías, y sé que no me conviene llevarle la contraria. La verdad es que apenas la conozco. Hoy habremos hablado más que en toda la pasada década. De modo que llevo las dos bolsas a la cocina sin protestar y las deposito sobre la encimera de mármol de vetas doradas y marrones.

—No se van a vaciar solas —comenta Claire, siguiéndome con dos bolsas más que pone al lado de las mías—. Venga, Bailey. Tú sabes dónde va todo. —Me da una palmadita en el brazo—. Tú puedes hacerlo.

¿Y si no quiero?, estoy a punto de preguntar, pero ella ya ha vuelto al pasillo para recoger más provisiones. ¿Qué puedo hacer, sino obedecer?

Pronto queda claro que Claire ha pensado en todo. Aparte de, como mínimo, frutas y verduras para una semana, ha comprado filetes, pollo, pasta y varias salsas diferentes, al menos una docena de latas de sopa, pan, mermeladas, mantequilla, leche, huevos, café, té, incluso una botella de vino. Hay detergente para lavar platos, detergentes para ropa, tanto en agua caliente como fría, suavizante y una variedad de desinfectantes, dentífrico y un par de cepillos de dientes nuevos, desodorante, champú, loción corporal, colutorio.

Levanto la botella de plástico grande de líquido verde esmeralda de la bolsa con manos temblorosas. *Dime que me quieres*, ordena un hombre, el olor a menta de su boca elimina el mío y provoca que la bilis me suba a la garganta. *Dime que me quieres.*

No estoy segura de si empiezo a gritar antes de dejar caer la botella, o si dejo caer la botella y luego me pongo a gritar, pero una cosa es cierta: estoy gritando, a pleno pulmón, y mis gritos provocan que Claire y Jade irrumpan en la cocina.

—¿Qué pasa? —grita Claire, mirando a todas partes a la vez.

—¿Había una araña en la bolsa? —pregunta Jade—. Lo vi una vez en *Mil maneras de morir*. Aquella señora…

—Jade, por favor —la interrumpe con brusquedad su madre, mientras sus ojos inspeccionan el suelo de la cocina—. ¿Había una araña en la bolsa?

Niego furiosamente con la cabeza, y los gritos han dado paso a los sollozos.

—Tal vez no le gusta el colutorio. —Jade recoge la botella del suelo—. Menos mal que es de plástico.

—Sácalo de aquí —consigo escupir entre sollozos.

—¿Qué pasa? —pregunta Claire mientras su hija coge la botella y sale corriendo de la cocina. Oigo que la puerta de mi apartamento se abre y se cierra—. Bailey, ¿qué ha pasado?

Transcurren varios segundos antes de que pueda explicar mi repentina aversión al colutorio.

—Oh, vaya —exclama Claire, mientras Jade vuelve a la cocina—. Lo siento mucho, Bailey. No tenía ni idea.

—Lo he tirado por el bajante de basura —está explicando la chica a su madre, mientras yo me excuso para ir a cerrar la puerta con doble vuelta de llave. No es que las cerraduras sirvan de mucho, lo sé, cuando pienso en la facilidad con que Jade pudo manipularlas.

—Llamaré a alguien por la mañana para que las sustituyan por algo más robusto —dice Claire cuando vuelvo.

—¿Qué sentiste cuando te violaron? —pregunta Jade.

—Jade —tercia su madre—, juro por Dios…

—Fue espantoso —contesto.

—¿Qué sentiste? —vuelve Jade a la carga.

—Oh, por el amor de Dios…

—No pasa nada —digo a Claire—. Sentí como si alguien estuviera raspando mis entrañas con la hoja de una navaja.

—Uy —susurra la chica.

—¿Ya estás contenta? —le pregunta su madre.

—Es que en la tele siempre parece, ya sabes…

—No —interviene Claire—. No lo sabemos.

Jade se encoge de hombros.

—Como… excitante.

—¿Crees que la violación es excitante?

Ahora sí que Claire parece horrorizada.

—Sólo he dicho que lo parece. A veces. Las mujeres siempre están fantaseando con la violación. En uno de esos programas en los que hablan sobre fantasías dijeron que las fantasías de violación son muy comunes entre las mujeres.

—Existe una gran diferencia entre fantasía y realidad —replica su madre—. En las fantasías, nadie sale perjudicado. —Abre la nevera y empieza a sacar cosas—. Creo que deberías disculparte con Bailey.

—¿Por qué?

—No pasa nada —digo.

—Tú eres la que deberías disculparte —dice Jade a su madre—. Tú eres la que está intentando robarle todo su dinero.

Claire respira hondo.

—Vale. Creo que ya has hablado bastante por esta noche.

—¿Puedo ir a ver la televisión?

—No —contesta Claire, y después cambia de opinión—. Sí. Ve. Por supuesto, ve a ver la televisión.

Jade se aleja por el pasillo. Segundos después, oímos el ruido de la televisión.

—Lo siento muchísimo —empieza Claire.

—No pasa nada.

—Sí que pasa. No he venido a molestarte.

—¿Para qué has venido?

Cierra la puerta de la nevera y se apoya contra la encimera.

—Gene me contó lo sucedido. Me sentí fatal. Nos sentimos fatal los dos. Escucha, sé que tú y yo nunca hemos mantenido una verdadera relación. Y sé que hemos presentado una demanda contra ti. Pero... —Suspira, me mira a los ojos—. Pero seguimos siendo una familia. Aún somos hermanas. Pese a todo. Y soy enfermera. Supongo que pensé que podría ayudarte. —Mira hacia mi habitación, el ruido de la televisión rebota en las paredes hasta nosotras—. Tal vez no fue una buena idea.

—Me alegro de que estés aquí.

—¿Aunque estoy intentando robarte todo tu dinero?

Otra mirada hacia mi habitación.

—Sé que no es eso lo que intentáis hacer.

—Gene es inflexible con lo de la demanda. Los demás también. Están muy enfadados.

—¿Y tú no?

—A veces —admite—. O sea, duele que te eliminen del testamento de tu padre, pero, bueno, estuvimos también eliminados de su vida, de modo que ya deberíamos estar acostumbrados. Al menos, pagó la manutención de Jade y su educación. Tampoco parece que vaya a estudiar en Harvard.

—Tal vez te sorprenda.

—¿Quieres saber cuál es su máxima ambición en este momento?

Asiento, y me doy cuenta de que estoy disfrutando de esta conversación, es la primera conversación que he sostenido en semanas que no gira a mi alrededor, alrededor de la violación.

—Quiere quedarse embarazada para ir a uno de esos *reality shows* que siempre ve, como *Teen Mom* o *Sixteen and Pregnant*. Uno de ésos.

Río a pesar de la expresión seria de Claire. O quizá por ello.

—¿Crees que estoy bromeando? Pregúntale. Ella te lo confirmará.

—Creo que está intentando provocarte.

—Oh, ya hemos superado eso. De hecho, la pillé con un tío la semana pasada. Llegué a casa después de mi turno en el hospital a eso de las dos de la mañana, y allí estaban, revolcándose en el suelo de mi sala de estar, en pelota picada. Enciendo la luz, ¿y sabes qué pasa? ¡Me chillan a mí! ¿Qué estás haciendo en casa tan pronto? Se supone que debías trabajar hasta las tres. ¿Intentas arruinar mi vida social? Esa es la clase de chorradas que he de aguantar. ¿Está avergonzada? Ni un ápice. ¿Y él? Tampoco, que yo sepa. El muy idiota se pone los vaqueros, después se apoya contra el sofá y saca los cigarrillos. Le digo que se largue de mi casa con su desagradable adicción. Jade amenaza con acompañarle. Le digo que tío Gene la encerrará de nuevo en el reformatorio tan deprisa que la cabeza le dará vueltas. Y eso va también por sir Galahad, que ya tiene un pie fuera de casa. Al final acabamos discutiendo. Le suelto el rollo de los peligros del sexo sin protección, y es cuando ella me informa de que quiere quedarse embarazada para ir a uno de esos estúpidos *reality shows*. Y lo dice en serio —añade Claire antes de que yo pueda opinar.

De modo que no digo nada.

—Ah, y por supuesto, me llama hipócrita, me recuerda que yo estaba embarazada cuando me casé con su padre —añade, mientras guarda los comestibles en el frigorífico.

—¿Qué opina él de todo esto? —pregunto. Sé que se divorció hace mucho tiempo, pero es lo único que sé.

Claire tira un cogollo a la basura, como si fuera una pelota de fútbol americano que sostuviera en la mano después de un ensayo.

—¿Eliot? ¿Cómo quieres que lo sepa? Hace años que no veo a ese cerdo. Papá lo caló enseguida. —Menea la cabeza, lanza una carcajada sorprendentemente infantil—. Tal vez deberíamos tener nuestro propio *reality show*.

Miro a mi hermanastra mientras empieza a embutir comestibles en la despensa que hay junto a la nevera, y admiro su competencia. Yo era como ella. Era competente en todos los aspectos.

—Lo creas o no —dice—, Jade fue una chica muy dulce hasta que cumplió catorce años. Entonces se… giró, ya me entiendes.

—Pasa hasta en las mejores familias.

—¿De veras? Estoy segura de que a tu madre no se las hiciste pasar canutas.

—Estoy segura de que hubo momentos.

Claire interrumpe su labor.

—Debió de ser muy duro para ti cuando murió.

Me doy la vuelta a toda prisa para que no vea las lágrimas que afloran a mis ojos. Casi tres años, y todavía siento la pérdida de mi madre con tanta intensidad como si fuera ayer.

—Tuve crisis de ansiedad casi cada día durante el año posterior a su muerte —confieso. Es la primera vez que se lo cuento a alguien. No estoy segura de por qué se lo he dicho.

—¿Viste a algún especialista?

—¿Te refieres a un psiquiatra?

—O un terapeuta. Alguien con quien hablar.

—Hablaba con Heath.

Pese a que mi hermano estaba todavía peor que yo.

Me mira con escepticismo. Está claro que la reputación de mi hermano le ha precedido.

—¿Te sirvió de ayuda?

—Estamos muy unidos —digo, aunque ya sé que eso no contesta a su pregunta—. ¿Tú estás unida a Gene?

—Supongo. Sé que puede ser un poco santurrón y algo mojigato. Siempre está convencido de que tiene razón. Y, por desgracia, casi siempre tiene razón. Pero también es honrado, ético y todas esas cosas que no suelen darse en los hombres, así que...

Su voz enmudece, la frase perdura en el aire, como el humo de un cigarrillo.

—¿Y los demás?

—¿Te refieres a nuestros estimados hermanastros, Thomas, Richard y Harrison?

Pronuncia cada nombre con la floritura dramática apropiada.

Sonrío.

—Hace años que no los veo.

—No puedo decir que los haya visto mucho. Hasta hace poco. Esta demanda... —Claire se interrumpe con brusquedad—. Lo siento. Y siento lo de la demanda. Si fuera por mí...

—Comprendo.

¿De veras?

—¿Cómo era tu madre? —pregunta, en busca de terrenos más seguros.

—Muy especial.

—Nuestro padre estaba loco por ella, desde luego.

Sonrío de nuevo. «Loco» me parece una palabra demasiado pasada de moda para que ella la utilice. Pero casi es la más precisa.

—Supongo.

—Tuviste suerte.

La palabra me resulta tan extraña ahora como cuando la policía la utilizó después de que me violaran. Mi madre murió cuando yo tenía veintiséis años de edad. ¿Cómo puede considerarse eso afortunado?

Fue mi madre quien sugirió que me hiciera investigadora privada. Es probable que no hablara en serio cuando lo dijo, pero yo me aferré a la idea como chicle a la suela de un zapato. No tardé en descubrir que podía obtener el permiso *online*, lo cual me concedió la oportunidad de quedarme en casa con ella durante aquellos últimos meses preciosos de su vida. Ya había dejado atrás años de universidad, años empleados intentando decidir qué quería hacer con el resto de mi vida. Durante los tres años anteriores, había estudiado criminología. Convertirme en investigadora privada me vino como anillo al dedo, pan comido.

Pasos en el corredor me devuelven al presente.

—¿Aún no has empezado a preparar la cena? —gime Jade desde la entrada—. Me estoy muriendo de hambre. Dijiste que cenaríamos y nos iríamos a casa.

—¿Por qué no pones la mesa?

La chica mastica airadamente su chicle. Una enorme burbuja rosa florece entre sus labios, y crece hasta ocultar la mitad inferior de su cara. Se encamina hacia los cajones de la cocina y empieza a abrirlos y cerrarlos hasta que encuentra el de los cubiertos.

—¿La policía tiene algún sospechoso? —pregunta, mientras revienta la burbuja con los dientes, las manos llenas de tenedores y cuchillos.

Me imagino utilizando uno de esos cuchillos para apuñalar a mi agresor, y mi mano derecha se convierte en un puño cuando noto que el cuchillo desgarra su pecho y atraviesa su corazón.

—Tierra a Bailey. ¿Hola? ¿Hay alguien en casa?

La voz de Jade me arranca de mis fantasías.

—Lo siento. ¿Qué decías?

—He preguntado si la policía tenía algún sospechoso.

—No. No que yo sepa.

—Así que... ¿Creen que fue una agresión aleatoria?

—¿Qué otra cosa pudo ser?

—Tal vez lo hicieron de manera premeditada —comenta Jade, y se encoge de hombros.

—Jade, la verdad. —Claire apoya una mano sobre mi brazo—. Lo primero que haremos mañana por la mañana es cambiar esas cerraduras.

6

—¿Puedo hablar con la detective Marx, por favor?

Aprieto el teléfono contra el oído y me recuesto sobre mi almohada. El dormitorio está a oscuras, aunque son ya casi las diez de la mañana. He pensado en abrir las persianas, en dejar entrar el sol implacable, pero he decidido que no. No estoy preparada para asumir la llegada de otro día interminable, aunque día y noche se han convertido en casi intercambiables para mí. Uno no aporta más solaz que la otra.

—Un momento, por favor —responde el agente. Capto un desagradable matiz en su voz, como si le hubiera interrumpido haciendo algo importante, o al menos algo más importante que yo. *¿Ha reconocido mi voz?*, me pregunto mientras me pone en espera, y el sonido alegre de música latina llena al instante el vacío. Me imagino al agente inclinado sobre el escritorio y gritando a la detective Marx: «Es esa chica de nuevo, la Carpenter. La tercera vez durante la última hora. ¿Quiere que le diga otra vez que está ocupada?»

Lo comprendo. De veras que sí. La triste realidad es que soy una noticia caducada. He sido sustituida por otros delitos más nuevos, más recientes, más interesantes: una mujer estrangulada por su novio después de una acalorada discusión sobre quién merece ser la Siguiente Top Model de Estados Unidos; una mano cortada descubierta en un pantano al lado de la I-95; un tiroteo en un 7-Eleven que ha dejado una persona muerta y otra en estado crítico. No puedo competir. He sido relegada al proverbial segundo plano, donde alumbro una llama apenas perceptible, mi esencia se destila poco a poco en el aire, como vapor, hasta que pronto no quedará nada.

«Tal vez lo hicieron de manera premeditada», oigo decir a mi sobrina.

¿Es posible?

¿Y si Jade tiene razón? Aunque con la eliminación de Roland Peterson y Todd Elder como sospechosos, ¿quién me iba elegir como víctima? ¿Qué motivo tendría?

¿Qué estoy haciendo?, me pregunto, mientras alejo el teléfono de mi oído e interrumpo groseramente a Gloria Estefan en mitad de su canción. ¿Qué espero lograr cuando oiga confirmar a la policía una vez más que no tienen pistas nuevas? Aprieto el botón de concluir la llamada y lo devuelvo a su cargador. No hay nada que la detective Marx me pueda decir que no sepa ya.

Me levanto de la cama, me tambaleo hasta el cuarto de baño sobre unas piernas que ya no están acostumbradas a recorrer más de unos cuantos pasos a la vez, me quito el pijama en la oscuridad y me meto en la ducha. Cuando estoy lo bastante escaldada, cierro el agua caliente y me rodeo el torso con una toalla limpia, mientras doy en silencio las gracias a Claire por las tres lavadoras de anoche, antes de que se marchara cuando ya casi era medianoche. Me acerco a la ventana del dormitorio, aprieto el botón de la pared que controla las persianas motorizadas y veo que se alzan automáticamente hasta el techo. Un mundo de casas de cristal me saluda, y el sol patina sobre sus suaves superficies heladas.

Los veo de inmediato, aunque ellos no me ven: los obreros del edificio en construcción de enfrente se mueven de un lado a otro con sus cascos azul, blanco y amarillo. Su presencia siempre me sobresalta, aunque vienen cada mañana desde hace más de un año para iniciar su martilleo a las ocho en punto, acumulando un piso encima de otro con tanta facilidad como si fueran niños jugando con bloques de plástico. Los observo unos cuantos minutos antes de coger los prismáticos y acercar más a los obreros y enfocarles con mayor precisión. Veo que un hombre se seca el sudor de la frente con un trapo blanco que saca del bolsillo de atrás de sus tejanos caídos; veo a otro hombre que pasa por delante de él con un grueso pedazo de madera apoyado sobre sus hombros, exhibiendo los bíceps desnudos. Veo a otro que sale de un retrete portátil rojo brillante situado al final del espacio abierto de acero y hormigón. Los hombres (cuento media docena) son de edades comprendidas entre los veinte y los cuarenta años, de estatura y peso medios. Dos son blancos, tres hispanos, uno de color café con leche.

Cualquiera de ellos podría ser el hombre que me violó.

Podría haber estado vigilándome, como yo los vigilo ahora. Podría haberme visto una mañana ante la entrada del edificio, a la espera de que el empleado del aparcamiento subiera mi coche del garaje subterráneo. Podría haber vigilado mis movimientos, seguido mi Porsche mientras me dedicaba a mi rutina diaria. Podría haberme seguido la noche que fui en busca de Roland Peterson, para espiarme como yo espiaba el apartamento de la exnovia de Peterson, esperando el momento adecuado, esperando el momento preciso para atacar.

¿Es eso posible?

El teléfono suena y pego un bote. Debe de ser Claire, que me llama para saber cómo me encuentro, pienso, mientras me llevo el teléfono al oído. Pero no es ella, y me siento decepcionada, algo que se me antoja curioso y desconcertante al mismo tiempo.

—Bailey —dice la detective Marx, su voz es tranquilizadora y formal a la vez—. Lo siento. Tengo entendido que ha llamado antes. Se habrá cortado la comunicación.

No pregunta cómo estoy o si todo va bien. Ya sabe la respuesta a ambas preguntas.

—He pensado en algo —le digo, mientras imagino los dulces ojos grises que recuerdo de la noche de la violación.

—¿Ha recordado algo?

Me la imagino haciendo una señal a su compañero, mientras busca en el escritorio desordenado la libreta y el bolígrafo.

—Utilizaba colutorio.

—¿Qué?

—El hombre que me violó. Su aliento olía a colutorio.

—Su aliento olía a colutorio —repite, con voz desprovista de toda inflexión.

—Con sabor a menta. Hierbabuena —matizo.

—Hierbabuena.

Empiezo a sentirme como una imbécil. ¿Hasta qué punto puede ser útil esto? Millones de personas utilizan colutorio.

—Lo pensé ayer, cuando estaba sacando de las bolsas algunas compras del supermercado. —Me estremezco al recordarlo—. Es como usted dijo, detalles que recuerdo de repente…

¿Dijo eso?

—Eso es estupendo, Bailey. Siga intentando recordar. Tal vez recupere algo más.

Algo que quizá podría ayudar a la policía en su investigación.

—¿Algo más? —pregunta Marx.

—No. Es que…

—¿Qué?

—¿Se han producido más violaciones en la zona donde me agredieron?

—Otras violaciones en la zona —repite la detective Marx, algo que hace, me doy cuenta, con irritante regularidad—. No, no se han producido más violaciones en esa zona.

—¿Ninguna en absoluto?

—No se han producido agresiones de ningún tipo en ese barrio durante los últimos seis meses.

—¿Qué cree que significa eso?

—No lo sé —admite—. ¿Qué cree usted que significa?

Ya tengo las palabras en la punta de la lengua, pero tardo varios segundos en reunir el valor suficiente para escupirlas.

—Que tal vez mi agresión no fue aleatoria; tal vez fue premeditada.

—¿Y quién fue? —pregunta la detective Marx.

—No lo sé.

Miro hacia la obra al otro lado de la ventana, observo a dos trabajadores manipular una larga viga de acero.

—Bailey —insiste la detective Marx—, ¿se le ocurre alguien que desee perjudicarla?

¿Cuántas veces me he formulado esa pregunta? Hay montones de personas disgustadas conmigo, incluidos varios miembros contrariados de mi propia familia, pero no creo conocer a nadie que me odie lo suficiente como para hacer algo así. Podrían haber contratado a alguien para hacerlo, por supuesto, pienso, y una exclamación ahogada escapa de mis pulmones.

—¿Qué pasa? —pregunta la detective.

—Nada.

Se produce una pausa mientras ambas esperamos a que la otra hable. Por fin, la detective Marx cede y rompe el silencio.

—De acuerdo, Bailey. Esto es lo que quiero que haga. ¿Me está escuchando?

Asiento.

—Bailey, ¿me está escuchando?

—Estoy escuchando.

—Quiero que haga una lista de toda la gente que conoce, del pasado o del presente, del ámbito personal o profesional, que pueda guardarle rencor. ¿Será capaz de hacerlo?

Asiento de nuevo. Recuerdo vagamente haber hablado de eso ya.

—Le preguntamos acerca de posibles enemigos que hubiera podido crearse como resultado de su trabajo —continúa la detective Marx—. ¿Ha pensado en alguien?

—La verdad es que no —contesto enseguida—. Ya han descartado a Todd Elder.

—¿Nadie de su pasado? ¿Tal vez algún exnovio rencoroso?

No le he hablado de mi desagradable ruptura con Travis.

—Estoy segura de que habría reconocido a un exnovio, incluso con una funda de almohada sobre la cabeza —digo, y capto de nuevo cierta agitación en mi voz. Esta conversación es inútil. Siento haberla suscitado.

—Escuche, Bailey. Lo más probable es que no fuera agredida por alguien a quien conoce. O por alguien que conoce bien, al menos. Lo más probable es que se tratara de un desconocido. Tal vez alguien la vio aquella noche, esperó el momento oportuno y atacó. O quizá la siguieron durante días, incluso semanas. Podría ser alguien a quien conoció por casualidad, o alguien con quien se cruzó en la calle, tal vez le saludó al pasar, o no, y se lo tomó como una afrenta personal. Hay suficientes chiflados en la ciudad para que cualquier cosa sea posible, y por culpa de eso es tan difícil encontrar a ese tipo, y por eso cualquier cosa que se le ocurra, cualquier persona, nos podría ser de utilidad.

Miro de nuevo hacia la obra de enfrente.

—Están todos esos obreros.

Le hablo de los hombres a los que veo cada día desde mi ventana, verbalizo la posibilidad de que alguno de ellos se haya fijado en mí también.

—Obreros de la construcción —repite—. ¿Tiene algún motivo para sospechar que uno de ellos pueda ser el hombre que la agredió?

—La verdad es que no.

—¿Alguno de ellos le ha dicho algo, o se le ha insinuado...?

—No.

Un suspiro de derrota.

—Bien, no podemos empezar a investigar todas las obras de la zona basándonos en un estereotipo sexista.

—No, claro que no. —Está perdiendo la paciencia conmigo—. Pero usted puede conseguir una lista de los empleados a través del constructor —continúo, no obstante—, introducir sus nombres en sus ordenadores, comprobar si alguno tiene antecedentes, tal vez una condena anterior por agresión sexual.

—Dudo que resulte —admite la detective Marx después de una larga pausa—. Pero ¿qué demonios? Estamos buscando una aguja en un pajar.

O una astilla de cristal roto, pienso, mientras el sol se refleja en una ventana cercana y envía una esquirla mellada de luz a mis ojos.

—Lo cual no significa que no vayamos a encontrar al hombre que hizo eso, Bailey.

—Lo sé.

Lo más probable es que nunca encuentren al hombre responsable si no vuelve a atacar de nuevo.

¿Es eso en lo que confío? ¿Que el hombre que me violó envíe a otra mujer a este infierno en vida? ¿Es ésa la persona en la que me he convertido, capaz de desear la desgracia de otra por mi propio bien?

—Pondré manos a la obra enseguida —dice la detective Marx. Después, antes de colgar—: Hágame esa lista.

Tiro el teléfono sobre la cama, me descubro dirigiéndome hacia la ventana. El soplo fresco del aire acondicionado acaricia mis hombros desnudos, y me doy cuenta de que voy envuelta sólo con una toalla. *¿Me habrá visto alguien?*, me pregunto, a sabiendas de que el ángulo del sol convierte eso en imposible, pero de todos modos me pongo de rodillas para acercarme al ropero, por si acaso. ¿Es posible que alguno de los obreros del edificio de enfrente me viera una mañana, mientras paseaba por mi apartamento medio desnuda? ¿O tal vez algún inquilino de los otros edificios? Tal vez no soy la única del barrio que tiene prismáticos.

El timbre del teléfono consigue que me derrumbe sobre el suelo. Me quedo inmóvil, el rostro apretado contra la mullida alfombra beis, el corazón latiendo de manera errática. Tardo unos segundos en recuperar el equilibrio y extender la mano hacia el teléfono, varios segundos más en recordar que no está en su cargador, sino sobre la cama, donde lo tiré antes. Consigo localizarlo cuando suena por cuarta vez, justo antes de que el buzón de voz se active para contestar.

—Señorita Carpenter, soy Stanley, de portería —anuncia la voz.

Intento imaginar a Stanley, pero no puedo. Hay como mínimo media docena de hombres jóvenes que trabajan en la portería y el doble de empleados del aparcamiento, todos igualmente presentables, igualmente olvidables.

—Ha venido el cerrajero para cambiar las cerraduras.

—¿Puede concederme cinco minutos?

—Por supuesto.

—¿Y puede enviar a alguien con él?

—Voy a ver quién está disponible.

—Gracias.

Me pongo unos pantalones color caqui de algodón holgados y una camisa blanca, y me recojo el pelo mojado en una cola de caballo en la nuca.

Cinco minutos después alguien llama con fuerza a mi puerta. Miro por la mirilla, veo a dos hombres, sus rostros distorsionados por la proximidad y el diminuto espacio de visión. Abro la puerta, retrocedo para dejarlos entrar.

—Hola —me oigo decir, con una voz que apenas reconozco como mía—. Pasen.

—Hola. Soy Manuel —dice el mayor de los dos hombres, sus palabras enterradas en un marcado acento cubano, la caja de herramientas aferrada en la mano derecha. Tendrá unos cuarenta años, de estatura y constitución medias, pelo negro largo hasta los hombros, ojos oscuros y cálidos.

El segundo hombre es alto y delgado, con una nube de pecas sobre el puente de su nariz ancha, y pelo rubio oscuro largo hasta la barbilla. La promesa de un bigote florece sobre su labio superior. Lleva el conocido uniforme de los empleados del aparcamiento, y la placa de identificación indica que es Wes. Aparenta unos veinte años. No recuerdo haberle visto antes.

—¿Es usted nuevo? —pregunto.

—Empecé hace un mes. Es un edificio estupendo.

Su aliento huele a colutorio. Lanzo una exclamación ahogada y retrocedo un paso.

Wes me mira, sus ojos castaño claro me escrutan con una familiaridad que resulta tan inesperada como desconcertante.

—¿Pasa algo?

Niego con la cabeza, me recuerdo que millones de personas usan colutorio y que el de este chico no huele como el de mi violador, más cerca de la menta que de la hierbabuena.

¿Sabe lo que pasó? ¿Lo sabe alguno de los empleados del aparcamiento? Deben sospechar algo, debido a la evidente alteración de mi rutina normal y las visitas de la policía. ¿Susurran al respecto entre ellos? ¿Se ríen a mis espaldas? ¿Se sienten excitados? ¿Interesados? ¿Asqueados? ¿Creen que fue culpa mía?

Manuel empieza a desmontar la cerradura existente.

—Menuda birria —comenta con una sonrisa despectiva, y la tira a un lado—. Le pondré algo mucho mejor. —Levanta otra cerradura—. Mucho más segura. ¿Lo ve?

Asiento.

—Mi sobrina fue capaz de abrirla en un par de segundos.

—Ésta no la podrá abrir, se lo garantizo.

Contemplo las manos de Manuel mientras trabajan para instalar mi nueva cerradura. Unos dedos muy gruesos, pienso, y los siento apretados contra mi tráquea.

—¿Se encuentra bien? —pregunta Wes de repente.

—Me encuentro bien. ¿Por qué?

—Se ha estremecido. Mi padre decía que, cuando te estremeces, significa que alguien camina sobre tu tumba.

—Habremos terminado dentro de unos minutos —dice Manuel.

—Estupendo.

—Su sobrina no podrá abrir esta cerradura. Se lo garantizo.

Diez minutos después, Manuel deposita dos llaves nuevas relucientes en la palma de mi mano. Mis dedos se cierran a su alrededor. Las noto cálidas, se derriten como cera en mi carne, me dejan su marca.

—¿Cuánto le debo? —pregunto.

—Todo está arreglado. Su hermana…

—¿Claire?

—Una señora muy simpática. Ella se ocupa de todo.

Manuel se va, pero Wes se rezaga varios segundos más.

—Bien, hasta luego —se despide, y traslada su peso de un pie al otro. Me doy cuenta de que está esperando una propina, pero no tengo ni idea de en dónde está mi bolso, así que no me muevo, y se rinde al cabo de unos segundos más, para reunirse con Manuel en el ascensor—. Disfrute de sus nuevas cerraduras —dice, mientras yo cierro la puerta.

7

Empiezo a mirar al hombre casi por accidente.

Claire lo ve primero. Está de pie ante la ventana de mi dormitorio, lleva pantalones gris oscuro y un jersey blanco poco favorecedor que traiciona un michelín en la cintura, su bonito pelo rubio largo hasta la barbilla necesita un buen estilista. Está mirando con mis prismáticos los apartamentos iluminados del edificio que hay justo detrás del mío, su mirada surca rítmicamente el aire como un halcón, arriba y abajo, atrás y adelante, de izquierda a derecha, como transportada por el viento, en busca de un lugar seguro donde posarse.

—Dios mío, mira esto —comenta, más para sí que para Jade o para mí.

Mi sobrina y yo estamos tiradas en la cama viendo la tele, como hacía con mi madre. Jade viste una camiseta holgada rosa perla sobre unos leotardos negros, sus estilosas botas hasta los tobillos, con los tacones delgados como agujas de doce centímetros, en el suelo a su lado. Está masticando chicle, juega distraída con su pelo y ríe. Acabamos de ver a un hombre partido en dos por su cortacésped mecánico y a una mujer ahogarse en un pozo de alquitrán, números 547 y 212, respectivamente, en la aleatoria y, al parecer, interminable cuenta atrás de *Mil maneras de morir*. Si alguna vez alcanzan el número mágico, sospecho que ya tienen una secuela en preparación. *Mil maneras más de morir*, propongo, mientras miro a Claire y me maravillo de que todavía haya gente en el mundo que se sienta lo bastante segura para tener las cortinas descorridas y las luces encendidas después de la puesta de sol. ¿Es que no saben que, probablemente, alguien estará vigilando?

—¿Qué ves? —pregunto, y oigo un eco de mi madre. Jade ya ha saltado de la cama y se ha plantado al lado de la ventana, para a continuación apoderarse de los prismáticos que sostenía su madre.

—¡Qué capullo! —exclama.

—Jade, no digas palabrotas —advierte Claire sin demasiada convicción.

—Tienes que ver esto.

Jade agita la mano en mi dirección.

Niego con la cabeza.

—Cuéntame.

—Hay un tío en ese apartamento… Déjame ver… En el tercer piso empezando por arriba, la cuarta ventana por la izquierda —cuenta, y después aúlla literalmente de placer—. Oh, esto es para morirse de risa. Has de verle, Bailey. Se cree que es la hostia.

—Jade, no digas palabrotas.

—Está paseando por su dormitorio medio desnudo…

—Lleva tejanos —corrige Claire.

—Pero sin camisa, lo cual consigue que esté medio desnudo —dice con impaciencia la chica. Incluso con los prismáticos apretados contra la cara, veo que pone los ojos en blanco—. De hecho, tiene unos abdominales impresionantes.

—Como si eso fuera importante —comenta su madre.

—Se está pavoneando delante del espejo, haciendo posturitas y flexionando los músculos. Es increíble. Oh, qué asco. Se ha metido la mano dentro de los pantalones y se ha acomodado la polla.

—Jade, no digas palabrotas.

—¿Qué? ¿Prefieres picha?

—Oh, por el amor de Dios.

—Vale, vale, ya lo pillo. Pene. Se ha acomodado el pene. Bailey, ven aquí antes de que te lo pierdas.

—Lo siento —murmuro, al tiempo que reprimo las náuseas—. Creo que debe de ser lo último que deseo ver.

—Por favor, Jade. —Su madre le arrebata los prismáticos y los devuelve a la mesita de noche—. A veces no sé qué pensar.

—No quería… No estaba pensando en…

—Ése es tu problema —replica Claire—. No piensas.

—Lo siento, Bailey.

—No pasa nada.

—Creo que deberíamos irnos —propone su madre—. Se está haciendo tarde.

—No son ni siquiera las nueve.

—Mañana vas al colegio.

—¿Y?

Ha transcurrido casi una semana desde su primera visita inesperada. Me relajo en la consoladora previsibilidad de su discusión y me doy cuenta de lo mucho que he llegado a disfrutar de su compañía. Al contrario que Gene, cuya primera visita fue la última, Claire se ha dejado caer cada día desde entonces, después de su turno en el hospital, para saber cómo estoy antes de ir a casa. A veces, prepara la cena y Jade se reúne con nosotras. A veces nos sentamos a ver la televisión. De vez en cuando, Claire me habla de su jornada laboral, de la discusión que ha tenido con uno de los médicos, la mirada de afecto que recibió de la víctima de una apoplejía incapaz de hablar. No pregunta cómo me ha ido el día, pues sabe que, en esencia, uno es igual al siguiente.

Alguien llama a la puerta, y a continuación se oye el timbre.

—¿Quién es? —pregunta Jade, mientras pasea la vista entre su madre y yo, como si al menos una de las dos supiera la respuesta.

—¿No ha de llamarte el portero antes de permitir que alguien suba? Claire ya está avanzando hacia el pasillo.

—Será Heath —les digo—. Todo el mundo le conoce.

¿Quién es Heath? —pregunta Jade.

—Mi hermano.

Veo las ramas de nuestra familia desestructurada reordenarse en la mente de mi sobrina.

—Ah, sí. El otro elegido.

—Jade, por el amor de Dios. ¿He de amordazarte? —La cara de Claire refleja tanta irritación como vergüenza. Cierra los ojos, las mejillas cubiertas de un tono fucsia rabioso—. Lo siento, Bailey. Eso fue antes…

—Tranquila. Lo sé.

—¿Dónde ha estado toda la semana? —pregunta Jade.

Me encojo de hombros. Heath siempre ha sido proclive a ir y venir, a veces desaparece durante días, por lo general en una espesa y voluminosa nube de humo de marihuana. Nunca ha sido muy bueno en las crisis, y mi violación le ha afectado casi tanto como a mí. Sé que forcejea con los mismos sentimientos inquietantes de culpa y desamparo, la misma rabia impotente.

La verdad, creo que se quedó aliviado cuando le hablé de Claire y Jade durante nuestra última conversación telefónica. Sus visitas le han exonerado de gran parte de la responsabilidad. Ya no ha de interpretar el papel de valiente hermano mayor, un papel que nunca le ha sentado bien. Heath es un poco como esos ramos de flores que recibí después de la violación, los que se marchitaron y murieron debido a la falta de agua fresca y atención. Necesita cuidados continuados, y en estos últimos tiempos carezco de fuerzas para proporcionárselos.

Salto de la cama para seguir hasta la puerta a Claire y a Jade, quien ha intentado varias veces (y, gracias a Dios, sin éxito) forzar mi nueva cerradura.

—Hola, Heath —oigo decir a Claire, mientras invita a mi hermano a entrar en el vestíbulo, el inconfundible olor a hierba pegado a él como una segunda piel. Se aferra a sus poros y se filtra a través de su chaqueta de cuero negra y los vaqueros de pitillo. Claire arruga la nariz al reconocer el mareante aroma dulzón, pero se limita a decir—: Me alegro de volver a verte. Ha pasado mucho tiempo.

Heath se aparta el flequillo de su rostro delicado y hermoso, y sus ojos verde oscuro miran a su hermanastra mayor como si intentara situarla.

—Estás colocado —comenta nuestra sobrina, y lanza una risita cuando él se acerca.

—Y tú eres Jade —replica Heath, al tiempo que le dedica una amplia sonrisa—. He oído hablar mucho de ti.

—¿De veras? Yo no he oído nada de ti. Al menos, Bailey no me ha contado nada.

Heath ríe.

—Tienes razón —me dice—. Es fabulosa.

Se quita la chaqueta de cuero y la tira al suelo. Claire la recoge de inmediato. La camisa de seda azul marino que lleva está mal abrochada, de manera que el lado izquierdo cuelga más que el derecho, pero por lo visto no se ha dado cuenta. Es evidente que está colocado, más colocado que nunca desde que murió nuestra madre.

—¿Te encuentras bien? —susurro.

—Perfectamente —responde en voz alta—. ¿Y tú? Veo que ya no vas en pijama. Supongo que eso significa que las Hermanitas de la Caridad te han cuidado bien. Buen trabajo, señoras.

—¿Por qué no nos sentamos?

Claire señala hacia la sala de estar.

Pero Heath ya se ha encaminado hacia mi dormitorio.

—Creo que prefiero tumbarme —replica, mientras Jade y yo le seguimos.

—Me parece que un café sería una buena idea —sugiere Claire, mientras retrocede hacia la cocina.

—Una gran idea. —Heath entra en mi dormitorio y para en seco al lado de mi cama, los ojos clavados en la televisión—. ¿Qué demonios es esto? —Una joven con una blusa escotada y una falda casi inexistente está saliendo de un helicóptero, cuando se acerca demasiado a las palas de la hélice, todavía en movimiento—. Qué bestia —susurra mi hermano cuando un terrorífico chorro de sangre salpica la pantalla.

«Decapitada por un helicóptero —anuncia con voz casi extasiada el presentador—. Número cincuenta y nueve de *Mil maneras de morir.*»

—¿Qué demonios estás mirando?

Jade explica la premisa del programa, mientras Heath se tumba sobre la cama y acumula todas las almohadas posibles debajo de la cabeza.

—Guay —comenta, y cierra los ojos.

Veo que Jade estudia su rostro en reposo.

—Tu hermano es muy guapo.

Heath abre los ojos al instante. Se apoya sobre un codo, claramente halagado, aunque estoy segura de que ya está acostumbrado a esa clase de cumplidos.

—Caramba, gracias. Has sido muy amable al darte cuenta.

—¿Has visto alguna vez el programa *Teen Mom*? —pregunta ella.

—No puedo asegurarlo.

Jade aporta una breve sinopsis del programa.

—Ya no lo emiten, pero se rumorea que va a volver, y en ese caso, yo quiero participar. Saldría en la portada de *US Weekly* y sería famosa.

—Pero antes has de quedarte embarazada —dice Heath.

—Lo sé. Ahí es donde entras tú.

—¿Yo entro? ¿Cuándo he entrado?

—Serías el perfecto papá del bebé.

—¿Perdón? —Heath me mira—. ¿Está bromeando?

—No creo.

Reprimo una carcajada.

—Escúchame. —Jade se sienta en el lado de mi cama—. Sabes que los productores han de elegir entre todas las adolescentes de Estados Unidos, ¿verdad? Por lo tanto, has de ser muy creativo.

—Yo no soy ni remotamente creativo —replica Heath.

Ella hace caso omiso del comentario.

—Has de tener algún atractivo…

—¿Me estás llamando atractivo?

Jade asiente con entusiasmo.

—Soy tu tío.

—Ése es el tema, lo que consigue que la idea resulte tan irresistible.

—¿Consideras irresistible el incesto?

—Sólo eres medio tío mío y, además, apenas te conozco.

—Lo cual debería dar qué pensar a una persona normal.

—No creo que ninguno de los dos seamos exactamente normales, ¿verdad?

Heath sonríe, y me doy cuenta de que Jade le está empezando a caer tan bien como a mí.

—Puede que tengas razón.

Claire entra en la habitación, con un tazón de café recién hecho en una mano y crema y varios sobres de azúcar en la otra. Heath coge el tazón de su mano y le añade enseguida crema y azúcar, para luego depositarlo sobre la mesita de noche sin tomar ni un sorbo.

—Creo que deberíamos irnos.

Claire recoge las botas de su hija del suelo y las deja caer sobre su regazo.

—¿Pensarás al menos en mi idea? —pregunta Jade a Heath mientras se calza las botas.

—En absoluto.

—¿Qué idea? —pregunta Claire—. Da igual. No quiero saberlo. Ha sido un placer verte, Heath.

—Siempre es un placer —es la respuesta instantánea de él.

—¡Espera! —Jade coge mis prismáticos de la mesita de noche y corre hacia la ventana—. Un vistazo más.

—¿A qué perversión se entrega ahora? —pregunta Heath.

—Mira tú mismo. —Jade le entrega los prismáticos—. En el tercer piso empezando por arriba, la cuarta ventana por la izquierda.

—No, gracias. Se parece demasiado a *La ventana indiscreta* para mi gusto.

—Venga —le provoca ella—. Tú sabes que quieres hacerlo.

Sus palabras me envían de manera instantánea al pasado. Tengo doce años, llevo el uniforme del colegio, estoy a punto de subir al autobús que lleva al centro, cuando siento la mano de un hombre en mis nalgas. *No pongas esa cara de escandalizada, pequeña. Tú sabes que te ha gustado.*

Mis rodillas ceden. Me agarro a la mesita de noche para sostenerme, y estoy a punto de tirar el café de mi hermano.

—Oh, Dios.

Claire se materializa al instante a mi lado y me sujeta.

—¿Qué pasa?

Sacudo la cabeza, temerosa de caerme al suelo si me suelta.

—Nada.

—Tienes cara de haber visto a un fantasma.

—Estoy bien. De veras.

Necesito de toda mi energía y determinación para mantenerme erguida.

—¿Estás segura?

Asiento.

—De acuerdo —dice, aunque me doy cuenta de que está muy poco convencida. Al final, afloja la presa sobre mi brazo—. Os vamos a dejar en paz. Podrás estar con tu hermano un rato a solas. Di buenas noches, Jade.

—Buenas noches, Jade.

Heath ríe.

—¿Siempre es así? —pregunta cuando se van.

—Más o menos.

—No me extraña que te caiga tan bien.

Me cae bien. Jade, y también Claire.

—Es una pena que sólo persigan tu dinero —comenta Heath.

Apago la televisión y me tumbo en la cama junto a él. He de empujar sus piernas a un lado para hacerme sitio.

—¿Crees que están aquí por eso?

—¿Tú no?

—No lo sé. Supongo que me gustaría pensar…

—Te gustaría pensar… ¿qué? ¿Que están aquí porque te consideran, en palabras de mi sobrina más formidable, irresistible?

La investigadora privada que hay en mí dice que probablemente tiene razón. Pero me doy cuenta de que me da igual el motivo por el que Claire y su hija vengan a verme.

—¿Tan difícil es quererme? —pregunto, sorprendida de haber pronunciado las palabras en voz alta.

—¿Qué? No, por supuesto que no. No seas tonta. Yo te quiero, ¿verdad? Mamá y papá te querían. Y bien sabe Dios que Travis todavía está loco por ti.

—No quiero hablar de Travis.

—¿De veras? Porque eres su único tema de conversación. Si descolgaras el teléfono y le llamaras, te garantizo que se presentaría aquí al cabo de dos segundos.

—No quiero que venga.

—Vamos, Bailey. Échale un hueso al pobre tío. Me está volviendo loco con sus suspiros y gemidos.

—Y tú me estás volviendo loca a mí —replico, mientras cojo los prismáticos de la mesita de noche, salto de la cama y me acerco a la ventana, más por la distracción que me proporciona que por interés en ver algo. Localizo el apartamento que Jade y Claire estaban mirando, en el tercer piso empezando por arriba, la cuarta ventana por la izquierda. La luz continúa encendida, aunque da la impresión de que la habitación está vacía.

—Sólo quiere disculparse, hacer las paces —dice Heath.

—Es demasiado tarde.

—¿Qué os pasó? Él no me lo quiere contar, tú tampoco.

Hago caso omiso de la pregunta. Decir que las cosas no terminaron bien con Travis sería quedarse muy corta.

—¿A qué te has dedicado durante toda la semana? —pregunto sin darme la vuelta—. Aparte de fumar cantidades colosales de hierba.

—A trabajar en mi guión —contesta, y yo suspiro. Hace años que Heath trabaja en su guión—. Y tuve una audición para Whiskas. Es un anuncio a nivel nacional.

—¿Te lo compraron?

—¿Quién sabe? Me obligaron a arrastrarme por el suelo, y me pusieron en ridículo con un estúpido gato. ¿Te extraña que consuma drogas?

Sonrío pese a todo.

—¿Cuándo sabrás la resolución de la empresa?

—La semana que viene, probablemente. Da igual. Me importa un bledo —responde desanimado. Afirma estar acostumbrado al rechazo, pero me pregunto si es algo a lo que nos acostumbraremos algún día.

Es entonces cuando veo al hombre.

Aparece primero como una mancha en la lente de mis prismáticos, una mancha que enseguida cobra forma. Aparenta unos treinta años y es razonablemente apuesto, de facciones agradables, porte impecable. Pelo oscuro, estatura media, constitución esbelta. Por suerte, me libro de ver sus «impresionantes abdominales», porque ahora lleva camisa y está jugueteando con la idea de añadir una corbata, dos de los cuales sostiene a la altura del pecho delante de un espejo de cuerpo entero. Es probable que tenga una cita.

Pienso en la reciente invitación a cenar de Owen Weaver, y me pregunto si le habría llamado. Me recuerdo que las citas son algo a lo que las mujeres suelen renunciar cuando se lían con hombres casados.

Incluso las mujeres que no han sido violadas.

Tras unos minutos de indecisión, veo que el hombre rechaza ambas corbatas y las tira hacia la cama. Una falla su objetivo y flota hasta el suelo. El hombre desaparece en su ropero y regresa unos segundos después con una chaqueta deportiva, que se pone y ajusta con cuidado.

Estudia su reflejo, obviamente enamorado de lo que ve. *¿Cómo puede competir una mujer?*, pienso, al tiempo que bajo los prismáticos y me vuelvo hacia Heath.

—Deberías ver a este tipo —empiezo. Pero mi hermano ha cerrado los ojos y la regularidad de su respiración indica que se ha dormido.

Me acuesto en la cama a su lado, con la idea de encender la televisión y ver a más gente morir de una serie de maneras alucinantes. En cambio, me descubro contemplando a mi hermano dormido, del mismo modo que contemplaba a mi madre cuando estaba enferma y vigilaba su respiración, contaba el tiempo transcurrido entre cada inhalación, contenía el aliento cuando su respiración se hacía trabajosa, susurraba palabras de amor en su oído mientras dormía, con la esperanza de que mis palabras se introdujeran en sus sueños inducidos por la morfina, de que bastarían para mantener la muerte a raya un año más, un mes más, un día más.

No fue así, por supuesto. Las palabras, ante la muerte, nunca bastan. Ni el amor. Digan lo que digan los demás.

No estoy segura de cuándo tomo conciencia de que hay alguien más en la habitación. Oigo el sonido de pasos que atraviesan de puntillas la alfombra, el suelo cruje a cada paso furtivo, y el aire que flota sobre mi cabeza se agita y se separa, como cortinas. Hay alguien encima de mí, sus rodillas presionan mi caja torácica como una almohada apretada contra mi cara. Me revuelvo, pero el peso me vence. Un brazo oprime mi tráquea, me impide respirar. Chillo, pero el sonido se parece más a un estertor. Un estertor agónico. Reúno las fuerzas que me quedan y araño como una fiera el brazo de mi atacante.

—¡Qué demonios!

Abro los ojos, empujo a un lado una almohada cercana, y veo que mi hermano Heath se incorpora junto a mí en la cama, con su brazo herido extendido.

—¿Qué demonios estás haciendo?

—Oh, Dios mío. Lo siento mucho. He tenido una pesadilla.

Consulto el reloj. Pasan unos minutos de la medianoche.

Heath se está subiendo la manga, aunque está demasiado oscuro para ver algo.

—Creo que estoy sangrando.

—Lo siento mucho.

Suspira.

—No pasa nada. Sobreviviré. Una pesadilla, ¿eh? ¿He de preguntar sobre qué?

Sacudo la cabeza mientras mi respiración va recuperando la normalidad.

—¿Puedo traerte un vaso de agua o algo?

—No, estoy bien —contesto, a sabiendas de que es lo que él necesita oír. Me seco unas gotas de sudor de la frente, con el cuerpo frío y pegajoso de repente.

—Necesitas dormir, Bailey.

—Lo sé. Estoy muy cansada.

—Shhhh. Cierra los ojos. No has de tener miedo. Estoy a tu lado.

—Gracias. Eso significa mucho para mí.

Pero incluso mientras hablo, ya sé que Heath se está quedando dormido. Permanezco tumbada a su lado durante varios minutos, después me libero de su abrazo y me levanto de la cama. Cojo las tijeras del cajón de arriba de la mesita de noche y llevo a cabo mi registro habitual del apartamento, y después me dirijo hacia el cuarto de baño, donde me quito la ropa y abro el agua caliente. Me ducho a oscuras, y al cabo de un cuarto de hora el vapor invade la sala de baño. Tengo el pelo mojado y el cuerpo enrojecido y dolorido. Me cepillo los dientes y me pongo un pijama recién lavado, cortesía de Claire. Me seco el pelo con la toalla.

Vuelvo al dormitorio, devuelvo las tijeras al cajón de arriba de la mesita de noche, cojo los prismáticos y me acerco a la ventana. Tardo tan sólo unos segundos en localizar el apartamento en cuestión, el tercer piso empezando por arriba, la cuarta ventana por la izquierda. La luz del dormitorio continúa encendida, y su ocupante deambula por el interior. Se acerca a la ventana, con la camisa desabotonada, que cuelga suelta, y mira hacia la calle, mientras se pasa la mano por el cabello con aire ausente. Después, se vuelve en mi dirección, casi como si supiera que estoy aquí. Le veo extender la mano hacia la lámpara color turquesa, con su pantalla blanca plisada sobre la mesa alta que tiene delante. Veo que la habitación se queda a oscuras.

8

La pesadilla empieza casi en cuanto cierro los ojos. Se repite una y otra vez, como en una cinta sin fin. Me persigue un hombre sin rostro calzado con zapatillas deportivas Nike negras. Pese a que corro tan deprisa como puedo, me está alcanzando. Al otro lado de la calle hay un edificio de cuatro plantas amarillo limón. Una mujer está sentada en su balcón, mirándome con sus prismáticos. Lo ve todo. Seguro que llamará a la policía y detendrán a mi atacante. Pero no llama a la policía. En cambio, se inclina hacia delante un poco más en su asiento, enfoca sus prismáticos para ver mejor lo que está a punto de suceder. Ve que el hombre me agarra por detrás y me tira al suelo. Ve que me golpea con sus puños y me arranca la ropa del cuerpo. Ve cuando me penetra, me golpea repetidas veces y despiadadamente contra el suelo duro y frío. Sólo cuando ha terminado baja los prismáticos y puedo ver su cara.

Mi cara.

Me despierto al instante, jadeo en busca de aire, todo el cuerpo bañado en sudor, las sábanas empapadas.

Debería estar acostumbrada a esos sueños a estas alturas, pero no es así. Miro el reloj que hay junto a la cama. Son casi las diez de la mañana. Heath se ha ido. En su lugar veo una nota: «Me han vuelto a llamar para ese anuncio de Whiskas. Hablaremos más tarde, H.»

Bajo de la cama, me acerco a la ventana del dormitorio, aprieto el botón que acciona las persianas motorizadas y se alzan hasta el techo. Me ciega el brillante sol que baña mi cara. Cierro los ojos instintivamente. Apoyo la cabeza contra el cristal, absorbo los rayos del sol, intento extraer fuerzas de su calor.

Él está allí cuando abro los ojos, a escasos centímetros de mi cara, la nariz apretada contra la mía. Chillo y retrocedo hacia la cama, caigo de rodillas y sepulto la cara en las palmas de las manos, manos temblorosas.

Oigo carcajadas y me obligo a abrir los ojos. El hombre sigue allí, colgando justo delante de mi ventana, una cuerda alrededor de su cintura le sujeta a la plataforma de madera suspendida sobre el cual se encuentra de pie, con un largo enjuagador en las manos, mientras lo pasa de un lado a otro sobre el cristal. Otro hombre está parado a su lado. Ambos hombres son de tez olivácea y tendrán veintitantos años. Llevan uniformes blancos abolsados con un logo que les identifica como «Limpiacristales Prestige».

—Lo siento. No era mi intención asustarla —grita el primer hombre a través del grueso cristal—. ¿No leyó el anuncio de que hoy íbamos a estar trabajando en este lado del edificio?

Me levanto, apoyada contra el pie de la cama. Se me había olvidado por completo.

—Tal vez será mejor que cierre las persianas —sugiere el segundo hombre.

Aprieto el botón y las persianas descienden, lo cual provoca que los dos hombres desaparezcan centímetro a centímetro, primero las cabezas, después los logos con sus uniformes, seguidos de sus torsos, sus piernas, y por fin sus pesadas botas de trabajo, con tanta facilidad como si estuviera borrando figuras en una pizarra. Ojalá fuera todo tan fácil de borrar.

Suena el teléfono y pego un bote.

—Hola, nena. —Su voz acaricia mi piel—. ¿Cómo te encuentras hoy?

—Bien.

Siento tal alivio que me pongo a llorar. Han pasado tres días desde su última llamada.

—¿Sólo bien?

—Muy bien —miento. Me he especializado en decir a la gente lo que desea oír.

—Sólo puedo hablar unos minutos.

—Lo sé. Eres un hombre muy ocupado.

—¿Qué has hecho?

—Poca cosa. Claire y Jade vinieron anoche. Y Heath también. Se quedó dormido.

—Creo que siento celos.

—Ya no está.

Mi tono indica que esto sólo es una exposición de los hechos, no una invitación a la intimidad. Me pregunto cuánto tiempo pasará hasta que esté preparada para extender ese tipo de invitación. Sospecho que él está pensando lo mismo.

Un momento de silencio, y después:

—Tengo reuniones toda la mañana.

—Ha pasado mucho tiempo desde que estuvimos juntos por última vez.

—Lo sé. Tal vez podamos vernos el fin de…

—Te echo de menos.

—Yo también.

¿De veras? Tal vez la antigua Bailey sí, la que no lloriqueaba ni gimoteaba ante la menor provocación, la que no tenía miedo de nada ni de nadie. Esta nueva Bailey no, esta reproducción inferior que no puede parar de sentir pena por sí misma y que se asusta de su propia sombra.

—Estaba pensando en volver al trabajo —digo, cuando presiento que su atención se distrae, desesperada por mantenerle hablando. Es una paradoja: no siento vergüenza y reboso de ella al mismo tiempo. La verdad es que la sola idea de volver al trabajo que adoraba me llena de pavor. Incluso ahora, siento el inicio de un ataque de pánico aleteando en mi interior, como un pájaro atrapado.

—¿Crees que estás preparada?

—Tal vez dentro de unas semanas.

Otro momento de silencio, éste más incómodo que el primero, y después:

—Escucha, cielo, he de dejarte. Sólo he llamado para saber cómo estabas.

—Bien.

—Iré a verte en cuanto pueda. ¿Por qué no sales a dar un paseo? Hace un día precioso.

—¿Un paseo? No he salido de mi apartamento desde la noche que me violaron.

—Un paseo, correr un rato. Respirar un poco de aire puro, hacer algo de ejercicio. Te vas a volver loca, encerrada en ese apartamento.

Me aferro con desesperación a esa idea. Es por culpa de no haber salido de mi apartamento desde hace semanas que me siento tan indefensa y deprimida. Tengo claustrofobia. Necesito salir, dar un paseo, dar la vuelta a la manzana corriendo.

—Ni siquiera has de salir. ¿No tienes un gimnasio en el edificio?

Imagino la gran sala del segundo piso llena de máquinas de remo, cintas rodantes, pesas, máquinas elípticas.

—Pero ten cuidado de no pasarte. Eres proclive a excederte.

—No me pasaré.

—Ya te sientes mejor, ¿verdad?

—Tú siempre consigues que me sienta mejor.

—He de dejarte.

—¿Me llamarás después?

—Lo intentaré.

—Te quiero.

—Cuídate.

No es un intercambio justo, y ambos lo sabemos.

Me ducho, dirijo un rápido vistazo a las marcas de dientes que rodean mi pezón derecho. Me pregunto si esta obscena huella desaparecerá algún día. Los médicos me han asegurado que, a la larga, se desvanecerá.

Pero me han marcado. Marcas tan profundas como ésta nunca se borran.

El teléfono está sonando cuando salgo de la ducha. Me cubro con una bata y contesto al tercer timbrazo.

—Hola, señorita Carpenter. Soy Finn, de portería.

—¿Sí?

Mi corazón empieza a saltar en el pecho. Últimamente, tengo la impresión de que cada vez que me llama Finn es para decirme algo que prefiero no oír. Hoy no es una excepción.

—Travis Shepherd ha venido a verla.

—¿Travis?

—¿Le dejo subir?

Santo Dios, ¿qué querrá Travis? ¿Le habrá dicho Heath que venga?

—No. Ya bajo yo.

No quiero bajar, pero tampoco quiero a Travis en mi apartamento. No después de lo que ocurrió la última vez que estuvo aquí. Es más seguro encontrarme con él en el vestíbulo.

—Bajaré dentro de un par de minutos.

Procuro que no se apodere de mí el pánico. Me recuerdo que Travis es, sobre todo, un buen hombre. Cuando empezamos a salir, era divertido, considerado y amable. Me hacía reír. Íbamos a bailar, al cine, y a dar largos paseos por la playa. A veces, Heath nos acompañaba. De vez en cuando, fumábamos canutos. No tardamos en hacerlo con más frecuencia. Después, Travis y Heath acababan colocados todo el rato, mientras yo miraba con desaprobación, marginada. Las discusiones sustituyeron a las carcajadas. Pronto, lo único que hacíamos Travis y yo era pelear.

Tú puedes hacerlo, me digo. Travis ha venido para mostrar su apoyo y su preocupación, no para montar una escena. Me quito la bata, me pongo ropa de gimnasia.

—Me pillaste justo cuando iba al gimnasio —ensayo delante del espejo. Mi reflejo no parece muy convencido

Casi no llego a los ascensores. Sólo después de convencerme de que no hay nadie acechando ante mi puerta soy capaz de salir, cerrar con llave el apartamento y avanzar con cautela por el pasillo. Oprimo el botón de llamada y espero el ascensor, sin dejar de mirar a izquierda y derecha, a derecha e izquierda, hacia atrás. Varias veces decido tirar la toalla y volver a mi apartamento. Cada vez camino unos pasos, sólo para detenerme y dar media vuelta. Ahora ya no puedo echarme atrás. Un ascensor se para con una sacudida. Las puertas se abren despacio.

Hay un hombre dentro.

Lanzo una exclamación ahogada y retrocedo, siento que mis piernas van a ceder.

—He olvidado algo —murmuro, mientras las lágrimas se agolpan en mis ojos y retrocedo hacia mi apartamento. Aferro el pomo, con el corazón acelerado, hasta que oigo cerrarse las puertas del ascensor y éste reanuda su ascenso. Tardo varios minutos en volver a hacer acopio de valor para intentarlo de nuevo. Me estoy comportando como una tonta. No tenía nada que temer del hombre del ascensor. No todos los hombres son violadores. Y éste era bajo y corpulento, además de que aparentaba más de cincuenta años. No era el hombre que me agredió.

Aunque bien pensado, ¿cómo puedo estar segura?

Aprieto de nuevo el botón de llamada. Las puertas del ascensor se abren y revelan a dos chicas jóvenes, altas y guapas y rebosantes del tipo de confianza en uno mismo que yo poseía antes. Van vestidas con leotardos y *tops*.

—¿Vas al gimnasio? —pregunta una, con voz aguda e infantil.

Obligo a mi pie a traspasar el umbral.

—Quizá más tarde —les digo, y aprieto el botón del vestíbulo. El ascensor desciende hasta el segundo piso sin más interrupciones.

—Hasta luego —replica una de las chicas, mientras enlaza el brazo con el de su amiga y las dos salen del ascensor.

Por suerte, no entra nadie más, y puedo relajarme respirando hondo numerosas veces, hasta que las puertas se abren al pasillo de mármol y espejos. Finn me saluda con un cabeceo desde la oficina acristalada de mi derecha. Detrás de él veo una hilera de televisores de vigilancia, por sus pantallas van desfilando imágenes de las zonas comunes del edificio: los pasillos, las escaleras, los ascensores, la piscina, hasta la sala de ejercicios. Hay cámaras por todas partes. Siempre hay alguien vigilando.

Finn cabecea en dirección a la zona de estar principal del vestíbulo, donde Travis lleva esperando casi un cuarto de hora. Yo no le veo porque un gigantesco ramo de flores frescas, que casi ocupa toda la mesa auxiliar de cristal sobre la cual descansa, le oculta. Se pone en pie de un brinco cuando me acerco, y la silla color mostaza sobre la que estaba sentado se pone a dar vueltas. Tiene buen aspecto, lo cual no me sorprende. Travis siempre tiene buen aspecto. Alto, de caderas estrechas, guapo de una forma casi infantil, ojos del color del visón natural, cabello castaño ondulado. Lleva unos pantalones negros informales y camisa de golf rosa, como recién salido de un folleto del Turnberry and Country

Club, que es el lugar donde trabaja, dando clases de golf a un puñado de hombres y mujeres, la mayoría de edad madura, la mayoría de los cuales nunca alcanzará los cien puntos, o al menos de eso se queja cada dos por tres. Hace sus pinitos de modelo y actor, y así conoció a mi hermano, en un *casting*.

Corre hacia mí. Me preparo para un abrazo que no llega.

—¿Qué demonios estás intentando hacer? —pregunta. Habla en voz baja, pues es consciente de encontrarse en un espacio público, pero amenazadora, como si le diera igual. Dos pequeños círculos rojos invaden el centro de sus mejillas. Reconozco esos círculos. Aparecen siempre que está muy enfadado. La última vez que vi esos círculos fue la última vez que estuvimos juntos.

—¿De qué estás hablando?

—¿Me has echado a la poli encima?

En parte afirmación, en parte pregunta, en parte «¿qué demonios está pasando?».

—¿Qué?

—¿De veras crees que soy el hombre que te violó?

—No sé de qué estás hablando.

—No me vengas con monsergas. Ya hemos superado eso. —Travis se pasa una mano exasperada por su espeso pelo ondulado—. ¿No hablaste con esa tal detective Marx, o como quiera que se llame?

Vacilo.

—Hablé con la detective Marx, sí, por supuesto. Está al mando de la investigación.

—¿Y qué le dijiste exactamente?

—No sé qué le dije exactamente —respondo, mientras intento recordar con desesperación—. Le pregunté si pensaba que me habían atacado de forma premeditada.

—¿De forma premeditada? ¿Qué significa eso? ¿Crees que conoces a tu agresor? —continúa, en respuesta a su propia pregunta—. ¿Que te violó alguien a quien conocías? ¿Alguien como yo?

—Nunca dije eso. De hecho, dije justo lo contrario. Que no podías ser tú, porque te habría reconocido incluso con una funda de almohada en la cabeza.

—Así que mencionaste mi nombre.

—La detective Marx habló de exnovios rencorosos...

—¿Eso es lo que soy para ti? ¿Un exnovio rencoroso? —Travis menea la cabeza, más en señal de tristeza que de rabia. Leo en sus ojos que se siente dolido—. ¿Cómo crees que me sentí cuando Heath me contó lo que te había pasado? Tuve ganas de matar al hijoputa que te había atacado, por el amor de Dios. Tuve ganas de estrangularle con las manos desnudas, Y ahora descubro que crees que fui yo.

—Pero yo no creo que fueras tú.

—Por el amor de Dios, Bailey. Sabes que yo nunca te haría daño.

—¡Me pegaste! —me oigo gritar, lo cual atrae la atención de Finn, que baja el teléfono del oído, lo aprieta contra el pecho.

—¿Va todo bien, señorita Carpenter?

—Todo va bien —responde Travis, antes de que yo pueda encontrar la voz.

Yo asiento, pero mis ojos urgen a Finn a seguir vigilando.

Travis baja la voz.

—Crees que porque perdí los estribos en un momento de acaloramiento...

—No quiero hablar de eso.

¿Hay algo en mí que alienta el comportamiento violento en los hombres?

—No sabes cuánto siento lo de aquella noche. Estaba colocado. Estaba disgustado. Me equivoqué. Escucha, no intento excusarme por lo sucedido. Te prometo que nunca, nunca más volverá a pasar. Necesitas que yo te proteja, Bailey.

—Se acabó, Travis —replico con la mayor delicadeza posible.

—No digas eso, por favor.

—Se acabó.

Sacude la cabeza, expulsa al aire una bocanada de humo invisible.

—Yo no te violé —dice, después de lo que se me antoja una eternidad. Los círculos rojos han regresado a sus mejillas.

—Lo sé.

—Sí, vale, intenta decírselo a esa maldita detective.

—Lo haré.

—¿Sabes qué más puedes hacer? —pregunta, y los pequeños círculos rojos brillan más, como si alguien hubiera encendido una cerilla debajo de la piel—. Puedes irte al infierno.

—¿Señorita Carpenter? —oigo que llama alguien, levanto la vista y veo el rostro preocupado de Finn. Travis se ha ido. No tengo ni idea de cuánto tiempo llevo allí—. ¿Se encuentra bien?

—Bien —le digo, y me obligo a avanzar hacia el ascensor—. Todo va bien.

9

Decido volver a mi apartamento. Mi encuentro con Travis me ha dejado exhausta y confusa. ¿Me equivoco con él? ¿Es posible que me haya violado, que no le haya reconocido, o que tal vez haya contratado a alguien para que le haga el trabajo sucio, para convencerme de que necesitaba su protección? Entro en el ascensor, estoy a punto de apretar el botón del piso veintitrés, cuando oigo que un hombre grita: «¡Espere!» Antes de que tenga tiempo de reaccionar, se escurre entre las puertas, aprieta el botón del piso dieciocho, y después se fija en que aún no he apretado el de mi piso.

—¿Adónde va?

Lo pregunta sin volverse, sus dedos describen círculos impacientes sobre los diversos botones. Aparenta unos treinta y cinco años, es de estatura y peso medios. Tiene dedos largos, manos grandes. Imagino esas manos alrededor de mi garganta, siento esos dedos presionando mi tráquea.

Mis piernas ceden, y he de apoyarme contra la pared para no caer. El sudor cubre mi frente y se me mete en los ojos, de modo que lo veo todo borroso. Siento la boca seca. El corazón martillea contra mi pecho como una pelota de goma contra una pared de ladrillo. Me siento mareada y aturdida. No puedo respirar.

He de salir de este ascensor. He de salir ahora mismo.

—Segundo piso —grito, le aparto a un lado para apretar el botón yo misma, y después paso como una exhalación entre las puertas antes de que se hayan abierto del todo.

—Que pase un buen día —me dice el hombre, y su sarcasmo me persigue por el pasillo de mármol.

No tengo ni idea de adónde voy. Corro a ciegas, siguiendo el pasillo circular que pasa ante el *spa*, la piscina, la sala de masajes. Dos hombres caminan por el corredor hacia mí, ambos vestidos con gruesos albornoces blancos y chanclas, uno con una toalla envuelta alrededor del cuello como una serpiente doméstica. Los hombres tienen entre veinte y cuarenta años, y son de estatura y peso medios. Sus voces son graves, sin acento discernible. Uno de ellos sonríe cuando se acerca. Huele a colutorio, mentolado y fresco.

La alfombra que piso se convierte de repente en arenas movedizas, y me absorbe en su barro remolineante. Las paredes que me rodean empiezan a estrecharse y ensancharse como un acordeón. Me esfuerzo por permanecer erguida. Un leve grito escapa de mis labios, y me lanzo por la puerta más cercana, me encuentro en el interior de una habitación gris sin ventanas: paredes grises, alfombra gris, máquinas grises. Cuento cinco cintas rodantes alineadas al lado de dos máquinas elípticas, dos máquinas de remo y tres bicicletas estáticas, todas provistas de minúsculos televisores, todas situadas delante de una larga pared de espejos que reflejan la pared de espejos de detrás. Hay bancos y pesas libres, varias poleas y otras máquinas cuyo propósito no deseo ni imaginar. A mi lado hay una cantimplora, una cesta de plástico y un montón de toallas blancas apiladas sobre una estantería solitaria montada en la pared, junto con un aerosol de Lysol, un rollo de toallas de papel de tamaño gigante y una botella grande de desinfectante de manos. Observo la presencia de una cámara de vigilancia montada cerca del techo, en la esquina derecha de la sala, y me pregunto si alguien está vigilando. Me detengo junto a la puerta hasta que mi respiración vuelve a ser más o menos normal, y creo que podré moverme sin perder el sentido. Pero no me muevo. Sigo en mi sitio.

—Hola —llama una voz entrecortada desde una máquina elíptica.

Reconozco a una de las chicas que vi antes en el ascensor. Está dando rápidos saltos, arriba y abajo, adelante y atrás, brazos y piernas trabajan por separado, pero en perfecta coordinación. Su coleta rubia se agita rítmicamente detrás de ella.

Su amiga está en la segunda de las cintas caminadoras. Está brincando y viendo *Judge Judy* en la diminuta televisión. Judge Judy parece enfadada.

Me quedo junto a la puerta varios minutos, mientras intento decidir qué hacer. Quiero volver a mi apartamento, pero eso sería una estupidez. El destino ha logrado conducirme al segundo piso, al gimnasio. El destino quiere que haga ejercicio. Quiere que recupere el control de mi vida.

Sube a la maldita máquina, me está diciendo el destino.

Subo a la cinta de correr al lado de Judge Judy.

«Eres idiota —grita a un desventurado joven, acobardado ante ella—. ¿Con quién crees que estás hablando?»

Activo mi cinta de correr, siento que cobra vida bajo mis pies, mi cuerpo se lanza hacia delante mientras intento adaptar mi paso a su velocidad. Me muevo, despacio al principio, después más deprisa, acelero, y al final me quedo en cinco kilómetros por hora. La chica de la máquina de al lado va mucho más deprisa y ha empezado a ejecutar una escalofriante combinación de brincos y saltos, sin tan siquiera sudar.

—¿No es un poco peligroso?

No pierde comba.

—No. Te acabas acostumbrando.

—Parece bastante aterrador.

—Confía en mí. No es tan aterrador como parece.

¿Le digo que no confío en nadie?

—Parece bastante aterrador —repito.

—Ni de lejos como Judge Judy. —Mueve la cabeza hacia la pantalla de televisión—. Ésa sí que da miedo.

Veo que Judge Judy desvía su atención del joven que tiene delante a su acusadora.

«Y usted, jovencita —dice Judge Judy, con una voz vibrante como un látigo—, ¿en qué estaba pensando cuando apareció en el apartamento de este chico en plena noche?»

«Quería verle», gimotea la chica.

«Pero él ya le había dicho que no quería verla.»

«Lo sé, pero...

«No hay "pero" que valga», vocifera Judge Judy.

¿Quiénes son estas personas?, me pregunto, y me pierdo momentáneamente en su riña. ¿Qué están haciendo en la televisión nacional, aireando sus estúpidos problemas para que todo el mundo sea testigo?

¿Qué ha pasado con el deseo de privacidad, con su esencia? Una cosa es intentar vernos como nos ven los demás, y otra muy distinta vernos sólo como los demás nos ven. ¿En qué nos hemos convertido, para que sólo podamos adquirir autentificación y credibilidad a través de los ojos de los otros?

Desvío la vista de la televisión, me concentro en la pared de cristal que tengo delante. Soy una hipócrita, reconozco. Toda mi carrera se basa en la falta de privacidad que estaba condenando. ¿Qué soy sino un ave de rapiña, que examino de manera constante los detritos de las vidas ajenas, que escarbo en su basura, espío a través de sus ventanas, a la busca y captura de sus secretos más oscuros?

Yo lo llamo «recogida de datos».

—Creo que no te había visto antes —dice la chica de la cinta de correr. Se ha vuelto hacia mí, sus brazos bien definidos aferran la barra lateral de la máquina mientras corre dando grandes zancadas de costado y unas delicadas gotas de sudor resbalan elegantemente sobre su pecho, antes de desaparecer en el escote.

—Soy Kelly, apartamento mil setecientos doce.

—Encantada de conocerte, Kelly.

Apunta con la barbilla a la chica de la máquina elíptica.

—Ella es Sabrina. Está en el mil diecinueve. ¿Y tú eres...?

—Oh, lo siento. Bailey. Bailey Carpenter.

Kelly espera un momento a que le diga el número de mi apartamento, como si mi nombre estuviera incompleto sin él, y después continúa cuando no lo hago.

—¿No te gusta vivir aquí? ¿No es lo mejor de lo mejor? Nos encanta vivir aquí.

—Me encanta vivir aquí —repito.

—¿A qué te dedicas?

La pregunta inesperada provoca que mi rodilla se doble, y estoy a punto de caer.

—Cuidado —advierte Kelly. Aminoro la velocidad y consigo mantener el equilibrio.

—En este momento estoy algo así como en el paro —le digo, una verdad a medias, algo en lo que soy una especialista.

—Ya he pasado por eso. —Me dedica una sonrisa tranquilizadora—. Confía en mí. Algo aparecerá.

Admiro su seguridad. Pero sigo sin confiar en ella.

—Soy camarera —me dice—. Sabrina también. Trabajamos en Blast-Off, en South Miami Avenue. ¿Lo conoces?

¿Quién en Miami no conoce el Blast-Off? Es una disco cavernosa de aspecto industrial, que pone la música tan alta que crees que tu cabeza va a estallar de un momento a otro. Fui una vez con Travis y mi hermano. Me dijeron que querían ver a un DJ famoso que iba a actuar aquella noche, pero resultó que la única persona en la que estaban interesados era su camello, y cuando lo descubrí, me encaminé directa a la salida. Travis y yo estuvimos dos días sin hablarnos. Transcurrieron otras dos semanas antes de que mis oídos dejaran de zumbar.

—Es un poco ruidoso.

—Te acostumbras —replica Kelly. No cabe duda de que es una mujer que se acostumbra a las cosas. Me pregunto cómo se acostumbraría a ser violada—. Y cae una buena pasta.

—Tal vez debería pensármelo —digo, más por ser educada que porque la idea me atraiga. De hecho, la sola idea de trabajar en un club como Blast-Off consigue que oleadas de angustia recorran todo mi cuerpo.

Los ojos de Kelly se abren desmesuradamente debido a la sorpresa. Miro mi reflejo y comprendo al instante por qué. Estoy esquelética debajo de mi ropa deforme, mis brazos sobresalen como huesos de las mangas cortas de mi camiseta.

¿Dejarías que esta mujer te sirviera una bebida?, me pregunto.

—He perdido un poco de peso —empiezo a decir, pero Kelly ya está mirando en dirección contraria, continúa dando brincos, ajena a todo cuanto no sean sus ejercicios.

La miró, me fijo en sus piernas largas y fuertes dentro de los leotardos negros que le llegan hasta las rodillas, mis ojos siguen el tenue contorno de su tanga, su trasero respingón, su esbelta cintura y la espalda ancha. No se da cuenta de que la miro. O quizá sabe que la estoy mirando y le da igual. Está acostumbrada a que la miren. Algo más a lo que se ha acostumbrado.

Se abre la puerta de la sala de ejercicios y entra un hombre. Tendrá unos treinta y cinco años, de estatura y delgadez pasables, recién afeitado, cabello castaño y ojos oscuros. Lleva unos pantalones cortos negros de nailon y una camiseta a juego. Sus brazos son fuertes, pero no hipermusculados. En conjunto, no está mal, aunque quizá no sea tan guapo como él cree. Le reconozco porque me fijé en él varias veces cuando me mudé al edificio, aunque no recuerdo su nombre.

—Señoras —dice, pasea la vista entre Kelly y Sabrina, y vuelve a mirar a Kelly. Da la impresión de que no se ha fijado en mí, lo cual agradezco—. ¿Qué tal os va esta tarde?

Sabrina sonríe, pero guarda silencio.

Kelly no altera el ritmo.

—Genial.

El hombre la contempla varios segundos.

—Soy David Trotter. Apartamento mil cuatrocientos dos.

Kelly no dice ni el nombre ni el número del apartamento, señal segura de que no está interesada en continuar la conversación.

David no capta la indirecta.

—Una estupenda rutina. ¿Eres bailarina?

—No.

—¿Monitora de gimnasia?

—Sólo me gusta el ejercicio.

—¿Sí? A mí también.

Como para demostrarlo, David avanza hacia la selección de pesas libres que hay en el suelo al final de la sala. Coge pesas de treinta kilos y empieza subirlas y bajarlas sobre su cabeza. De inmediato, su cara se tiñe de un tono rojo como la remolacha, y gotas de sudor perlan su frente. Se detiene al cabo de seis repeticiones, y trata de recuperar el aliento mientras mira a Kelly.

—Bien, ¿a qué te dedicas? Espera, no me lo digas. ¿Eres modelo?

Kelly gruñe.

—Camarera.

—No me digas. ¿Dónde?

—Blast-Off.

—Vaya. Uno de mis clubes favoritos. ¿Estarás esta noche?

Kelly asiente de forma casi imperceptible.

—A lo mejor me paso. —David vuelve a levantar las pesas sobre su cabeza—. No me has dicho cómo te llamas.

La chica desconecta su máquina y baja.

—¿Has terminado, Sabrina?

Su amiga se quita los auriculares de la cabeza.

—Dos minutos.

Kelly coge la botella de Lysol de la estantería y echa un chorro en una toalla de papel que utiliza para limpiar la cinta de correr.

—De modo que ella es Sabrina —dice David, inasequible al desaliento—. ¿Y tú eres...?

—Kelly —contesta, y hasta consigue imprimir a su voz un tono agradable. Nuestros ojos se encuentran en el espejo. *Ayúdame*, suplican.

—¿Cres que me dejarías invitarte a una copa si voy esta noche?

—Lo siento, pero no tenemos permitido beber mientras trabajamos.

—¿Y después?

—Trabajo hasta las cuatro de la mañana.

¿Es posible que ese tipo sea tan obtuso? ¿Es que no ve lo incómoda que se siente Kelly, lo ansiosa que está de huir de su mirada lasciva?

—¿Libras alguna noche? —insiste.

—Muy pocas veces. Vámonos, Sabrina.

Kelly se dirige hacia la puerta.

—¿Qué te parece si hacemos ejercicio juntos mañana? Si me dices a qué hora vas a venir, cambiaré mi horario para...

—Creo que deberías dejarla en paz de una vez —le espeto.

—Lo siento. ¿Qué has dicho? —me pregunta David.

—Que deberías dejarla en paz. Está claro que no le interesas...

—Y está claro que esto no es asunto tuyo.

—Escucha —interrumpe Kelly—, la verdad es que tengo novio...

Casi sonrío. La experiencia me ha enseñado que cuando la gente dice «la verdad» suele significar que va a mentir.

—¿Tienes novio? —pregunta David—. ¿Por qué no lo dijiste antes? —Consigue adoptar una expresión ofendida—. No se lo diríamos, por supuesto.

Se pasa la lengua por el labio superior en un gesto obsceno.

—¿Por qué no lo dejas correr? —pregunto, y siento la obscena humedad de su lengua sobre mi piel.

—¿Cuál es tu problema? —dice con brusquedad David, al tiempo que sube y baja una de las pesas delante de él. Pero es demasiado pesada y su brazo se derrumba enseguida debido al esfuerzo.

—Nos vamos —anuncia Kelly, mientras Sabrina baja de la máquina elíptica—. Ha sido un placer conocerte, Bailey.

Dice «gracias» moviendo los labios y sale con su amiga de la sala.

¡No!, pienso. *No os vayáis. No podéis dejarme sola con este hombre.*

David abandona las pesas en cuanto las mujeres se van. Camina hacia mí.

Mi corazón se acelera. Siento las palmas frías y pegajosas. He de bajar de esta máquina, pero él me bloquea el paso y se interpone en mi huida.

—¿Y a ti qué te pasa? —pregunta—. ¿Estás celosa? ¿Te sientes desatendida?

Mis ojos miran hacia la cámara de vigilancia montada en la esquina superior derecha de la sala, y rezo para que alguien esté vigilando.

—Espera un momento —dice, y mira mi reflejo en el espejo—. Te conozco, ¿verdad?

Niego con la cabeza.

—Sí, ya lo creo.

Se acerca más, como para examinar mejor mi perfil.

Mis ojos exploran la parte delantera de la cinta de correr, en busca del botón de desconexión. He de huir de aquí. Tal vez pueda bajar de un salto. No voy tan deprisa. Decido disminuir la velocidad de la máquina, pero aprieto la flecha errónea y aumento la velocidad. Cinco kilómetros por hora se convierten en 5,2, después 5,5.

—¿No salimos hace unos años?

—No.

5,7… 5,8… 5,9…

David lanza una risita burlona, pero no se mueve.

He de huir de este hombre. He de salir de aquí.

6,0… 6,1… 6,2…

—Este edificio está lleno de mujeres que se creen demasiado buenas para nosotros los pobres mortales.

6,5... 6,6... 6,8... Ahora estoy corriendo. Tal vez si corro lo más rápido que puedo... 7,1 ... 7,5 ... 7,7 ... Oigo que mi respiración escapa en una sucesión de ráfagas breves y dolorosas. Tengo la garganta seca. Mis pulmones se están llenando de aire, como globos. Un poco más de aire, y estallarán en miles de fragmentos, salpicarán el espejo como sangre.

—Y debo admitir que algunas son espectaculares —continúa David, distraído un momento por su propio reflejo—. Las chicas más bonitas del mundo viven en Miami. Y ellas lo saben. O sea, he estado en todas partes: Nueva York, Las Vegas, incluso en Los Ángeles. No tienen nada que hacer con Miami. Estoy hablando incluso de Brasil. Hasta las putas de aquí son más guapas.

7,0... 7,2... 7,5...

—Y ellas lo saben, tía. Saben que son preciosas, saben que te tienen cogido por las pelotas. ¿Sabes a qué me refiero? Saben que pueden elegir. Ya no es suficiente tener un Mercedes o un Jag. Has de conducir un Lamborghini o un Ferrari. Has de vestir trajes de Brioni, como el maldito James Bond. Has de tener músculos grandes y una...

7,8... 8,1... 8,3...

Que alguien me ayude. Ayúdenme, por favor.

—Oye, vas muy deprisa.

8,5... 8,8... 8,9...

—Tal vez deberías ir más despacio.

Miro el espejo, me veo mirándome.

—Creo que se te está desanudando el cordón de la zapatilla.

Bajo la vista y veo que los cordones de la zapatilla derecha se han aflojado y han empezado a azotar ruidosamente la banda en movimiento de la cinta de correr. Si no voy con cuidado, me enredaré con ellos. Pero ya no puedo parar. He de correr más rápido. He de huir.

9,1... 9,2...

Ahora se han soltado los dos cordones. Golpean mis tobillos, se enroscan el uno sobre el otro, como gusanos. Miro los pies de David, inmóvil con sus zapatillas negras que llevan el logo de Nike...

—¡No! —grito—. ¡No!

9,3... 9,4...

—¿Qué demonios estás haciendo?

No puedo escapar. Corro lo más deprisa posible, pero aun así no puedo escapar. Ni siquiera necesita moverse para atraparme. Siento que mis piernas se debilitan, ceden. No puedo seguir. Mis ojos imploran a la mujer que me está mirando desde el espejo. *¡Ayúdame!* Ella me mira inexpresiva y no hace nada.

9,5... 9,6...

Mis piernas salen disparadas de debajo de mí, caigo hacia atrás en el aire, lanzo un grito cuando mi mandíbula golpea contra la barra lateral, y voy a parar contra el dispensador de agua fría que tengo detrás. Desinfectante de manos y Lysol caen desde la estantería sobre mi cabeza. Toallas de papel aletean en el aire, como cometas sin viento, mientras yo me desmorono sobre el suelo. El dispensador de agua bascula sobre un lado unos segundos, y después se endereza milagrosamente antes de caer.

—¿Qué demonios...? —está gritando David—. ¿Te encuentras bien? ¿Qué demonios estás haciendo?

Extiende las manos. Toca mi brazo.

—No —chillo—. No me toques.

—Sólo estoy intentando...

—¡No me toques!

—¿Qué te pasa?

—Aléjate de mí.

—Sólo estoy intentando ayudarte, zorra chiflada.

—¡No! ¡No! Aléjate. No me toques.

Le estoy abofeteando, le araño y le muerdo la mano.

—¿Qué...?

—¡Socorro! ¡Que alguien me ayude!

Y de repente se abre la puerta de la sala de ejercicios y se llena de hombres. Finn, Stanley, Wes y el conserje, un hombre de edad avanzada cuyo nombre no recuerdo.

David ya se ha puesto en pie.

—Juro que no le he hecho nada.

—¿Qué está pasando? —pregunta Finn, de rodillas a mi lado, aunque mi postura le advierte de que mantenga las manos alejadas de mí.

—Está loca —dice David en voz baja, aunque lo suficientemente alto para que le oiga—. De pronto, se pone a correr a doscientos por hora en la maldita cinta, y yo trato de advertirla de que va demasiado rápido. Parece que le vaya a dar un ataque al corazón. Pero sigue aumentando la velocidad, y antes de que pueda hacer nada está volando por encima de la máquina y lo derriba todo, casi se carga el dispensador de agua, y voy a ayudarla, ¿y qué hace ella? Empieza a chillar que me mantenga alejado, como si fuera a atacarla. Juro que no he tocado a esa zorra chiflada. Pueden mirar las cintas de vigilancia, si no me creen.

Veo que Stanley asiente. Vieron lo sucedido desde el vestíbulo, oigo que le dice a David. Por eso se presentaron tan deprisa.

—¿Se encuentra bien, señorita Carpenter? —pregunta Finn.

—¿Podemos hacer algo? —dice Stanley.

—¿Se ha roto algo? —añade Wes.

Sacudo la cabeza, con la vista clavada en las zapatillas deportivas negras de David, con el logo de Nike.

—¿Cree que podrá ponerse en pie? —me dice Finn mientras ata los cordones con doble nudo y me ayuda a levantarme.

¿Es posible que David sea el hombre que me violó?

—¿Puedo irme ya? —pregunta David, aunque es más una afirmación que una pregunta.

—¿Seguro que no dijo nada que la molestara? —le interroga Stanley mientras le acompaña hasta la puerta—. ¿Nada de nada?

—¿Está de broma? No. En cualquier caso, fue al revés. Ella me puso como un trapo.

—¿Se encuentra bien, señorita Carpenter? —pregunta Finn cuando David sale—. ¿Está sangrando? ¿Seguro que no se ha roto nada?

Miro mi antebrazo. Está arañado, pero no sangra. Me duele la espalda, me he torcido el tobillo. Me duele la cabeza. Me duele la mandíbula. Pero, como diría Kelly, estoy acostumbrada a tales cosas.

—¿Quiere que pidamos una ambulancia? —está preguntando Wes por encima de mi cabeza.

—No, estoy bien.

Me pongo en pie con un esfuerzo. Me duele el tobillo cuando apoyo mi peso sobre él, pero no está roto, y sé que no hay nada que un médico pueda hacer.

—¿Qué ha pasado aquí, señorita Carpenter? —quiere saber Finn—. Tendré que redactar un informe.

¿Podría ser David el hombre que me violó?, vuelvo a preguntarme, y me recuerdo que llevar el mismo tipo de zapatillas de deporte que mi agresor no significa gran cosa. He de pensar bien las cosas antes de empezar a lanzar locas acusaciones. He de ducharme y meterme en la cama. He de huir de todos estos hombres y volver a mi apartamento lo antes posible.

—Iba demasiado rápido. Tropecé con los cordones de las zapatillas. Fue culpa mía. No se preocupen. No voy a demandar a nadie.

—Es usted la que nos preocupa. ¿Podemos llamar a alguien? Tal vez a su hermano…

—No. Sí —digo, casi al mismo tiempo. Aunque siento una necesidad desesperada de volver a mi apartamento lo antes posible, también sé que, con idéntica desesperación, no quiero estar sola. Necesito a alguien a mi lado, alguien que me cuide y me proteja, aunque sólo sea de mis locos pensamientos—. Por favor —suplico a Finn—, llame a mi hermana. Llame a Claire.

10

—De acuerdo, Bailey —dice la detective Marx—. Vamos a repasar una vez más lo que ha sucedido.

La definición de locura: hacer lo mismo una y otra vez y esperar un resultado diferente. Sé que la detective trabaja así, que está convencida de que la repetición libera con frecuencia nuevos recuerdos. Pero ya le he contado al menos tres veces lo que ha pasado en la sala de ejercicios esta tarde.

—Es la última vez. Lo prometo.

La detective Marx sonríe como si supiera lo que estoy pensando y se acomoda al pie de mi cama. Su compañero, el detective Antony Castillo, está de pie ante la ventana y mira la calle. Es de noche, casi las ocho, y ha oscurecido. El detective Castillo tendrá casi cuarenta años, de estatura y peso medios, pelo negro ensortijado y ojos de un azul tan incongruente que me pregunto si lleva lentillas. También me pregunto si él podría ser el hombre que me violó. Encaja con la descripción general.

—¿Quieres más hielo? —pregunta Claire, mientras acomoda la almohada detrás de mi cabeza cuando me incorporo en la cama y sujeto el paquete de hielo medio derretido que aprieto contra la barbilla.

—No. Estoy bien.

—Respira hondo —me ordena, y yo obedezco, siento que el aire araña dolorosamente mis pulmones. Cubre mi mano libre con la de ella y la deja así durante el resto del interrogatorio. Todavía lleva su uniforme de enfermera verde claro, pues ha venido directamente desde el hospital después de la llamada de Finn. Por suerte para mí, encontró a alguien dispuesto a sustituirla el resto de su turno.

Carraspeo y empiezo mi historia en el momento que David entra en el gimnasio, pero la detective Marx me detiene y me obliga a retroceder.

—¿Cuál fue la causa de que decidiera hacer ejercicio hoy? —quiere saber.

Es la primera vez que lo pregunta, y por ello me sorprende, aunque sé que las preguntas inesperadas constituyen otro método que utiliza para ayudar a refrescar la memoria. Pienso en mi respuesta durante unos segundos, murmuro algo acerca de que me pareció lo correcto, una forma de recuperar el control sobre mi vida. No se molesta en tomar nota.

—Hábleme de la visita de Travis —prosigue, pues está enterada de su visita porque Finn se lo ha comentado—. Tengo entendido que discutieron.

—No.

—Según el portero…

—No discutimos —insisto—. Travis estaba comprensiblemente irritado por el hecho de que usted fue a verle al trabajo por considerarle un sospechoso…

—Carece de coartada para la noche que la agredieron.

—Él no me violó.

Me callo, y me pregunto por qué le estoy defendiendo, por qué no he contado a la policía los desagradables detalles de nuestra ruptura, por qué estoy tan segura de que no fue Travis, cuando estoy segura de tan pocas cosas.

—De acuerdo. Travis se fue, y usted decidió retomar el control de su vida haciendo ejercicio —aventura el detective Castillo desde la ventana—. ¿La amenazó de algún modo David Trotter?

—No. Sólo me acuso de estar celosa. Y luego dijo algo acerca de que las mujeres de Miami son las más bellas del mundo. Incluso las putas.

—Un curioso comentario. —La detective Marx lo anota en su libreta—. Se lo tenía guardado.

—No creí que fuera importante.

Ella sonríe. Capto el mensaje: *Nosotros decidimos lo que es importante.*

—¿Qué más dijo?

Sacudo la cabeza, como si otros detalles importantes se hubieran quedado aferrados al interior de mi cráneo.

—Nada que no le haya contado ya. Sólo que iba muy deprisa, que se me estaban desanudando los cordones.

—De modo que intentó avisarla —afirma el detective Castillo. ¿Lo hizo?

—¿Hablaba como el hombre que la agredió?

Ésta es la detective Marx.

—No lo sé. Tal vez.

—¿Olía su aliento a colutorio?

—No me fijé.

—Pero sí se fijó en sus zapatillas deportivas.

—Sí. Eran las mismas del hombre que me atacó.

—¿Tiene otros motivos para sospechar de que David Trotter pueda ser ese hombre?

Claire responde por mí.

—Bien, vive en el edificio, de modo que habría podido seguirla con facilidad. Ella rechazó sus insinuaciones…

—Eso fue hace dos años —interrumpe la detective Marx.

—Hay gente muy rencorosa.

Me pregunto si Claire está pensando en nuestro padre o nuestros hermanos cuando dice esto, pero decido que no es el momento apropiado de preguntarlo.

—Encaja con la descripción general —añade débilmente. Ambas sabemos que uno de cada dos hombres de Estados Unidos coinciden con la descripción de mi violador.

—¿Intentó tocarla? —pregunta el detective Castillo.

—Sólo después de que me cayera.

—De modo que todo se reduce a las zapatillas deportivas.

Noto la decepción del detective. Claire me aprieta la mano. Ella también se ha dado cuenta.

—Haremos una visita al señor Trotter después de echar un vistazo a la cinta de vigilancia.

—Pero no creen que sea él —digo.

—Le investigaremos, sin duda.

La detective Marx continúa sentada, leyendo sus notas, como si pensara en formular otras preguntas.

—Ya basta por esta noche. —Claire suelta mi mano y se levanta de la cama—. ¿Nos informará sobre sus conclusiones después de hablar con David Trotter?

—Por supuesto. Y si tenemos más preguntas...

—Mañana será otro día —dice mi hermana, firme en su control. Conduce a los dos detectives por el pasillo hasta la puerta—. Gracias por venir —la oigo decir. Fue Claire quien insistió en que informara de mis sospechas a la policía, quien me lavó y me puso un pijama limpio, quien me secó el pelo hasta que quedó vagamente presentable, mientras esperábamos todo el día a que llegaran los detectives, quien curó mis magulladuras, quien me trajo paquetes de hielo para la barbilla y el tobillo. Quería ingresarme en el hospital, pero yo me negué.

Me levantó con cautela de la cama, con cuidado de no apoyar demasiado peso en mi tobillo dolorido, y apago la luz del techo, cojo los prismáticos y cojeo hacia la ventana. Levanto los prismáticos, los dirijo hacia el edificio que hay detrás del mío, enfoco el apartamento del tercer piso empezando por arriba, la cuarta ventana por la izquierda. Las luces del dormitorio están encendidas, aunque el apartamento parece vacío.

—¿Nuestro chico está haciendo algo interesante esta noche? —pregunta Claire, quien se para detrás de mí para mirar por encima de mi hombro.

Niego con la cabeza y le doy los prismáticos.

—Parece que no hay nadie en casa. —Espera unos segundos, después los deja caer en la palma de mi mano—. Debería llamar a Jade. Para informarle de en dónde estoy. Por si se preocupa.

—Se preocupa.

—Utilizaré el teléfono de la cocina. ¿Puedo prepararte algo de cenar?

—No tengo mucha hambre.

—Abriré una lata de sopa. ¿Qué te parece?

—Me parece bien.

Subo los prismáticos hasta mis ojos, oigo que Claire habla en voz baja por el teléfono de la otra habitación. Me pregunto con quién más habrá estado hablando, si se ha puesto en contacto con Gene o con los demás. Me pregunto si Heath podría tener razón, cuando dice que a

Claire sólo le interesa mi dinero, que ése es el verdadero motivo de su presencia aquí, para ablandarme, para lograr que les dé el dinero.

Intento imaginar cómo se las apañará Heath cuando su cuenta corriente esté vacía. Gene ya ha conseguido inmovilizar la herencia de nuestro padre en los tribunales. Podrían pasar años antes de que se resuelva el litigio. ¿Qué hará Heath? Es posible que tenga que buscar trabajo. A menos que consiga uno o dos anuncios. A menos que venda el guión en el que está trabajando desde tiempo inmemorial. Me pregunto dónde estará esta noche, si está con Travis, colocándose. Imagino a mi amante casado cenando con su esposa y leyendo a sus hijas su cuento favorito. Me pregunto si alguna vez volveré a formar parte de una familia.

Y entonces aparece.

El hombre del apartamento detrás del mío, en el tercer piso empezando por arriba, la cuarta ventana por la izquierda.

Lo veo entrar en el dormitorio, el móvil apretado contra el oído. Está riendo, no cabe duda de que está disfrutando de la conversación. Algo en la inclinación de sus hombros y la forma de echar hacia delante las caderas me indica que está hablando con una mujer. Viste unos vaqueros ceñidos y una camisa blanca, abierta hasta la cintura. Se acerca a la ventana y apoya la frente contra el cristal, sin dejar de hablar en ningún momento. Se masajea el pecho desnudo mientras conversa, y mueve la cabeza de un lado a otro para estirar el cuello. Después, echa atrás los hombros, estira los músculos de la espalda y revela todavía más su pecho desnudo. De nuevo, una mano acaricia su piel de manera perezosa, se desliza de un pezón a otro.

—Oh, Dios —gimo, y siento que una oleada de náuseas me sube a la garganta. ¿Podré algún día volver a mirar el cuerpo de un hombre sin experimentar algo que no sea repulsión?

Y no obstante, pese a la repulsión, soy incapaz de desviar la vista.

—¿Qué pasa? —pregunta Claire desde la entrada—. ¿Te duele algo?

Sin decir nada le doy los prismáticos.

—Vaya, vaya —comenta, mientras mira por ellos—. Parece que hay alguien encantado de haberse conocido. Creo que deberíamos llamarle Narciso.

Recuerdo que Narciso era un dios griego que se enamoró de su propio reflejo en un estanque y se ahogó mientras intentaba mirar más de cerca.

—¿Qué está haciendo ahora?

—Se está desnudando. Se quita la camisa. Y ahora los pantalones. Y ahora… Vaya, vaya. —Tira los prismáticos sobre mi cama—. Ya vale de esto. La sopa estará preparada dentro de unos minutos.

—¿Has hablado con Jade?

—Sí. Intentará pasarse mañana después de clase.

—Me cae bien Jade —le digo cuando estamos sentadas en el comedor unos minutos después y tomamos la sopa en lata de pollo con arroz. Pero sabe bien y pasa con extrema facilidad—. Me cae muy bien.

Claire sonríe.

—Tú también a ella.

—¿En qué tipo de lío se metió? Mencionaste algo acerca del reformatorio…

Su sonrisa se desploma, y de repente me doy cuenta de lo mucho que se parece a Gene.

—Fue una estupidez. Se peleó con una chica del colegio, le dio un golpe en la cabeza con su carpeta. La expulsaron dos semanas, y en cuanto volvió, bendita sea, repitió la jugada de nuevo. Esta vez, la acusaron de agresión y la enviaron al reformatorio. Por lo visto, algunas personas han de aprender por las malas.

—Pero ¿está bien desde entonces?

—«Bien» es un concepto relativo en lo tocante a Jade, pero esperamos lo mejor.

—Supongo que es todo cuanto podemos esperar.

—Supongo.

Termina la sopa.

—No habrá sido fácil para ti —aventuro—. Ser madre soltera.

Se encoge de hombros para disipar mi preocupación.

—No soy diferente de millones de otras mujeres. No es fácil para ningún padre soltero.

—¿Tu ex nunca intenta ver a su hija?

Pienso en la devoción de mi amante por sus hijas, me cuesta creer que un padre pueda ser tan insensible, tan indiferente. Sé que Claire no estaría de acuerdo conmigo.

—Se lleva en la sangre —dice, como si hubiera leído mis pensamientos—. Es propio de la familia.

—¿Cuánto tiempo estuvisteis casados? —pregunto, con la intención de evitar una discusión directa acerca de nuestro padre.

—Técnicamente, cuatro años. Con más precisión, trece meses.

Percibo la expresión confusa que se pinta en mi cara.

—Estaba embarazada cuando nos casamos, como creo que Jade ya ha mencionado. Eliot era un poco más que rudo. No exactamente el sueño de cualquier padre.

—Creo que nunca lo conocí.

—Eras muy joven, y las diferentes ramas de la familia no se relacionaban mucho. Papá le odió desde el primer momento, dijo que Eliot era una mala noticia, que sólo perseguía mi herencia. Me amenazó con eliminarme de su testamento si no dejaba de salir con él. Pero, claro, no es que yo saliera con muchos hombres, de modo que no me tomé sus amenazas muy en serio, lo cual fue un error por mi parte. Hay que tomar siempre en serio las amenazas de un hombre. —Respira hondo—. Después me quedé embarazada, lo cual fue una estupidez todavía mayor, y Eliot y yo nos fugamos a Las Vegas. Nos casó un imitador de Elvis.

—No lo dices en serio.

—Tengo fotos que lo demuestran. Trece meses después, Eliot se largó.

—Pero ¿tardaste cuatro años en divorciarte?

—Eliot me lo puso lo más difícil que pudo durante el máximo de tiempo posible, hasta que nuestra familia accedió a pagarle una cantidad. Fin de Eliot. Fin de la historia.

—¿Jade nunca ha intentado ponerse en contacto con él?

—Una vez. Cuando tenía trece años. Buscó en Internet, descubrió dónde vivía, intento quedar con él, pero Eliot nunca se molestó en responder. —Desvía la vista. Por unos segundos guardamos silencio—. ¿Puedo preguntarte algo sin que te ofendas?

Me armo de valor para oír preguntas sobre nuestro padre.

—Claro. Adelante.

Respira hondo de nuevo, vuelve la vista hacia mí.

—¿Cuánto tiempo llevas acostándote con tu jefe?

La cuchara que sostengo resbala entre mis dedos, rebota sobre la mesa de cristal del comedor antes de caer al suelo de mármol.

—Oh, Dios. ¿Por qué crees que me acuesto con Sean Holden?

—Vi la forma en que le miraste.

—Sólo estaba agradecida de verle, eso es todo.

—Oh.

—De veras.

—Vale.

—Lo juro.

—Me he equivocado.

—Sean Holden y yo no somos amantes.

—Lo siento. Olvida lo que he dicho.

—Unos tres meses —me oigo decir.

—¿Qué?

—Desde hace tres meses.

—¿Llevas tres meses acostándote con Sean Holden? —repite Claire.

La habitación gira a mi alrededor. Estoy mareada. No puedo respirar.

Claire se pone en pie al instante, se acerca a mí.

—Tranquila, Bailey. Respira hondo.

—No puedo creer que te haya dicho esto.

—Tranquila.

—No tendría que haber dicho nada.

—Me alegro de que lo hayas hecho. Hay cosas que no se pueden callar.

—Prométeme que no se lo dirás a nadie, por favor.

—Pues claro que no.

—Prométeme que no se lo dirás a Gene.

—Lo prometo.

—Ni a Jade.

Una leve pausa.

—Creo que ella ya lo ha adivinado.

—¿Qué quieres decir? ¿Se lo has dicho?

—Ella me lo dijo a mí. «Parece que tía Bailey se está tirando a su jefe.» Creo que ésas fueron sus palabras exactas.

—Creo que voy a vomitar.

—No vas a vomitar. Sigue respirando hondo.

—¿Qué pensará de mí?

—Cree que eres la tía más guay de la tierra. Un lío con tu jefe es la guinda del pastel. Y hablando de dulce, ¿qué te parece un buen cuenco de helado?

—No, no me cabe nada más. ¿De fresa?

—La has clavado.

Claire va a la cocina. Empujo hacia atrás mi silla, me acerco a la ventana, contemplo las luces de la ciudad. Ahí abajo hay todo tipo de personas, pienso. Gente que no tiene líos con su jefe casado, cuyos hermanos no la demandan, que no salen disparadas de cintas de correr, que no creen que todo hombre al que ven es un violador.

—Helado de fresa. —Claire deposita dos cuencos de helado sobre la mesa de cristal—. Montones de fresas. Montones de calorías. Justo lo que prescribió el médico. Ven, siéntate. No dejes que se derrita.

Vuelvo a la mesa, me dejo caer sobre la silla de respaldo alto. Agarro la cuchara y me meto en la boca un gigantesco pedazo de helado.

—¿Crees que soy una persona horrible?

—De ninguna manera.

—¿Crees que me llevé mi merecido?

—Por supuesto que no. ¿Y tú, Bailey? —pregunta, inclinada hacia delante, los codos sobre la mesa—. ¿Crees que te llevaste tu merecido?

Suena el teléfono.

—Deja que lo coja yo. —Claire ya se ha levantado del asiento—. Hola. No, soy su hermana. Sí, hola, detective... Sí, de acuerdo... ¿Qué pasará ahora? De acuerdo. Sí, se lo diré. Gracias. Adiós. —Vuelve al comedor—. Era la detective Marx —empieza, y luego enmudece—. ¿Qué pasa, Bailey?

Me doy cuenta de que he contenido el aliento desde que se levantó. La habitación da vueltas, se convierte en una mancha huidiza, zumba alrededor de mi cabeza como una mosca. Estoy a punto de desmayarme. Claire rodea la mesa corriendo y me coge antes de que me caiga.

—Respira —me repite una y otra vez.

La habitación deja de girar poco a poco. Soy capaz de sentarme sola sin caerme.

—¿Desde cuándo sufres estos ataques? —pregunta Claire, al tiempo que acerca la silla a mi lado, con los brazos extendidos por si empiezo a oscilar.

—Tres años, con intermitencias —contesto, pensando en mi madre, en mi padre, en mi violación.

—Eso es demasiado. Has de ver a alguien, Bailey. Necesitas ayuda profesional. Voy a telefonear a esa terapeuta de la que te hablé para conseguirte una cita.

Asiento, aunque me cuesta imaginar que, en realidad, vaya a servir de algo. ¿Puede una terapeuta deshacer lo que ya está hecho? ¿Puede una terapeuta devolverme a mi madre, a mi padre, la imagen de mí misma que me he forjado?

—¿Qué te ha dicho la detective Marx?

—No han podido localizar a David Trotter. No está en su apartamento, no volvió a trabajar después del incidente en el gimnasio. Seguirán trabajando hasta que aparezca. —Contempla mi cuenco de helado, que apenas he tocado—. Pero no nos preocupemos por eso ahora. Vamos a meterte en la cama.

Me ayuda a incorporarme, pasa el brazo derecho sobre mi espalda y me conduce hasta el dormitorio. Me arrebuja bajo las sábanas, va al cuarto de baño, empieza a rebuscar en los cajones que hay debajo del lavabo.

—¿Dónde están los comprimidos que te recetó el médico?

—Puede que Heath se los tomara —digo, con un lejano recuerdo de mi hermano tragando un montón de pastillas.

—Estupendo. Vale, creo que me quedan algunos valiums tirados en el fondo del bolso. Quédate ahí —ordena—. No te desmayes. Respira.

Regresa antes de que haya tenido tiempo de asimilar sus palabras, con la palma de la mano abierta ante mí, dos diminutas píldoras blancas en mitad de su línea de la vida.

—No las quiero.

—Toma las píldoras, Bailey. Por favor. Hazlo por mí, ya que no por ti. Jade está en casa sola, y he de ir a trabajar a primera hora de la mañana. No puedo quedarme aquí toda la noche.

Abro la boca, permito que Claire deposite las píldoras sobre la punta de mi lengua. Me da un vaso de agua. Lo bebo.

En cuanto sale de la habitación, saco las píldoras del interior de mi boca y las escupo en la palma de la mano. La oigo lavar los platos y finjo dormir cuando viene a verme media hora después.

—Buenas noches, Bailey —susurra desde la puerta—. Que duermas bien.

11

En mi sueño, me estoy bañando desnuda en un estanque verde esmeralda apartado, rodeado de arbustos floridos. Echo la cabeza hacia atrás, siento el calor del sol en la cara, el frescor del agua en mi cuello. Poco a poco tomo conciencia de un círculo de tiburones bajo mi cuerpo, y empiezo a nadar hacia la orilla. Un hombre está tumbado al borde del agua, perdido en la belleza de su propio reflejo. «Dime que me quieres», susurra, cuando la aleta de un tiburón atraviesa su reflejo y dientes gigantescos desgarran mi garganta.

Chillo y me incorporo en la cama como impulsada por un resorte, mientras busco el interruptor de la luz.

David Trotter está parado al pie de mi cama.

Va vestido de negro de pies a cabeza y su rostro está en sombras, pero sé al instante quién es. Se acerca más. Percibo en su aliento el olor a colutorio.

—¡Aléjate de mí! —chillo, salto de la cama y aterrizo sobre mi tobillo dolorido. Caigo al suelo, sollozando de dolor. Me agarra del pelo, me da puñetazos en el estómago y la cara antes de que pueda recuperar el equilibrio—. ¡No! —grito, pero su mano enguantada ya se está curvando alrededor de mi garganta y me constriñe la tráquea.

Consigo liberar una mano y extenderla hacia la mesita de noche. Consigo abrir el cajón de arriba, mis dedos buscan a ciegas las tijeras que guardo en él. Pero el cajón está vacío. Las tijeras han desaparecido.

—¿Buscas esto? —pregunta David. Miro, pero lo único que veo es la blancura de la funda de almohada que está apretando sobre mi cabeza. Así que éste es el aspecto de la muerte, pienso mientras me separa las piernas y hunde las tijeras en mis entrañas.

Despierto gritando, con el rostro hundido en las suaves arrugas de mi almohada. El sabor del algodón invade mi boca. El teléfono está sonando.

—Maldita sea —mascullo, al tiempo que me siento. Contemplo el teléfono, insegura acerca de si estoy despierta o todavía soñando. ¿Qué revela sobre mí el hecho de que ya no sé cuándo estoy consciente o no? Mi hermana tiene razón. Necesito ayuda profesional. No puedo continuar así, noche tras noche tras noche. Pesadilla tras pesadilla tras pesadilla.

Descuelgo el teléfono, me lo llevo al oído. Pero sólo escucho el tono de marcar. Tal vez no ha sonado. Está todo demasiado oscuro, y me siento demasiado cansada para mirar el identificador de llamadas.

Tomo una ducha, me lavo con champú el pelo que Claire secó con tanto esmero antes, y cambio el pijama por un camisón. Me quedo parada al lado de la cama, contemplo la esfera iluminada del reloj y sé que no podré volver a dormirme. Son las dos y media de la mañana. Me planteo encender la televisión, pero decido que no, pues intuyo que hay cosas más interesantes que ver.

Sé que las luces del apartamento de enfrente están encendidas incluso antes de llevarme los prismáticos a los ojos. Sé que el hombre estará allí (Narciso, le llamó Claire), exhibiéndose medio desnudo delante de su ventana, invitando al mundo a mirar.

Pero estoy equivocada. No hay nadie. *Sin novedad en el frente*, pienso, cuando recuerdo la película antigua que mi madre y yo vimos juntas, uno de los cientos de clásicos que vimos durante su enfermedad. Aunque ardo en deseos de sentir sus brazos a mi alrededor, me alivia saber que no puede ver el patético desastre en que me he convertido.

«Hemos de ser fuertes», me dijo mi padre después de su funeral. «Hemos de conseguir que se sienta orgullosa de nosotros.»

Sí, de acuerdo, pienso. Estaría muy orgullosa de mí ahora.

Siempre me siento orgullosa de ti, la oigo decir, y siento sus brazos a mi alrededor. *Dime lo que ves*, susurra mientras apoyo la espalda contra su pecho, descanso la mejilla sobre la de ella, aspiro el sutil aroma floral de su champú. Besa el morado reciente de mi barbilla, y siento que el dolor se desvanece.

Devuelvo los prismáticos a mis ojos.

Veo una habitación vacía. Una cama de matrimonio extragrande, un espejo oval de pie, una lámpara azul turquesa con una pantalla blanca plisada que descansa sobre un tocador contiguo a la ventana.

Y un hombre, me doy cuenta sobresaltada. Narciso ha vuelto a casa después de una noche en la ciudad. Está ante el espejo oval, muy complacido con lo que ve. Se pasa una mano cautelosa por el pelo, se quita la chaqueta, la tira en la cama. Saca el móvil del bolsillo trasero de los vaqueros y camina hacia la ventana, sus dedos teclean un número antes de llevarse el teléfono al oído y contemplar la noche.

Mi teléfono suena y yo pego un bote, mi cabeza sale lanzada hacia el sonido, mi corazón se acelera, el sudor brota de todos los poros. Miro de nuevo con los prismáticos a Narciso, y observo que aún tiene el teléfono apretado contra el oído. ¿Podría ser él? ¿Sabe que le estoy mirando?

Me desplazo hasta la mesita de noche, y enseguida noto que mi tobillo cede y mis rodillas golpean el suelo.

—Mierda —grito, mientras el teléfono continúa sonando sin piedad. Esto no está sucediendo, me digo. Esto sigue siendo parte de aquel estúpido sueño. *Mi pesadilla: La secuela. Tercera parte. La saga continúa. La saga interminable.*

Gateo hacia el teléfono, lo descuelgo al iniciarse el cuarto timbrazo.

—¿Hola?

El tono de marcar ataca mis oídos.

Vuelvo cojeando a la ventana, el teléfono en una mano, los prismáticos en la otra, miro hacia el apartamento de enfrente. Narciso continúa en la ventana, con el teléfono pegado al oído. Está hablando y riendo.

¿Ha sonado mi teléfono? ¿O sólo lo he imaginado?

Tecleo *69. Un mensaje grabado me informa de que «Lo sentimos. No es posible localizar el teléfono con este método. Haga el favor de colgar».

Corto la comunicación, mientras intento descifrar qué significa esto. Pero mi cerebro se niega a funcionar. ¿Ha llamado alguien? ¿Se equivocó de número? ¿Se trata de algún chaval estúpido gastando una broma pesada de madrugada? ¿David Trotter? ¿Travis? ¿Alguien? ¿Nadie?

Veo que Narciso deja el teléfono en la mesita de noche, se quita la corbata y los zapatos. Veo que vuelve la cabeza hacia la puerta del dormitorio. Veo que sale de la habitación. Veo que se enciende la luz de la habitación de al lado. Veo que va hacia su puerta y la abre. Veo a una joven (delgada, bonita, pelo oscuro largo) que entra. Veo que él la toma de la mano y la conduce hacia el dormitorio. Contengo el aliento.

Desde esta distancia, ella se parece un poco a mí. O a cómo era yo antes. Él la besa en el cuello, ella echa la cabeza hacia atrás y le abraza con fuerza. ¿Era la mujer con la que estaba hablando por teléfono? ¿La llamó para pedirle que fuera a su casa? En tal caso, se ha dado una prisa tremenda. Tal vez vive en el edificio. ¿Es posible que sea una puta? ¿No me dijo David Trotter que las putas de Miami son las más bellas del mundo?

Él la está besando en los labios. Sus besos son cada vez más apasionados. Sus manos se deslizan sobre los pechos de la mujer, las nalgas, los muslos, y luego desaparecen bajo su minifalda. Segundos después, la falda cae al suelo, seguida en breve plazo de la blusa y el sujetador. Tiene los pechos pequeños, pechos que cubren las manos del hombre. Manos grandes, pienso, mientras me mordisqueo el labio inferior. Le baja las bragas y se arrodilla, sepulta la cabeza entre sus piernas.

Lanzo una exclamación ahogada, siento un nudo en el estómago y mis rodillas ceden.

Narciso se levanta enseguida, empuja a la joven contra la ventana, cuyo cuerpo desnudo se ve perfectamente, la manosea por todas partes a la vez, los pechos, entre las piernas. La chica tiene un lado de la cara apretado contra la ventana, los ojos cerrados, mientras los dedos de él le rodean la garganta. Encuentran su boca y se introducen entre sus labios. Narciso se quita la camisa y se baja la cremallera de los vaqueros. La mujer apoya las palmas de las manos contra el cristal cuando él la penetra por detrás.

Lanzo un grito, siento cada embestida, pero no puedo desviar la vista.

Cuando termina, se alejan de la ventana dando tumbos y se derrumban sobre la cama. Se hace la oscuridad en la habitación. Me tambaleo hasta el cuarto de baño, donde devuelvo la sopa y el helado que conseguí ingerir hace unas horas. Vuelvo a la ventana del dormitorio y me deslizo hasta el suelo, donde me quedo, las tijeras en una mano, los prismáticos en la otra, aovillada en una bola temblorosa casi fetal, hasta que amanece.

Claire llama a primera hora de la mañana.

—¿Cómo te encuentras?

—Bien.

—Estupendo. Te he conseguido cita con la terapeuta. Hoy a mediodía.

—¿Hoy?

—¿Tienes otros planes?

—No, pero…

—No hay pero que valga. Se llama Elizabeth Gordon, y te ha colado en su hora de comer haciéndome un favor especial.

—No sé.

—¿Qué no sabes?

—Nada.

Ella ríe.

—Así me gusta, Bailey. Has hecho un chiste. Eso significa que estás mejor.

No sé muy bien de qué está hablando. No intentaba hacer un chiste. Hablaba en serio.

—Bailey, ¿sigues ahí?

—Creo que no estoy en forma para ir hoy.

—Y yo creo que no puedes permitirte seguir encerrada en ese apartamento.

—No he dormido en toda la noche.

Eso parece sorprenderle.

—¿De veras? Esas píldoras tendrían que haberte dejado sin sentido.

—Alguien me telefoneó —respondo, sin mencionar que escupí las píldoras—. Dos veces. En plena noche.

—¿A qué te refieres? ¿Quién?

—No lo se. Ya había colgado cuando contesté.

—¿Las dos veces?

—Sí. Eso creo, al menos.

¿Insinúas que alguien llamó dos veces y colgó antes de que contestaras? —Intuyo su confusión sin necesidad de ver su cara—. ¿Estás segura de que no fue un sueño?

—No —admito. No me molesto en informarle de que probé el *69. Tal vez lo soñé también.

—Deberías llamar a la policía.

—Alguien debió de equivocarse de número.

—Llámales de todos modos —insiste—. Podría ser importante.

Ambas estamos esquivando lo evidente, ninguna quiere verbalizar lo que las dos estamos pensando: que las llamadas podrían proceder del hombre que me violó. Hacerlo sería conceder a la idea una realidad, una validez, de la que carece de momento.

—¿Crees que las llamadas son del hombre que me violó?

De repente, necesito oír las palabras. La persona que me agredió me robó el bolso, al fin y al cabo. Contenía toda mi información vital. Podría haber obtenido con la mayor facilidad el número de teléfono de mi casa.

—Creo que deberíamos eliminar esa posibilidad.

—¿Qué puede hacer la policía?

—Tú sabes más de eso que yo, Bailey. ¿No pueden rastrear la llamada?

—No si la hicieron desde uno de esos móviles desechables —digo, como uno de esos policías de la serie *CSI*.

—Llama a la policía —insiste Claire—. ¿Bailey?

—Llamaré a la policía.

—Estupendo. Bien, voy a darte la dirección de Elizabeth Gordon. ¿Tienes un bolígrafo a mano?

—Sí —miento.

No se lo traga.

—No, no es verdad. Voy a esperar mientras vas a buscar uno. Y date prisa. No quiero llegar tarde al trabajo.

Busco en el cajón de arriba de la mesita de noche un bolígrafo y una hoja de papel.

—Vale. Adelante.

—Es Southwest calle Dieciocho Terrace, dos mil quinientos uno, justo al oeste de la Noventa y cinco, apartamento cuatrocientos once. ¿Has tomado nota?

—Sí.

—Léelo.

— Southwest calle Dieciocho Terrace, dos mil quinientos uno, apartamento cuatrocientos once.

—Bien. En taxi no serán más de diez o quince minutos.

—Vale.

—¿A quién vas a ver?

—¿Qué?

—La terapeuta. ¿Cómo se llama?

—Elizabeth.

—Elizabeth Gordon. ¿Cuál es su dirección?

—Southwest calle Dieciocho, dos mil quinientos uno.

—Terrace —corrige Claire—. ¿Estás segura de haberlo anotado?

—Terrace —repito—. Apartamento cuatrocientos once —añado, antes de que lo pregunte.

—Bien. Ahora he de ir a trabajar, pero te llamaré más tarde. ¿Has desayunado ya?

—No.

—Bien, quiero que vayas a la cocina y te prepares tostadas y café. Y un huevo. Toma un huevo. Son proteínas.

—Creo que no puedo comer nada.

—Come un huevo, Bailey.

—Vale.

—Buena chica. Te llamaré más tarde.

Cuelgo el teléfono, dejo la hoja de papel con la dirección de Elizabeth Gordon sobre la mesita de noche, y voy a la cocina, para prepararme tostadas y café. Y un huevo, que de hecho se me antoja delicioso. Había olvidado lo mucho que me gustan los huevos. He olvidado lo mucho que disfrutaba con montones de cosas.

El teléfono suena y pego un bote, se me hace un nudo en el estómago, el huevo que acabo de disfrutar amenaza con volver a mi boca. Me acerco al teléfono lo más rápido posible, aunque no lo descuelgo. Número desconocido, señala mi identificador de llamadas. Titubeo, me pregunto si debo dejar que se conecte mi buzón de voz. Al final, la curiosidad me puede, y me llevo el auricular al oído.

—Hola, Bailey —dice Heath—. ¿Por qué has tardado tanto?

—¿Por qué bloqueas tus llamadas? —pregunto a mi vez, en lugar de contestar.

—¿Qué?

—¿Por qué bloqueas tus llamadas, de modo que no sé quién está llamando?

—Bloqueo todas mis llamadas. Es automático. Pago un extra —empieza a explicar.

—¿Me has llamado esta noche?

—¿Eh?

—A eso de las dos de la mañana. ¿Telefoneaste?

Silencio.

—No lo sé —admite—. Estaba con Travis. Íbamos muy colocados. Es posible que hiciéramos algunas llamadas.

—¿Estabas con Travis?

—¿Qué pasa, Bailey? Dice que crees que es el tío que te violó, que le lanzaste encima a la policía.

—Yo no le eché la policía encima. Y no creo que él me violara.

¿No?

—Ese tío te quiere, Bailey.

—Y yo te quiero a ti, Heath, pero te juro que si te oigo defenderle otra vez…

—Caramba. Vale. Espera. Estoy de tu parte, ¿recuerdas?

—Pues empieza a actuar en consecuencia.

Silencio. Sé que he herido sus sentimientos, algo que siempre me he esforzado por evitar, pero estoy cansada, de mal humor, me duele todo, y Claire ha concertado una cita en mi nombre con una terapeuta que ha sacrificado su hora de comer para recibirme, de modo que ¿cómo se me podría ocurrir no presentarme, que es justo lo que estoy pensando?

—Lo siento, Bailey. Soy un gilipollas…

—¿Puedes acompañarme a un sitio? —No quiero acabar consolando a Heath, que es el punto hacia el cual se dirige esta discusión—. He de estar a mediodía en Southwest calle Dieciocho.

—¿Qué hay en Southwest calle Dieciocho?

Le comento lo de la cita que Claire ha concertado en mi nombre.

—Cuidado con las hermanastras intrigantes que sólo van detrás de tu dinero.

—¿Puedes acompañarme? —repito, sin hacer caso de su comentario.

—Claro. Oh, espera. ¿A mediodía, has dicho? No, no puedo. Tengo otra cita para ese anuncio de Whiskas a las doce menos cuarto. Es la segunda vez que me llaman. Por lo visto, la cosa está entre otro tío y yo. ¿Qué me dices de santa Claire? ¿No puede llevarte ella?

—Trabaja, Heath.

—Muy conveniente.

Estoy perdiendo la paciencia con esta conversación.

—¿Has llamado por algún otro motivo?

—Sólo para saber cómo te va. Y como estás un poco borde, deduzco que te encuentras mejor.

Es interesante saber cómo interpretan personas diferentes lo de encontrarse mejor. Para Claire, se reduce al sentido del humor. Para Heath, a estar un poco borde.

—Hablaremos más tarde.

—Te quiero —ronronea mientras corto la comunicación.

Llamo a la policía. Me comunican que aún no han podido localizar a David Trotter, que me mantendrán informada. Decido no hablarles de las llamadas de esta noche. No quiero meter en líos a mi hermano. Ni a Travis, quien debió de ser el autor de las llamadas, y Heath le está protegiendo, parapetado tras la amnesia causada por las drogas. Si las llamadas continúan, les informaré. Entretanto, debería prepararme para la cita. Aún quedan horas, pero debería empezar ya. Bien sabe Dios que no tengo otra cosa que hacer.

Me dirijo hacia el cuarto de baño, y evito a propósito los prismáticos que siguen en el suelo, al lado de la ventana del dormitorio. Estoy harta de ser una *voyeur*, me digo mientras entro en la ducha y dejo las tijeras sobre el estante de mármol gris y blanco encastrado en la pared de mármol. Me quedo bajo el chorro de agua caliente, y siento que mi pelo se pega al cuero cabelludo como algas marinas. Cuando he terminado de restregarme con tal agresividad que veo fragmentos de piel ensangrentada alrededor de los codos y las rodillas, me lavo el pelo y le aplico suavizante, aunque el suavizante ha dejado de obrar el menor efecto, debido sin duda al exceso de champú. Nudos permanentes han sustituido a las ondas de mi pelo largo. Su castaño reluciente de antes ha perdido todo su lustre.

Lo seco de manera superficial, y después me lo recojo con una goma en la nuca. Aplico corrector cosmético a mis ojos, y después crema hidratante a mi cara. A continuación, un poco de colorete y unos toques de rímel.

Parezco un payaso, decido, mientras contemplo boquiabierta mi reflejo durante varios segundos, antes de quitármelo todo y empezar de nuevo. La segunda vez es peor todavía. Elimino el rímel con un pañuelo de papel, y me encuentro cara a cara con un mapache de ojos enloquecidos.

Al final, vuelvo a entrar en la ducha y empiezo todo el proceso de nuevo. Esta vez decido no perder el tiempo en maquillarme. Elizabeth Gordon me tendrá que aceptar tal como soy, piel seca y escamosa, tez de cadáver.

Suena el teléfono y pego un bote.

—¿Hola? —digo, y descuelgo antes de que acabe el primer timbrazo.

—¿Cuál es la dirección? —pregunta Claire, y yo me río.

—Southwest calle Dieciocho Terrace, dos mil quinientos uno.

—¿Número del apartamento?

—Cuatrocientos once.

—Buena chica. ¿Estás casi preparada?

—Casi.

—¿Quieres que te envíe un taxi?

—No, da igual. Estaba pensando en ir en coche.

Este anuncio nos pilla a las dos por sorpresa. ¿Cuándo se me ha ocurrido semejante cosa?

—Pensaba que tu agresor te robó las llaves del coche.

—Los del aparcamiento guardan un segundo juego.

—¿Y el permiso de conducir?

—Tengo una fotocopia —miento.

—No estoy segura de que sea una buena idea.

—Yo sí —digo, cada vez más inflexible.

—Bien, vale pues. Supongo.

—Vale pues —repito.

—Llámame cuando llegues a casa.

Prometo que lo haré y cuelgo el teléfono. Entro con cautela en el ropero, con cuidado de no cargar demasiado peso sobre el tobillo dolorido, mientras me pregunto si es una buena idea conducir. Pero siempre me ha gustado conducir. Y sentarme al volante del coche que perteneció a mi madre siempre me ha relajado.

Elijo unos pantalones negros holgados y una camisa blanca, mi primera salida en tres semanas. Me siento casi aturdida. Conducir me sentará mejor que cualquier terapeuta.

A las once y cuarto, llamo al portero y pido a Finn que alguien suba mi coche.

—Por supuesto, señorita Carpenter.

—¿Podría enviar a alguien para que me acompañara hasta el ascensor? —pregunto, y siento un nudo en la garganta, una opresión en el pecho—. En circunstancias normales, no lo pediría, pero después de lo de ayer…

—Yo mismo la acompañaré —responde Finn sin la menor vacilación.

Dos minutos después llama a mi puerta.

—Me estoy comportando como una tonta —le digo. Me siento mareada y me esfuerzo por mantenerme erguida mientras camina a mi lado por el pasillo.

—Cualquier precaución es poca.

El ascensor llega y entramos. Cierro los ojos cuando Finn aprieta el botón del vestíbulo, y bajamos sin interrupciones.

—Aquí llega su coche.

Finn señala el Porsche plateado que dobla la esquina y aparece ante nuestra vista.

Wes baja del coche deportivo, todavía en marcha, mientras Finn abre la puerta del vestíbulo.

Camino despacio hacia el auto que heredé de mi madre, su exterior brillante y limpio, su metal plateado que refleja el cegador sol de Florida. La última vez que vi mi coche era de noche, en una calle residencial del Norte de Miami. La última vez que toqué la manija de la puerta fue la noche que me violaron.

—Puedo hacerlo —murmullo mientras me siento al volante.

Wes cierra la puerta y se asoma por la ventanilla.

—Conduzca con cuidado —dice, y el fuerte aroma medicinal de su colutorio llena de lágrimas mis ojos.

12

Mi padre le regaló a mi madre el coche deportivo plateado cuando cumplió cincuenta años. Fue un amor a primera vista, y ella juró que lo conduciría siempre. «Siempre» resultó ser menos de tres años. Después de enfermar demasiado para conducir, lo dejó en el garaje.

—Mi niño se siente abandonado —decía cada dos por tres desde la cama, y su cabeza giraba sobre la almohada en dirección al garaje con capacidad para cuatro coches—. ¿Cuándo vas a pedir a tu padre que te enseñe a conducir con el cambio de marchas?

—Es tu niño —replicaba yo con una sacudida testaruda de la cabeza—. Quiere a su mamá.

Yo quiero a mi mamá, añadía en silencio. *Por favor, mamá. No te mueras. No te mueras.*

De nada sirvieron las plegarias silenciosas.

El coche tiene ahora ocho años de antigüedad, y desde que mi padre me enseñó con paciencia cómo cambiar las marchas, he triplicado el kilometraje. Aun así, parece nuevo de trinca. Cada vez que me siento detrás del volante, experimento la sensación de que los brazos consoladores de mi madre me rodean. Aspiro el sereno aroma cítrico de su perfume.

Hasta hoy.

Hoy se me antoja extraño y desconocido. Noto el cuero negro, antes suave y untuoso, áspero e hirsuto al entrar en contacto con mi piel. El asiento está demasiado cerca del suelo y ya no acuna mi espalda como la palma de una mano. Mis piernas han de estirarse para llegar a los pedales; mis manos resbalan sobre el volante como si estuviera cubierto de grasa. Mi madre se halla en paradero desconocido.

Wes ha cometido un error, decido. Es nuevo en el edificio, se ha confundido y me ha traído otro coche.

—Éste no es mi coche —grito desde la ventana, pero Wes ha vuelto a la entrada principal, habla con Finn y no me oye. No estoy segura de qué hacer, de modo que no hago nada y continúo sentada. Pues claro que es mi coche, me tranquilizo. No me parece el mío porque Wes ha ajustado el asiento a su cuerpo. Es una simple cuestión de devolverlo todo a su posición anterior.

Aprieto un botón para ajustar el asiento, que lo alza en lugar de echarlo hacia delante, y cuando lo vuelvo a oprimir, aleja el asiento más que antes, con lo cual la situación empeora. Aprieto un botón que hay en el lado de la puerta, y provoco que la ventanilla contigua a mi cabeza suba, de manera que me corta el suministro de aire. El aire acondicionado del coche está apagado, y he olvidado cuál es el interruptor que lo activa. Hace calor dentro del vehículo, y a cada segundo que pasa aumentan el calor y la humedad. No puedo respirar.

—Vale, cálmate —susurro, respiro hondo varias veces, intento no entregarme al pánico creciente, mientras aprieto un botón tras otro.

De pronto, el asiento salta hacia delante, después hacia atrás, de nuevo adelante, antes de colocarse en su sitio con una sacudida tan intensa que empuja mi mano y pone el coche en primera. Mi pie izquierdo se alza automáticamente del embrague, mientras el derecho pisa el acelerador. «Este coche se conduce prácticamente solo», oigo afirmar a mi madre, al tiempo que el Porsche plateado sale disparado del camino de entrada.

Por el retrovisor, veo que Wes da media vuelta, con la boca abierta en señal de alarma, mientras ve que mi coche corre hacia la calle. He olvidado adónde voy. Busco en el bolso la dirección que escribí en un pedazo de papel, pero no lo encuentro. Todavía más, el sol me ciega, y me doy cuenta de que he olvidado las gafas de sol.

Levanto una mano del volante en un acto reflejo para protegerme los ojos del brillo del sol, siento que el coche lleva a cabo un giro brusco a la izquierda. El motor es muy potente. «Demasiado potente para una chica», se burló Travis en una ocasión, aunque creo que estaba enfadado porque no le dejaba conducirlo. Pero quizá tenía razón, al fin y al cabo.

¿Puede una chica disponer de tal potencia?, me pregunto mientras intento mantener a raya otro pensamiento preocupante. De todos mo-

dos, el pensamiento se reafirma: *¿Cuándo dejé de ser mujer y efectué la regresión a chica?* Meneo la cabeza, porque ya sé la respuesta. Otra oleada de asco me asalta. Me estoy ahogando en el asco. Piso con fuerza el acelerador y pongo la segunda. Un error. Es demasiado pronto para cambiar de marcha. No voy lo bastante deprisa. Apenas he salido del camino de entrada, por el amor de Dios.

De pronto, un edificio a medio construir se cierne sobre mí. Aprieto con más fuerza el volante, lo giro a la izquierda para evitar una colisión con un coche que se acerca por la derecha, y no veo hasta que es demasiado tarde que varios obreros están cruzando la calle delante de mí. Veo que sus rostros se retuercen de miedo, oigo los gritos frenéticos de los testigos, oigo mis propios gritos, que se imponen a los de ellos mientras me esfuerzo por controlar el volante. Los neumáticos chirrían cuando el coche se sube a la acera y continúa su espeluznante carrera hacia la verja de alambre naranja que rodea la obra.

—¿Qué diantres? —grita alguien cuando el morro del Porsche se empotra contra la valla de tela metálica, de modo que ésta se arruga y cae. Se derrumba sobre el capó de mi coche como la malla de un sombrero.

—¿Está loca? —grita otra voz, cuando el instinto se impone y logro arrancar la llave del encendido, y el coche se para de una vez.

Empujo la puerta y salgo dando tumbos.

—Señorita Carpenter —está gritando Wes detrás de mí—. ¿Se encuentra bien?

—¿Qué ha pasado? —pregunta Finn, corriendo hacia mí junto a su compañero.

Y después, una sucesión de voces que se solapan: «¿Está herida?», «Por el amor de Dios, casi nos mata», «¿Qué le pasa?», «¿Está enferma?», «¿En qué estaba pensando?»

—He de irme —digo a la mancha de cuerpos que se mueve a mi alrededor.

—Creo que debería sentarse.

—He de irme.

—¿Quiere que llame a su hermana? —pregunta Finn.

¿Cuántas veces me ha preguntado eso en los últimos tiempos? Me parece irónico que, hace una semana, Claire apenas existiera. Mi hermanastra en teoría, quizá, pero en realidad para mí era poco más que un nombre garabateado en el reverso de una fotografía antigua. Era la mitad de nada. Ahora es la mitad que me completa. No podría haber sobrevivido a esta última semana sin ella. ¿Por qué no le hice caso cuando me advirtió que no condujera? ¿Por qué no llamé a un taxi?

Mis ojos van de un lado a otro. Veo que sale vapor del motor de mi coche, y una gran rascada en el capó, como una cicatriz profunda. Veo que una mujer se aleja con un niño pequeño de la escena, como si mirar demasiado rato en mi dirección fuera a dañar de manera permanente la visión de su hijo, como cuando miras un eclipse de sol. Veo que algunas personas empiezan a alejarse, al tiempo que otras avanzan para ocupar mejores posiciones.

Veo a David Trotter.

Está solo al otro lado de la calle, inspecciona la escena con ojos fríos, desapasionados. Traslada el peso del cuerpo de un pie al otro, mientras su boca se curva en una sonrisa insolente.

—¡No! —exclamo, y doy media vuelta.

—¿Qué pasa? —pregunta Finn.

Sacudo la cabeza para desechar su preocupación. Cuando reúno suficiente valor para mirar en dirección a David Trotter, éste ha desaparecido.

¿Estaba allí, en realidad?

Un obrero me toca el brazo. Tiene unos treinta años y es de estatura y peso medios.

—¿Se encuentra bien? —pregunta. Su aliento contiene rastros del chicle de menta que está masticando.

Lanzo un grito, como si me hubiera quemado con el extremo encendido de un cigarrillo, y retrocedo un paso cuando una mano enguantada se acerca a mi hombro. Salgo de la multitud y camino calle abajo.

—Oiga, no puede abandonar la escena de un accidente...

—Señorita Carpenter...

Como si lo hubiera acordado con antelación, un taxi frena de repente ante mí. Abro la puerta y subo, no muy convencida de que el taxi no sea un espejismo. Sólo cuando el aroma rancio a sudor que emana del vinilo verde agrietado del interior del coche ataca mi olfato, y oigo el fuerte acento cubano del conductor, empiezo a aceptar que está sucediendo en realidad.

—¿Adónde va? —pregunta el hombre.

Me esfuerzo por recordar la dirección. Entonces oigo la voz serena de Claire en mi oído, refrescando mi memoria.

—Southwest calle Dieciocho Terrace, dos mil quinientos uno —digo al conductor—. ¿Puede llevarme lo más rápido posible?

El taxista me sonríe por el retrovisor. Observo aliviada que tiene unos sesenta años, pelo veteado de gris y un vientre tan pronunciado que se aplasta contra el volante. No es el hombre que me violó. De momento, puedo relajarme.

—Agárrese.

El apartamento 411 está en el cuarto piso de un edificio de seis plantas color rosa chicle, enfrente del ascensor. Estoy sudando a causa del calor del exterior y temblando por culpa del aire acondicionado del interior, una combinación muy incómoda. Llamo con los nudillos a la pesada puerta de madera y espero, pero nadie contesta. Consulto mi reloj y veo que llego doce minutos tarde. Elizabeth Gordon se habrá cansado de esperar, pienso con una mezcla de decepción y alivio, y estoy a punto de dar media vuelta cuando la puerta se abre y una guapa mujer de cabello castaño ensortijado que mastica un bocadillo de atún aparece ante mí. Tendrá unos cuarenta años de edad, casi metro ochenta, y va vestida con pantalones grises y una camisa de algodón azul pálido. Un delgado colgante de oro pende de su cuello de cisne, a juego con los pequeños pendientes de oro de sus orejas y una ancha alianza de oro en el tercer dedo de la mano izquierda. Lleva muy poco maquillaje, y sonríe mientras elimina con la lengua restos de atún pegados a los dientes, y se limpia la mano derecha en los pantalones antes de extenderla hacia mí.

—Usted debe de ser Bailey —dice, mientras me acompaña a la pequeña sala de espera flanqueada de sillas de plástico de respaldo alto—. Casi no la oí. Siento lo del atún. Mi intención era acabarlo antes de que llegara.

—No, soy yo quien ha de disculparse. He llegado tarde. ¿Se ha ido la doctora Gordon?

—Yo soy Elizabeth Gordon, y no soy médico.

Sólo entonces reparo en los diplomas enmarcados en la pared azul claro. Uno proclama una licenciatura en Vassar, el otro un máster de Asistencia Social en Yale. No son títulos de medicina, pero no obstante impresionan.

—¿Por qué no entramos en la consulta?

Elizabeth Gordon abre otra puerta, que revela una habitación algo más grande que el vestíbulo, pintada en el mismo tono de azul. A un lado de la habitación hay un escritorio, sobre el que descansan pilas de historiales y hojas de papel sueltas cubiertas de una escritura ininteligible. Al otro lado hay agrupados un sofá de color canela y dos sillas desiguales, una verde, la otra azul marino, un intento, decido, de parecer informal y conseguir que los clientes se relajen y se sinceren. Me pregunto si el bocadillo de atún ha sido un truco similar.

—Siento llegar tarde —vuelvo a disculparme, mientras me indica con un gesto que me siente en el sofá.

Me siento en el extremo más alejado, mientras ella se acomoda en la silla azul marino frente a mí, cruza una larga pierna sobre la otra y apoya las manos sobre el regazo.

—Parece disgustada por ello.

—No me gusta llegar tarde.

—¿Por qué?

—Creo que es una grosería. Demuestra falta de respeto hacia el tiempo de los demás.

Recuerdo que mi padre era un fanático de la puntualidad. Pero no se lo digo.

—¿Llegar tarde la angustia?

—¿No me da angustia todo?

—No lo sé. ¿Es así? —Sonríe. ¿Qué espera que diga?—. Tengo entendido, por lo que su hermana me ha contado, que está pasando una época difícil.

Casi empiezo a reír, pero pongo los ojos en blanco, como hace Jade con frecuencia cuando habla con su madre.

—Creo que podría decirse así.

Elizabeth Gordon apunta algo en la libreta de tamaño folio que sostiene. No recuerdo haber visto esa libreta en sus manos, y me pregunto de dónde habrá salido.

—¿Quiere hablar de ello?

—La verdad es que no.

—De acuerdo. ¿De qué le gustaría hablar?

—No lo sé.

Ella espera.

—¿Para qué ha venido a verme, Bailey?

—Mi hermana pensó que era una buena idea.

—Sí. Me dijo que padece ataques de ansiedad desde hace cierto tiempo.

—No tanto.

—Tengo entendido que se suceden desde la muerte de su madre.

—Supongo.

—Tres años, aproximadamente.

—Supongo —repito, aunque sé con toda exactitud, casi al minuto, desde cuándo.

—Claire me dijo que su padre había fallecido no hace mucho.

—Exacto.

—Y que hace unas semanas la golpearon y violaron.

—Mi hermana es muy bocazas.

—Creo que sólo intentaba ayudarla.

—¿Le contó también que tengo un lío con mi jefe casado?

Escruto el rostro de Elizabeth Gordon en busca de alguna señal de desaprobación, pero su rostro se mantiene impasible y neutral.

—Se dejó esa parte. ¿Es eso de lo que le gustaría hablar?

Siento una sensación de calor en el pecho y me ruborizo.

—No.

Ella escoge sus siguientes palabras con mucho cuidado.

—Escuche, sé por su hermana que la violación ha supuesto un revés espantoso para usted, y me doy cuenta de que alberga un montón de sentimientos relacionados con todas las cosas que está afrontando. Espero que se sienta lo bastante cómoda para empezar a describir con palabras estos sentimientos, para que podamos trabajar juntas con el fin de integrar esos sentimientos en su conocimiento de lo sucedido, con la esperanza de alcanzar una mejora…

—No tengo ni idea de lo que me está diciendo.

—Me doy cuenta de que le cuesta más hablar de ciertos acontecimientos que de otros…

—¿Qué quiere de mí?

—Me parece que la pregunta es: ¿qué quiere usted de mí?

—Quiero… —empiezo, pero me detengo—. No lo sé. No sé lo que quiero. —Sacudo la cabeza, bajo los ojos hacia la alfombra beis que hay a mis pies. Cuando vuelvo a alzar la vista de nuevo, mi voz es un susurro—. Quiero dejar de sentirme tan asustada todo el tiempo.

—¿De qué está asustada?

—¿A usted qué le parece? —El desdén de mi voz se corresponde con el desdén de mis labios—. Me violaron, por el amor de Dios. Ese hombre casi me mató.

—¿Tiene miedo de que vuelva a suceder?

—Sigue suelto por ahí, ¿no?

—Un pensamiento aterrador.

—¿Es eso lo que hacen los terapeutas? ¿Decir obviedades?

Me estoy comportando de manera provocativa a propósito, aunque no estoy segura de por qué.

—No. Los terapeutas intentan comprender y ayudar a la gente que viene a pedir ayuda —responde, negándose a morder el anzuelo—. Usted parece asustada y hostil, Bailey. Crispada y al límite. Me gustaría saber qué es lo que más la angustia en este momento.

—¿Quiere saber detalles de mi violación, doctora Gordon?

—Elizabeth —me corrige con delicadeza—. No soy médico, ¿recuerda? Y no, no quiero saber detalles concretos. Sólo quiero que ponga en palabras lo que más la preocupa. Sólo así podré ayudarla. Por lo general, la gente se siente mejor cuando deja sus problemas aquí. Pero sé que es un proceso difícil, y usted lleva encima una gran carga. Nos llevará tiempo. La buena noticia es que tenemos tanto tiempo como sea necesario.

—Tenemos menos de una hora.

La mujer consulta su reloj.

—Hoy sí. Pero espero que confíe lo bastante en mí para volver.

—No estoy segura de que vaya a servir de algo.

—Bien, no tiene que tomar decisiones en este preciso momento. ¿Por qué no esperamos a ver cómo va el resto de la sesión? ¿Le parece bien? —pregunta, cuando yo no contesto.

—Supongo.

—Para empezar, hábleme un poco de usted. ¿Cuántos años tiene?

—Veintinueve.

Espero que me diga que aparento muchos menos, lo cual sería una mentira, pero no lo hace, y se lo agradezco. Le hablo de mi trabajo, aporto vagos datos sobre mi vida, y me abstengo de revelaciones más íntimas.

—Hábleme de su madre.

Mis ojos se llenan de lágrimas.

—¿Qué puedo decir? Era maravillosa. La mejor madre… La mejor amiga.

—Debió de ser terrible perderla tan joven.

—Sólo tenía cincuenta y cinco años.

—Estaba hablando de usted —me corrige con gentileza—. ¿Y su padre? Según Claire…

—En ese caso, no ha entendido nada —replico, y mis músculos se ponen en tensión.

—… era mucho mayor que su madre —continúa, para acabar su pensamiento—. Era su secretaria.

Mis músculos se tensan de nuevo.

—Estoy segura de que Claire le habrá contado todo sobre su relación.

—La verdad es que no. ¿Está sugiriendo que su padre estaba casado cuando empezó a salir con su madre?

—Sé a dónde quiere ir a parar —replico, impaciente.

—¿Adónde quiero ir a parar?

Parece confusa. Lo cual me provoca más impaciencia todavía.

—Piensa que como mi madre tuvo un lío con su jefe cuando él estaba casado con otra mujer, yo creo que es correcto acostarme con el mío.

—¿Lo cree?

—No creo que mi madre tenga nada que ver con mi relación, eso es lo que pienso.

—De acuerdo. Muy bien.

—¿Cree que mi madre tiene algo que ver con eso? —pregunto al cabo de una pausa, durante la cual mi corazón ha latido a tal velocidad y con tanta fuerza que amenazaba con salir disparado de mi pecho.

—Creo que existen todo tipo de motivos para que las mujeres se relacionen con hombres casados. A veces, se sienten solas. A veces, no tienen nada mejor que hacer. A veces, el hombre no es del todo sincero acerca de sus circunstancias. —Hace una breve pausa—. En algunos casos, liarse con un hombre casado les ahorra afrontar las exigencias de una relación más normal…

—¿Cree que ocurre eso en mi caso?

—En su caso —dice Elizabeth Gordon, y me doy cuenta de que está sopesando su respuesta con cautela antes de continuar—, no lo sé. Ya lo veremos. Tal vez albergue un profundo anhelo de comprender mejor a su madre.

Me reclino en la silla, expulso el aire de los pulmones con un profundo suspiro, como si me hubieran dado una patada en el pecho. Una vez más, mis ojos se llenan de lágrimas.

—¿Qué pasa, Bailey?

—No puedo hacer esto. —Me pongo en pie de un salto—. He de irme. —Ya estoy en la puerta, con la mano en el pomo de latón—. No he venido aquí para esto.

—Dígame lo que siente en este momento, Bailey.

Miro al techo, y después al suelo. Conmino a mi mano a abrir la puerta, pero permanece inmóvil. Ordeno a mis pies que se muevan, pero se niegan.

—Me siento tan atascada —lloro, y expulso las palabras de mi boca.

—¿Y vulnerable? —sugiere Elizabeth Gordon, al tiempo que se pone en pie.

—Pues claro que me siento vulnerable. Es normal.

—¿Siente tanto miedo e irritación por estar atascada o por ser vulnerable?

—Todo me inspira irritación.

—En ese caso, centrémonos en el «todo». La violación, la pérdida de su madre, la muerte de su padre, el acostarse con su jefe.

Intento hablar, pero las palabras no salen. Me quedo parada llorando, mis hombros se estremecen con cada sollozo.

—Veo que hemos tocado una fibra sensible. Dígame qué siente, Bailey. Intente verbalizarlo.

Guardo silencio durante varios segundos, y después oigo con sorpresa que las palabras brotan de mi boca.

—Me siento muy triste.

—Entonces, creo que ya está preparada para iniciar la terapia —se limita a contestar Elizabeth Gordon, me rodea la espalda con el brazo y me conduce de vuelta a mi silla.

13

—Bien, hoy ha sido un día memorable —comenta Jade cuando entramos juntas en mi apartamento.

Me siento casi mareada de alegría al ver mis paredes familiares. Es como si acabara de llevar a cabo un aterrizaje de emergencia después de un vuelo plagado de turbulencias. Tengo ganas de besar el suelo de mármol de mi vestíbulo, con la misma reverencia que los soldados pisan la tierra después de regresar de prestar servicios en un país extranjero hostil.

Jade desconoce las emociones que se agitan en mi interior. Va directamente a la cocina y abre la puerta de la nevera, casi como si fuera ella la que viviera en el apartamento y no yo.

—¿Te apetece beber algo? Me muero de sed.

Me doy cuenta de que yo también tengo la garganta seca.

—¿Queda alguna Coca-Cola?

Saca una lata y la abre, mientras yo me apoyo contra la encimera, agradecida por su sostén, y observo con envidia su soltura de movimientos. No alberga la menor vacilación. Vierte la mitad del contenido en un vaso y me lo da, y después bebe directamente de la lata.

—Me gustan las gaseosas —explica.

Combato el ansia de acercarme y estrecharla entre mis brazos. ¿Tendrá idea de lo feliz que soy de verla?

Temía la escena a la que imaginé que regresaría: las consecuencias de mi huida de la escena del accidente del que fui responsable, aunque nadie había salido perjudicado. Pero cuando salí del taxi delante de mi edificio, descubrí que ya habían remolcado mi coche hasta un taller de reparaciones, y que mi sobrina de dieciséis años, que se había saltado las clases de la tarde para venir a verme y me estaba esperando ante el mostrador del portero, ataviada con unos *shorts* vaqueros y un *top* verde lima, había conseguido aplacar tanto a los obreros como a la policía.

—¿Cómo lo conseguiste? —pregunté en el ascensor, mientras subíamos a mi apartamento.

—Prometí que se la mamaría a todos. —Rió cuando vio la expresión horrorizada de mi cara—. Es broma. Sólo a los guapos. Es broma —se apresuró a repetir, mientras retorcía varios mechones de pelo rubio largo entre los dedos, antes de dejarlos caer sobre sus hombros desnudos—. Me limité a explicar la situación, les dije que habías estado sometida a una gran tensión, y que ibas a ver a una terapeuta cuando sucedió el accidente, y que la policía debía consultar con la detective Marx, se llama así, ¿no?, si necesitaban posteriores aclaraciones. Creo que lo de «posteriores aclaraciones» acabó de convencerlos.

Sonrío de nuevo.

—¿Algo más que has sacado de *Dog, el cazarrecompensas*?

—Court TV. En cualquier caso, la poli dijo que tal vez vendrían a interrogarte en algún momento.

—Estoy segura de que lo harán.

Procuro no pensar en cuáles podrían ser esas preguntas.

Termina su bebida, y después tira la lata al cubo de reciclaje que hay debajo del fregadero.

—Bueno, ¿cómo es? La terapia, me refiero.

—Muy buena.

—¿De qué hablaste?

Sacudo la cabeza.

—De todo.

—¿En una hora? Debes de hablar muy deprisa.

—He reservado unas cuantas citas más. De momento, cada miércoles a la una del mediodía.

—Mamá se sentirá muy contenta. Sé que Elizabeth Gordon supuso una gran ayuda para ella cuando yo estaba en el reformatorio.

—¿Cómo fue eso? —pregunto, aliviada de desviar de mí el tema de la conversación.

—Más o menos como lo imaginas.

—No me lo puedo imaginar —respondo con absoluta sinceridad—. Cuéntame.

—¿Podemos ir a ver la tele? —pregunta, y ya se aleja por el pasillo—. Estarán echando *Millionaire Matchmaker.*

—¿Qué es eso?

—Oh, Dios mío. ¿No has visto nunca *Millionaire Matchmaker*? Patti Stanger es la mejor.

—¿Quién es Patti...?

Pero Jade ya ha desaparecido en mi dormitorio. No me queda otra alternativa que seguirla. Entro en mi habitación y veo a una mujer guapa de pelo oscuro, con un escote notable, que llena mi televisor. Está instruyendo a un grupo de jovencitas núbiles en el arte de seducir a los millonarios.

«Nada de sexo sin monogamia», proclama Patti mientras me dejo caer sobre la cama. El agotamiento me cubre como una manta pesada.

—Oh, mierda, éste ya lo he visto. —Jade se reclina contra la almohada a mi lado—. Esta pareja acaba practicando el sexo en su primera cita, lo cual Patty deplora. Opina que hay que establecer una relación de compromiso antes de acostarte con el tipo, de lo contrario no te sientes segura y la cosa saldrá mal. ¿Estás de acuerdo con eso?

—Parece sensato.

Me pregunto si alguna vez volveré a sentirme segura en lo tocante a los hombres. Me pregunto si alguna vez me he sentido segura.

—¿Crees que volverás a practicar el sexo algún día? —pregunta Jade.

Reprimo las náuseas.

—¿Qué?

—Lo siento. Supongo que no es asunto mío. Mi madre piensa que hago demasiadas preguntas, y que a veces soy muy grosera...

—No creo que seas grosera, sólo...

—¿Impertinente?

—Digamos inquisitiva. Vamos a hacer lo siguiente —continúo, y sorprendo a ambas—. Tú contestas a mi pregunta, y yo contestaré a las tuyas.

—¿Qué pregunta es ésa?

—¿Cómo te fue en el reformatorio?

—Para ser sincera, no fue tan horrible. Todo el mundo era muy amable. Querían ayudar. Un poco como tu terapeuta, imagino. —Se encoge de hombros—. Pero estás encerrada. No puedes ver tus programas favoritos ni salir cuando quieras. Y detestaba tener que hacerme la cama de determinada manera y compartir habitación con un montón de piradas. Pero nadie me violó con el palo de una escoba ni nada por el estilo.

Noto que el color se retira al instante de mi cara.

—Oh, mierda. Lo siento. No era mi intención…

—Lo sé.

—No he pensado.

—No pasa nada.

—Sí que pasa. Mi madre tiene razón. He de pensar antes de hablar. Lo siento muchísimo, Bailey.

Respiro hondo.

—¿Cuánto tiempo estuviste allí?

—Menos de un mes. Tío Gene tenía contactos y salí antes. Él lo niega, por supuesto. Va de tipo duro… —Se pone a zapear. Una sucesión de imágenes asalta mis ojos, mientras los canales desaparecen uno tras otro—. Tu turno. ¿Crees que volverás a practicar el sexo?

Lo cierto es que la idea de practicar de nuevo el sexo me aterroriza. La idea de un hombre, de cualquier hombre, incluido Sean, tocándome de manera íntima envía espasmos de repulsión a través de mi cuerpo.

—Espero volver a disfrutar del sexo algún día —digo, pero mis palabras suenan huecas y poco convincentes, incluso a mis oídos.

—¿Puedo hacerte otra pregunta?

—¿Puede ser fácil?

Esto es peor que la terapia, pienso.

—¿Te gustaba el sexo antes de que te violaran?

Jade se inclina hacia delante, me mira fijamente, olvidada por un momento la televisión.

—Sí.

—¿Tenías orgasmos?

Tengo ganas de decirle que no es asunto suyo, pero no lo hago. En cambio, respondo a la pregunta.

—A veces.

Ella suspira.

—Yo nunca he tenido un orgasmo.

—Tienes dieciséis años —le recuerdo.

—He leído que algunas mujeres nunca tienen orgasmos. Tal vez yo sea una de ésas.

—Lo dudo.

Jade ríe.

—¿De quién sería la culpa si no lo lograra, de los tíos o mía?

—No creo que sea una cuestión de culpa —empiezo, y elijo cada palabra con sumo cuidado—. Es más una cuestión de descubrir qué es lo que te gusta y lo que no, y de ser capaz de explicar…

—¿Has tenido muchos amantes? —me interrumpe. Está claro que mi respuesta era demasiado larga y seria para suscitar su interés.

Efectúo una rápida cuenta.

—¿Seis te parecen muchos?

—¿Estás de coña? Para una mujer soltera de tu edad, eso equivale a nada.

—¿Y tú?

Guarda silencio durante varios largos segundos.

—¿Me prometes que no se lo contarás a mi madre?

Asiento, y me arrepiento ahora de haber formulado la pregunta.

—Sólo uno —me dice, en voz tan baja que apenas la puedo oír.

—¿Sólo uno?

—Lo sé. Mi madre cree que han sido, qué sé yo, ¿veinte? —Se sienta muy tiesa—. Me has prometido que no se lo dirías.

—No lo haré, pero, francamente, creo que se sentiría muy aliviada.

—¿Quién ha dicho que quiero que se sienta aliviada?

Me río.

Jade parece ofendida.

—¿Crees que hablo en broma?

—No, en absoluto. Sólo quería decir… Está preocupada por ti. Eso es todo.

—Se preocupa por todo.

—¿De veras?

—Pareces sorprendida.

—Supongo que lo estoy —admito. Claire siempre parece controlarlo todo.

—Se preocupa por el dinero, sobre todo —dice Jade.

Siento una punzada de culpabilidad. Es por mi culpa que Claire está preocupada por el dinero. No es justo que yo tenga tanto y ella tan poco.

—Bien, háblame de ese tipo —digo, en un esfuerzo por no pensar en esas cosas—. ¿Es ése con el que te sorprendió tu madre?

—No. Fue un chico de clase de inglés del año pasado, pero su familia se mudó a Arizona en julio y ahí terminó todo. No fue una gran pérdida. O sea, todo fue muy olvidable, aunque dicen que nunca te olvidas del primer amor.

—Dicen muchas cosas. La mayoría no son ciertas. —Hago una pausa y pienso en Sean—. Creo que el más importante es el último amor.

Da la impresión de sopesar esta idea muy en serio, la frente arrugada en señal de concentración.

—¿Estás enamorada ahora? —pregunta.

¿Lo estoy? Pensaba que sí.

—No lo sé.

El teléfono suena y pego un bote.

—¿Quieres que me ponga yo? —La mano de Jade se extiende hacia la mesita auxiliar. Asiento mientras ella consulta el identificador de llamada—. Hablando del rey de Roma —dice, descuelga el teléfono y me da el receptor—. Es tu jefe —me comunica moviendo los labios.

Creo que Bailey se está tirando a su jefe, oigo a Claire comentar.

Cojo el teléfono, lo aprieto contra la mejilla, como si tratara de impedir que se escapara alguna palabra.

—Hola —susurro, con el corazón acelerado. Me asalta la idea de que Sean, de alguna manera, ha sido capaz de escuchar la conversación que Jade y yo hemos sostenido. Indicó con una señal a mi sobrina que abandone la habitación, pero ella se niega con tozudez a comprender la indirecta. En cambio, se inclina hacia delante, con los codos apoyados sobre las rodillas cruzadas, sus ojos clavados en los míos.

—¿Cómo estás? —pregunta Sean.

—Bien.

—Creo que me pasaré por ahí más tarde, si vas a estar sola.

—Me gustaría.

—¿A eso de las cinco?

—Me parece bien.

—Hasta luego.

Cuelga sin despedirse. Sean nunca ha sido de los que se andan por las ramas, en los tribunales o en donde sea. Su filosofía siempre ha sido, no compliquemos las cosas. Ve al grano. Después, vete al diablo.

—¿Qué te parece bien? —pregunta Jade, mientras dejo caer el teléfono sobre la cama.

Sacudo la cabeza. Una cosa es hablar de Sean con mi hermana o mi terapeuta, y otra muy distinta hablar de él con una chica de dieciséis años.

—Va a venir, ¿verdad?

—Jade…

—¿Ahora? ¿Va a venir ahora? ¿Quieres que me vaya?

—No va a venir ahora.

—Pero va a venir.

—A eso de las cinco —admito, después de reconocer que es una causa perdida hacer otra cosa.

—¿Quieres que me quede? Es broma —rectifica de inmediato—. Me habré ido mucho antes. Prometido. Y cualquier cosa que me cuentes quedará entre nosotras. Como si fuera tu terapeuta.

Sonrío.

—Serías una terapeuta muy buena.

—¿Eso crees?

—Estoy convencida.

—¿Qué tal investigadora privada, como tú?

—Creo que destacarás en cualquier cosa que hagas.

—Gracias.

—Y todo cuanto me cuentes es estrictamente confidencial también.

Descruza las piernas y se recuesta contra las almohadas, devuelve su atención a la televisión, regresa al canal de *The Millionaire Matchmaker*. Acaba de terminar un episodio y va a empezar otro.

—Me caes bien —dice Jade sin mirarme.

—Tú a mí también.

Son casi las seis cuando Sean llama a mi puerta. Jade se fue hace casi dos horas. Me he duchado y me he puesto unos vaqueros de algodón y un jersey gris holgado. Hasta he intentado secarme el pelo y aplicarme un poco de maquillaje. El resultado, si bien no se trata de un éxito absoluto, tampoco es un desastre sin paliativos. Al menos, no parece que vaya a caerme muerta de un momento a otro.

—Siento llegar tarde —se disculpa, cuando abro la puerta para dejarle entrar.

Al momento siguiente estoy en sus brazos. Me abraza con mucha dulzura, como si temiera que un exceso de presión en mi espalda pudiera partirla. Sus labios rozan mi pelo, aunque no se demoran. Siento su aliento contra la piel del cuello. Levanto la cara y me besa con ternura, aunque de manera breve y sin pasión, como si creyera que hay otro hombre al acecho, esperando el momento de atacar.

—¿Cómo estás? —pregunta.

—Mejor, ahora que estás aquí.

Tomo su mano, le guío hacia la sala de estar.

—No puedo quedarme mucho rato.

—Ya me lo imaginaba.

Sé que le gusta llegar a casa a tiempo de acostar a los niñas.

—Confiaba en poder escaparme antes, pero ya sabes cómo son las cosas. Siempre sucede algo cuando estás a punto de salir por la puerta.

Estamos sentados en uno de los sofás, uno al lado del otro, y nuestros dedos se rozan apenas.

—¿Estás muy ocupado en el trabajo? —pregunto, aunque ya sé la respuesta. Él siempre está ocupado en el trabajo.

—Lo habitual. Nada que no pueda controlar.

—Espero volver pronto al bufete para echarte una mano.

Me esfuerzo por aparentar más convicción de la que siento.

—Tómatelo con calma. No hay prisa. —Levanta la mano para acariciar mi mejilla. Al instante, siento que la mandíbula se pone tensa y mis costillas se contraen.

—Lo siento —dice, y devuelve la mano a su regazo.

—No es por ti.

—Lo sé.

—Es cuestión de tiempo.

—Lo sé —repite.

Tomo su mano, la guío hacia mi cara, la aprieto contra la mejilla, y después beso la palma abierta. ¿Es posible que Elizabeth Gordon esté en lo cierto con respecto a él? ¿Podría ser esta relación un intento de comprender mejor a mi madre?

—¿Qué estabas pensando en este momento? —pregunta.

—Nada.

—No. Casi podía ver tus pensamientos desfilando detrás de tus ojos.

Río para ocultar la vergüenza que me produce ser tan fácil de descifrar.

—No sé. Supongo que estoy contenta de verte.

—¿Cómo te encuentras… de verdad? —insiste.

La respuesta fácil sería decirle que me encuentro mejor. Pero la verdad es que me siento igual que ayer y anteayer. El alivio que experimenté cuando hablé con Elizabeth Gordon fue sólo momentáneo.

—Mejor —miento.

—Bien, tu apariencia ha mejorado, desde luego.

—Maquillaje.

—No, es más que eso. Veo que la antigua chispa está regresando.

Vemos lo que queremos ver, pienso.

—Fui a una terapeuta esta tarde. Elizabeth Gordon.

Niega con la cabeza cuando oye el nombre.

—No la conozco. ¿Fue positivo?

—Eso espero.

—Creo que es una buena idea haber ido a verla —dice al cabo de una pausa—. Creo que te será de ayuda.

—Eso espero —repito. Espero a que me pregunte de qué hablamos, que me someta a un tercer grado como Jade antes, pero no lo hace. ¿Se estará preguntando si hablamos de él? Tampoco pregunta eso.

—¿Algún nuevo caso interesante? —pregunto, tras un silencio de varios segundos.

—No. Más de lo mismo —añade para subrayar sus palabras, como si quisiera convencerme de que no me pierdo gran cosa.

—¿Algún cotilleo picante en la oficina?

Vacila.

—Nada que se me ocurra.

—¿Qué? —pregunto.

—¿Qué? —repite.

—Has pensado en algo —le digo, una repetición de nuestro anterior diálogo, aunque los papeles se han invertido—. Casi podía ver tus pensamientos desfilando detrás de tus ojos.

—Sólo estaba intentando recordar si se había suscitado algo picante. Supongo que tendrás que hablar con Sally a ese respecto.

Mira hacia la ventana, contempla el horizonte con aire ausente.

Contengo el aliento. Antes nunca habíamos tenido problemas para hablar. Las palabras siempre fluían sin esfuerzo entre nosotros. Aunque, a decir verdad, tampoco teníamos mucha necesidad de demasiadas palabras.

—Me he encontrado con tu hermano esta mañana —dice por fin.

—¿Heath? —Hoy no he tenido noticias de él. Me pregunto cómo habrá ido el *casting*, si le habrán dado el anuncio de Whiskas. Ojalá. Necesita que le pase algo bueno.

—Gene —corrige Sean.

Hago una mueca. Me he olvidado de Gene. Estoy acostumbrada a pensar que sólo tengo un hermano.

—Me preguntó cómo estabas, si había hablado contigo desde aquella memorable tarde.

—¿Qué le dijiste?

—Que tu recuperación se aceleraría si retirara la demanda.

No puedo reprimir una carcajada.

—¿Y qué te contestó?

—Que estaba dispuesto a hablar del asunto en cuanto te sintieras preparada.

—Encantador. Ya me siento mejor. —Me acuerdo de Claire, de sus preocupaciones por el dinero—. ¿Crees que debería llegar a un acuerdo?

—Creo que eso sólo depende de ti y de Heath.

—A mi padre le daría un ataque. Ya lo sabes. Fuiste su abogado.

Sean sacude la cabeza.

—Tu padre era un hombre muy testarudo, Bailey. Y por más que le respetara, no siempre tenía razón.

—¿Crees que debería llegar a un acuerdo? —insisto.

—Creo que no deberías decidir nada hasta sentirte más fuerte. Recuerda que hay en juego un montón de dinero, y tu salud es lo único que importa. En algún momento, tal vez sería mejor cortar por lo sano, hacer las paces con tu familia y seguir adelante con tu vida. —Me da una palmada en la rodilla—. Debería irme.

—¿Ahora? Acabas de llegar.

Consulta el reloj y se levanta.

—Se está haciendo tarde. A las niñas...

—... les gusta que su padre esté en casa para darles el beso de buenas noches.

Se encamina hacia el vestíbulo. Cojo su mano, noto que sus dedos se escapan de los míos cuando avanza hacia la puerta.

—Escucha, debo decirte algo. Voy a estar ausente una semana.

—¿Qué? ¿Cuándo?

—Nos vamos el sábado. Es el crucero familiar que Kathy reservó hace unos meses. El Caribe. No fue idea mía, créeme.

Me muerdo con fuerza el labio inferior para impedir decir algo de lo que podría arrepentirme.

—Te echaré de menos —le digo. ¿Qué otra cosa puedo decir?

—Yo también a ti.

Se inclina y me da un beso. El beso es suave y tierno, más largo que el de la llegada. No puedo evitar preguntarme si hay algo más, algo que me está ocultando. Ardo en deseos de aferrarle, de impedir que se vaya. Mis brazos se extienden hacia su cuello, pero ya se está soltando de mí, y mis manos resbalan sobre sus hombros cuando cruza el umbral.

—Cuídate hasta que vuelva —dice. Y se va.

Corro por el pasillo a mi dormitorio, cojo los prismáticos y miro la calle, a la espera de ver su coche. Pero está oscuro, y un coche se parece mucho a otro. Los veo desaparecer de uno en uno en la noche, llevándose sus secretos con ellos.

14

Pasan unos minutos de la media noche, y una lluvia fina empieza a caer cuando se encienden las luces del apartamento de enfrente. Me llevo de inmediato los prismáticos a los ojos, y veo que Narciso entra en su dormitorio. No está solo. Le acompaña una mujer, pero estoy segura de que no es la misma de la última noche. Esta mujer parece más alta y delgada, aunque tiene el mismo pelo oscuro que la anterior. Da la impresión de que está riendo, pero no puedo confirmarlo.

Ajusto las lentes para ver mejor. Los círculos se niegan a alinearse como es debido. Todo se ve borroso. Tal vez se deba a la lluvia. Tal vez se deba a que estoy cansada. Antes he empujado la silla del escritorio desde el estudio al dormitorio, y he estado dormitando durante las últimas horas, alternando el mundo de los sueños con la realidad, incapaz de diferenciarlos, igual de incómoda en ambos.

De pronto, la niebla que me rodea se levanta. La lluvia desaparece. Todo se hace claro como el cristal, tan claro que me encuentro parada detrás de la joven de figura delgada y largo cabello oscuro, mientras Narciso le ofrece una copa. Incluso soy capaz de distinguir las aceitunas pintadas que decoran el lado de su vaso cuando brindamos juntos. Siento su frío contra los dedos.

Narciso y la mujer se llevan las copas a los labios, y noto que el licor quema mi garganta cuando lo bebo. Él murmura algo en su oído; ella sonríe y murmura a su vez. Pese a nuestra proximidad, soy incapaz de oír sus voces. Escuchamos, pero no oímos, pienso. Por más cerca que estemos, no conseguimos conectar.

La mujer vuelve a reír, y me pregunto qué habrá dicho Narciso. Se me ocurre que está demasiado pagado de sí mismo para tener mucho sentido del humor, pero quizá me equivoco. La joven parece fascinada por lo que está diciendo. Es más joven que su conquista de la noche anterior, pero no tan bonita. Entrechoca su vaso con el de él en un brindis espontáneo. ¿Por qué? ¿Por la vida, por la salud y la riqueza, por la gente que vive en casas de cristal?

Veo que Narciso toma el vaso vacío de sus manos y lo deposita sobre la mesa que hay junto a la ventana, y después la rodea entre sus brazos. Veo que la besa, sus brazos ascienden por su espalda en una repetición virtual de las actividades de la última noche. Un hombre al que le gusta la rutina. Me descubro tan imposibilitada de desviar la vista como la otra vez. Veo que le desabrocha la cremallera de su vestido corto rojo. Veo que cae al suelo. Está desnuda, y lanzo una exclamación ahogada cuando él aferra sus nalgas con las manos.

Levanta la cabeza con brusquedad, como si me hubiera oído, y sonríe, como si supiera que estoy mirando. ¿Es posible que sea así?

Me estoy comportando de una manera ridícula. Es imposible que sepa de mi existencia, es imposible que pueda verme sentada aquí, en la oscuridad de mi dormitorio. Pero la sonrisa burlona de sus labios me dice: *Sé que estás ahí*, y sus ojos me gritan: *Sé que estás mirando*. Dejo caer los prismáticos sobre mi regazo. Es imposible que pueda verme.

Basta ya de tonterías. Basta de esconderse en la oscuridad, espiando a los vecinos, aunque elijan exhibirse de manera tan imprudente. Estoy demasiado agotada para pensar con claridad, demasiado hambrienta para funcionar como es debido. Ha llegado el momento de comer algo y meterme en la cama.

Cosa que no hago, por supuesto.

Veo que Narciso también está desnudo, y veo una repetición del mismo espectáculo de la última noche: los pechos y el estómago desnudos de la mujer apretados contra el ancho cristal, mientras la lluvia se intensifica, las manos ansiosas del hombre, sus bocas hambrientas. Veo que ella cierra los ojos, aunque él los conserva abiertos, y me mira de manera provocadora cuando la penetra por detrás. Y al igual que la última noche, me siento tan fascinada como asqueada.

No tarda en conducirla a la cama. *¿Habrá cambiado las sábanas?*, me pregunto mientras la tumba y se pone encima de ella, y la mujer eleva las piernas hacia el techo mientras él la vuelve a penetrar; cada embestida, una puñalada en mi entrepierna.

Son casi las dos cuando las luces del apartamento se apagan por fin. Me levanto despacio de la silla, bañada en sudor. Me doy otra ducha, llevo a cabo un último registro del apartamento y me meto en la cama, exhausta, desesperada por conciliar un sueño que nunca llega.

La misma escena se repite la noche siguiente a las ocho. Y la noche siguiente a ésa. Veo que Narciso se prepara para salir. Lleva a cabo el mismo ritual preliminar cada vez, elige entre dos corbatas, levanta una y otra sobre la camisa, después tira la desechada hacia la cama. Algunas noches acierta, y la corbata llega a su destino. Otras noches, la columna de seda se despliega en el aire y cae al suelo, donde se queda, para luego ser pisoteada.

Observo mientras se peina y se pavonea medio desnudo ante el espejo, y cómo de vez en cuando se detiene para admirar su reflejo antes de administrarse los últimos toques necesarios, antes de apagar las luces y abandonar su apartamento. Veo que vuelve a medianoche con una mujer diferente, aunque todas comparten características similares. Todas son razonablemente altas y delgadas, de pelo oscuro que les cae sobre la espalda como una cascada.

Todas se parecen a mí de una forma vaga.

O tal vez estoy imaginando el parecido. De hecho, tal vez lo estoy imaginando todo. Es posible. Lleva días lloviendo. Montones de truenos y relámpagos. No he dormido. O quizá sea cierto lo contrario. Quizá no he hecho otra cosa que dormir. Tal vez nada de esto es real. Tal vez todo es un sueño.

El teléfono suena y pego un bote, al tiempo que miro el reloj. Son las siete de la tarde de un sábado. ¿Quién puede llamarme? Claire trabaja el último turno en el hospital. Jade pasa el fin de semana en casa de una compañera de clase en Fisher Island. Sean está navegando por el Caribe. Heath ha desaparecido de la faz de la tierra. La policía no llama desde hace días.

El identificador de llamadas revela que la persona al otro lado de la línea es mi amiga Sally. Ha llamado varias veces, y no he descolgado ni devuelto su llamada. Sé que tiene buenas intenciones, pero la verdad es que he carecido de energías para entablar una conversación. El trabajo nos puso en contacto, y no sé si nuestra amistad sobrevivirá a mi prolongada ausencia. De todos modos, tal vez me esté llamando para informarme de que su hijo ha nacido prematuro, o de que, Dios no lo quiera, algo ha ido mal. Tal vez me está llamando para decirme que se ha producido una tragedia en alta mar, que el crucero de Sean fue alcanzado por un rayo y se hundió. Tal vez alguien de la oficina ha sido golpeada y violada...

—Hola —respondo, tras descolgar el teléfono antes de dejarme abrumar por los «tal vez».

—Por fin —dice, con evidente alivio—. Es difícil ponerse en contacto contigo. ¿Cuándo vas a comprarte un móvil nuevo? Así, al menos, podremos enviarnos mensajes de texto.

—Pronto. Llevo una vida algo agitada.

—¿Sí? —pregunta esperanzada—. ¿Se ha producido alguna novedad...?

—No. Nada.

—Oh. —La decepción se palpa en su voz—. Pero te encuentras mejor —afirma más que pregunta—. Suenas mejor.

—Me encuentro mejor —digo, y si sabe que estoy mintiendo, no lo demuestra—. ¿Cómo estás tú? —Si no puedo ser sincera, al menos puedo ser cortés—. Tu bebé...

—Todavía creciendo. Y pataleando.

—Estupendo.

—Siento no haberme podido pasar esta semana. El bufete se ha convertido en un manicomio.

Sin necesidad de estímulos, se lanza a contar una historia sobre un caso de divorcio de perfil alto que acaba de aceptar el bufete.

Las luces que se encienden en el dormitorio de enfrente distraen mi atención. Veo que Narciso entra en la habitación, el pecho desnudo, los pantalones desabotonados en la cintura. Cojo los prismáticos y me acerco a la ventana, mientras la voz de Sally continúa en mi oído.

—En cualquier caso, todo es muy confidencial, por supuesto —dice—, pero ¿adivina quién se ha estado acostando con quién, Bailey? Anda, intenta adivinarlo.

¿De qué está hablando?

—¿Qué?

—¿No me has oído?

—El bufete ha aceptado este importante caso de divorcio…

—No sólo importante. Enorme. ¡Aurora y Poppy Gomez! Representamos a Aurora, gracias a Dios. Resulta que Poppy le ha estado poniendo los cuernos durante años. ¿Te imaginas? La mujer más sexy del planeta, dejando aparte que ha vendido… ¿qué? ¿Tres mil millones de discos? Y ese gnomo desagradable todavía sigue dale que dale. No lo entiendo. ¿Qué les pasa a esos tíos? Bien, ¿vas a intentar adivinarlo?

—¿Qué?

—Con quién se ha acostado él en su mansión de South Beach, mientras ella está ocupada en una gira planetaria con el fin de que pueda seguir viviendo al estilo que se ha acostumbrado.

—No tengo ni idea.

—Oh, esto es demasiado. ¿Estás preparada?

—Estoy preparada —respondo, obediente.

—Con Little Miss Pop Tart, «Me-lo-guardo-para-el-matrimonio»: Diana Bishop en persona.

—Estás de coña —musito, como si estuviera asombrada de verdad, pero lo cierto es que no tengo ni la menor idea de quién es Diana Bishop, ni de qué se guarda para el matrimonio. El nombre me resulta vagamente familiar, alguien a quien debía conocer en mi vida anterior, pienso, mientras veo que Narciso camina hacia la ventana y contempla la tormenta, al tiempo que sus manos desaparecen dentro de sus pantalones.

—¿Te lo imaginas? El escándalo estallará dentro de un par de días. Hemos intentado mantener la discreción, pero ya estamos recibiendo llamadas de *Entertainment Tonight* e *Inside Edition*. Además, *National Enquire* ha acampado más o menos en nuestra zona de recepción. «Unas fuentes dicen esto; otras fuentes dicen lo otro.» Ya sabes cómo va. No puedes dar crédito a nadie. Y hemos de desenterrar toda la basura que podamos acerca de Poppy lo antes posible. Basura que podamos utilizar en el tribunal, por supuesto, cuando vuelvas. Resulta que el acuerdo prenupcial de Aurora (que nuestro bufete no redactó; ¿cuándo aprenderán?) no es tan blindado como ella pensaba. Bien, ¿tienes idea de cuándo volverás al trabajo?

—¿Qué?

—Nos sería muy útil tu ayuda.

—No puedo.

—Esta petición procede del mismísimo Phil Cunningham.

—No estoy preparada, Sally.

—¿No crees que te sentaría bien? Volver al trabajo.

—No puedo. Todavía no. Lo siento.

—Bien, haznos un favor a las dos y piensa en ello un poco más. ¿De acuerdo? Tal vez te ayudaría a, ya sabes, olvidarte de ciertas cosas.

Ciertas cosas. Una forma extraña de describir lo que he padecido.

—En cualquier caso, éste no es el único motivo de mi llamada.

Contengo el aliento, temerosa de los nuevos horrores que me aguardan. Observo que Narciso se está masturbando sin disimulos, su mano trabaja frenéticamente dentro de los pantalones, ladea la cabeza de un lado a otro, la mandíbula fláccida, la boca abierta.

—Vas a venir a lo de la fiesta premamá, ¿verdad?

—¿Qué?

—Lo sabía. Te has olvidado de todo, ¿verdad?

¿De qué me está hablando Sally?

—La fiesta premamá que Alissa me organiza. Mañana por la noche a las siete. En su casa. Recibiste la invitación hace unas cuantas semanas. Antes… —dice, y luego enmudece. No es necesario que continúe. Ambas sabemos lo que viene después de «antes».

—No puedo.

—Te estás repitiendo. Claro que puedes. Te sentaría bien salir de la madriguera.

Por lo visto, Sally se ha convertido en una experta en saber lo que me conviene. Me muerdo la lengua para no verbalizar este pensamiento.

—O sea, no puedes seguir encerrada en tu apartamento día y noche. No es sano. Y se trata de un acontecimiento jubiloso, algo que merece la pena celebrar. Voy a tener un hijo y tú dijiste que acudirías…

—Antes —le recuerdo, mientras observo que los frenéticos esfuerzos de Narciso han alcanzado un clímax satisfactorio.

—Toda la gente del bufete va a estar, y Alissa se ha decantado por el color rosa, puesto que el bebé es una niña. Hemos decidido llamarla Avery. ¿Te lo había dicho? En cualquier caso, Alissa va a servir bocadillos rosa y una tarta rosa, y supongo que no te acordarás, pero incluso llegó a pedir que todos los regalos fueran rosa. No hace falta que me compres nada. El mejor regalo será tu presencia.

Lanza una carcajada nerviosa.

Asiento, mientras me da vueltas la cabeza. Veo que Narciso extrae un pañuelo de papel del bolsillo y se seca las manos.

—¿Intentarás ir?

—No puedo. Lo siento, Sally. No puedo.

Silencio. Me pregunto por un momento si Sally ha colgado, y estoy a punto de hacerlo cuando vuelve a hablar.

—Vale. —Otro segundo de silencio—. Lo entiendo. De veras.

—Gracias.

—Te echaremos de menos.

—Yo también —digo, y mis palabras me recuerdan la última visita de Sean.

—Y hablando de bebés, ¿qué te parece lo de Sean Holden? —pregunta en tono jovial, como si mis pensamientos hubieran alentado los de ella.

Me armo de valor cuando Narciso vuelve la cabeza en mi dirección, y un relámpago destella en la lejanía.

—¿De qué estás hablando?

—¿No te lo ha dicho nadie? ¡La mujer de Sean está embarazada! —exclama Sally, mientras todo mi cuerpo se queda entumecido—. Se supone que nadie lo sabe todavía, por supuesto, pero, al parecer, ella dio la noticia a la ayudante de Sean. Nunca me acuerdo de su nombre...

—Jillian —digo, con una voz que no me pertenece.

—Eso, Jillian. No sé por qué nunca puedo acordarme de ese nombre. Sea como sea, pidió a Jillian que jurara guardar silencio, pero la noticia se propagó cuando se fueron de crucero al Caribe. Las primeras vacaciones que Sean se ha tomado en años. ¿Te imaginas? Es agradable saber que lo siguen haciendo a su edad. ¿Bailey? ¿Estás ahí, Bailey?

—He de colgar.

Corto la comunicación antes de que pueda pronunciar alguna palabra desagradable. Me quedo delante de la ventana, los ojos cerrados contra los pequeños y duros círculos de mis prismáticos. De modo que eso era lo que Sean vino a decirme. Ése era el secreto oculto tras sus ojos.

Otro relámpago tiñe de blanco el cielo negro. Veo a Narciso delante de su ventana, con unos prismáticos apuntados directamente a mi apartamento. Lanzo un grito, mi cuerpo se dobla sobre sí mismo, se derrumba hacia delante en cámara lenta, como si me hubieran dado una patada en el vientre. Todo mi cuerpo arde en llamas.

Pero cuando vuelvo a mirar unos momentos después, Narciso ha desaparecido y su apartamento está sumido en la oscuridad. Me quedo dudando de haberlo visto.

—Pues claro que lo viste —dice Claire—. Le viste, ¿verdad?

Es domingo, a eso de las seis de la tarde. Mi hermana libra hoy y mañana. Ha venido para cenar juntas. Jade no volverá de Fisher Island hasta más tarde.

—No lo sé —le digo con sinceridad—. Estaba lloviendo, y yo me sentía cansada y disgustada. Tal vez fueron imaginaciones mías.

—No fueron imaginaciones tuyas. ¿Por qué estabas disgustada?

Empiezo a pasear de un lado a otro ante el ventanal de mi dormitorio. Ha dejado de llover por fin. Las luces de mi habitación están encendidas, las persianas bajadas. No estoy segura de si volveré a abrirlas algún día.

—Me dijeron algo…

—¿La policía?

Le cuento lo de la llamada telefónica de Sally, y la noticia del embarazado de la esposa de Sean. Espero su reprimenda: *Eso es lo que obtienes por perder el tiempo con un hombre casado.* Pero en cambio dice:

—Lo siento, Bailey. Habrá sido muy duro para ti.

—Me siento como una idiota.

—Él es el idiota. Tendrías que haberme llamado.

—No pienso molestarte cada vez que me sienta disgustada, sobre todo si estás trabajando. Es probable que todo sean imaginaciones mías.

—El que estés disgustada no quiere decir que estés alucinando. Dijiste que estabas espiando a Narciso, y que se estaba masturbando delante de la ventana.

Me estremezco al revivir el recuerdo.

—Cerré los ojos, y cuando los volví a abrir, me estaba mirando.

—Con los prismáticos.

—Sí.

—Bien, si no tenías las luces encendidas, era imposible que viera algo —me tranquiliza, es lo mismo que me he estado repitiendo desde anoche. Mi habitación estaba a oscuras. Incluso con el rayo, nadie habría podido verme.

—Estaba muy asustada.

—Bien, no me extraña. Es espeluznante. A mí también me habría asustado. —Mira hacia las persianas bajadas de mi ventana—. Hay más fuera que dentro.

—Cuidado. Yo soy uno de ellos.

—Tú no estás loca, Bailey. Has sufrido una espantosa experiencia traumática. No duermes bien. Tienes pesadillas, experimentas recuerdos recurrentes. Es natural que…

—¿Vea cosas que no existen?

Ella se encoge de hombros y, por un momento, me recuerda a Jade.

—No me lo creo ni por un momento. Creo que deberíamos llamar a la policía.

—¿Qué? ¿Por qué?

—Cuéntales lo que pasó.

—¿Qué les cuento? ¿Que soy una especie de mirona que tal vez haya visto, o no, a su vecino masturbándose en la intimidad de su dormitorio…?

—No es del todo íntimo cuando lo haces delante de tu ventana con todas las luces encendidas —alega Claire.

—Soy yo la que le espía con los prismáticos. ¿Por qué quieres que llame a la policía? ¿Qué estás callando?

Claire vacila.

—¿Qué?

—No será nada.

—¿Qué? —repito.

—No quiero alarmarte…

—Dilo de una vez, por el amor de Dios.

Respira hondo y expulsa las palabras de su boca a regañadientes.

—No te habrá pasado por alto que el hombre al que has estado espiando encaja con la descripción general del hombre que te violó.

Respira hondo de nuevo y contiene el aire, a la espera de mi reacción.

Por supuesto que no lo he pasado por alto. Pero lo deseché como simple casualidad, otro subproducto de mi creciente paranoia.

—¿De veras crees que podría ser él?

—Sólo estoy diciendo que encaja con la descripción general. Es un exhibicionista y un pervertido que vive justo enfrente. Es posible que se haya fijado en ti, le gustó lo que vio y empezó a seguirte. —Hace una pausa, escruta mi rostro en busca de señales de que sus palabras están calando—. No sé tú, pero cuanto más pienso en ello, menos demencial me parece y más preocupada me siento. Voy a llamar a la policía.

El detective Castillo acude en compañía de otro agente uniformado al que presenta como agente Dube («se escribe Dube, se pronuncia Dubie», explica), unos cuarenta minutos después. La detective Marx se casó el viernes y se ha marchado de luna de miel. Experimento una leve sensación de haber sido traicionada, no tanto porque me haya abandonado como por no comunicarme la buena noticia. Me pregunto si pensó que no podría soportar su felicidad.

Observo que el agente Dube es alto y delgado, de pelo rojizo y con una diminuta cicatriz que cruza el puente de su nariz. Tiene pinta de adolescente. Conduzco a los dos hombres a mi sala de estar. Claire y yo nos sentamos juntas en un sofá, con las manos entrelazadas. Los policías se sientan frente a nosotras, uno en cada extremo del otro sofá. Claire explica la situación, mientras el detective Castillo, informal como siempre con una camisa a cuadros verdes y blancos y unos pantalones marrones Brook Brothers, toma notas.

—Vale, a ver si lo he entendido bien: usted cree que el vecino al que vio masturbándose anoche podría ser el hombre que la agredió.

—Correcto —dice Claire.

—Estaba mirando con los prismáticos —me comenta Castillo, y enmudece de repente—. ¿Le importa explicarme por qué?

—Es una de mis actividades habituales.

—¿Con frecuencia?

—Una costumbre. Era parte de mi trabajo.

Parte de lo que soy.

—Pero ahora no está trabajando.

—No.

—Se está desviando de la cuestión, detective —interviene Claire.

—¿Y cuál es la cuestión?

—Que ese hombre no sólo se ha estado exhibiendo desnudo de manera deliberada delante de su ventana, al tiempo que recibía a una serie de jovencitas, también desnudas, sino que estaba espiando a Bailey. Ella lo vio mirándola anoche.

—Con sus prismáticos —afirma el detective Castillo—. Menuda casualidad, ¿verdad?

—No lo creo. ¿Quién sabe desde cuándo la espía? Sabe que Bailey es una investigadora, la agredió mientras estaba en misión de vigilancia, y cree que es divertido espiarla ahora, mientras se masturba. La única casualidad, si insiste en calificarlo así, es que Bailey empezó a vigilarle sin querer.

Los dos agentes intercambian una mirada.

—Ha de admitir que eso es un poco rebuscado.

—Te dije que no tendríamos que haber llamado.

—¿Van a detenerle o no? —pregunta Claire.

—¿Basándonos en qué? ¿Por espiar a sus vecinos con prismáticos? También tendría que detenerla a usted —me dice.

—¿Le van a interrogar, al menos? —insiste mi hermana.

—No se puede interrogar a alguien sin que existan motivos justificados. Usted trabaja para un bufete legal —me dice—. Ya lo sabe. —Castillo se mesa el pelo, exasperado—. Muy bien. Vamos a echar un vistazo.

Claire se pone en pie al instante y avanza hacia mi dormitorio. El detective y el agente la siguen, y yo les piso los talones.

—Está en casa —anuncia Claire con aire triunfal—. Las luces están encendidas. —Levanta los prismáticos de mi cama y se los entrega al detective—. El tercer piso empezando por arriba, la cuarta ventana por la izquierda.

—¿Estaban las luces de su dormitorio encendidas cuando le estaba vigilando anoche? —pregunta el agente Dube.

—No —decimos Claire y yo al unísono.

—Había oscurecido —añado, de manera innecesaria.

—En tal caso, es imposible que la viera —comenta Castillo—. Dudo que fuera capaz de diferenciar un apartamento de otro, sobre todo con la lluvia. —Suspira y devuelve los prismáticos a Claire—. Muy bien. Iremos a hablar con él.

—¿Puede hacerlo sin informarle de que le estábamos vigilando?

Percibo el miedo en la voz de Claire, y no puedo evitar sentirme responsable.

—Deje en nuestras manos el trabajo de la policía.

Es más una orden que una petición.

Suena el teléfono y pego un bote.

—¿Va a descolgar? —pregunta el agente Dube, después del segundo timbrazo.

Me acerco al teléfono y me llevo el auricular al oído.

—Hola, señorita Carpenter —dice la voz, y experimento un temor familiar—. Soy Finn, de portería.

¿Qué mala noticia me va a dar?

—¿Sí?

—¿Puedo hablar con el detective de policía?

Por un instante me pregunto cómo es posible que Finn sepa que la policía está aquí. Después recuerdo que fue él quien llamó para anunciar su llegada. Entrego el teléfono al detective Castillo.

—Castillo —dice, en lugar de «hola». Transcurren varios segundos, y después—: ¿Cuándo fue eso? Vale, sí, gracias. Repítame el número del apartamento. Vale, sí. Gracias. —Me devuelve el teléfono—. Por lo visto, nuestro chico, David Trotter, ha reaparecido. Temo que el hombre de enfrente tendrá que esperar.

15

Esto es lo que sucede cuando la policía abandona mi apartamento: nada.

Claire y yo esperamos más de una hora, pero no vuelven. No llaman.

—¿Qué crees que significa esto? —le pregunto.

—Significa que deberíamos preparar la cena.

Vamos a la cocina, donde veo que marina los filetes de salmón que ha comprado antes, pela y corta unas cuantas patatas, antes de bañarlas en aceite de oliva y albahaca y meterlas en el horno. Admiro su destreza, me acuerdo de cuando yo también poseía esa competencia. Decido preparar mi ensalada favorita, que consiste en melón, pepino y queso feta, una receta heredada de mi madre.

—Tiene un aspecto delicioso —me comenta Claire, y experimento una oleada de orgullo.

Pongo la mesa en el comedor, y decido utilizar mi vajilla buena y mis servilletas de hilo favoritas. ¿Para qué las guardo, al fin y al cabo?

—¿Te apetece un poco de vino? —pregunto. No he tocado el alcohol desde la agresión, aunque no sé por qué. Nadie dijo que no podía tomar. Es probable que Elizabeth Gordon dijera que dicha abstinencia está relacionada con el control y mi miedo a perderlo, mi necesidad de estar siempre vigilante. Algo de lo que hablaremos en nuestra próxima sesión.

—Creo que una copa de vino es una gran idea —dice Claire—. Da la casualidad de que hay en la nevera un chardonnay de California excelente, que compré de camino aquí…

—No habrías tenido que hacerlo.

—¿No te gusta el chardonnay?

—Claro que me gusta. Ésa no es la cuestión.

—Me siento confusa. ¿Cuál es la cuestión?

—La cuestión es que no deberías gastar dinero en mí. —Recuerdo lo que Jade me dijo acerca de las preocupaciones económicas de su madre—. No paras de comprarme comida y alimentos. Me compras revistas, ahora vino…

—El vino no es sólo para ti.

—Lo sé, pero…

—Pero ¿qué?

—No deberías.

—¿Por qué?

—Porque no es justo.

—¿Por qué no es justo?

—Claire —digo, y exhalo un suspiro de frustración—. Estamos dando vueltas sobre lo mismo.

—Bailey —replica, y sus ojos cansados lanzan chispas.

—Trabajas mucho para ganar ese dinero. No quiero que lo gastes en mí.

—Eres mi hermana —me recuerda—. Y estás pasando una época muy difícil. Relájate, Bailey. No se va a eternizar. Muy pronto volverás a sentirte más fuerte. Volverás al trabajo. Tu vida recuperará la normalidad. No será necesario que me pase por aquí tan a menudo.

—¿Y si quiero que vengas?

—En ese caso, lo haré —dice con una sonrisa—. Y traeré vino. Anda, saca la botella de la nevera, busca copas y pongámonos en marcha. —Le acerco la botella y ella desenrosca el tapón, mientras yo localizo un par de copas en el armario que hay encima del fregadero—. Asombroso —se maravilla, mientras sirve una copa a cada una—. Ya ni siquiera hace falta un sacacorchos. Milagros de la tecnología moderna. —Levanto el vaso hasta mis labios, y estoy a punto de beber cuando ella me para—. Espera. Hemos de brindar.

Al instante imagino a Narciso y a sus diversas conquistas brindando con martinis. Me pregunto qué estará haciendo la policía, si ya le habrán interrogado o si han decidido no tomarse la molestia. Sé que si le interrogan será sólo para apaciguarme, para calmar lo que ellos perciben como mi creciente paranoia. Soy consciente de las miradas disimuladas y las cejas enarcadas que intercambiaron el detective Castillo y el agente

Dube. Sé que me consideran una patética histérica, una mujer trastornada por lo que le sucedió. ¿Soy una paranoica? ¿Tienen razón?

—Por los días felices que nos esperan —brinda Claire, y entrechoca su copa con la mía.

—Por los días felices —repito, y bebo vacilante un sorbo del líquido amarillo dorado, mientras veo que ella me imita.

—Mmmm. Estupendo.

Estupendo, repito en silencio, al tiempo que inhalo la combinación embriagadora de manzana asada a la canela y frutas tropicales, una mezcla de mantequilla y roble que perdura en mi lengua. Al menos, Claire no cree que sea una paranoica.

—Por las hermanas —digo.

—Por las hermanas. —Sus ojos se llenan de lágrimas inesperadas y vuelve la cara, al tiempo que se seca las mejillas con la mano libre—. Casi me olvido. He de enseñarte algo. —Levanta del suelo su bolso de piel marrón, tirado al lado de la encimera, y rebusca en su interior. Su mano reaparece momentos después con un sobre blanco—. Para que te diviertas —dice, y me lo da.

—¿Qué es esto?

Tomo otro sorbo de vino antes de dejar la copa sobre la encimera. Abro el sobre y saco tres fotografías. Al principio creo estar viendo fotos de Jade. Después me doy cuenta de que no son de Jade, sino de su madre, tomadas hace dieciséis años. Lleva el pelo más largo que ahora, sujeto tras una oreja con una guirnalda de lilas de plástico. Lleva un vestido de raso blanco corto, ni elegante ni favorecedor, pero el parecido con Jade es sorprendente. Aún más sorprendente es el hombre que se yergue a su lado. El hombre es Elvis Presley.

—Oh, Dios mío. ¿Éstas son…?

—Las fotos de mi boda, tal como te prometí. Es el imitador de Elvis que nos casó, y éste —precisa, al tiempo que indica al joven de cara hosca con chaqueta de cuero y tejanos que está a su lado en las dos fotografías restantes—, éste es Eliot. Observa los ojillos como cuentas y la desagradable expresión de autocomplacimiento.

Claire no está manifestando crueldad. Ni tampoco está exagerando. Es difícil no fijarse en los ojos del novio ni en su expresión. El gato que no sólo se tragó al canario, sino que se lo comió. «Una sanguijuela», oigo a mi padre gritar desde la tumba. «¿Qué le pasa a esa chica? Se ha casado con una maldita sanguijuela. ¿Es que no se da cuenta de que sólo se ha casado con ella por la herencia?» Como de costumbre, tenía razón. Eliot tiene aspecto de sanguijuela, y se casó con Claire por la futura herencia, una herencia que mi padre, de acuerdo con sus anteriores amenazas, revocó con posterioridad. Cuesta ahora entender lo que Claire vio en el joven con cara de roedor, tan diferente de su apuesto y carismático padre. A menos que sea eso lo que encontró atractivo.

Pero Eliot se largó hace mucho tiempo, y yo tengo el poder de devolver a Claire al menos una parte de lo que le corresponde por derecho de nacimiento. Me pregunto si Heath estaría de acuerdo, si alguna vez se ha planteado siquiera la posibilidad de compartir parte de nuestra herencia. ¿Consentiría en reunirse con nuestros hermanastros en un esfuerzo por llegar a un acuerdo acerca de la demanda que pende sobre nuestras cabezas, una demanda que nos mantiene atados a un pasado rebosante de agravios antiguos, que nos impide avanzar, continuar con nuestras vidas, como Sean sugirió? Por supuesto, Sean ya ha seguido adelante con su vida. Y mi hermano ha desaparecido de la faz de la tierra, como sucede con frecuencia. ¿Dónde diantres está? ¿Por qué no ha llamado?

—Te darás cuenta de que ni la novia ni el novio sonríen —comenta Claire.

—Al menos, Elvis parece contento —respondo.

—Brindaré por eso.

Y lo hacemos.

Han pasado casi dos horas. Hemos terminado de cenar y nos estamos acabando la segunda botella de vino cuando suena el teléfono. Pego un bote al oír el sonido y dejo caer el cuchillo. Golpea el suelo de mármol y desaparece debajo de la mesa del comedor.

—Mi madre decía que, según una antigua superstición, cuando dejas caer un cuchillo significa que un hombre va a venir —comenta Claire, y yo me estremezco, me esfuerzo por recuperar el cuchillo y casi consigo caerme de la silla. Tal vez, si lo recojo con suficiente rapidez, el hombre, sea quien sea, procurará mantenerse alejado.

—Yo contesto. —Claire empuja hacia atrás la silla y entra en la cocina. Observo que se tambalea un poco al andar—. ¿Hola? Vale. Bien. Sí, puede dejarles subir. Gracias. Era Stanley, de portería —anuncia cuando regresa al comedor—. Parece que la policía está subiendo.

Me pongo en pie tambaleante. He bebido demasiado y la habitación da vueltas. Me agarro a la mesa para no caer. *Esto no va bien*, pienso, mientras Claire y yo avanzamos con paso vacilante hacia la puerta.

—Caballeros —digo, cuando dejo pasar a los dos detectives unos momentos después. Percibo el olor a vino en mi aliento, y me doy cuenta, cuando el detective Castillo arruga la nariz, de que él también lo ha detectado. *No sólo una histérica paranoica*, está pensando. *También una borracha*.

—Lamentamos venir tan tarde —dice cortésmente, y sus palabras desmienten la leve desaprobación de sus ojos.

¿Qué hora es? Consulto mi reloj de pulsera, aunque no llevo. De hecho, no lo utilizo desde la noche de la agresión. ¿Qué más da qué hora sea? Es como si el tiempo se hubiera detenido.

—Queríamos ponerla al corriente de los últimos acontecimientos. —Una expresión de temor alumbra en el rostro del detective. Retrocede un paso y señala mi mano derecha—. ¿Es eso un cuchillo?

Bajo la vista, veo el cuchillo que sujeto, y río.

—Tu madre tenía razón —sigo a Claire—. Decía que cuando dejas caer un cuchillo —explico a los agentes— significa que un hombre va a venir.

—No estoy seguro de entenderlo —dice el agente Dube.

—¿Qué tal si me lo da? —pregunta el detective Castillo.

—No está muy afilado. —Lanzo una risita cuando se lo doy—. Huele a salmón.

—Veo que se ha tomado unas cuantas copas —comenta Castillo.

—Lo mejor de California —respondo, mientras Claire se lleva un dedo a sus labios fruncidos, para advertirme que me calle—. ¿Le apetece un poco? —pregunto de todos modos, sin hacer caso de su señal. Mi hermana no es una aguafiestas.

—No, gracias. Estamos de servicio todavía.

—¿Han hablado con David Trotter? —pregunta Claire.

Me esfuerzo por recordar quién es David Trotter, y por qué su nombre me suena tanto.

—Sí. Por lo visto, su madre sufrió una apoplejía la noche del incidente en el gimnasio —empieza Castillo.

¿Qué tiene que ver todo esto conmigo? ¿Qué incidente en el gimnasio, y qué tiene que ver la madre de David Trotter con todo esto?

—Vive en Palm Beach, y se marchó en cuanto se enteró de la noticia. No ha vuelto hasta esta noche. Por eso no hemos podido localizarle.

—¿Le interrogó acerca de Bailey? —pregunta Claire.

—Sí. Afirma que se hallaba en una cena con media docena de inversores en potencia, como mínimo, la noche que atacaron a Bailey.

—¿Le creyó?

—Comprobaremos su coartada. Así como la historia acerca de su madre.

—¿Cómo está la mujer? —pregunto.

Los detectives parecen sorprenderse por la pregunta.

—Creo que dijo que se está recuperando muy bien.

—Me alegro.

Noto que mi cuerpo empieza a oscilar. Es agradable saber que alguien se está recuperando muy bien.

—Tal vez deberíamos sentarnos —sugiere Claire.

—¿Qué hay de Narciso? —pregunto.

—¿Quién? —preguntan los dos policías al unísono.

—El hombre que me ha estado observando con sus prismáticos —explico impaciente.

—El hombre con el que hablamos se llama Paul Giller —dice el agente Dube, después de consultar sus notas—. ¿Cómo le ha llamado?

—Narcis… —empiezo.

—Es el nombre que le pusimos porque dedica mucho tiempo a mirarse en el espejo —explica Claire.

—Ya saben, el antiguo mito griego —añado, mientras el agente Dube pone los ojos en blanco y el detective Castillo sacude la cabeza.

—¿Qué les dijo ese tal Paul Giller? —pregunta Claire.

—Bien, como comprenderá tuvimos que proceder con cautela. No puedes decir de sopetón que sospechas de un hombre como violador sin pruebas de peso que lo sustenten, de las cuales es evidente que carecemos. Además, si se tratara de nuestro hombre, no queremos descubrir nuestras intenciones hasta contar con esas pruebas.

—¿Qué dijo, detective? —pregunta de nuevo Claire, mientras yo me apoyo contra la pared más cercana. Mi cabeza está empezando a despejarse, aunque noto un leve dolor detrás de mis ojos—. ¿Tiene coartada para la noche que atacaron a mi hermana?

—No entramos en eso.

—¿Qué quiere decir? ¿No era ése el motivo de ir a verle? ¿Qué le dijeron exactamente a ese hombre?

—Le dijimos que habíamos recogido quejas de algunos vecinos que afirmaban haberle visto mirando con unos prismáticos…

—¿Y?

—Lo negó. Dijo que debían equivocarse, que ni siquiera tiene prismáticos.

—Bien, está claro por qué lo dijo.

—Se ofreció a dejarnos registrar el apartamento —interviene el agente Dube, como si esto terminara con la discusión de una vez por todas.

—¿Y lo hicieron? —pregunta Claire.

—No —contesta Castillo—. Habíamos dejado clara nuestra intención.

—¿Y cuál era exactamente su intención?

—Que espiar a los vecinos con prismáticos podría llevarle a los tribunales por *voyeur*. Algo que ustedes, señoras, deberían grabarse en la cabeza.

—¿Y eso es todo? ¿Su investigación ha terminado?

—No. Investigaremos a este tal Paul Giller, averiguaremos cómo se gana la vida, si tiene antecedentes, etcétera. Pero, aparte de eso, no podemos hacer gran cosa. A menos que esté dispuesta a hacer una identificación positiva… —añade, y mira en mi dirección.

Sacudo la cabeza, veo que la habitación se inclina peligrosamente a un lado.

—¿Están seguros de que fueron al apartamento correcto? —pregunta Claire.

—Apartamento dos mil setecientos seis. Tercer piso empezando por arriba, la cuarta ventana por la izquierda —dice el agente Dube, de nuevo tras consultar sus notas—. Ésa fue la información que nos proporcionaron ustedes. ¿No es correcto?

—Tercer piso empezando por arriba, la cuarta ventana por la izquierda. Correcto.

—Pues lo siento —replica Castillo—, pero a menos que nos proporcionen algo más sustancial, tenemos las manos atadas.

—Comprendo —concedo, y es verdad. Por eso hay investigadores privados, pienso, gente como yo, que no está sujeta a tales restricciones. Sólo que ya no soy una persona como yo—. Gracias por ponernos al día.

—Las mantendremos informadas si se producen novedades.

Abro la puerta. Los hombres salen al pasillo. El detective Castillo se detiene y me devuelve el cuchillo.

—Guarde esto.

Cojo el cuchillo y cierro la puerta.

—Necesito una copa —dice Claire.

—Oh, Dios mío. ¡Mira esto! —ríe Claire. Estamos sentadas en el suelo de mi vestidor, las piernas extendidas ante nosotras. Hemos vaciado una caja llena de fotografías antiguas, que rodean nuestros cuerpos como miriñaque antiguo—. ¡Mira mi pelo!

—Creo que tienes un aspecto estupendo.

—Estás bebida.

—Sí.

Cojo otro montón de fotos, objetos personales que heredamos Heath y yo después de la muerte de nuestro padre, aunque mi hermano mostró poco interés en las fotografías donde no salía. También hay varios álbumes de recortes, llenos de fotos de los dos anteriores matrimonios de nuestro padre, fotos de Claire estrujada entre sus padres, el estómago de su madre hinchado con el bebé Gene, de los dos niños contemplando con adoración a sus padres, mientras sus padres mantienen la vista clavada en la distancia.

Abro otro álbum y veo a mis hermanastros Thomas, Richard y Harrison cobrar vida, y sigo su desarrollo desde la infancia hasta la adolescencia. Hay incluso una foto de Gene de adolescente con su equipo de fútbol americano. Observo el parecido entre las esposas número uno y dos, lo diferentes que eran de mi madre.

—Parecen muy tristes, ¿verdad? —dice Claire, y la misma tristeza transmiten sus ojos.

Tengo ganas de abrazarla, pero me contengo. Me pongo en pie y empiezo a registrar los cajones de mis armarios empotrados.

—¿Qué estás haciendo? —pregunta.

Localizo por fin lo que estoy buscando en el cajón de abajo: una pila de talonarios sin utilizar. Cojo uno, y después empiezo a buscar un bolígrafo.

—¿Qué estás haciendo? —pregunta de nuevo.

Encuentro uno al fondo del cajón y garabateo algo en el talón.

—Para ti —digo, y se lo doy mientras me dejo caer en el suelo, con más fuerza de la debida, si bien todo el alcohol de mi organismo amortigua la caída.

—¿Qué es esto?

—Quiero que te lo quedes.

—¡Diez mil dólares! No puedo aceptar esto.

Claire intenta embutirme el talón en la mano.

—Es lo menos que puedo hacer después de todas las molestias que te estás tomando.

—Has bebido demasiado, Bailey —me advierte—. No sabes lo que estás haciendo.

—Sé muy bien lo que estoy haciendo. Considéralo un adelanto.

—¿Qué significa eso?

¿Qué significa? ¿Que estoy tomando muy en serio la idea de llegar a un acuerdo sobre la demanda de mis hermanastros, y dividir la fortuna familiar? ¿No debería hablarlo primero con Heath?

—Creo que será mejor que lo hables con Heath —propone Claire, como un eco de mis pensamientos. Deja caer el talón en mi regazo.

—No es justo que tengas problemas de dinero —protesto.

—¿Quién dice que los tengo…? Ah. Jade te habrá estado contando historias.

—Me contó que a veces estabas preocupada.

—Nos va bien, Bailey. Tengo un trabajo fijo. Gene nos ayuda siempre que puede. Paga esa elegante escuela privada a la que va Jade, cuyos compañeros de clase tienen padres que pueden permitirse casas en la playa de Fisher Island.

—Pero nuestro padre hizo provisión de fondos para la educación de Jade…

—Educación universitaria —me recuerda Claire—. Quién sabe si irá algún día.

—Irá —digo con absoluta seguridad. Una de las pocas cosas de las que estoy segura en este momento es de que un día nos sentiremos orgullosas de Jade. Extiendo el talón una vez más—. Cógelo… Por favor.

Claire vacila, después suspira y se guarda el talón en el bolsillo lateral de los pantalones.

—Pero no voy a cobrarlo, por si cambias de opinión cuando estés sobria.

—No cambiaré de opinión.

Sus ojos se llenan de lágrimas por segunda vez en poco rato. Esta vez no se esfuerza en volver la cara.

—No sé qué decir.

—No has de decir nada.

Me rodea entre sus brazos y me aprieta contra ella. Me siento segura, como si hubiera llegado a casa por fin. Entonces, su móvil suena, y yo pego un bote y me suelto. Es Jade, que llama para informar de que ha regresado de Fisher Island.

—Debería irme —dice Claire.

—Espera. Llévate esto. —Recojo los álbumes de fotos de mis hermanastros y la sigo hasta el dormitorio. Las luces están encendidas, las persianas levantadas—. Repártelos entre Gene y los demás.

Los acepta.

—Gracias por todo.

—Gracias a ti por mucho más.

Claire ha llegado casi a la puerta del dormitorio cuando para y se vuelve, con las cejas arqueadas.

—¿Qué te parece? ¿Un último vistazo, por los viejos tiempos? —Espero mientras deja caer los álbumes de fotos sobre la cama, después aprieta el botón que apaga las luces y a continuación el que sube las persianas. Coge mis prismáticos y se acerca a la ventana—. Parece que no está en casa —comenta, tras una pausa de varios segundos—. Ah, bien. Mejor así. —Recoge las fotografías y entra en el pasillo, y me abraza cuando llegamos a la puerta. Me derrito en sus brazos—. Te llamaré mañana.

Siento que se forman palabras en mi boca, se acercan a la punta de la lengua. Pero Claire abre la puerta antes de que pueda verbalizarlas. La puerta se cierra a su espalda, y observo por la mirilla mientras se aleja por el pasillo.

—Te quiero —susurro, y mis palabras la siguen. Se para de repente y da media vuelta, como si me hubiera oído. Saluda con la mano, entra en el ascensor que está esperando y desaparece.

La luz del apartamento de Paul Giller está encendida cuando regreso a mi dormitorio. Contengo el aliento, cojo los prismáticos y me acerco a la ventana. A través de los pequeños círculos de cristal veo a un hombre y una mujer que se desplazan por la habitación con movimientos desmañados. Consulto el reloj de la mesita de noche, los números están iluminados en rojo. Ni siquiera son las once, demasiado pronto para que el hombre al que llamo Narciso haya vuelto a casa. Aunque tal vez, ahora que sólo es Paul Giller, un hombre corriente, lo haya adelantado todo una hora.

Pero también hay algo diferente.

Es la mujer. Ajusto y reajusto, y vuelvo a reajustar las lentes en un esfuerzo por enfocarla. Esta mujer es mucho más vulgar que las otras que he visto durante la semana, y su pelo es más corto y más claro. Y en lugar de estarla sobando, Paul Giller se encuentra al otro lado de la habitación, vestido de pies a cabeza mientras pasa las páginas de una revista.

¿Qué está sucediendo?

Es entonces cuando reparo en una maleta abierta sobre la cama. ¿Se marcha a alguna parte? ¿La visita de la policía le ha impulsado a marcharse unos días, del mismo modo que David Trotter se fue a principios de semana? Me pregunto si Paul Giller tendrá también una madre que, de manera muy conveniente, haya ingresado a toda prisa en el hospital.

Levanta la vista de su revista, mientras la mujer camina hacia la cama y empieza a sacar cosas de la maleta: una chaqueta vaquera, después una blusa, luego otra blusa, seguida de unos vaqueros y una falda de campesina, y por fin unos zapatos de tacón bajo. Un atuendo informal, en su mayor parte. Nada particularmente excitante. Ni camisones con volantes ni ropa interior provocativa. Veo que la mujer desaparece en el ropero y vuelve con un puñado de perchas. Cuelga la falda, los tejanos y la chaqueta, y después vuelve con ellos al ropero. Deja caer las blusas en una cesta de ropa sucia que hay al otro lado de la cama. Deposita los zapatos en una bolsa para el calzado que cuelga en la parte interior de la puerta del ropero. Es evidente que se siente a gusto en ese espacio. Es su espacio.

¿Su mujer? Enfoco sus manos, con la intención de distinguir la presencia de una alianza de oro en el dedo adecuado. Pero estoy demasiado lejos. No estoy segura.

La experiencia me dice que debe de ser su mujer y que ha estado ausente toda la semana, lo cual ha permitido que Paul se metamorfoseara en Narciso aprovechando su soledad, y que convirtiera en realidad sus fantasías más lascivas. ¿Tiene ella alguna idea de quién es él cuando ella no está? ¿Le importaría si lo supiera?

Entra en el cuarto de baño de la *suite* y cierra la puerta. Paul se quita la ropa y se mete en la cama. Esta vez no se pavonea delante del espejo, ni se pasea desnudo delante de la ventana, ni espía mi apartamento con los prismáticos. Tal vez la visita de la policía le haya asustado. Tal vez, como les dijo, ni siquiera tenga unos prismáticos. Tal vez lo he imaginado todo, como sin duda han decidido el agente Dube y el detective Castillo.

Paul hojea perezosamente las páginas de su revista, mientras su mujer, si lo es, vuelve al dormitorio vestida con un delicado salto de cama rosa de encaje. Se ha cepillado el pelo y llevado a cabo un esfuerzo por embellecerse. Pero Paul no parece reparar en ella hasta que se dispone a apagar la luz. Alza una mano para impedírselo, e indica con visible irritación la revista que está leyendo.

Veo que la mujer de Paul aparta las sábanas y se acuesta a su lado. Se apoya contra la cabecera, dirige una mirada angustiada a su marido, como deseosa de que abandonara lo que está haciendo y la estrechara entre sus brazos. Al cabo de varios minutos, decide tomar la iniciativa y mueve la mano con un gesto vacilante para acariciarle el muslo. Él baja la revista y niega con la cabeza. «Es tarde, estoy cansado», casi le oigo decir. Ella asiente y aleja la mano, se queda sentada en silencio unos minutos antes de arrebujarse en la cama y cubrirse la cabeza con la manta para protegerse de la luz. O quizá para ocultar sus lágrimas. Incluso a través de las sábanas, su vergüenza es palpable.

Menos de cinco minutos después, Paul, alias Narciso, tira la revista al suelo y se estira para apagar la luz. Me quedo en la oscuridad, acunando la imagen de la esposa de Paul con la manta cubriendo su cabeza. Siento que aprietan una funda de almohada contra mi cara, y mi propia vergüenza invade mi torrente sanguíneo y se precipita hacia mi corazón.

16

El teléfono suena antes de las siete de la mañana siguiente.

El sonido me despierta con un sobresalto, aunque ni siquiera puedo recordar haberme metido en la cama anoche, y mucho menos quedarme dormida. Es evidente que hice ambas cosas en un momento dado. Conservo vagos recuerdos de tiburones nadando de manera amenazadora bajo mis pies, de hombres sin rostro que extendían manos enguantadas hacia mí, de mujeres pasivas que me miraban desde balcones lejanos. Noto un martilleo en la cabeza y el sabor del vino perdura en mi lengua, un desagradable recordatorio de todo el alcohol que consumí anoche.

—¿Hola? —susurro, con el teléfono apretado contra mi oído, y repito el saludo, pese a la señal de ocupado que me recibe—. ¿Hola? —digo por tercera vez—. ¿Hay alguien ahí?

Dejo caer el teléfono y me derrumbo sobre la almohada, y sigo dormitando una hora más hasta que un timbrazo estridente me devuelve de nuevo a la conciencia, como una mano sobre el hombro. Esta vez sí me acuerdo de consultar el identificador de llamada. Número desconocido.

—¿Heath? —digo, en lugar del habitual «hola», mientras el latido sordo de mi resaca vibra en el interior de mis ojos—. ¿Eres tú, Heath?

No hay respuesta, y estoy a punto de desconectar, de considerar esta última llamada una extensión matutina de mis pesadillas, como hice con la primera, cuando oigo el sonido de una respiración.

La voz, cuando suena, es queda y chirriante, como neumáticos sobre una carretera de grava.

—Dime que me quieres —gruñe en mi oído.

Lanzo un chillido y tiro el teléfono, y veo que rebota sobre el suelo en dirección al cuarto de baño, hasta detenerse sobre las baldosas de mármol.

—No —grito, y caigo de rodillas al lado de la cama—. No, no, no, no.

El teléfono vuelve a sonar casi de inmediato. Una vez… dos veces… tres veces… cuatro veces; cada timbrazo, una puñalada en el pecho. Si el teléfono no deja de sonar, moriré.

Enmudece, y sólo entonces soy capaz de respirar, aunque por poco. Con las manos temblorosas, me arrastro hacia el teléfono, tirado sobre el suelo del cuarto de baño como un insecto volteado. Echo un vistazo al identificador de llamadas, suponiendo que veré las ya familiares palabras: «Número desconocido». En cambio, veo «Carlito's de la Tres», seguido de un número. ¿Quién o qué es «Carlitos»? ¿Qué significa todo esto? Aprieto al instante el número de Carlito's de la Tres. Descuelgan de inmediato.

—Hola —digo, antes de que alguien pueda hablar.

—Dime que me quieres —susurra una voz grave y libidinosa.

—¡No!

Tiro el teléfono y me pongo a llorar.

Segundos después, el teléfono vuelve a sonar. «Carlito's de la Tres», anuncia el identificador de llamadas, y me niego a contestar de nuevo, mientras oigo que suena cuatro veces antes de que se conecte el correo de voz. «Tiene dos mensajes nuevos», me informa el buzón de voz unos segundos después. «Para escuchar sus mensajes, pulse uno.» Obedezco. «Primer mensaje nuevo.»

«Hola. Soy Johnny K., de Talleres Carlito's», me informa una voz. «Llamo para decirle que hemos terminado la reparación de su Porsche, y que puede pasar a recogerlo cuando desee.» Deja un número de contacto.

—Oh, Dios.

Me asalta un nuevo estallido de lágrimas. ¿Qué significa eso?

Dime que me quieres.

«Segundo mensaje nuevo», continúa el correo de voz, mientras intento diferenciar fantasía de realidad.

«Hola. Soy Jasmine, de Talleres Carlito's», dice una mujer. «¿Acaba de llamar? Creo que se ha cortado la comunicación.»

Deja el mismo número de contacto.

Devuelvo la llamada. Una vez más, descuelgan antes de que acabe el primer timbrazo. Esta vez, concedo tiempo para hablar a la persona que hay al otro lado de la línea.

—Carlito's de la Tres. Al habla Jasmine. ¿A quién llama?

—¿Puedo hablar con Johnny K.?

—¿Johnny K. o Johnny R.?

—¿Qué?

—¿Johnny R. o Johnny K.? —pregunta la mujer, cambiando el orden.

—No estoy segura. Espere. —Reproduzco el anterior mensaje en mi cabeza: *Soy Johnny K., de Talleres Carlito's*—. Johnny K. —digo en voz más alta de lo que pretendía. Me imagino a la otra mujer apartando el teléfono del oído para escapar del sonido de mi voz.

—¿Ha llamado hace unos minutos? —dice.

—Creo que se cortó la comunicación —miento.

—Sonó como si alguien gritara «¡No!», o algo por el estilo. Fue muy raro.

—¿De veras? Eso sí que es raro.

—Espere y le pasaré con Johnny.

Sigue un breve interludio de música de salsa.

—Al habla Johnny Kroft.

La misma voz de mi buzón de voz. No se parece en nada a aquella otra voz.

—Soy Bailey Carpenter. Me ha dejado un mensaje sobre mi coche.

—Exacto. El Porsche plateado.

—Correcto.

—Sí, siento haberla llamado tan temprano. Quería pillarla antes de que se fuera a trabajar.

—¿A las siete de esta mañana?

—¿A las siete? No. Fue hace apenas diez minutos.

Hace diez minutos, repito en silencio.

—¿Ha dicho que mi coche está reparado?

—Sí. Había una profunda rascada en el capó y uno de los faros estaba estropeado, aparte de algunas melladuras sin importancia en el lado del conductor de las que nos hemos ocupado. La factura asciende a cuatro mil setecientos dólares y veintiséis centavos.

Dime que me quieres.

—¿Cómo?

—Lo siento. Sé que es una barbaridad —se disculpa Johnny Kroft.

¿Qué está pasando?

—Pero ¿qué le vamos a hacer? Es un Porsche, ¿verdad? Coche caro, factura de reparación cara.

—¿Qué me acaba de decir?

Dime que me quieres.

—¿Qué acabo de decirle? ¿Coche caro, factura de reparación cara? —pregunta, como si no estuviera seguro—. Lo siento. No pretendía faltarle al respeto. Es un montón de dinero, ya lo sé...

—¿No acaba de decirme que...? —Callo. Es evidente que no ha dicho nada por el estilo. Estamos operando en dos realidades diferentes. Mi realidad es que me estoy volviendo loca—. ¿Así que puedo pasar a recoger mi coche?

—Cuando quiera.

Me da la dirección, en la esquina de la calle Tres con Primera Avenida Noroeste, muy cerca de mi casa. Le digo que me pasaré en algún momento de la mañana. Contesta que me explicará exactamente lo que han hecho, y añade que será un placer para él.

Dime que me quieres.

Cuelgo. Pero las palabras penetran en mi cerebro: *Dime que me quieres. Dime que me quieres. Dime que me quieres.* Me siguen a la ducha. *Dime que me quieres. Dime que me quieres.*

—Estás oficialmente como una chota —reconozco, me recojo el pelo mojado en una coleta mientras salgo de la ducha y me visto (vaqueros blancos abolsados y jersey negro holgado), antes de subir las persianas y mirar hacia el apartamento de Paul Giller. Incluso sin los prismáticos lo veo a él y a su esposa moverse por el dormitorio. Están vestidos, él con camisa y tejanos, ella con una especie de uniforme, como el que lleva mi higienista dental. Se cruzan delante de la cama sin tocarse.

El teléfono suena y pego un bote.

—¿Hola?

—Soy Claire. ¿Te he despertado?

—No. Estoy levantada.

No le digo que estoy levantada desde las siete, cuando la primera llamada de la mañana me despertó con brusquedad, porque ya no estoy segura de ello. Me recuerdo que Claire y yo nos bebimos casi dos botellas de vino anoche, y que el alcohol continúa presente en mi organismo, lo cual provoca sin duda que oiga cosas que no existen. No hubo llamadas telefónicas del hombre que me violó, ni voces que me ordenaran decir algo. Las únicas llamadas que he recibido son de Talleres Carlito's. Todo lo demás es producto de mi cerebro paranoico, empapado en alcohol.

—Mi coche ya está reparado. Iba a ir a recogerlo.

—Dime que no estás pensando en volver conduciendo a casa, por favor. —No espera mi respuesta—. Voy ahora mismo.

—No, Claire. Tienes el día libre. Deberías relajarte y tomarte la vida con calma…

—No me discutas. Siempre he deseado conducir un Porsche.

Cuelga y vuelvo a la ventana. *No te habrá pasado por alto que el hombre al que has estado espiando encaja con la descripción general del hombre que te violó*, dijo mi hermana. ¿Es eso posible?

¿Quién es Paul Giller, en cualquier caso?

Segundos después, estoy en la habitación de al lado, inclinada sobre mi escritorio y abriendo el ordenador. Hace semanas que no echo un vistazo a mi Mac. Mis manos aletean sobre el teclado, temblorosas. *Ésa eres tú*, me recuerdo. *Eso es lo que haces*.

Escribo en Google «Paul Giller».

La pantalla de mi ordenador se llena de inmediato con más de una docena de listados. Desecho varios al instante. Dos son de un fotógrafo llamado Paul Giller que vive en Texas, otro de un Paul Giller que, a la edad de ciento seis años, es el residente más viejo de Ohio. Pero los cinco siguientes son los de un Paul Giller que vive aquí mismo, en Miami, un Paul Giller cuya fila de bonitas fotos de la cara se parecen mucho al hombre que vive enfrente. Un actor, según su perfil de Internet Movie Database. «Más en IMDBPro», me informa el listado. «Información de contacto»; «Ver agente»; «Añadir o cambiar fotos». Me pregunto si Heath le conoce.

Al cabo de unos minutos, averiguo su segundo nombre (Timothy), su fecha de nacimiento (12 de marzo de 1983), su lugar de nacimiento

(Búfalo, Nueva York), que es hijo de un prestigioso director de orquesta ya fallecido (Andrew Giller), y que tiene su propio sitio web (www.paulgiller.com). Lo consulto de inmediato.

Contiene una breve biografía, una lista de números de contacto para agentes, todos los cuales anoto, y su currículum vitae (pequeños papeles en varias películas rodadas en la ciudad y un papel menor, aunque repetido, en una serie de televisión ya cancelada que se rodó en Los Ángeles hace varios años).

Su breve biografía me informa de que mide un metro ochenta y tres y pesa ochenta y seis kilos. La experiencia me ha enseñado a restar de inmediato cinco centímetros y añadir cuatro kilos, pero en el caso de Paul Giller la descripción parece correcta. Según su biografía, también pasó cierto tiempo en Nashville, donde grabó un álbum, ahora disponible en iTunes (puedo escuchar una selección de fragmentos, cosa que no hago). También hay una lista de anuncios, todos locales.

Una vez más, pasa por mi cabeza la desconcertante idea de que podría conocer a Heath. ¿Podría existir una relación entre ambos?

—No seas ridícula —digo en voz alta, encolerizada de repente, aunque no estoy muy segura de por qué. Abandono el sitio de Paul Giller y me conecto a Facebook.

Como no soy «amiga» oficial de Paul, tengo acceso limitado a su página. Lo que sí me permite ver son más fotografías de él, algunas serio, otras sonriente, algunas de perfil, unas cuantas sin camisa. No hay fotos de él con nadie más, hombre o mujer, ni fotografías de la mujer con la que le vi anoche y esta mañana, ni de las demás mujeres que vi durante la semana pasada. Tampoco se menciona en ningún momento la existencia de una esposa.

Según la media docena de mensajes de «que te recuperes pronto» que veo colgados en la parte del muro a la que puedo acceder, deduzco que Paul Giller pasó hace poco unos cuantos días en el hospital, debido a un virulento episodio de neumonía. Si estaba en el hospital la noche que me atacaron, eso le eliminaría como sospechoso.

Salgo de Facebook y marco el número del agente de Paul.

—Ha llamado a las oficinas de Reed, Johnson y Asociados, que representan al mejor talento que Miami puede ofrecer —anuncia la voz femenina grabada—. La oficina está cerrada en estos momentos. Si quiere dejar un mensaje para Selma Reed, pulse uno. Si quiere dejar un mensaje para Mark Johnson, pulse dos. Si quiere…

—No quiero —digo, cuelgo el teléfono y vuelvo a mi dormitorio. Paul y la mujer continúan en su habitación, todavía ignorándose mutuamente, con cuidado de evitar el contacto mientras deambulan por la pequeña estancia. La mujer saca un lápiz de labios del bolso y se lo aplica sin mirarse al espejo, y después sale con paso decidido de la habitación, seguida de Paul.

¿Adónde van?

La ropa de ella indica que se ha vestido para ir al trabajo, a tenor de la hora. La ropa de Paul no me dice nada. ¿Adónde irá a una hora tan temprana de la mañana?

Antes de pensarme dos veces lo que estoy haciendo, antes incluso de saber qué estoy haciendo, corro por el pasillo del apartamento, agarro el bolso y salgo por la puerta. Si me paro a pensar, aunque sea un momento, detendré esta locura y volveré a la seguridad de mi cama.

Sólo que me he vuelto loca.

El ascensor llega al cabo de escasos segundos de que haya oprimido el botón, y estoy a punto de entrar cuando veo a un hombre a la derecha del cubículo. Es alto y corpulento, de cabello gris y una nariz demasiado estrecha para los ojos tan separados. Mis rodillas casi ceden de alivio. No es el hombre que me violó.

Aunque, ¿cómo puedo estar segura?

—¿Baja? —pregunta con una sonrisa.

Vacilo un momento antes de que mi instinto de investigadora me empuje al interior. *Esto es lo que haces. Ésta es la que eres. Y la única manera de recobrar el control de tu vida es tomándolo*. Si la policía carece de autoridad para investigar a Paul Giller, yo no carezco de ese poder. Si existen normas que prohíben seguirle sin causa suficiente, yo no estoy sometida a dichas restricciones.

Puedo seguirle cuando me dé la gana. Nadie puede detenerme.

El ascensor para en el piso veinte y entra una pareja de edad madura. Sonríen. No hay nada que temer. Estás mejorando, vas recuperando el control. Éstos son mis pensamientos cuando el ascensor hace otra parada, esta vez en el piso catorce.

Las puertas se abren y entra David Trotter.

Lanzo un grito, y todo el mundo se vuelve a mirarme cuando me acurruco en una esquina. Tierra trágame, pienso, pero ya es demasiado tarde. David Trotter ya me ha visto. Me está mirando fijamente.

—¿Cuál es tu problema? —pregunta, cuando las puertas del ascensor se cierran a su espalda—. ¿Qué te he hecho?

—Déjeme en paz, por favor.

—¿Dejarte en paz? ¡Mi madre sufrió una apoplejía, por el amor de Dios! Está en el hospital de Palm Beach, he de ir en coche, hace días que no duermo, y llego a casa y me encuentro a la policía en la puerta...

—Lo siento. Todo fue un malentendido...

—Ya lo creo.

—Por favor...

—Tranquilícense —dice el hombre canoso.

—¡Intentaba ayudarte!

—Fue un error.

—Relájese, señor —interviene la mujer—. La está asustando.

—¿Asustarla? ¡Esa zorra me acusó de violarla!

—Oh, Dios.

Me siento resbalar hasta el suelo cuando el ascensor para en la planta baja, y las puertas se abren al vestíbulo inundado de sol.

—Mantente alejada de mí —advierte David Trotter, y el dedo índice de su mano derecha me apunta como si fuera una pistola. Después da media vuelta y sale del ascensor.

—¿Puedo ayudarla, señorita? —está preguntando el hombre del pelo cano, con la mano extendida hacia mí.

Sacudo la cabeza mientras me pongo en pie. Después salgo del ascensor.

—¿Qué ha pasado? —oigo que pregunta alguien mientras paso por delante del mostrador de la portería.

—Señorita Carpenter —grita otra voz, pero no me detengo.

Minutos después me encuentro ante el edificio de Paul Giller. No estoy muy segura de cuáles son mis intenciones, pero algo pienso hacer.

El edificio en el que vive Paul Giller, y frente a cuyas recargadas puertas de hierro forjado y cristal me hallo, es varios pisos más alto que el mío, y de una apariencia moderna más austera. O será que es más austero. El vestíbulo es blanco sobre blanco: paredes y suelos de mármol blanco, un solo sofá blanco, flores blancas falsas que se elevan hasta el alto techo desde un jarrón de porcelana blanco que descansa en una esquina. No hay suficientes muebles para tanto espacio, lo cual es quizás indicativo del edificio en sí, que ha permanecido medio vacío desde que fue terminado. Pensado en principio como un edificio de lujo, muy similar al mío, la construcción ya estaba en marcha cuando la economía se hundió de repente. Los propietarios huyeron en oleadas. Los precios se hundieron. Los compradores se fueron desvaneciendo, hasta desaparecer por completo.

Los constructores se reagruparon, decididos a alquilar los restantes apartamentos, si bien, a juzgar por los grandes letreros que cuelgan en las paredes exteriores («ALQUILER POR MESES DE APARTAMENTOS DE LUJO. NO SE PRECISAN CONTRATOS DE ARRENDAMIENTO A LARGO PLAZO»), sólo han tenido un éxito limitado. Observo que no hay portero, y que el directorio de residentes está situado nada más cruzar las puertas del vestíbulo. Las abro (son más ligeras, menos sustanciales de lo que aparentan) y me acerco al directorio, localizo el nombre y el número del apartamento de Paul Giller. También observo que hay un administrador del edificio, pero cuando oprimo su número, mientras redacto en la cabeza una lista de preguntas que quiero formularle, nadie contesta.

Es entonces cuando los veo.

Están atravesando el vestíbulo, uno al lado del otro, y aunque no se tocan, parece que existe cierta cordialidad entre ellos. Más cordialidad de la que reinaba hace poco en su apartamento. Él está inclinado hacia ella, y ella sonríe por algo ingenioso que él ha dicho. Tal vez le ha pedido disculpas por el grosero comportamiento de anoche mientras bajaban en el ascensor, ha dicho las palabras que ella necesitaba oír. ¿Quién sabe? Vemos lo que queremos ver. Oímos lo que queremos oír.

No siempre, me recuerdo.

Dime que me quieres.

Giro en redondo. Un hombre pasa casi rozándome, su hombro golpea el mío cuando sale a toda prisa, como si yo fuera invisible.

Carezco de conciencia de mí misma, me doy cuenta, y el pánico se apodera de mí cuando mi reflejo en un cuadrado de cristal cercano desaparece a causa de un repentino rayo de sol. Ya no sé lo que es real y lo que es imaginario. Ya no sé quién soy.

Pero sí que lo sé. Soy una investigadora privada. Y estoy haciendo lo que sé hacer mejor: vigilar.

Bajo la cabeza cuando Paul Giller y su esposa, si lo es, pasan a mi lado, casi lo bastante cerca para tocarnos, y después salen del edificio. Veo que se acercan al bordillo de la acera y esperan a que cambie el semáforo para cruzar la calle.

El mismo impulso que me ha traído aquí me empuja a seguirlos.

Aún no se han fijado en mí, y tengo la precaución de mantenerme a una distancia prudencial de ambos. Se paran en la esquina siguiente, y después se dan un breve beso antes de dirigirse cada uno a sus respectivos quehaceres. Vacilo, sin saber a quién seguir. Pero Paul me facilita la elección cuando para un taxi y sube, para luego desaparecer en el tráfico de hora punta matutino. La señora Paul, como he decidido llamarla, continúa a pie.

Me apresuro a alcanzarla.

El barrio es una curiosa mezcla de antiguo y nuevo, de altos rascacielos de vidrio y tiendas especializadas de una sola planta, sofisticados restaurantes y desvencijados puestos callejeros de zumos de fruta, de lo étnico y lo local, uno al lado del otro, entrelazados e inseparables, aunque no siempre compatibles. Y si bien el inglés se considera el idioma oficial del distrito financiero, lo que se ve y oye es sobre todo hispano.

Pero esta mañana no veo ni oigo nada. Sólo soy consciente de una mujer con uniforme azul claro que camina a buen paso por la calle, con los brazos balanceándose a los costados.

Me encuentro a pocos pasos detrás de ella cuando se detiene de repente y da media vuelta. Me preparo para el inminente enfrentamiento.

—¿Me está siguiendo?

Sólo que no hace eso. Se acerca al escaparate de una tienda para mirar el despliegue de zapatos de colores fluorescentes. Espero, sin atreverme a respirar. Al cabo de unos momentos de contemplar con anhelo unos zapatos de salón frambuesa y púrpura, con un tacón increíblemente alto, se aleja del escaparate. Doblo una rodilla y finjo atarme los cordones de los zapatos, aunque si la señora Paul se fijara bien, observaría que llevo chanclas sin cordones. Me pongo en pie con movimientos vacilantes, mientras la mujer continúa su camino.

Un joven me pasa rozando a tal velocidad que casi me derriba.

—Perdón —murmura sin volverse, continúa su camino sin detenerse, mientras yo giro en redondo, con las manos extendidas ante mí, el cuerpo inclinado hacia el hormigón de la acera. Por suerte, otras manos me impiden caer. Una mano me roza un pecho.

La aparto con una palmada, y me encojo como si me hubieran disparado.

—Tranquila —dice un hombre de edad madura, y levanta las manos en el aire como si alguien le estuviera apuntando a la espalda con una pistola. Sacude la cabeza y se aleja, mascullando.

—¿Se encuentra bien? —pregunta una mujer con cautela.

—Sí —respondo, y después, cuando ya se está alejando—: Gracias.

Pero si me ha oído, no lo demuestra. La pierdo entre la multitud.

También he perdido a la señora Paul. Me doy la vuelta, miro en todas direcciones, pero no la veo.

Siento tanta decepción como alivio. ¿Qué esperaba lograr al seguirla?

Mejor así, me digo, y decido que hablaré con el administrador del edificio de Paul Giller, obtendré la información necesaria de él.

Y entonces, por supuesto, la veo.

Cuando me doy la vuelta, veo mi reflejo en el escaparate de una peluquería, que acaba de abrir. Y allí está ella, detrás del mostrador de recepción, al lado de otra joven, de largo pelo oscuro rizado y enormes aros en las orejas. Están riendo. Abro la puerta, un chorro de aire acondicionado cae sobre mi cabeza, procedente de las rejillas del techo. Las mujeres continúan su conversación, sin hacerme caso cuando me acerco.

—¿Quién es mi primera cita? —está preguntando la señora Paul a la mujer de los aros gigantescos.

La otra mujer mira la pantalla de su ordenador.

—Loreta De Sousa, dentro de media hora.

Los hombros de la señora Paul se derrumban visiblemente.

—Mierda. Vaya forma de empezar la semana. Nunca le gusta el color que elige. Nunca tiene paciencia para estarse quieta y dejar que se le sequen las uñas como es debido. Entonces se le corre el esmalte e insiste en que se las haga de nuevo. Mierda.

De modo que no es una higienista dental, sino una esteticista.

—Perdón —digo.

Dos pares de ojos sobresaltados me miran.

—¿En qué puedo ayudarla? —pregunta la mujer de los aros gigantescos.

Miro directamente a la señora Paul.

—Quiero hacerme la manicura.

17

El salón de belleza es pulcro y moderno, con paredes blancas, lavacabezas negros y sillas giratorias de cuero color vino, con espejos por todas partes. Y pese a que acaban de abrir en un lunes por la mañana, cuando casi todos las peluquerías están cerradas todavía, el local hierve de actividad. Ya han llegado un montón de clientas, una mujer que no para de cotorrear mientras le lavan el pelo, con la cabeza echada hacia atrás para desnudar la yugular, otra que tiene los ojos cerrados y cuya cabeza está cubierta por completo con tiras de papel de aluminio, y otra que habla por el móvil y hojea un tabloide dedicado a las celebridades, mientras su esteticista, un joven de caderas estrechas y pelo rubio platino con mechas rosa, embutido en unos pantalones con dibujo de piel de leopardo, revolotea alrededor de su cabeza con unas tijeras, como un mosquito gigante.

—Lamento que no tengamos bastante tiempo para la pedicura. La siguiente clienta llega dentro de media hora —dice la señora Paul.

—Loreta De Sousa.

—¿Qué? —Para, da media vuelta, los ojos castaños abiertos de par en par—. ¿La conoces?

—Oí que mencionabas su nombre cuando entré.

La señora Paul suspira de alivio, y después sacude la cabeza con evidente consternación.

—Lo siento. No es bueno para el negocio que una clienta oiga críticas sobre otra. Tabatha se quedaría horrorizada.

—¿Tabatha? ¿Es la propietaria?

—Oh, Dios, no. ¿No has visto nunca *Tabatha Takes Over*?

Niego con la cabeza.

—Es un programa que echan en Bravo. Es genial —dice, mientras me conduce hasta una silla que hay frente a una pequeña mesa de manicura—. Tabatha es una rubia tope guay que se pone al frente de pequeños negocios, como peluquerías, que tienen problemas, y planta cámaras ocultas para poder espiar a todo el mundo, y después les comenta en qué se equivocan y qué deberían hacer para solucionarlo. Cambia la vida de la gente. En serio.

—Asombroso —digo. Lo que sí me parece asombroso es que mi sobrina no sea la única en estar obsesionada con la telerrealidad. Tabatha y sus diversos clones están cambiando la vida de la gente, porque la telerrealidad está cambiando la faz de la realidad. Esta idea está a punto de aturdirme, y paseo la vista alrededor de la sala, con la intención de afianzarme.

En la pared que tengo al lado hay varios estantes de plexiglás llenos de pequeños frascos de laca de uñas de colores, desde el blanco más pálido al negro más oscuro. Detrás de mí hay estantes repletos de todo un arsenal de productos de belleza (desmaquilladores, cremas corporales, cremas antienvejecimiento) y dos butacas de piel color vino que utilizan para hacer las pedicuras.

—Son sillas para masaje —me explica la señora Paul, cuando sigue la dirección de mi mirada—. Absolutamente fabulosas. Es una pena que no tengamos tiempo para la pedicura. Tal vez la próxima vez. ¿Sabes qué color de uñas quieres?

Me encojo de hombros.

—¿Qué me sugieres?

Me repasa de pies a cabeza.

—Bien, no me pareces muy proclive a los colores pastel. ¿Estoy en lo cierto?

Asiento.

—¿Qué te parece rojo? Tenemos un nuevo tono genial.

Levanta una botellita redonda llena de un espeso líquido rojo. Se parece muchísimo a las demás botellitas de líquido rojo del estante, pero la experta es ella.

—Fantástico.

Deposita la botellita de laca sobre la mesa, y se dirige al lavamanos. Calculo que tendrá treinta y tantos años, y que medirá un metro sesenta y cinco y pesará unos sesenta y cinco kilos. El pelo le cae hasta la barbilla y es de color castaño claro. Es de una belleza corriente, cotidiana. Tiene los ojos castaños, los labios (tal vez su mejor rasgo) en forma de arco. Si bien no carece de atractivo, tampoco tiene nada de espectacular. Aparte de abundante rímel, lleva muy poco maquillaje. Es difícil imaginarla como la esposa de Paul Giller, alias Narciso, un hombre cuyos gustos se inclinan más hacia mujeres mucho más jóvenes y seductoras.

La señora Paul se vuelve hacia mí.

—Lo siento. Me acabo de dar cuenta de que no sé tu nombre.

—Avery —digo, el primer nombre que me viene a la cabeza—. ¿Y tú?

—Elena. —Extiende la mano derecha hacia mí, y observo que no hay anillos en sus dedos. Eso no significa necesariamente nada. Al fin y al cabo, la mujer es manicura.

Deposita un contenedor de plástico lleno de un líquido tibio jabonoso sobre la mesa e introduce en él mi mano derecha, mientras examina la izquierda.

—¿Te habías hecho antes la manicura?

—Sí, por supuesto.

—Hace bastante tiempo, diría yo. Tus manos están hechas un desastre. ¿Cuánto tiempo hace que no te cortas las cutículas?

Me siento muy cohibida al instante. Me mordía las cutículas siempre que me ponía nerviosa, si bien tenía a raya esa desagradable costumbre cuando me violaron. Con toda sinceridad, no recuerdo haber empezado de nuevo, pero no se puede negar la evidencia. Intento apartar la mano, pero ella me la sujeta.

—¿Ves estas rugosidades? —Señala las delgadas líneas que se hunden en la superficie de mis uñas—. Intentaré pulirlas un poco, pero si no te las dejas de morder, se quedarán para siempre. Sería una pena porque, por lo demás, tienes unas manos muy bonitas. —Levanta una lima de uñas y raspa con ella las uñas de mi mano izquierda, mientras medito sobre la mejor manera de proceder—. Y aquí estamos, en esta bonita y soleada mañana de lunes —dice, antes de que pueda tomar una decisión—. ¿A qué te dedicas, Avery?

—¿A qué me dedico? —repito.

—¿Es una pregunta difícil?

Levanta la vista con el ceño fruncido.

—Estoy en el paro —respondo. No es del todo una mentira.

—¿Te han despedido?

Asiento.

—¿Qué hacías?

Otra pausa. Otra verdad a medias.

—Asistente legal.

—¿Qué significa eso?

—No tengo ni idea.

Me siento agradecida cuando ríe.

—Probablemente por ello te despidieron.

Me toca a mí reír ahora. Me cae bien Elena, decido. Se merece algo mejor que Paul Giller.

—En serio —dice—, ¿qué hace un asistente legal? Y no me digas que «asiste a los abogados», por favor.

—Secretaria con pretensiones —contesto.

Eso parece satisfacerla.

—Debe de ser duro. Tantos egos.

Imagino a los abogados de Holden, Cunningham y Kravitz, congregados para una fotografía de grupo. Sean Holden se pone delante y en el centro, relegando a todos los demás a un segundo plano, actores secundarios. Incluso en mi imaginación, aun sabiendo lo que sé ahora, verle provoca una atracción palpable, y siento que mi cuerpo oscila hacia él.

Sin previo aviso, una mujer embarazada sale por detrás de él. A su lado hay dos niñas pequeñas, de rostro borroso, aunque los ojos sean claros. Me dirigen una mirada acusadora. «Deja en paz a nuestro padre», me advierten en silencio. Las conmino a desaparecer.

—¿Qué pasó? —está preguntando Elena—. ¿El bufete recortó la plantilla?

—Me puse enferma —digo, al tiempo que vuelvo a la realidad y recuerdo para qué he venido—. Neumonía.

La miro a los ojos, con la esperanza de que muerda el anzuelo y me hable del reciente ingreso hospitalario de Paul Giller.

—No fastidies. ¿Y te despidieron por eso?

—Falté muchos días.

—No creo que puedan despedirte por estar enferma. Imagino que conocerás a montones de abogados, pero tengo un primo que lo es, un excelente profesional. Tal vez deberías hablar con él.

Me encojo y aparto la mano.

—Lo siento —dice la mujer—. ¿Te he pinchado?

—No, tranquila.

—Mi primo se llama Peter Sullivan. Trabaja en Ron Baker y Asociados. ¿Les conoces?

Por suerte, nunca he oído hablar de Ron Baker y Asociados. Miami cuenta con cientos de bufetes legales, tal vez incluso miles.

—¿En qué bufete estabas?

Titubeo, toso en el hueco del brazo con el fin de ganar tiempo.

—Bennett, Robinson —digo, combinado los apellidos de dos bufetes famosos.

—No los conozco. Creo que deberías llamar a mi primo —insiste, con más énfasis que la primera vez, al tiempo que guía mi mano izquierda hacia el agua jabonosa y empieza a trabajar en mi derecha—. Creo que tienes un buen caso por despido improcedente. Avery…

Vuelvo la cabeza para ver quién ha entrado en la habitación.

—¿Avery? —repite la mujer, y entonces me doy cuenta de que está hablando conmigo.

—Oh, lo siento.

—¿Has olvidado tu nombre?

—¿Qué estabas diciendo?

—Que la neumonía es un mal rollo. Mi madre padeció una hace años. Y hace poco ingresaron en el hospital a un conocido mío.

¿Un conocido mío?

¿Hace poco?

—Estuvo muy grave. Le metieron una intravenosa, todo el lote.

—Qué horror. ¿Perdió su trabajo?

—No. Es actor. De todos modos, no trabaja mucho. Está en una agencia de trabajos temporales. Le consiguen trabajo a tiempo parcial. Trabajos raros. Nada que ver con la interpretación. Tal vez deberías hacer eso, firmar un contrato por algo así.

—Tal vez.

Así que estamos hablando de Paul Giller.

Empieza a cortarme las uñas con un cortaúñas gigantesco.

—Tus uñas son muy fuertes.

No estoy segura de si su comentario es una observación negativa o un cumplido. Quiero preguntarle más cosas sobre *ese conocido suyo*, pero he de proceder con cautela.

—¿Llevas mucho tiempo trabajando aquí? —pregunto, tras decidir tomar otra dirección, y luego volver al principio.

—Un par de años.

Echo una breve mirada a mi alrededor.

—Parece un lugar muy agradable.

—Me gusta.

—¿Vives cerca?

—Muy cerca.

—Están construyendo mucho.

—Sí —admite, sin añadir nada más.

—¿Estás casada?

Qué demonios, pienso.

—No. ¿Y tú?

—No.

Termina de cortarme las uñas, empieza a aplicarles la lima.

—¿Cuadradas o redondas?

—¿Qué?

—Las uñas. ¿Las prefieres cuadradas o redondas? Como los diamantes —añade con una carcajada.

—No sé.

—Creo que redondas quedan mejor, personalmente. Así son más fáciles de cuidar, y está claro que no dedicas mucho tiempo a tus uñas.

Siento su reprimenda como una palmada en la muñeca, y una vez más retiro la mano.

—Lo siento. ¿Te he hecho daño?

—No, es que... Que sean redondas.

—Así lo haremos.

Vuelve a trabajar con la lima.

—¿Nadie especial, pues? —pruebo, casi esperando que me diga que no es asunto mío.

Elena deja de limar y relaja su presa sobre mis dedos. Veo el tipo de mirada anhelante que debo exhibir cuando pienso en Sean.

—Más o menos. Hay un tío. Pero es una relación intermitente.

Noto que mi corazón se acelera.

—¿El tío que tuvo neumonía?

—¿Cómo lo sabes?

—Lo he adivinado. Dijiste que lo ingresaron en el hospital.

—Sí.

—¿Estuvo mucho tiempo?

—Un par de días. —Sacude la cabeza cuando recuerda—. Pero estuvo en cama varias semanas después de salir. No podía salir de la cama, literalmente. Me fui a vivir con él. Le cuidé. Le devolví la salud. Ya sabes cómo se ponen los hombres cuando están enfermos. Fue patético.

—¿Cuándo fue eso?

—Creo que en agosto. Tal vez finales de julio. Por aquí, un mes se confunde con el siguiente. Ya sabes cómo son las cosas.

Lo sé exactamente. Eso también significa que Paul Giller estaba fuera del hospital cuando me atacaron, lo cual no le elimina como sospechoso. Veo que empieza a trabajar en mis cutículas.

—Están hechas un asco —comenta.

—Supongo que puedes culpar a mi ex por eso.

—¿Por qué?

—Le sorprendí engañándome.

—¿Qué pasó?

—Tuve que ausentarme de la ciudad unos días. Volví antes de lo inesperado. Antes de lo que él esperaba —aclaro, mientras observo el rostro de Elena—. Le encontré en la cama con mi mejor amiga.

—Mierda. ¿Por qué siempre es la mejor amiga? ¿Qué hiciste?

—Le eché a patadas.

—¿Y a tu amiga?

—¿Qué amiga?

Asiente. El gesto significa; *Yo he pasado por lo mismo*, aunque no añade nada más. Si sospecha que Paul Giller la está engañando, no me lo va a confesar. Es probable que no vaya a averiguar más cosas sobre Elena.

Hago unas cuantas preguntas más, si le gusta viajar.

—No, no especialmente —contesta.

Le cuento que estoy pensando en aprovechar mi forzado tiempo libre para viajar, y le pregunto si puede recomendarme algo. Responde que San Francisco siempre es agradable. Le pregunto si ha estado hace poco y contesta que no. Quiero hacerle preguntas acerca del viaje del que acaba de llegar, pero no se me ocurre ninguna forma de abordar el tema sin revelar el hecho de que estoy espiando el apartamento de su novio, y que la vi deshacer la maleta. Además, ¿qué más da dónde ha estado? Lo único que importa es que Paul Giller no estaba en el hospital cuando me agredieron, que no puedo eliminarle como sospechoso.

—¿Puedes relajar la mano un poco? —pregunta Elena cuando empieza a aplicar color a mis uñas—. Bastante más que eso. Estás más tiesa que un palo.

—Lo siento. —Me esfuerzo por obedecer—. ¿Mejor así?

—Me resignaré.

Guardamos silencio hasta que termina la manicura. Entonces, me miro las manos. Da la impresión de que alguien me haya cortado las yemas de los dedos, y que sólo queden diez muñones sanguinolentos.

—¿Qué opinas?

—Muy bonitas.

—Hay que secarlas. —Coloca sobre la mesa un pequeño aparato de calentar y pone mis manos dentro—. Espero que no tengas prisa.

Recuerdo de repente que Claire me está esperando en Talleres Carlito's. ¿Qué me pasa? ¿Cómo puedo haberlo olvidado? Miro mi muñeca. Pero no llevo reloj.

—¿Qué hora es? —pregunto, en voz mucho más alta de lo que era mi intención, y Elena retrocede, visiblemente alarmada.

—Casi las diez.

—¡Mierda!

Saco las manos del calentador, me pongo en pie de un brinco, a tal velocidad que la butaca en la que estaba sentada se vuelca.

—Cuidado con tus uñas —advierte Elena.

—He de irme.

Agarro el bolso.

—Puedes pagar en el mostrador de recepción.

No tengo ni idea de cuánto debo, ni tiempo para preguntarlo, de manera que introduzco la mano en el bolso y saco dos billetes de veinte dólares del billetero, y los tiro sobre el mostrador de recepción mientras corro hacia la puerta.

—¿Por qué me tocan siempre las chifladas? —oigo que dice Elena a la mujer de los aros de oro, mientras la puerta se cierra con estrépito detrás de mí.

—¿Dónde demonios estabas? —pregunta Claire cuando atravieso como una exhalación las puertas del Carlito's de la Tres.

—Lo siento. Me despisté un poco.

—Oh, ¡Dios mío! —exclama, y el color se retira de su cara cuando contempla mis manos—. ¿Qué has hecho?

Mis ojos siguen los de ella hasta mis dedos, donde veo lo que queda de mi manicura, laca dispersa sobre el dorso de mis manos como riachuelos de sangre seca.

—Estoy bien. Sólo es laca de uñas.

—¿Laca?

Claire agarra mis dedos y lo comprueba.

—Es una larga historia.

—Mejor que sea buena.

—¿Señorita Carpenter? —pregunta un hombre, al tiempo que se acerca.

Mi hermana guarda silencio, y por primera vez tomo nota de mi entorno. Estamos en lo que parece ser una gigantesca burbuja de cristal. Las paredes de todos los lados son curvas y transparentes, de modo que no da la impresión de que estemos dentro, sino en mitad de la ajetreada esquina exterior. El suelo es de piedra caliza y posee el aspecto y la sensación de una acera, si bien con alfombras tejidas de colores estratégicamente dispuestas. Una variedad de falsos árboles aporta acentos de un verde seductor. Los muebles de color amarillo de la zona de recepción son ultramodernos, líneas inclinadas y curvas suaves. Una atractiva joven de piel oscura está sentada tras un mostrador de recepción de metacrilato, y el ordenador que tiene ante ella da la sensación de flotar en el aire. Lleva una camiseta púrpura intenso con un escote vertiginoso, exhibiendo la nada sutil proyección de sus implantes, como si dijera: «Yo los pagué. Voy a exhibirlos». Me intriga tanta confianza en sí misma. Me preocupa. Porque podría malinterpretarse.

Iba cubierta de pies a cabeza el día que me agredieron, me recuerdo. No vestía nada provocativo. Tendría que avergonzarme de tales pensamientos. Pero sé de qué va el rollo. Sé que la violación no tiene nada que ver con el sexo, sino con el poder, la furia y el odio.

—¿Señorita Carpenter?

Me descubro mirando a un hombre guapo adentrado en la treintena, de pelo lacio castaño que le cae sobre unos ojos color avellana a ambos lados de su nariz aguileña. Aunque sólo es media mañana, sus mejillas ya presentan aspecto de necesitar un afeitado. Pese a su sonrisa afable, esta sombra prematura le dota de un aura algo siniestra. Viste vaqueros y una camisa a cuadros azules y blancos, con una placa («Hola, soy Johnny K.») prendida al bolsillo del pecho. ¿Podría ser Johnny K. el hombre que me violó? Retrocedo un paso, y piso sin querer el pie de Claire.

—Me alegro de que haya venido por fin. Su hermana empezaba a preocuparse.

—Lo siento.

Ríe, como si hubiera dicho algo terriblemente ingenioso.

—Vengan. Voy a enseñarle lo que le hemos hecho a su coche.

Claire y yo le seguimos por la parte posterior de la cúpula de cristal hasta salir a un gran garaje de hormigón lleno de coches de lujo en diversas fases de reparación. Observo un Mercedes color chocolate alzado en el aire, con dos hombres que están trabajando en su chasis; veo un Jaguar azul claro que están volviendo a pintar con esmero; y veo un Ferrari rojo, nuevo de trinca, con una gran abolladura en el costado.

—¿Te encuentras bien? —pregunta Claire—. Te veo un poco pálida. ¿Quieres sentarte?

Niego con la cabeza, y cuento que hay al menos seis mecánicos trabajando, todos de pelo oscuro de entre veinte y cuarenta años y de estatura y peso medios. La única excepción es un hombre cercano a los cincuenta y calvo, aunque también es de estatura y peso medios. Cualquiera de estos hombres podría ser el que me violó.

—¿En qué estás pensando? —pregunta Claire, al tiempo que entorna los ojos.

—En nada.

—Mentirosa.

Me aprieta el brazo con delicadeza.

—Como puede ver —explica Johnny K.—, hemos reparado las abolladuras y rellenado las rascadas, le hemos aplicado una capa de pintura y un buen lavado, y *voilà*, parece nuevo. Gran coche. Si alguna vez desea venderlo, llámeme primero.

—Nunca venderé este coche.

—¿No? Bien, no puedo culparla. En cualquier caso, aquí tiene la factura. —Me entrega la lista detallada de cargos—. Puede pagar a la recepcionista. Diré que saquen el coche a la calle.

Claire y yo le damos las gracias, y volvemos a la parte principal del edificio.

—Lo siento —se disculpa la recepcionista—, pero no aceptamos cheques personales. Aceptamos Visa, MasterCard, American Express…

—No tengo… Me las robaron —digo, mientras Claire saca el billetero y entrega a la joven su tarjeta de crédito—. ¿Qué estás haciendo?

—Tranquila. Me ha llegado cierto dinero.

—¡No! Ese dinero era para ti.

Se encoge de hombros.

—Como viene se va.

—Te compensaré —insisto, a sabiendas de que no me queda otra elección.

—Ya hablaremos de eso más tarde. Primero, vamos a llevarte a casa.

18

No vamos a casa.

Resulta que vamos por Brickell Bay Drive, con el mar rugiendo a nuestro lado, en dirección a South Beach. Sugerí ir a dar un paseo cuando salimos del aparcamiento de Carlito's, y Claire accedió al instante. Sería estupendo mantenerme alejada de mi apartamento un rato, razoné, sería estupendo cambiar de paisaje, sería estupendo devolver la sonrisa al rostro de mi hermana.

—¿Existe una franja de tierra más bonita en el mundo? —pregunta Claire, al tiempo que cambia de marchas con evidente placer, mientras yo me reclino en el asiento del pasajero y asimilo la increíble majestuosidad: los cielos despejados, las altas palmeras, la franja arenosa de playa, la estremecedora extensión de mar azul intenso.

Es la primera vez que permito a alguien conducir mi coche. Ni siquiera a Heath le he dejado sentarse al volante. Quiero mucho a mi hermano, pero incluso él admite que se distrae con facilidad y es algo más que imprudente. ¿Dónde estará?, me vuelvo a preguntar. No es propio de él desaparecer durante tanto tiempo sin llamar por teléfono. ¿Por qué no he sabido nada de él? ¿Por qué no me ha devuelto la media docena de mensajes que he dejado en su buzón de voz?

—Siempre he querido ir a París —comenta Claire.

—Deberíamos ir. Tal vez este verano, cuando Jade tenga vacaciones. Las tres podríamos…

Ella sacude la cabeza.

—Buena idea, pero no puedo permitirme…

—Encontraremos una solución —insisto—. Ya lo verás. Llamaré a la agente de viajes de papá y le diré que empiece a mirar posibilidades.

Claire niega con la cabeza.

—¿Qué?

—Lo presentas como si fuera facilísimo.

—Es fácil.

—Para mí no.

Nuestras vidas han sido muy diferentes, pienso, no por primera vez. Crecí en un hogar henchido de amor, con dos padres que me adoraban. Fui mimada y malcriada, todas mis necesidades cubiertas por anticipado, todos mis deseos concedidos. Viajes al extranjero, regalos caros, un apartamento en un rascacielos. Lo único que tenía que hacer era pedir. Por lo general, ni siquiera eso era necesario. Claire no tuvo nada de eso. Ha tenido que luchar toda su vida, trabajar con ahínco por cada dólar que gana, por cada vacación que se toma. Pero aquí está.

—Nunca te lo agradeceré bastante —le digo.

—¿Por qué?

—Por todo lo que has hecho… Todo lo que estás haciendo.

—Por favor —dice en tono displicente—. Tú también lo habrías hecho por mí.

—No —repuse con sinceridad.

Si hubiera ocurrido al revés, si hubieran violado a Claire en lugar de a mí, tal vez me habría sentido mal, tal vez habría llamado para preguntar si podía hacer algo, como hace la gente cuando espera que no vayan a aceptar su oferta, pero hasta ahí habrían llegado mis esfuerzos. Tal vez compartamos el ADN de mi padre, pero poca cosa más hemos compartido durante todos estos años. Hasta hace unas pocas semanas, éramos unas perfectas desconocidas. Ahora, pienso con una oleada de orgullo, somos hermanas.

—¿Tienes hambre? —pregunta Claire, mientras entramos en Miami Beach y avanzamos a paso de tortuga por la siempre congestionada Collins Avenue.

Me doy cuenta de que me he olvidado de desayunar.

—Sí.

Ambas reímos ante la inesperada vehemencia de mi respuesta.

—En tal caso, voto por parar cuanto antes a comer.

South Beach es famoso por sus restaurantes. Estoy a punto de sugerir uno de mis favoritos, un lugar de moda llamado Afterglow, situado en Washington Avenue, un lugar frecuentado por los jóvenes y bellos, que se jacta de una carta ultrasana y de productos casi crudos, pero después recuerdo que también se jacta de los precios más elevados de la ciudad. Hay un montón de restaurantes similares en la zona, pero como carezco de tarjetas de crédito, decido que lo mejor sería limitarse a algo que pueda pagar en dinero contante y sonante. Tomo nota mental de empezar a llamar a la gente apropiada para sustituir mis tarjetas robadas. No puedo seguir dependiendo de que Claire me avale.

—Recuérdame que llame a los bancos después para que te den tarjetas de crédito nuevas —dice mi hermana, como si leyera mi mente.

Entrelazo su mano con la mía.

—Eres asombrosa.

—Oh, por favor. No te atrevas a ponerte sentimental y empalagosa conmigo —advierte—. No llevo muy bien ese rollo.

Me seco las lágrimas con el dorso de mi mano manchada de laca.

—¿Crees que lo digo en broma? Pregúntale a Jade. O todavía mejor, pregunta a mi exmarido, si eres capaz de localizar a ese cabrón. Te dirán que mi cuerpo no contiene un ápice de sentimentalismo. Ni tampoco de romanticismo, a propósito. Demasiado práctica, supongo.

—¿No se puede ser romántica y práctica a la vez?

—Yo no —contesta.

Guardamos un cómodo silencio, y no volvemos a hablar hasta llegar a South Beach, donde dejamos el coche en un aparcamiento frente a Lincoln Road, para luego seguir el camino a pie. Las calles están abarrotadas, como siempre: niños mimados con ropa de diseño y patines que pasan volando, casi rozando a pensionistas canosos que empujan andadores; jasídicos vestidos de negro, con el rostro muy serio, que se esfuerzan por ignorar a las *drag queens* de barroca indumentaria, que están delante de los edificios *art déco* de colores pastel; turistas tocados con sombreros de paja que intentan domeñar rebeldes planos callejeros, mientras defienden su territorio contra presuntos invasores.

Caminamos por el paseo marítimo. El viento se ha intensificado y nos revuelve el pelo. Es una sensación magnífica. Por primera vez desde hace más tiempo del que puedo recordar me siento como un ser humano. Ya no soy una víctima. Soy una chica que pasea con su hermana por una playa muy concurrida, mientras el viento le insufla esperanza a través del pelo.

Hasta que le veo parado en una esquina.

—¿Qué pasa? —pregunta Claire—. ¿Qué sucede?

El hombre, alrededor de treinta años, de peso y estatura medios, pelo oscuro y mirada tan intensa que quema mi piel como un hierro al rojo vivo.

—¿Qué pasa, Bailey?

Bajo la cabeza, señalo con la barbilla, mientras clavo los ojos en el suelo. Mi corazón late desaforado, se me sube a la garganta, estrangula mis palabras antes de que puedan formarse. Cuando mi voz consigue abrirse paso por fin, es irreconocible.

—El hombre que hay allí.

—¿Cuál?

Levanto la cabeza, veo al menos una docena de personas congregadas en la esquina, a la espera de que cambie el semáforo. Una tercera parte son mujeres, y de los hombres, la mitad tienen alrededor de treinta años y son de estatura y peso medios, y tienen el pelo oscuro. Nadie parece consciente de mi existencia, ni remotamente. Nadie me está mirando.

El hombre de la mirada penetrante ha desaparecido.

¿Estaba allí?

—Falsa alarma —digo a Claire, al tiempo que fuerzo una sonrisa.

—¿Estás segura de que te encuentras bien?

—Estupenda.

Paseo una mirada furtiva a mi alrededor, no veo a nadie que despierte mis sospechas.

Salvo, por supuesto, todos los hombres que veo.

He de parar de hacer esto, me voy a volver loca.

¡Demasiado tarde!, grita una vocecita en el interior de mi cabeza, y me muerdo la lengua en un esfuerzo por silenciarla, agarro la mano de Claire cuando cruzamos la calle y dejo que me guíe.

Por fin, nos alejamos del mar, en busca de un restaurante que no tenga una cola hasta la mitad de la manzana. Encontramos un pequeño café en Michigan Avenue, donde no hay que esperar mucho para acomodarse. Una azafata de pelo castaño largo, que camina contoneándose, con unos tacones que miden más centímetros que la diminuta falda negra que apenas le cubre el trasero, nos guía a través del refrigerado y apenas iluminado interior hasta una pequeña mesa, situada en el extremo del patio trasero al aire libre. El patio está rodeado de matorrales de buganvillas púrpuras, sembrado de sombrillas a rayas coral y blancas para proteger a los comensales del sol. Nos acomodamos en sillas redondas de hierro forjado, ante una mesa para dos con sobre de cristal. Segundos después, se acerca un camarero con las cartas. Tendrá unos veinticinco años, de estatura y peso medios, pelo y ojos castaños. Tiene las manos grandes. Miro a través del sobre de cristal el suelo empedrado, y procuro no imaginar esas manos en mi garganta.

—Dime que me quieres —dice el camarero, cuando se inclina sobre mi hombro para darme la carta.

Mis ojos se clavan en los de él.

—¿Cómo?

—¿Le apetece algo de beber? —repite con una sonrisa franca.

—Yo tomaré una copa de blanco de la casa —dice Claire, mientras me mira con suspicacia—. ¿Y tú?

—Agua.

—¿Estás segura?

Asiento, arrepentida de haber venido aquí, incluso de haber sugerido ir a dar un paseo, de haber abandonado mi apartamento, para empezar.

—¿De botella o de grifo? —pregunta el camarero.

—¿Bailey? —me apremia Claire de nuevo.

No tengo ni idea de cuánto tiempo ha transcurrido desde que me han formulado la pregunta. Ni siquiera estoy segura de cuál era la pregunta.

—De botella.

—¿Con gas o sin gas?

Me pongo a sudar.

—Con gas.

—¿Perrier o Sanpellegrino?

—Tomaré vino —digo, e indico al camarero que se vaya con un gesto impaciente.

—Marchando dos blancos de la casa —dice jovial.

—¿Desde cuándo es más complicado pedir agua que vino? —pregunto a Claire.

—¿Estás segura de que te encuentras bien?

—Sólo hambrienta.

—Bien, buena señal... Estás recuperando el apetito.

Fuerzo otra sonrisa. Recuerdo haber leído en algún sitio que, si finges algo el tiempo suficiente, puedes empezar a creer que es verdad. Confío en que sea cierto, aunque dudo de poder mantener el fingimiento el tiempo suficiente para que la realidad se imponga.

—Bien —comenta Claire, mientras examina la carta—, este salmón marinado tiene buena pinta.

—Pues sí —coreo, aunque no tengo ni idea de qué parte del menú está mirando. Sólo veo un revoltijo de letras.

—Bailey —dice Claire, y me doy cuenta por su expresión preocupada de que no es la primera vez que ha pronunciado mi nombre—. Bailey, ¿qué está pasando?

—Demasiadas posibilidades —digo, cuando el camarero regresa con nuestro vino.

—¿Quieren que les diga los especiales?

Recita la lista, y después nos deja unos minutos para decidir.

—Todos suenan muy bien —aventura mi hermana.

Ya he olvidado cuáles son.

—Tomaré la ensalada especial de langosta y pomelo —informa Claire al joven cuando vuelve, y yo asiento para expresar que estoy de acuerdo. Es más fácil así. Además, he perdido el apetito. La idea de comer me da ganas de vomitar.

—Por tiempos mejores —brinda Claire, alza la copa y la entrechoca con la mía.

—Por tiempos mejores —repito, y tomo un sorbo.

—Bien —dice Claire, con expresión muy seria de repente—. Creo que he sido muy paciente. ¿Vas a contarme lo que ha pasado?

—¿Qué ha pasado?

No tengo ni idea de qué está hablando.

—Esta mañana —explica—. La súbita urgencia de la manicura.

Respiro hondo, mientras repaso los acontecimientos de la mañana en mi cabeza, e intento ordenarlos con el fin de que sean comprensibles para ella y para mí. Aunque parezca extraño, pensar en todo eso, recordar los detalles, contribuye a calmarme. Puedo contarle, con claridad y sin emociones, la búsqueda en Internet sobre Paul Giller, que le seguí a él y a su esposa, una mujer llamada Elena, y que, en realidad, no es su esposa. Veo que la cara de Claire pasa del interés a la preocupación, y después a la alarma absoluta.

—Espera un momento —me interrumpe antes de que acabe—. ¿Me estás diciendo que buscaste en Internet a Paul Giller? ¿Qué averiguaste?

—Poca cosa. Es actor, y hace poco tuvo una neumonía tan grave que tuvo que ingresar en el hospital.

—Mierda —masculla Claire—. ¿Y fuiste a su apartamento?

—A su edificio —corrijo.

—¿Tienes idea de lo peligroso que fue eso? O sea, ¿y si es el hombre que te violó? Piénsalo un momento, Bailey. ¿Y si te vio?

—No me vio.

—¿Estás segura?

—Por completo

¿Lo estoy? ¿Cuándo fue la última vez que estuve convencida de algo?

—¿Y después le seguiste?

—Hasta que subió a un taxi. Entonces la seguí a ella.

Claire está intentando asimilar y descartar a la vez este último detalle. Se inclina sobre la mesa.

—Bailey, es preciso que me prometas algo.

—¿Qué?

—Has de prometerme que no volverás a acercarte al apartamento de Paul Giller, que vas a dejar el trabajo de detective a los detectives de verdad.

—Yo soy una detective de verdad —le recuerdo.

—También eres la víctima.

Abro la boca para protestar, pero ya está continuando.

—Sé que quieres hacer algo. Sé que quieres resultados. Pero una cosa es espiar a un hombre desde la seguridad de tu apartamento, y otra ir en su busca, seguirle e interrogar a su novia. Eso es una…

—¿… locura?

—… buscarte problemas. Prométeme que no volverás a hacer algo semejante.

—Claire…

—Bailey… —Mi nombre sirve de resonante signo de exclamación, que finaliza la discusión de una vez por todas—. Prométel o —repite, mientras el camarero se acerca con las ensaladas de langosta y pomelo.

—Buen provecho.

—Prométel o —repite Claire en cuanto el camarero desaparece.

—Lo prometo —acepto a regañadientes.

—De acuerdo. —Respira hondo—. No volveremos a hablar del tema. Come.

Pincho un trozo de langosta, junto con un gajo de pomelo, me lo meto todo en la boca y trago.

—Creo que deberías masticar —observa mi hermana.

Pincho otro trozo y mastico de manera exagerada.

—Tonta —dice Claire. Después, al cabo de una breve pausa—: ¿Cuál es el veredicto?

—Deliciosa —respondo, aunque no me sabe a nada.

La cara de Claire proyecta preocupación, una serie de pequeñas arrugas que flanquean la boca, las hendiduras del puente de su nariz más profundas que hace una semana, de forma que amenazan con hacerse permanentes. Siento ser el motivo de tanta preocupación, de añadir más preocupaciones a las que ya acumula. Decido no volver a hacer nada que pueda molestarla. Cumpliré mi promesa de mantenerme alejada de Paul Giller. Dejaré que la policía se ocupe del caso. Devolveré el orden a mi vida.

—Me toca a mí —digo, cuando el camarero reaparece al terminar la comida y nos trae la cuenta. Finjo repasar la suma, aunque el revoltijo de números que veo carece de sentido para mí. Introduzco la mano en el bolso, saco un puñado de billetes de veinte dólares, y espero que sean suficientes para alcanzar la cifra correcta.

—¿Efectivo? Hace mucho tiempo que no veía.

El camarero ríe, y revela dos grandes caninos.

Siento esos dientes morder mi pecho, y lanzo una exclamación ahogada.

—¿Algún problema? —pregunta.

—Ninguno —digo.

—Vuelvo enseguida con el cambio.

—No es necesario.

Sólo quiero que se vaya.

—Bien, en ese caso, muchas gracias, señoras. Ha sido un placer servirlas. Que pasen una buena tarde.

—¿Te apetece ir a mirar escaparates? —pregunto a Claire. Lo que en realidad deseo es ir a casa y meterme en la cama, pero tengo miedo de decírselo. No quiero que pierda la paciencia, que pierda el interés, que pierda la confianza en mi recuperación y el papel que desempeña en ella.

Dedicamos la siguiente hora a mirar los escaparates de prácticamente todas las tiendas de South Beach.

—Dios, ojalá pudiera meterme todavía en algo como eso —comenta Claire tras ver un bikini azul y blanco en una de las numerosas tiendas de bañadores que flanquean el paseo marítimo—. ¿A quién quiero engañar? Nunca pude meterme en algo así. Incluso en eso que llaman «mi apogeo». Heredé las caderas de mi madre —dice con una carcajada.

Mientras que yo heredaba el dinero de mi padre, añado en silencio.

—Creo que eres muy guapa —digo en voz alta.

Sus ojos se nublan, y desvía la vista. Cruzamos la calle para caminar por la playa, y me quito los zapatos, siento que la arena araña los intersticios que separan mis dedos. ¿Cuánto tiempo hace que no paseaba por esta parte de la playa? Venía aquí cada día cuando mi madre se estaba muriendo. Me gustaba el sonido del mar, las olas que se estrellaban contra la orilla. Encontraba consuelo en su continuo ir y venir, en su constante renovación, en su permanencia.

—Tú vivías por aquí, ¿verdad? —comenta Claire.

—Un poco más arriba. Unas cuantas manzanas al oeste.

Me resulta extraño y triste al mismo tiempo que Claire nunca haya visto la casa en que me crié, que mi padre fuera tan hábil a la hora de compartimentar los diversos aspectos de su vida, de mantenerlos separados.

—¿Quieres echar un vistazo?

—Si me la quieres enseñar…

—Sí. —Tomo su mano y la guío al otro lado de la calle—. Me apetece mucho.

19

La mansión en la que crecí es una hacienda de estilo español, de una sola planta, y con una extensión de mil cien metros cuadrados, tejado de mosaicos color coral, techos de ocho metros de altura y suelos de mármol italiano. Una verja negra de hierro forjado, muy recargada, separa la calle del camino de entrada semicircular de ladrillo naranja y gris, que en otro tiempo albergó un Rolls negro, un Bentley de color cobrizo y un Maserati rojo, así como el Porsche plateado que heredé de mi madre. Al final, mi padre se deshizo del Rolls y el Bentley, y se suponía que Heath heredaría el Maserati, pero de momento no puede reclamar su propiedad debido a la demanda presentada por nuestros hermanastros. Del mismo modo, dicha demanda nos ha impedido vender la casa hasta que se hayan resuelto esos problemas. Continúa vacía, los muebles en su sitio e intactos, y los propietarios están obligados a responsabilizarse de su mantenimiento, tanto interior como exterior.

Siempre me ha gustado esta casa. Las habitaciones, aunque grandes, están decoradas con una variedad de cálidos tonos color tierra, llenas de sofás y butacas gigantescos rellenos en exceso, mesas de madera antiguas y alfombras de excelentes texturas. Cuadros abstractos de brillantes colores, pintados por artistas tanto famosos como desconocidos, cubren las paredes. Ya de pequeña me sentía a gusto deambulando por el laberinto de las habitaciones, explorando cada recoveco de la arquitectura clásica española. Me gustaba en especial el gran patio interior al aire libre, rebosante de flores y altos árboles florecidos. Heath y yo considerábamos este espacio nuestro patio de juegos particular. Nos escondíamos entre los arbustos y jugábamos a lanzarnos el uno sobre el otro desde detrás de las hortensias azules y rosas.

—No podremos entrar —explico a Claire, cuando doblamos la esquina y tomamos mi antigua calle—. No tengo llave.

Tengo dos llaves de la puerta principal, pero una se halla en el cajón del escritorio de la casa y la otra estaba en el mismo llavero que la llave de mi apartamento, y me la robaron la noche en que me atacaron.

—Es la del final, ¿no?

Asiento, y caminamos hacia ella.

Sé que algo no va bien casi antes de haber recorrido la mitad de la manzana. La verja, por lo general cerrada, está abierta de par en par. Cuando nos acercamos más, veo varios coches apelotonados en el camino de entrada, uno con la parte posterior sobre el bordillo y apoyado sobre la hierba, de modo que sus pesados neumáticos han aplastado una hilera de delicadas balsaminas blancas y púrpuras.

—Parece que tienes visita —dice Claire, mientras saca el móvil del bolso.

—¿Qué vas a hacer?

—Llamar a la policía.

—No —digo, cuando reconozco el Volvo verde oscuro—. Conozco ese coche.

—¿Sí?

—Es de Travis.

—¿Tu exnovio? —Es más una afirmación que una pregunta, aunque Claire me mira para recibir la confirmación—. ¿Qué estará haciendo aquí? ¿Cómo habrá entrado?

—No tengo ni idea.

Pasamos a través de la verja abierta, nos acercamos a las enormes puertas delanteras de madera y cristal, y tratamos de ver al otro lado del dibujo complicadamente tallado de hojas de palmera flotantes grabadas en la superficie. Veo el vestíbulo de mármol con una enorme mesa de roble sobre la que descansa un espectacular ramo de flores artificiales, pero de un aspecto extrañamente real. Más allá está el patio central donde Heath y yo jugábamos. Parece vacío.

Pruebo la puerta principal. Se abre.

—Voy a llamar a la policía —repite Claire.

—Espera —le ruego, cuando percibo el inconfundible olor a marihuana. Si Travis está aquí, eso significa que Heath también debe estar. Mi hermano tiene una llave, y Travis no. A menos que la robara de mi bolso la noche que me violaron. Lo cual significa que fue él quien me violó. Lo cual es imposible. Eso lo sé. ¿Verdad?—. Espera, por favor.

Claire baja el teléfono.

Echamos un vistazo a los pasillos que conducen a las alas derecha e izquierda de la casa.

—¿Crees que tu hermano es lo bastante estúpido para violar una orden judicial?

Heath no es estúpido. Pero tampoco es famoso por su buen juicio.

Doblamos una esquina y entramos en la primera de las tres salas de estar de la casa. Oigo un gemido y percibo movimientos a mi izquierda. Me quedo petrificada cuando aparecen ante mi vista un esbelto brazo apoyado sobre la parte superior de un sofá color arena y una mata de rebelde pelo rojizo rizado. La chica me mira con los ojos entornados, aunque tiene el sol detrás.

—¿Quién eres? —pregunta una voz adormilada, inducida por la droga.

—Soy Bailey. Esta casa es mía.

—No fastidies. Encantada de conocerte, Bailey. Soy Samantha.

La chica, que no puede contar más de dieciocho años, intenta levantarse, y es entonces cuando veo que está desnuda. Por suerte, vuelve a caer en el sofá antes de erguirse del todo, y no se molesta en intentar incorporarse de nuevo.

—¡No me lo puedo creer! —exclama Claire.

—¿Está Heath aquí? —pregunto a Samantha, y las palabras arañan mi garganta.

—¿Quién es Heath? —replica ella arrastrando las palabras.

—¿Y Travis?

—Ah, sí, Travis —dice Samantha, como si fuera la única respuesta que yo necesitara.

Me esfuerzo por caminar cuando nos damos la vuelta para salir, porque ahora cada paso por el familiar edificio aumenta mi pánico.

—Encantada de conocerte —dice Samantha cuando salimos de la sala y continuamos por el pasillo.

—Esto parece algo salido de una película —comenta Claire cuando atravesamos el comedor, con su estrecha mesa de roble de aspecto medieval con capacidad para doce personas. Entramos en la amplia cocina moderna y la igualmente amplia sala de desayunos. Volvemos sobre nuestros pasos y regresamos por el pasillo en dirección contraria.

Atravesamos la segunda sala de estar y el impresionante despacho de mi padre, forrado de libros, así como la sala audiovisual, con su enorme televisor de alta definición montado en la pared frente a ocho grandes butacas de cuero color burdeos, dispuestas en dos filas de cuatro. Las persianas están cerradas, y la televisión en marcha, aunque sin sonido, y nadie está mirando.

—Heath —llamo, mientras localizo el mando a distancia en el asiento de una butaca y apago la televisión. El movimiento me marea. Reprimo el ansia casi abrumadora de huir.

Entramos en la tercera sala de estar, la más pequeña, con cuatro sofás dispuestos en un pulcro cuadrado en el centro de la estancia, y después echamos un vistazo a los cuatro cuartos de invitados, todos vacíos, aunque el aroma dulce de la marihuana aumenta de intensidad a cada paso que damos. Llegamos por fin al extremo del ancho y sinuoso pasillo, y descubrimos que la puerta del dormitorio principal está cerrada. Claire y yo intercambiamos una mirada cuando mi mano aferra el pomo. Ella levanta el teléfono sujeto en la mano, como si blandiera un arma, sus dedos preparados para teclear el 9-1-1. Mi corazón late con tal violencia que me parece a punto de estallar.

La habitación está a oscuras, de manera que al principio no los veo.

—Ay —se queja alguien, cuando la puerta entra en contacto con un montículo de carne que se halla a escasos centímetros de mis pies. Busco el interruptor de la luz y enciendo las luces empotradas del techo. La habitación se ilumina.

—¡Oh, no…! —exclama una voz de hombre desde la cama, situada en el centro del dormitorio.

¿Heath?

—Cierra esa maldita luz, ¿vale?

—¿Qué demonios…? —empieza otra voz masculina desde el suelo, al pie de la cama. Aparece una cabeza desconocida, con un porro apagado que cuelga de unos labios delgados, entreabiertos. Casi de inmediato, el hombre desaparece de la vista otra vez.

Aun con la luz, es difícil distinguir cuántas personas hay en la habitación. Además de mi hermano y el hombre tirado al pie de la cama, distingo a dos mujeres en diferentes fases de desnudez despatarradas sobre la colcha. También está la cuestión del cuerpo semiinconsciente, cuyo sexo todavía he de determinar, que hay en el suelo, delante de la puerta del dormitorio.

—¡Santo Dios! —exclama Claire, cuando el cuarto de baño de la *suite* se abre y aparece Travis, con una expresión avergonzada en su hermoso rostro cuando me ve. Viste vaqueros y una camisa Tommy Bahama demasiado grande que nunca le había visto. Va descalzo.

—Bailey —saluda—. ¿Qué estás haciendo aquí?

Los latidos de mi corazón se estabilizan. La indignación sustituye al pánico.

—¿Que qué estoy haciendo aquí?

—Sé que esto tiene mala pinta, pero…

—Hazme caso —dice Claire—. No tienes ni idea de la mala pinta que tiene.

—¿Quién eres tú? —pregunta Travis.

—¿Qué diantres está pasando aquí? —pregunto yo a mi vez.

—Creo que deberías hablar con tu hermano al respecto.

Travis señala la cama, cuando la mano de Heath sale de debajo de las sábanas para amontonar una almohada debajo de la cabeza.

—Lárgate —digo en voz baja.

—Bailey…

—Y llévate a tus amigos.

Travis obedece mi orden con un movimiento de cabeza silencioso. Camina hacia el pie de la cama, se agacha y da una palmada en la cabeza del hombre tendido allí. El porro apagado cae de los labios del tipo, pero ni siquiera esto logra reanimarle. Travis se sienta en la cama, entre las dos mujeres semicomatosas y semidesnudas.

—Vale, tías. Se acabó la fiesta. Es hora de levantarse.

—Os quiero a todos fuera de mi casa —les digo.

—La última vez todavía era mi casa también —replica Heath desde debajo de la almohada.

—La última vez, eso tenían que decidirlo los tribunales —sentencia Claire.

—¿Quién eres tú? —pregunta de nuevo Travis.

—Espera —dice Heath, con el rostro todavía oculto—. Déjame adivinar. ¿Es un pájaro? ¿Es un avión? —Se sienta de repente y la almohada resbala de su cara, de modo que su pelo sin lavar le cae sobre los ojos—. ¡No! ¡Es SuperClaire!

—Heath, por el amor de Dios…

—Es probable que no la hayas reconocido, Travis, porque se ha puesto su disfraz cotidiano de enfermera bondadosa y salvadora de hermanas con problemas, largo tiempo distanciadas, pero no te engañes: SuperClaire posee una identidad secreta. Bajo su poco halagadora blusa azul y los pantalones caqui ceñidos en exceso acecha la licra azul y roja de una verdadera manipuladora, falsa amiga y saqueadora de herencias perdidas. No necesito visión de rayos equis para ver a través de ti —le dice a Claire, al tiempo que apunta un dedo tembloroso en su dirección, antes de derrumbarse de nuevo sobre la cama presa de un ataque de risitas infantiles.

—¿Has terminado? —le pregunto.

—¿Has terminado? —repite él.

—No me obligues a llamar a la policía —le digo.

La palabra «policía» parece despertar a todo el mundo al instante. Las dos mujeres envueltas en la colcha se sientan, los brazos desnudos superpuestos, las piernas desnudas entrelazadas, de manera que es imposible saber dónde termina una y empieza la otra.

—¿Dónde están mis bragas? —murmura una chica, mientras sus manos buscan a ciegas en el montón de sábanas arrugadas.

—Creo que no llevabas, cielo —dice Heath, y le propina una palmadita juguetona en el trasero desnudo cuando ella se inclina sobre el borde de la cama para buscar.

Los dos hombres del suelo se levantan, los ojos vidriosos, los movimientos rígidos, aunque extrañamente elegantes. Da la impresión de que todo está sucediendo a cámara lenta. El joven tirado al pie de la cama (tendrá unos veinticinco años, de pelo oscuro y torso esquelético carente de vello, que se yergue sobre sus vaqueros negros con la cremallera bajada) mira hacia la puerta.

—¿Alguien ha mencionado a la policía?

—Un vaso de agua me sentaría bien —sugiere el otro hombre, apoyado contra la puerta del dormitorio. Me lo dice a mí, como si hubiera aparecido para servirle, y la impaciencia crece en sus ojos cuando yo no reacciono. Lleva unos pantalones cortos adornados con imágenes de Mickey Mouse, aunque debe tener como mínimo treinta años, y su pelo desmelenado que le cae hasta los hombros es de un amarillo anormal, casi fluorescente, que me recuerda un gigantesco diente de león. Su cuero cabelludo tiene raíces oscuras. Deduzco que se habrá teñido el pelo en algún momento de este último mes. Posiblemente cuando me agredieron, más o menos. Posiblemente poco después. Cierro los ojos y procuro expulsar esos pensamientos de mi cerebro. ¿Qué está haciendo mi hermano con esta gente?

—Creo que deberías vestirte y largarte de aquí —le espeta Claire.

—Creo que deberías ir a cuidar enfermos —replica mi hermano, y suelta una carcajada.

—Heath —le advierto—. Esto no me hace ninguna gracia.

—Tienes toda la razón. —Empuja las sábanas acumuladas sobre su regazo—. Es patético.

Claire le tira unos vaqueros a la cabeza. No sé dónde los ha encontrado. Ni siquiera sé si son de Heath.

—Tápate, por el amor de Dios. ¿No sabes que esto es lo último que tu hermana necesita?

—Lo último que mi hermana necesita —repite él, reticente a taparse— es gente que finge preocuparse por ella cuando sólo piensa en sí misma.

—¿Por ejemplo? —pregunta Claire, con la vista clavada en él.

—¿Qué está pasando? —pregunta una de las chicas, mientras Heath mete las piernas en los tejanos, con la mayor discreción posible, y los sube sobre sus esbeltas caderas.

—Pensaba que había llegado la policía —dice su amiga.

—¿Sois polis? —pregunta el hombre del torso lampiño.

¿Es el hombre que me violó? ¿Podría alguien de aspecto tan insustancial haber sido capaz de dominarme por la fuerza?

El tipo pasea la vista entre Claire y yo, y después mira a Travis.

—¿Son polis o qué?

—Un vaso de agua me sentaría de coña —repite diente de león.

—Os concedo a todos dos minutos, y después llamaré a la policía —les advierte Claire.

—Oh, venga, tía —se queja diente de león—. Has de darnos más tiempo. Ni siquiera sé dónde están mis pantalones.

—¿Dónde está Samantha? —pregunta una de las chicas, y su mano revuelve las sábanas, como si su amiga pudiera estar extraviada entre los pliegues.

—Creo que está en la sala de estar —responde Claire.

—¿Qué está haciendo allí?

—Pregúntaselo camino de la salida.

—Lamento todo esto —dice Travis—. De veras, Bailey, yo…

—Lárgate.

Se vuelve hacia Heath.

—Venga, hombre. Vámonos de aquí.

—No.

—Estás violando una orden judicial —le recuerda Claire.

—Demándame. Ah, lo había olvidado. Ya me has demandado. Demándame otra vez —repite en tono aún más provocador—. En cualquier caso, ¿qué estás haciendo tú aquí? ¿No sabes que estás violando una orden judicial?

Estoy a punto de explicarle que sólo intentaba enseñarle a Claire el exterior de la casa en que crecí, cuando ella me detiene.

—No malgastes tu aliento. —Consulta su reloj—. Un minuto —advierte.

Todo el mundo se pone la ropa que consigue localizar, y después salen corriendo de la habitación.

Todo el mundo, salvo Travis y Heath.

—Bailey, por favor… —insiste mi ex.

—Vete.

Sale de la habitación sin más protestas. Mi hermano se levanta de la cama, dispuesto a seguirle.

—Tu no —le digo.

—Acabas de decir…

—Tú no —repito.

—Te propongo un trato —dice—. Me quedaré..., si Florence Nightingale se va.

—Heath...

—Lo tomas o lo dejas. —Se vuelve hacia Claire—. Puedes abandonarla unos minutos, ¿verdad, santa hermana? Puedes ir a hacer compañía a Travis. Así os conoceréis mejor. Creo que descubrirás que tenéis muchas cosas en común. Es un poco sanguijuela también.

—¿Bailey? —pregunta Claire.

—De acuerdo.

—De acuerdo —repite Heath.

Claire sale a regañadientes de la habitación. Mi hermano cierra la puerta de una patada con el pie descalzo.

—¿Qué está pasando, Heath?

—No está pasando nada. Estás exagerando. He venido aquí con unos amigos. ¿Y qué?

—¿Son amigos tuyos?

—¿Qué tienen de malo?

—¿Sabes cómo se llaman al menos?

—¿Qué más da si sé cómo se llaman o no? Son probos ciudadanos, compañeros de profesión y futuras estrellas, todos y cada uno.

—Son escoria.

—Eso es un poco fuerte.

—Espera un momento. ¿Has dicho que son actores? —Mi mente bulle de ideas. ¿En qué estoy pensando?—. ¿Conoces a Paul Giller?

—¿Quién?

Heath mira hacia la puerta, después el suelo, a todas partes, excepto a mí.

—Paul Giller. Es actor. ¿Le conoces?

—¿Debería?

—¿Por qué no me miras?

—¿Por qué estás gritando?

—¿Conoces a Paul Giller? —repito.

—Ya te he dicho que no. ¿Cuál es tu problema?

—Tú eres mi problema —grito, dejándome arrastrar por la frustración—. Has traído a estos desconocidos a casa de nuestros padres, estás colocado a media tarde, entras por la fuerza...

—No he entrado por la fuerza. Tengo llave, ¿recuerdas? No entiendo por qué estás tan disgustada. ¿A qué viene tanto mal rollo? Ésta es mi casa. Nuestra casa. Nuestro padre nos la dejó, junto con una fortuna considerable, y nuestros codiciosos hermanastros, incluida santa Claire, no tienen el menor derecho sobre ella. Lucharé contra ellos hasta el día de mi muerte antes que dejarles apoderarse de un solo centavo.

—¿Con qué? —pregunto.

—¿Qué quieres decir?

—Necesitas más que fuerza de voluntad para oponerte a ellos. Gene está amenazando con tenernos atados de pies y manos en los tribunales durante años, y cuenta con el poder y los medios para hacerlo. Tarde o temprano, el dinero que hemos logrado poner a salvo se agotará. No tengo ni idea de cuándo me sentiré con fuerzas para volver a trabajar, y tú no tienes trabajo.

—¿Qué? ¿Crees que no lo intento?

—Yo no he dicho eso.

—He estado así de cerca —dice, al tiempo que casi junta el índice y el pulgar para subrayar sus palabras— de conseguir ese maldito anuncio de Whiskas. Rodé por aquel estúpido suelo durante horas, horas, con el maldito gato lamiéndome la cara, obedeciendo todas las órdenes del director. El anuncio está en el bote, según mi agente, un anuncio a nivel nacional, vas sobrado. Y después, en el último momento, deciden tomar un sesgo diferente. Nada personal, insiste mi agente. Al director le encantaba lo que yo estaba haciendo. Resulta que soy demasiado guapo para lo que el cliente desea. Después de revisar las cintas del *casting*, el cliente está preocupado por si eclipso al maldito gato. Por lo tanto, han decidido elegir a alguien más ordinario, alguien con el que puedan empatizar los amantes de los gatos.

—Lo siento, Heath. Sé que debe de ser muy frustrante.

—No tienes ni idea de lo frustrante que es —replica con brusquedad—. No tienes ni idea de cómo sienta que te cierren la puerta en las narices. Una y otra vez. Para ti todo ha sido siempre fácil.

¿Habla en serio? Su egocentrismo me deja sin aliento. Heath siempre ha sido egocéntrico (lo más interesante es que eso forma parte de su encanto), pero ¿puede ser tan indiferente a lo que he sufrido estas últimas semanas?

Como si mis pensamientos hubieran aparecido de repente en luces brillantes sobre mi frente, se ablanda.

—Lo siento —dice, con la mano sobre el corazón—. Ha sido muy poco sensible por mi parte. Incluso para mí. —Me ofrece su mejor sonrisa de «perdóname»—. No pienso dejarte tirada. Sé que en estos últimos tiempos la vida se te ha complicado un poco…

Heath nunca ha sido bueno a la hora de enfrentarse a cosas desagradables. Comprendo que ha de mantener lo que me ha pasado alejado de él, minimizar su trauma, para no desmoronarse.

—Es que he estado lidiando con este tipo de basura toda mi vida —continúa, de vuelta a su cómoda inconsciencia, cuando mis piernas se debilitan y me derrumbo sobre el borde de la cama para no caer al suelo—. O soy demasiado guapo o no lo suficiente —dice—. O demasiado alto o demasiado bajo, demasiado delgado o demasiado musculoso. Sea lo que sea, nunca acierto. Nunca soy lo bastante bueno.

Sé que se está refiriendo a algo más que a su errática carrera, que se está refiriendo sin duda a la expresión de decepción que, según él, siempre veía en la cara de nuestro padre, pero carezco de fuerzas para abordar ese tema ahora.

—Son los riesgos del oficio —digo en cambio, con el corazón dolido por mi hermano, pese a su egocentrismo—. Tú ya sabías dónde te metías.

—No es que me quede sentado en casa sin hacer nada. Voy a cástines, pongo toda la carne en el asador.

—¿Y tu obra?

—¿Qué quieres decir?

—El guión en el que has estado trabajando…

—Sigo en ello —me interrumpe—. ¿Adónde quieres ir a parar, Bailey? ¿Estás diciendo que debería abandonar mis sueños y buscar un estúpido trabajo de nueve a cinco? ¿Es ahí adonde quieres ir a parar?

—No, por supuesto que no

Digo esto, a pesar de lo que estoy pensando en realidad, que con independencia de lo que oyes en programas de televisión como *American Idol*, donde el lloroso vencedor anima a todos cuantos le están mirando desde la sala de estar de sus hogares a aferrarse a sus sueños, pese a quien pese (olvidando a los miles de otros concursantes, a los millones de otros desesperados aspirantes, cuyos sueños de alcanzar el estrellato nunca se convertirán en realidad), en ocasiones es mejor elegir otro sueño, vivir en la vida real es mejor que soñar con una vida imposible.

—Es que no entra ningún dinero, y nuestros bienes están embargados…

—Lo único que necesito son dos anuncios a nivel nacional para no tener que depender del dinero de papá, con independencia de lo que decidan los tribunales algún día. Hasta tendré suficiente dinero para cuidar de ti, para variar, como siempre has cuidado tú de mí. No te enfades conmigo, por favor, Bailey. No soporto que te enfades conmigo. Te quiero más que a nada en el mundo. Eres lo único que tengo.

—Yo también te quiero. —Reprimo el impulso de abrazarle—. Estaba pensando que, a la larga, sería más inteligente llegar a un acuerdo…

—¿Me estás tomando el pelo? ¿Me está tomando el pelo? —pregunta a las paredes circundantes.

—Heath, escúchame. No estamos hablando de cuatro chavos. Estamos hablando de millones de dólares. Decenas de millones…

—No pienso dar a esos buitres ni diez centavos.

Agacho la cabeza. No es eso de lo que quería hablar con él, aunque ya no tengo ni idea de qué quería hablar. Casi sonrío. Heath posee esta capacidad.

—Es que si papá hubiera querido dividir a partes iguales la herencia, lo habría hecho —continúa mi hermano.

—Lo sé.

La verdad es que no lo sé. El hecho es que nada le gustaba más a nuestro padre que una buena pelea. Claire diría probablemente que esta demanda es lo que estaba deseando desde el primer momento.

—Y hemos de respetar los deseos de papá —dice Heath—. No podemos escoger la vía fácil. Pese a todo lo que hemos sufrido últimamente.

Todo lo que hemos sufrido, repito en silencio. Lo que digo en voz alta es:

—¿Estás seguro de que no conoces a Paul Giller?

—Nunca he oído hablar de él.

No me queda otra opción que creerle.

—Prométeme que no volverás a hacer nada por el estilo. Que respetarás la orden judicial y te mantendrás alejado de aquí.

—Seré un buen chico de ahora en adelante. Lo juro.

—No has de jurar. Sólo prometer.

Me dedica una de sus más sinceras sonrisas, la que, me confesó una vez, perfeccionaba durante horas, cuando no días, ante el espejo. Si yo fuera un productor en busca del actor adecuado para el sensible y muy incomprendido hermano mayor de la heroína, sería perfecto para el papel. La sonrisa se ensancha.

—Lo prometo.

20

—Me siento muy disgustada con mi hermano en este momento.

Estoy sentada en el sofá color canela del despacho interior de Elizabeth Gordon, y ella está en la silla azul marino frente a mí, en prácticamente las mismas posiciones que ocupábamos hace una semana.

—¿Qué le disgusta?

Le hablo del incidente sucedido en casa de nuestros padres.

—¿Qué la disgusta más, el hecho de que su hermano desobedeciera una orden judicial, o que estuviera allí? —sondea.

—Que desobedeciera una orden judicial —me apresuro a contestar. *Demasiado deprisa*, pienso, pues imagino que ella está pensando lo mismo—. Es más que eso —continúo, aunque no tengo ni idea de lo que voy a añadir.

—Veo que se halla en conflicto. Intente traducir sus sentimientos en palabras.

¿Cuántas veces he oído a padres jóvenes animar a frustrados niños de tres años a «utilizar sus palabras»? ¿Me ha vuelto la violación tan infantil?

—No es sólo que estuviera en la casa. Es que todo era de lo más sórdido.

Le describo el estado de las diversas habitaciones y a los parásitos de los que se rodea mi hermano. No le desvelo la intuición de que Heath me está ocultando algo.

—¿Se asustó?

—No. ¿Por qué iba a asustarme?

—Una habitación llena de hombres desnudos colocados —comenta—. No me cuesta nada entender que se sintiera intimidada.

Ladea la cabeza, su pelo castaño rizado cae sobre su hombro derecho y revela el delicado diamante del pendiente que luce en la oreja izquierda.

—Lleva pendientes diferentes —indico.

Se lleva la mano al lóbulo con aire ausente.

—¿Qué pendientes llevaba la última vez?

—Unos aros de oro pequeños.

—Es usted muy observadora. —Se inclina hacia delante—. ¿Por qué no me cuenta lo que está experimentando?

—Ése es el problema.

—¿Cuál?

—Ya no estoy segura de lo que estoy experimentando.

—¿Por qué?

—Siempre me siento extraña.

—¿Por qué? —pregunta de nuevo—. ¿Estamos hablando de ataques de pánico?

—A veces. Pero es más que eso.

—¿Cuál es la diferencia? Puede confiar en mí, Bailey —dice al cabo de una pausa—. Comprendo que ha vivido tiempos duros últimamente…

La interrumpo.

—Duros es poco.

—¿Qué le sucede?

—Es como si no pudiera respirar. Como si estuviera perdiendo la cabeza.

—Eso es bueno, Bailey.

—¿Cómo va a ser bueno? ¿Qué tiene de positivo?

—Escúcheme. —Se inclina hacia delante en la silla—. A la gente le cuesta entender el funcionamiento de este proceso. Pero al explicarme cosas a mí, también se las está explicando a usted. —Deja el bolígrafo sobre la libreta que descansa en su regazo—. Imagínese en una pista de patinaje. Está preocupada por caerse en el hielo, porque es muy fino. La terapia permite que el hielo aumente de grosor, con el fin de que pueda patinar mejor. Con confianza. En este momento, no está patinando sobre un hielo muy grueso. —Hace una pausa para permitir que asimile la imagen—. Comprendo que estas cosas le resulten muy preocupantes para pensar en ellas, y ya no digamos para hablar de ellas, pero le sería útil airearlas…

Contemplo la alfombra de pelo largo beis que hay a mis pies.

—No sé si puedo. No lo sé.

—En este momento, es mejor compartir lo que sucede en su interior, verbalizar esos sentimientos, que intentar mantenerlos encapsulados, a la espera de que estallen. Sé que no confía mucho en la gente ahora mismo, pero lo importante es: ¿puede confiar en mí? ¿Puede confiar en mí, y en usted, lo suficiente para expresar en palabras esos sentimientos? Si puede, le prometo que contribuirá a aliviar su nivel de angustia.

—¿Cómo puede prometerme eso?

—Porque puedo ayudarla, si usted me deja.

—No sé si estoy preparada para eso.

—Estoy aquí, Bailey. Cuando esté preparada.

—No puede imaginar lo que me está pasando.

—Bien, pues dígame exactamente qué le está pasando.

—No duermo. Tengo unos sueños horribles. Pero luego me despierto, y me siento todavía más angustiada.

—Hábleme de sus sueños. Descríbalos con todo lujo de detalles.

Le cuento mis pesadillas recurrentes: de tiburones que nadan bajo mis pies en aguas plácidas; de hombres sin rostro que me esperan en la orilla; de la mujer que me mira desde el balcón de su apartamento con unos prismáticos, y cuyo rostro es el mío.

—Son sueños de angustia —dictamina Elizabeth—. Se siente indefensa, confusa y asustada, tal vez incluso un poco culpable.

—¿Culpable?

—Intuyo que siente cierta responsabilidad por lo que le sucedió.

—Sé que no habría debido…

—Olvídese de lo que habría debido hacer o no. Lo importante es lo que hace. ¿Qué cree que podría haber hecho de manera diferente, Bailey?

—Podría haber sido más observadora, haber estado más alerta.

—Yo podría haber sido más baja —dice ella con un encogimiento de hombros.

—No es una comparación válida. No puede controlar su estatura.

—¿Y es importante sentir que controlas la situación?

—¿No lo es?

Escribe la palabra «control» en mitad de la hoja de papel que tiene sobre el regazo, antes de que me sorprenda mirando y aparte con un gesto delicado la libreta de mi ángulo de visión.

—Creo que a todo el mundo le gusta sentir que controla la situación.

—Salvo que eso no sucede, ¿verdad? ¿Es lo que está intentando decirme? ¿Qué yo no poseía más control sobre la situación que usted sobre la estatura?

—No intento decirle nada. Es usted quien habla —continúa—. De haber sido más observadora aquella noche, de haber estado más alerta, ¿algo habría cambiado?

—Podría haberle oído antes. Podría haberle visto. Podría haberle detenido.

—¿De veras? Seamos realistas. ¿Cree que podría haberle detenido?

Me veo acuclillada en la oscuridad entre unos arbustos floridos, mirando con mis prismáticos el edificio de enfrente. Oigo el ruido de unas ramitas al romperse detrás de mí y experimento un leve cambio en el aire. Una vez más, pruebo el sabor de la mano enguantada que tapa mi boca y enmudece mis gritos, y siento la lluvia de puñetazos sobre la cara y el estómago, que dan al traste con mi resistencia y me conducen al borde de la inconsciencia. ¿Podría haber actuado de manera diferente?

—No lo sé.

—Yo sí. No habría podido hacer nada para detenerle.

—Podría haber chillado.

—¿Cree que alguien la habría oído?

—No lo sé.

Era tarde. Casi todo el mundo estaría en la cama o pegado a la tele. Las ventanas estarían cerradas al calor del exterior, con los aires acondicionados a toda pastilla para eliminar la humedad. Aunque alguien me hubiera oído, todo indica que mis gritos habrían sido desechados o ignorados. Aunque alguien hubiera mirado por la ventana, probablemente no habría visto nada. Yo estaba muy bien escondida.

Recuerdo de repente la sensación de haber sido observada por alguien desde alguno de los apartamentos circundantes por la mañana, cuando había ido de exploración. Descarté la sensación como paranoia profesional, pero tal vez no lo había sido. Tal vez alguien me había estado vigilando. Tal vez incluso fuera el hombre que me había violado.

—Básicamente, lo que habría podido ver o hacer carece de importancia —dice Elizabeth, ignorante de mis reflexiones interiores—, porque lo único que cuenta es lo que vio y lo que sucedió. Y ya le cuesta bastante trabajo afrontar eso como para intentar afrontar lo que habría podido pasar. Son esas hipótesis las que la mantienen paralizada, Bailey, las que le impiden enfrentarse a los verdaderos problemas.

—¿Cuáles son?

—Dígamelo usted.

—¿Y si no lo sé?

—Tendremos que dilucidarlo. Es lo que tendremos que trabajar juntas.

Asiento, casi esperando su anuncio de que ha finalizado la sesión, de que éste será un buen punto de partida para la siguiente. En cambio, una mirada a mi reloj me indica que la sesión apenas acaba de empezar.

—Tal vez tenga más cosas que contarme.

—¿Por ejemplo?

—No lo sé. Aparte del incidente con su hermano, ¿qué más ha pasado?

¿Puedo hacer esto? ¿Puedo contárselo todo? ¿Puedo confiar en ella a pies juntillas? Respiro hondo, expulso el aire despacio, y escapa de mi cuerpo como si fuera un globo. Expulso las palabras de mi boca.

—Creo que tal vez esté perdiendo la cabeza.

—¿En qué sentido?

—Le veo por todas partes.

—¿Al hombre que la violó?

—Sí. —Sacudo la cabeza—. O sea, raro, ¿eh? No le vi, y sin embargo le veo por todas partes. Todos los hombres de edades comprendidas entre los veinte y los cuarenta años, blancos, negros o morenos, mientras sean de estatura y peso medios, cuando lo pienso, podrían ser él.

—A mí no me parece una locura. Tiene razón. Podrían ser él.

—El otro día creí verle en la esquina de una calle de South Beach —continúo, negándome a sentirme consolada con tanta facilidad.

—Sí…

—Creo oír su voz susurrando en mi oído: «Dime que me quieres». A veces me despierto en plena noche, convencida de que el teléfono está sonando, pero cuando contesto sólo oigo el tono de la línea. Cuando compruebo el historial de llamadas, veo que sí, que alguien ha llamado, y creo que debe de ser el hombre que me violó. Pero tal vez no lo sea. Tal vez sea sólo mi hermano…

—¿Por qué va a llamar su hermano en plena noche, para luego colgar?

—No lo sé.

—La policía tendrá formas de averiguar…

—La policía ya cree que estoy loca,

—¿Por qué?

Le cuento el anterior episodio con David Trotter.

—Y después está ese tipo… —empiezo.

—¿Qué tipo?

¿Qué diantres?, vuelvo a pensar. *He llegado hasta aquí. Podría terminar de contarlo.*

—Se llama Paul Giller. Vive en uno de los edificios de apartamentos que hay detrás del mío.

—¿Es amigo suyo?

—No —digo en voz alta. Demasiado alta. Elizabeth apunta algo en su papel de tamaño folio—. No le conozco de nada.

—Pero sabe su nombre.

—Sí. La policía me lo dijo.

—¿Es un sospechoso?

—Creen que no.

—Pero usted sí.

Le hablo de Paul Giller, alias Narciso, le cuento que empecé a vigilarle, que continúo haciéndolo, que no puedo parar de hacerlo.

—Debería estar avergonzada de contarle esto.

—No existen motivos para estar avergonzada. Sólo me está contando lo que pasa por su mente.

—Pero le he mirado practicando el sexo…

—Delante de su ventana, con todas las luces encendidas y las cortinas descorridas —me recuerda.

—Creo que no tiene cortinas —la corrijo—. Creo que acaban de mudarse.

—¿En plural?

Le hablo de Elena, de que la seguí hasta su trabajo, de la información que le extraje durante el curso de mi manicura improvisada.

—Es de locos, ¿verdad?

—A mí no me lo parece —replica Elizabeth—. Peligroso, quizá. Pero de locos no. Estaba tomando el control de la situación de la mejor manera que sabe. Estaba haciendo aquello para lo que se preparó.

Sepulto las manos entre los rodillas para no ponerme a aplaudir. *No cree que esté loca*, está gritando una voz dentro de mí. *Cree que estoy tomando el control.*

—¿Y una noche sorprendió a ese hombre mirándola con sus prismáticos?

—Creí verle. Pero cuando la policía fue a investigar, él les dijo que no tenía prismáticos. Se ofreció a dejarles registrar el apartamento.

—¿Lo hicieron?

—No.

Elizabeth encoge los hombros de una forma exagerada, como diciendo, era de esperar.

—Por lo tanto, podría haber mentido. ¿Paul Giller tiene coartada para la noche que la agredieron?

—La policía afirma que no se lo puede preguntar sin causa suficiente... ¿De veras no cree que estoy loca?

—Bien, vamos a recapitular lo que sabemos hasta el momento, ¿de acuerdo? Usted descubre a un hombre que encaja con la descripción general del hombre que la violó, y que vive en el edificio de apartamentos que hay detrás del de usted; su hermana y su sobrina también le ven. ¿Correcto?

—Correcto.

—Por tanto, sabemos que no es un producto de su imaginación. Sabemos que es real. Y que le gusta exhibirse desnudo delante de su ventana, a la vista de todo el mundo.

—Bien, vive en un piso veinticuatro…

—De acuerdo. A la vista de medio mundo —corrige con una sonrisa—. Y su hermana y su sobrina han sido testigos de dicho comportamiento.

—Sí.

—Por lo tanto, sabemos que es real. Y que le gusta practicar el sexo delante de la ventana.

—Bien, yo soy la única que le ha visto practicar el sexo —digo con voz débil de repente.

—¿Está sugiriendo que tal vez no haya sucedido?

—No lo sé.

—¿Cree que sólo fueron imaginaciones suyas?

—No.

—¿Qué?

—No —repito con voz más firme.

—Bien. Ni yo.

—¿Cree que soy una paranoica? ¿O una psicótica?

—No creo que sea una psicótica. Y añadiré que tiene buenos motivos para sentirse un poco paranoica. La han golpeado y violado. Su mundo está patas arriba. Tiene todo el derecho a sentirse como se siente.

Tengo derecho, pienso. *No estoy loca.*

—Ha vivido un infierno, Bailey. Y este chiflado al que ha estado vigilando, tanto si sabe que usted le ha estado vigilando como si no, tanto si es el hombre que la violó como si no, no está ayudando en nada. Usted está tensa y en guardia. Los sueños que tiene significan su sensación de haber perdido el control, al igual que su creciente angustia. Hoy ha hecho una distinción muy interesante: no sabe lo que es real y lo que no. Esto no significa que sea una psicótica.

No estoy loca.

—¿Conoce la expresión «trastorno por estrés postraumático»?

—Por supuesto. ¿No son las alucinaciones un síntoma?

—Pueden serlo. Pero eso no significa que esté loca.

Padezco trastorno por estrés postraumático. No estoy loca.

—¿Qué puedo hacer al respecto?

—Justo lo que está haciendo. Venir aquí. Hablar de ello… Está sonriendo. ¿En qué piensa?

Siento que la sonrisa que curvaba mis labios sin que yo me diera cuenta se ensancha más, se extiende sobre mis mejillas.

—Es divertido.

—¿Qué?

—Me siento mejor.

—¿Por qué?

—Acaba de decir que no estoy loca, aunque yo me siento como si lo estuviera. Con lo cual, es posible que no esté loca. Qué locura, ¿verdad?

Río.

—No está perdiendo el control de la realidad. Está estresada y traumatizada.

—Gracias. —Quiero levantarme, irme, salir de su consulta antes de que se disipe esta sensación de euforia—. Muchísimas gracias.

—Nos queda mucho trabajo por hacer, Bailey.

—Lo sé, pero sólo por saber que usted no me considera loca, siento que poseo más control.

—Usted no está loca.

—No estoy loca.

—¿Recuerda la última vez que se sintió en plena posesión del control, Bailey?

Indago en mi memoria, siento que mi confianza recién adquirida empieza a desvanecerse.

—No lo sé. Antes de que mi madre muriera, probablemente —admito—. Desde entonces todo ha sido un descontrol.

—No podía controlar lo que le pasó a su madre, por supuesto. Pero descubrió una forma de afrontarlo. Descubrió una forma de controlar su vida.

—¿Convertirme en detective, quiere decir?

—No creo que su elección fuera casual. Ni descontrolada, como ha dicho usted. Usted quería respuestas. Eligió una profesión que le permitiera buscarlas de una manera activa. Sucedió lo mismo después de la muerte de su padre. Su trabajo la ayudó a sobrellevar su fallecimiento, la ayudó a continuar con su vida. Incluso ahora, cuando la policía se negó a investigar a Paul Giller, usted tomó cartas en el asunto, investigó. Puede que no haya sido la decisión más prudente del mundo, pero consiguió sentirse menos victimizada. Consiguió tener la sensación de que controlaba la situación.

Tiene razón, pienso. *Nunca controlo más la situación que cuando estoy trabajando.*

—Salvo que me violaron mientras trabajaba —digo en voz alta, antes de que ella me pida verbalizar mis pensamientos.

—Lo cual ha provocado que todo esto resultara más traumático para usted. La atacaron en el mismo lugar donde pensaba que controlaba mejor la situación.

Esta vez sí que me levanto.

—Me ha dado mucho en qué pensar.

—Espero que le haya sido de ayuda.

—Creo que quizá me haya curado —río, como para subrayar mi pobre intento humorístico. Aunque lo que estoy deseando en realidad es que diga que no es una broma, que estoy curada, que no hace falta que vuelva, que mis angustias han sido barridas para siempre porque *no estoy loca, no estoy loca, no estoy loca.*

—Sólo estamos arañando la superficie, Bailey —dice en cambio—. Aún hemos de hablar de muchas cosas más.

—¿Por ejemplo?

—Bien, para empezar, nunca hemos hablado de su padre.

—Creo que el problema es de Claire, no mío.

—¿No tiene nada que decir sobre él?

—Sólo que le echo de menos.

—Estoy segura. ¿Sugiere que algunos hombres son buenos?

Sonrío.

—Supongo.

—Creo que es una nota agradable para terminar por hoy. ¿Verdad?

Casi salgo volando de la consulta de Elizabeth Gordon, camino hasta la esquina y paro el primer taxi que veo.

No estoy loca.

No todos los hombres son unos mentirosos irresponsables. No dan palizas a sus novias ni mienten acerca de que no se acuestan con su esposa. No celebran orgías inducidas por las drogas en el dormitorio de su padre muerto. No todos son violadores.

No estoy loca.

—¿Adónde? —pregunta el taxista.

Tiene unos cuarenta años, ancho de hombros, constitución fuerte, bigote y pelo oscuro ondulado. En circunstancias normales, estas características dispararían un ataque de pánico, pero no es el hombre que me violó. No todos los hombres son violadores. Algunos hombres son buenos.

No estoy loca.

Estoy a punto de decirle mi dirección al taxista, cuando cambio de opinión. *Nunca controlo más la situación que cuando estoy trabajando.*

Es hora de volver al trabajo. La policía afirma que ha interrogado a todo el mundo que vive en las inmediaciones del lugar donde me violaron. Pero, hasta el momento, las investigaciones no han revelado nada. Y si la policía no puede ayudarme, tendré que ayudarme a mí misma.

Lo cual significa regresar a la proverbial escena del crimen.

Como ha dicho Elizabeth Gordon, tal vez no sea el procedimiento más prudente, pero podría conseguir que me sintiera menos victimizada, más al mando de la situación. Respiro hondo.

—Calle Ciento cincuenta y dos Noreste, en el Norte de Miami.

21

La calle tiene un aspecto muy placentero a la luz del día, pienso, mientras contemplo la hilera de edificios color pastel, ninguno más alto de seis pisos, todos pulcros, diminutos, testigos de una era muy diferente, una época anterior a cuando los rascacielos de vidrio se convirtieron en la norma. Las palmeras arrojan largas sombras perezosas sobre el centro de la amplia calle. El taxista frena en una de esas manchas de sombra, a media manzana de distancia de donde aparqué el coche la noche que me agredieron.

—¿Va bien aquí? —pregunta.

—Sí —contesto, aunque no es verdad. Empecé a temblar aproximadamente cuando llevábamos diez minutos de carrera, los temblores han ido empeorando a medida que nos acercábamos, y ahora mis manos tiemblan de tal manera que casi tiro el dinero a la cabeza del conductor, y después abro la puerta posterior del pasajero con tal fuerza que tengo la sensación de que la voy a arrancar. Salto del taxi antes de poder decir al taxista que he cambiado de opinión, que me he equivocado, que no era éste mi destino, que se trata, en realidad, del último lugar de la tierra en el que deseo estar.

El taxi se aleja del bordillo y me deja sola en un inesperado círculo de sol, como si un foco acabara de localizarme. *Damas y caballeros*, anuncia una voz invisible, *¡miren a quién tenemos aquí! Caramba, nada más y nada menos que a Bailey Carpenter, que ha regresado al lugar donde todo empezó..., ¿o deberíamos decir al lugar donde todo se fue a hacer puñetas? ¿Qué estás haciendo aquí, Bailey? Cuenta al público que te adora qué te propones.*

Dime que me quieres.

Avanzo un par de pasos vacilantes antes de que mis rodillas cedan y me vea obligada a parar para no desplomarme sobre la acera. Respiro hondo media docena de veces, expulso el aire despacio cada vez, intento domar mi creciente pánico. Estoy recuperando el control.

No estoy loca.

—Perdone, ¿puedo ayudarla?

La voz de la mujer es queda y cordial, como la propia mujer. Mide tal vez un metro cincuenta y cuenta como mínimo ochenta años de edad. Su rostro es un lienzo bronceado de arrugas y rayas. Otro atavismo, me descubro pensando. De los días anteriores a que la cirugía plástica transformara las caras de las mujeres en máscaras fantasmales, carentes de expresión. Lleva una blusa con estampado de flores y unos pantalones pirata de color rosa y blanco que no deberían conjuntar, pero lo consiguen, y yo la miro cuando se acerca tirando de un perrito con una correa verde fosforescente. El can, un pequeño yorkshire rechoncho, exhibe un lazo verde a juego en su pelaje espeso y sedoso, y cuando la mujer se para, tal vez a unos centímetros de mí, el perro se aovilla a sus pies calzados con sandalias, y su aliento surge en una serie de breves e irregulares jadeos, su pequeña lengua cuelga sobre un lado de su diminuta boca mientras me mira, interrogante, como si supiera que éste no es mi territorio.

—Parece perdida —dice la mujer.

Decido que es una buena palabra para definir mi situación.

—No —digo, no obstante—. Estoy bien, gracias.

—Hace calor, desde luego —continúa la mujer—. Llegaremos a noventa y dos grados, según el periódico de la mañana. —Se retira de la cara unos cabellos grises húmedos—. Como los años que tengo. Cumplí noventa y dos la semana pasada.*

¿Cómo es posible que unas mujeres lleguen a los noventa y dos años, mientras otras mueren a los cincuenta y cinco?

—Felicidades —digo, mientras intento no envidiar a esta mujer por su longevidad—. Tiene un aspecto asombroso.

Agradece mi cumplido con una risita juvenil y un gesto tímido de sus dedos artríticos.

—Intento salir a pasear varias veces al día, aunque esta humedad me

* Se refiere a grados Fahrenheit (33 grados Centígrados). *(N. del T.)*

estropea mucho el pelo. Pero *Poopsie* necesita sus salidas para hacer sus necesidades. ¿Verdad, *Poopsie*?

El perro mira a su ama con sus grandes ojos castaños y torvos, como si intentara calcular cuánto tiempo se van a quedar aquí, y si merece la pena o no levantarse.

—¿Vive por aquí cerca?

—En el edificio rosa que hay justo detrás de usted. —Señala con la barbilla un edificio cuadrado de cinco pisos con postigos blancos—. Mi hija ha intentado convencerme de mudarme a una de esas residencias asistidas, dice que me facilitaría la vida. Creo que, en realidad, lo que quiere decir es que le facilitaría la vida a ella. A mí me gusta vivir como vivo. He tenido que renunciar al golf, por supuesto —añade en tono melancólico.

Pienso en Travis. Me enseñó a jugar, y la verdad es que se me daba muy bien, cosa que a él no le sorprendió en absoluto. «¿Hay algo que no puedas hacer?», había preguntado, con una mezcla de admiración e irritación. Le recuerdo de pie junto a la puerta del cuarto de baño de la *suite* de mi padre, descalzo, con una expresión de culpabilidad en su hermoso rostro.

¿Se sentía culpable porque estaba violento, incluso avergonzado? ¿O era otra cosa? Algo más.

—¿Puedo hacerle una pregunta? —digo a la anciana.

—Por supuesto.

—Tengo entendido que una joven fue violada hace poco en esta calle…

—¿De veras? —La alarma se enciende en los ojos color avellana acuosos—. ¿Cómo se ha enterado?

Me encojo de hombros, como si no me acordara bien.

—Sucedió hará un mes.

—No tenía ni idea.

Agarra el cuello de su camisa estampada con la mano libre, y junta los dos lados en la base de su cuello arrugado.

—¿No ha oído hablar de eso?

—No. ¿Está segura de que fue en esta calle?

—Por completo. ¿La policía no habló con usted?

—No. Ni una palabra. Oh, querida. Esta zona suele ser muy tranquila. ¿Está segura de que fue en Noreste 152, y no en Sudeste?

Señaló los arbustos situados al final de la calle y noto que mi mano tiembla, de modo que la dejo caer al instante.

—Creo que pasó allí.

—Dios mío. Me cuesta creerlo. Es horrible. Pobre criatura. ¿Se encuentra bien?

—No lo sé —es mi sincera respuesta.

—¿Has oído eso, *Poopsie*? —murmura la mujer mientras aparta la vista—. Una mujer fue violada en nuestra calle. Tal vez haya llegado el momento de marcharnos a otra parte. —Me mira de nuevo—. ¿Le importa esperar hasta que haya entrado? —pregunta.

—Por supuesto.

La miro mientras sube por el camino hasta la entrada de su edificio y abre la puerta del vestíbulo, después se para y me saluda. Me alejo por la calle, respirando cada vez con mayor dificultad. Intento convencerme de que es el resultado de una humedad asfixiante, pero sé que no es cierto.

Me estoy acercando al lugar donde aparqué mi coche aquella noche. Ahora hay aparcado un Honda Civic blanco, y me detengo delante de él, y procuro no verme espatarrada de cualquier manera al pie de la puerta del pasajero, el brazo levantado detrás de mi cabeza para aferrar la manilla de la puerta, todo mi cuerpo vibrando de dolor. Intento no oír los timbres de alarma del coche, que me acunaron hasta perder el sentido.

Según la policía, un anciano residente de un edificio cercano oyó la alarma y me vio tirada allí, y después los llamó. No, no había presenciado lo sucedido, dijo a los agentes que le interrogaron. Tampoco había presenciado ni la agresión, ni había visto a nadie sospechoso huir del escenario de los hechos. Sólo había oído dispararse la alarma de un coche, miró por la ventana y vio a una mujer tendida en la cuneta.

Me pregunto qué vecino fue mientras continúo andando por la acera. Me detengo al lado del círculo alargado de arbustos próximo a la esquina, justo enfrente del edificio de cuatro pisos amarillo limón que estaba vigilando la noche de la agresión. Había sido muy fácil deslizarme hasta el centro de los arbustos, acuclillarme entre las flores y fundirme con la noche.

Pero no me fundí.

Alguien me había visto. Alguien estaba vigilando.

Siempre hay alguien vigilando.

Me acuclillo. ¿O es que me han fallado las rodillas? Apoyada sobre unos tobillos inestables, me doy la vuelta hacia el edificio que hay al otro lado de la calle, levanto unos prismáticos imaginarios hacia el apartamento de la esquina del tercer piso, la posición exacta donde estaba cuando oí el sonido de las ramitas al partirse y sentí que el aire se hendía detrás de mí, como cortinas.

Me giro de manera instintiva, mi cuerpo preparado para una nueva lluvia de puñetazos el brazo levantado para protegerme la cabeza. Me muerdo la lengua para reprimir un grito, aunque se me escapan varios sollozos cuando compruebo que no hay nadie. Mis ojos escudriñan los pisos de arriba de los edificios que tengo detrás. Es muy posible que alguien me viera, que alguien hubiera presenciado todo el episodio. O peor todavía: es posible que el hombre que me violó viva en uno de esos pisos. ¿De veras la policía ha interrogado a todo el mundo?

Determino que los dos apartamentos del último piso del edificio color crema que hay justo a mi derecha gozarían de la vista más despejada y libre de impedimentos de la zona. Me pongo en pie, decidida a empezar con la gente que ocupa esos pisos.

—¡Oye! —exclama un joven en la acera, a menos de medio metro de los arbustos donde estoy parada, como sobresaltado por mi repentina aparición, tanto como yo lo estoy de la suya.

Lanzo una exclamación ahogada, tan estentórea como cualquier chillido.

—Lo siento —se apresura a disculparse—. No era mi intención asustarte. Es que no esperaba ver a nadie.

—Yo tampoco.

El hombre tendrá unos treinta años, es alto y delgado, tiene el pelo castaño claro y hoyuelos, justo el tipo de hombre que habría considerado atractivo hace apenas un mes. Una botella de agua medio vacía cuelga de los dedos de su mano derecha. Lleva el uniforme tradicional de los corredores, camiseta, pantalones de nailon largos hasta la rodilla y zapatillas deportivas. Busco en los lados el familiar logo de Nike. Por suerte, no está.

Eso no significa nada, por supuesto. Quienquiera que me violó será propietario de más de un par de zapatillas deportivas. Paseo una mirada cautelosa por la calle desierta, y meto la mano en el bolso en busca de mi pistola, antes de recordar que ya no la tengo. Ni tampoco aerosol de pimienta. Ni siquiera un perfume con el que poder rociar los ojos del hombre, si se acerca demasiado. Tampoco he sustituido mi móvil. No puedo llamar a nadie, no puedo hacer nada.

—¿Has perdido algo? —me pregunta con un tono de voz relajado y cordial, muy distinto al del hombre que me violó.

—Un pendiente —digo, lo primero que se me ocurre. Por suerte, no se fija en que no llevo.

—¿Quieres que te ayude a buscarlo?

—No, tranquilo. Ya lo encontré.

Señalo mi bolso, como si el pendiente extraviado estuviera a salvo en su interior.

—Qué suerte. ¿Cómo fue a parar entre esos arbustos?

¿Por qué estoy sosteniendo esta conversación? ¿De dónde ha salido este tipo? ¿Cuánto tiempo llevaba aquí? ¿Es posible que me haya estado espiando desde que bajé del taxi? ¿Me estaba vigilando la noche que me agredieron? ¿Es el hombre que me violó?

Tiene una cara agradable. No tiene aspecto ni voz de violador. Corre para ejercitarse, por el amor de Dios. Pero ¿quién ha dicho que los que corren no pueden ser violadores, y los violadores no pueden tener la voz suave y facciones agradables?

—Mi perro se metió corriendo allí anoche —miento—. Es probable que el pendiente se cayera cuando estaba intentando sacarle.

—Como una aguja en un pajar.

—Sí.

¿Por qué sigue aquí?

—¿De qué raza es tu perro?

—¿Qué?

—Espera. Déjame adivinar. Algo exótico, apuesto. ¿Un perro de aguas portugués?

—Un doberman —digo, como si sólo la palabra bastara para inspirar temor.

—¿De veras? Nunca habría supuesto que serías amante de los doberman.

Me pregunto de nuevo por qué estamos sosteniendo esta conversación, por qué me gusta prolongarla. Estoy en el lugar exacto donde me agredieron, hablando con un hombre al que no conozco, un desconocido que encaja con la descripción general del hombre que me pegó y violó. ¿Por qué?

—No sabes nada de mí.

—Me gustaría.

—¿Qué?

—¿Tienes tiempo para un café?

¿Qué?

—Hay un Starbucks no lejos de aquí…

¿Está intentando ligar conmigo? ¿O es uno de esos cabrones enfermos a los que les excita acechar primero a la mujer que van a violar, y después de la agresión se hacen amigos de ella, se cuelan en la vida de la víctima, se convierten en su confidente, en su novio, a veces incluso en su marido, disfrutando del control que ejercen sobre la desprevenida mujer, a la que victimizan una y otra vez?

—¿Intentas ligar conmigo?

—Bien… Sí. Da la impresión de que eso es exactamente lo que estoy haciendo. Por lo general, no es mi especialidad elegir a mujeres desconocidas acuclilladas entre arbustos, pero no sé… La forma en que apareciste de la nada… Se me ocurre que es una especie de casualidad afortunada. Como en las películas. Lo que llaman un «bonito encuentro». Me llamo Colin, por cierto. Colin Lesser. ¿Y tú?

—Bailey. Bailey Carpenter. —¿Qué me está pasando? ¿Qué me ha incitado a decirle mi nombre?—. No me apetece café —me apresuro a añadir.

—Bien, no es preciso que tomes café. Podrías tomar un batido, un *muffin*…

—No quiero nada.

—Vale. Ya lo pillo. No te preocupes. Lamento haberte molestado.

Cuando se da la vuelta para marcharse, reparo en una mujer que está empujando un cochecito de niño en nuestra dirección, y me siento envalentonada.

—Espera.

No todos los hombres son violadores. Algunos hombres son buenos.

Se vuelve.

—¿Vives por aquí? —pregunto.

Consulta su reloj.

—A unos cuarenta minutos corriendo por ahí.

Señala hacia el sur, después me mira, como si esperara mi siguiente movimiento.

—¿Has estado corriendo cuarenta minutos con este calor?

—Si te crías en Miami, te acabas acostumbrando. —Da un largo trago de agua—. Eres muy observadora.

—Eso dicen.

—¿Quiénes?

—¿Corres cada día? —pregunto, sin molestarme en contestar.

—Casi. ¿Puedo preguntarte algo?

Asiento, oigo el llanto de un bebé cuando la mujer del cochecito se acerca.

—¿Vas a salir siempre de esos arbustos?

Intento no sonreír.

—¿A qué te dedicas, que te permite salir a correr un caluroso miércoles por la tarde? —pregunto, sin hacer caso de su interrogatorio y sin moverme del sitio.

—Quiropráctico —contesta, con demasiada espontaneidad para ser mentira—. Me tomo libres los miércoles por la tarde. ¿Y tú? ¿Eres jardinera? ¿Diseñadora de jardines?

Sus ojos azules han recuperado el brillo.

—Parada temporal.

—¿Qué hacías?

—Trabajaba para un grupo de abogados.

—Tíos duros. Tiempos más duros todavía. ¿Te despidieron?

—Podría decirse así.

—¿Cómo lo dirías tú?

—Prefiero pensar que me he tomado un año sabático.

Sonríe. Una sonrisa agradable.

—Una buena forma de contemplar la situación. Abordar la vida desde la perspectiva del vaso medio lleno. Me gusta.

Veo que los hoyuelos de sus mejillas se hacen más profundos.

—Me alegro de recibir tu aprobación.

—¿Vienes a menudo por aquí, Bailey Carpenter? —pregunta, y procuro no encogerme ante la fácil familiaridad de oír mi nombre en sus labios.

No todos los hombres son violadores. Algunos hombres son buenos.

—No. Éste no es mi barrio.

¿Ya sabe dónde vivo?

—Vienes aquí a pasear a tu perro.

—A veces. Sí.

—Tu doberman.

—Exacto.

—¿Cómo se llama?

Titubeo, mientras intento encontrar un nombre apropiadamente siniestro para un doberman. Sólo se me ocurre pensar en la mujer que vi antes y en el yorkshire.

—*Poopsie.*

—*¿Poopsie?* ¿Estás segura?

—Pretendía ser irónico.

—No tienes perro, ¿verdad?

Niego con la cabeza.

—No.

—Y no perdiste un pendiente.

—No.

—¿Te gusta meterte entre los arbustos de barrios desconocidos?

Vuelvo a vacilar. La mujer del cochecito está cada vez más cerca, y el bebé llora con más ánimos.

—¿Sabes algo acerca de una violación que tuvo lugar en esta calle hará un mes? —pregunto de repente, a la espera de ver un cambio en la expresión de Colin. ¿Por qué no preguntárselo sin más? Aunque sea el hombre que me violó, no debe de estar lo bastante loco como para intentarlo ahora de nuevo, con un testigo a menos de tres metros de distancia.

—No, no sé nada acerca de una violación. —Señala hacia el lugar donde estoy—. ¿Fue ahí donde sucedió?

—Sí.

—¿Eres policía?

—No.

—Entonces, ¿por qué estás ahí?

La mujer del cochecito se aproxima, sonríe a Colin y me mira con cautela, mientras prosigue su camino.

Estoy ahora sola con Colin Lesser. Por suerte, es exactamente lo que parece. Un tipo cordial por naturaleza, que ha salido a correr por la tarde. Miro sus labios mientras dan otro sorbo de agua, imagino esos mismos labios mordiéndome el pecho.

—¿Te encuentras bien? —pregunta.

—Sí. ¿Por qué?

—Te has encogido. Como si sintieras un dolor repentino.

—No.

Más constante que repentino, pienso.

—Soy quiropráctico, recuerda. Soy muy bueno con dolores de todo tipo. —Introduce la mano en el bolsillo de sus pantalones, saca una tarjeta, me la extiende y después lanza una carcajada—. Siempre llevo algunas encima.

Tengo que estirarme para alcanzarla, y consigo cogerla de su mano sin permitir que nuestros dedos se toquen. «DR. COLIN LESSER, QUIROPRÁCTICO», leo, junto con la dirección y el número de teléfono de su consulta, y enseguida observo que se halla en Biscayne Boulevard, a sólo unas pocas manzanas de Holden, Cunningham y Kravitz.

¿Se fijó en mí cuando trabajaba allí? ¿Me siguió en secreto? ¿Es el hombre que me violó?

No todos los hombres son violadores. Algunos hombres son buenos.

—Pareces un poco pálida. ¿Estás segura de que no quieres ir a sentarte a algún sitio? No tiene por qué ser Starbucks.

—No puedo.

—Podríamos hablar sobre lo que pasó aquí, si quieres.

—¿Qué?

—Sólo si quieres.

—Has dicho que no sabías nada.

—Bien, eso no es del todo cierto. Sé algunas cosas.

Contengo el aliento.

—No sólo sobre una violación. —Su voz se amansa. Arrugas de preocupación sustituyen a los hoyuelos de las comisuras de la boca—. Fuiste tú, ¿verdad?

—¿Qué?

—La mujer a la que violaron…

—¿Por qué dices eso?

—Tu forma de mirar, tu forma de actuar…

—Te equivocas.

—Vale. Lo siento.

—Y no quiero café. No quiero ir a ningún sitio contigo.

—Lo siento. No quería disgustarte.

—No me has disgustado.

—Bien.

—Bien —repito. Si digo algo más, me pondré a llorar.

—Bien, ha sido muy agradable, aunque un poco extraño, conocerte —dice. Está a punto de alejarse, cuando se para—. Si alguna vez cambias de opinión sobre el café, bien… Tienes mi tarjeta.

—Disfruta del resto de la tarde.

Espero a que se pierda de vista para salir de los arbustos, y aparto con impaciencia la mezcla de hojas que se aferran a mis pantalones de algodón. Una flor naranja sobresale de mi bolsillo lateral. Una vez, no hace mucho tiempo, me la habría colocado alegremente detrás de la oreja. Ahora la tiro al suelo, junto con la tarjeta de Colin Lesser.

Recojo la tarjeta de inmediato, la hundo en el bolsillo lateral de los pantalones. ¿Es posible que sea quien afirma ser?

Recuerdo a otro hombre de aspecto agradable, otra invitación, otra tarjeta. Aquella mañana en el Palacio de Justicia, el día que me agredieron. ¿Se preguntará Owen Weaver por qué no le llamé nunca? ¿Ha pensado en mí, al menos? ¿Se ha enterado de lo que me ha sucedido? ¿Podría ser el hombre responsable?

No todos los hombres son violadores. Algunos hombres son buenos.

Miro los dos apartamentos que probablemente gozarán de la mejor panorámica del lugar donde sucedieron los hechos de aquella noche. Uno es el apartamento donde creí ver moverse las cortinas unas horas antes. ¿Puedo hacer eso? ¿Estoy loca?

Estoy recuperando el control, me recuerdo, mientras me acerco al edificio de color crema.

No estoy loca.

22

El interior del edificio ha visto mejores tiempos. Al contrario que el exterior, que ha recibido hace poco una capa nueva de pintura, el interior es mohoso en apariencia y olor. El sistema de aire acondicionado, en caso de existir, es más ruidoso que eficaz; el aire que circula, más rancio que frío. El vestíbulo parece salido de los años cincuenta: papel pintado con tallos de bambú verde anticuado sobre fondo blanco, muebles de mimbre que en tiempos fueron elegantes, una alfombra de lana que ha degenerado en un montón de remolinos verdes y rosas. Pese a los alegres colores, o quizá por su culpa, el vestíbulo parece triste, como si hubiera conocido mejores tiempos, una carabina cuarentona demasiado arreglada en un baile de instituto.

Me acerco al directorio que hay junto a las puertas de cristal cerradas que conducen a los ascensores interiores y examino los nombres de los inquilinos, mientras me planteo si debo tocar todos los timbres a la vez, con la esperanza de que alguien sea lo bastante imbécil para dejarme entrar sin hacer preguntas. Aunque parezca asombroso, pese a todo lo que sabemos, o deberíamos saber, o pensamos que sabemos sobre el delito y la mejor forma de prevenirlo, este viejo truco todavía funciona en el cincuenta por ciento, como mínimo, de las ocasiones. Agito el pomo de la puerta, mientras me pregunto cuánto tardaría mi sobrina en dar cuenta de la cerradura, cuando veo a un par de caballeros ancianos que salen por uno de los ascensores interiores y caminan hacia mí. Finjo hablar con alguien por el intercomunicador cuando se acercan.

—Permítame —dice el primer hombre, me sostiene la puerta e inclina la cabeza, lo cual revela una prominente calva interrumpida por finos mechones de pelo blanco.

Entro.

—Gracias.

—¿Quién era ésa? —pregunta su acompañante cuando la puerta se cierra a mi espalda.

Me dirijo hacia los ascensores antes de que nadie pueda discutir mi derecho a estar allí. Las puertas se cierran, y el ascensor inicia su renqueante ascenso. Segundos después, se para en el segundo piso. Bajo la cabeza cuando las puertas se abren, y después veo dos pares de tobillos hinchados dentro, acompañados de un bastón y un andador. Me retiro a la parte posterior de la cabina. Las puertas se cierran de nuevo. El ascensor reanuda su vacilante ascenso.

—¿Estamos subiendo? ¿Por qué estamos subiendo? —pregunta una mujer en tono acusador—. Sidney, ¿has apretado el botón de subir?

—Estás a mi lado, Miriam. ¿He apretado yo algo?

—Entonces, ¿por qué estamos subiendo?

—Yo lo apreté —admito, y me siento extrañamente culpable. Alzo la vista y veo los dos rostros perplejos y ancianos que me miran.

—Mi mujer y yo queríamos bajar —dice Sidney.

—Lo siento —murmuro—. Bajo dentro de unos segundos…

—Nunca miras —acusa Miriam a su marido—. Ahora hemos de subir hasta el último piso. Llegaremos tarde.

—Sólo vamos a dar un paseo —replica Sidney—. ¿Cómo vamos a llegar tarde?

Su disputa obra el curioso efecto de relajarme, me distrae de la tarea inminente. Aunque por poco rato. Cuando llegamos a la sexta planta, mis nervios han regresado.

—Que pasen un buen día —digo, cuando salgo del ascensor al pasillo del piso dieciséis.

Miriam suspira.

—Por el amor de Dios, Sidney, aprieta el maldito botón o no saldremos nunca de aquí.

Sigo el pasillo por el lado del edificio que da a la calle, hasta que llego al final. El estrecho corredor huele a cocina, un revoltijo de aceites y especias picantes que se aferra a las paredes de color hueso y sale proyectado de la gastada alfombra verde. El pasillo cuenta con la misma cantidad mínima de aire acondicionado que el vestíbulo, y cuando llego a los dos últimos apartamentos, gotas de sudor manchan la pechera de mi camiseta.

Me paro ante el apartamento 612, ensayo en silencio lo que voy a decir mientras oprimo el timbre. Un hombre de edad madura con una cortinilla de pelo tieso veteado de gris y una barba a juego abre la puerta. Viste una camisa de manga corta azul marino y blanca y unos pantalones grises abolsados, y cuando entorna sus ojos gris azulados, las pobladas cejas, que se unen en el entrecejo, forman una raya ondulada, que se mueve como un gusano en un anzuelo.

—¿Qué vende, señorita?

—¿Quién es, Eddy? —pregunta una voz desde dentro del apartamento.

—Eso es lo que voy a averiguar —responde—. No será testigo de Jehová, ¿verdad, señorita?

—No. Me llamo Bailey Carpenter.

He decidido en el último momento utilizar mi nombre real. No parecen existir motivos para dejar de hacerlo.

Una mujer se materializa junto a Eddy. Tiene la piel pálida y el pelo rubio largo hasta los hombros, estilo *Alicia en el País de las Maravillas*. Se ha aumentado el doble el tamaño de los labios, y su rostro, ya de por sí estrecho, está más tenso que un tambor. Parece más anfibia que humana, como un pez animado en una película de Disney.

—¿Quién es? —pregunta a su marido, sin que su rostro trasluzca la menor emoción—. Siempre votamos a los republicanos —añade, antes de que yo pueda decir nada.

—Me alegra saberlo —respondo—. Pero lo cierto es que estoy investigando una agresión que tuvo lugar delante de su edificio hará un mes.

—¿Se refiere a la violación?

La mujer aferra el brazo de su marido.

—Sí.

—¿Es usted policía?

—Soy investigadora.

—Porque ya le contamos a la policía todo lo que sabíamos —dice Eddy.

—Me estaba preguntando si podríamos repasar unos cuantos detalles.

—¿Qué detalles? —pregunta la mujer en tono suspicaz, aunque una vez más con una expresión plácida, que no revela nada—. Tal como le dijimos a la policía, nosotros no vimos nada.

—¿Nada en absoluto?

—Nada. Deduzco que la policía aún no ha detenido a ese tipo.

—No, todavía no. Su balcón da a los arbustos donde tuvo lugar la agresión —me arriesgo.

Eddy mira hacia el interior del apartamento.

—Sí, pero no estábamos en el balcón cuando ocurrió.

—Estábamos viendo la tele —dice su mujer—. Estaban echando *Mentes criminales.*

—¿Y no oyeron nada?

—Oí que se disparaba la alarma de un coche. —Eddy se encoge de hombros—. Por lo visto, eso fue después de que todo terminara.

—¿Y sus vecinos?

—Por lo que yo sé —dice la esposa de Eddy—, nadie vio ni oyó nada.

—¿Han observado si alguno de sus vecinos se comporta de una forma sospechosa?

El hombre lanza una risita.

—Bien, todos son muy peculiares.

—El hombre —le reprende su mujer.

—Me estaba preguntando si creen que existe la posibilidad…

—¿De qué? ¿De que uno de los inquilinos del edificio pueda haber violado a esa chica? —La mujer sacude la cabeza—. ¿Ha visto a la gente que vive aquí, señorita Carpenter? ¡Tienen todos cien años de edad! Nosotros somos los más jóvenes del edificio por tres décadas, como mínimo.

Retrocedo un paso. Aquí no voy a averiguar nada.

—Siento haberles molestado. Gracias por su tiempo.

—Debería hablar con la señora Harkness, la vecina de al lado —musita Eddy cuando cierra la puerta.

—Eddy, por el amor de Dios —dice su mujer—. Deja de meter en líos a esa pobre mujer. Ya tiene bastante con lo suyo.

—¿Quién es la señora Harkness?

—La mujer del apartamento de al lado. Tiene la misma vista que nosotros. —Eddy asoma la cabeza por la puerta—. Además, tiene un nieto muy raro que, en la práctica, vive aquí.

—¡Eddy!

—Ese chico es rarito, y tú lo sabes —grita el hombre.

La mujer de Eddy aparece en la estrecha rendija de la puerta. Veo ira en sus ojos.

—No podemos ayudarla —dice, y me cierra la puerta en la cara.

Me quedo inmóvil unos segundos, mientras intento asimilar lo que me acaban de decir. Por lo visto, la señora Harkness no sólo goza de una vista que domina la zona donde me atacaron, sino que también tiene un nieto a quienes sus vecinos más cercanos califican de «rarito». ¿La policía sabe algo de él?

Segundos después, decidida a hacer caso omiso de los martilleos en mi pecho y de los timbres de advertencia que se disparan en mi cerebro, toco el timbre del apartamento 611. Oigo a varias personas discutir en el interior, y me estoy esforzando por distinguir lo que dicen, cuando la puerta se abre.

Una mujer de aspecto robusto, que contará unos setenta y cinco años, se yergue ante mí. Es aproximadamente de mi estatura, delgada y grande, de ojos castaños inquisitivos. Tiene el pelo corto, rubio y rizado, con un halo de raíces grises que sobresalen alrededor de sus sienes. Lleva un chándal de terciopelo rosa chillón con las palabras «CHICA JUGOSA» expuestas de manera prominente sobre su busto, también prominente.

—¿Señora Harkness?

—Sí. ¿En qué puedo ayudarla?

—Lamento molestarla…

—Sólo estaba viendo culebrones. —Indica con un gesto la televisión de la sala de estar, detrás de ella—. Pueden esperar. De todos modos, nunca pasa nada. ¿En qué puedo ayudarla? —repite. Detrás de ella, siento el chorro de aire frío.

—¿Podría hacerle unas preguntas?

—¿Acerca?

—Acerca de la violación que tuvo lugar delante de su edificio hará un mes.

Su sonrisa desaparece. Sus hombros se tensan de manera visible.

—Ya he hablado con la policía.

—Sí, lo sé, pero hay algunas cosas que me gustaría revisar con usted.

La señora Harkness se mira los pies. Lleva zapatillas de deporte blancas, y procuro no fijarme en el trazo sutil del logo de Nike grabado en la lona. Me cuesta más respirar, como si hubiera alguien detrás de mí oprimiéndome el pecho y tengo la sensación de que las costillas se me van a partir.

—No tengo nada que añadir a lo que ya les dije.

Da por sentado que soy policía, y no me molesto en corregirla.

—A veces, cuanto más pensamos sobre algo… —digo, y tomo prestada una de las frases favoritas de la detective Marx.

—Estoy absolutamente segura de que no sé nada —insiste la señora Harkness.

Yo también estoy absolutamente segura de que está mintiendo. Lo revelan el gesto de remeterse unos cabellos invisibles detrás de la oreja y el de humedecerse los labios cada vez que dice una mentira.

—Estaba durmiendo cuando ocurrió. No vi nada. No oí nada.

—¿Le importa que eche un vistazo desde su balcón? —pregunto, y me cuelo en su apartamento antes de que pueda impedirlo.

—No entiendo de qué le va a servir.

—Sólo será un momento.

—Bien, de acuerdo.

Mira a propósito hacia el otro lado cuando pasamos ante una puerta cerrada al final del pasillo. ¿Por qué? ¿Hay alguien allí?

Hace un frío gélido en el apartamento. Casi todas las personas mayores prefieren el exceso de calor al exceso de frío. Me pregunto si será su «nieto rarito» el que prefiere los ambientes glaciales. También me pregunto dónde estará ahora, si se encuentra detrás de la puerta cerrada al final del pasillo, si sabe algo de mi agresión, si es, en realidad, el hombre que me atacó. Decido que debería salir de aquí a toda prisa, pero no lo hago, por supuesto. Si he llegado tan lejos, sería una locura irse ahora. *No estoy loca.*

Un sofá de piel beis y una butaca a juego están dispuestos delante del televisor de alta definición montado en la pared del fondo, al lado de la puerta que da paso al balcón. A la izquierda hay una pequeña zona de comedor y una cocina diminuta. Cuando atravieso la sala de estar, observo una lata de Coca-Cola y una botella de cerveza medio vacía en mitad de una mesita auxiliar de cristal. Una delgada manta azul está doblada sobre un almohadón del sofá, y hay un montón de revistas apiladas en el suelo, a su lado; la de encima es *Motorcycle Mania*.

—¿Le gustan las motos? —pregunto.

La señora Harkness frunce los labios y se coloca varios mechones inexistentes detrás de la oreja.

—Sí. Mi difunto esposo tenía una.

He de admirar su maestría. Si no fuera por sus tics, la señora Harkness sería una mentirosa de primera categoría.

—Oh, Dios mío —digo de repente, como si acabara de fijarme en la botella de cerveza—. ¡Está acompañada! —Finjo mirar a mi alrededor—. Lo siento mucho…

La señora Harkness se coloca más cabellos invisibles detrás de la oreja derecha.

—No estoy acompañada —se apresura a refutar—. Es que no podía decidir qué me apetecía beber. —Otro fruncimiento de labios, otro innecesario movimiento de llevar mechones detrás de la oreja—. Ya sé que dicen que la Coca-Cola va bien para muchas cosas —añade con una carcajada—, pero a veces no hay nada como una cerveza bien fría.

Otra cosa acerca de los mentirosos: siempre sienten la necesidad de embellecer sus falsedades.

—Es un apartamento muy bonito —comento—. ¿Un dormitorio o dos?

—Sólo uno. No necesito más espacio desde que mi marido murió.

—¿Cuánto hace de eso? —pregunto en tono indiferente, mientras abro la puerta del balcón y salgo.

—Tres años. ¿No cree que podríamos darnos más prisa? Echo de menos mi culebrón…

—No voy a tardar mucho más.

Salgo al balcón, y el chorro de aire caliente cubre mi cabeza como una funda de almohada. Lanzo una exclamación ahogada, echo la cabeza hacia atrás y mi cuerpo se estrella contra la barandilla que da a la calle.

Me obligo a mantener la calma. Es un sencillo episodio de estrés postraumático. Eso es todo. *No estoy loca.*

Bajo la vista y gozo de una visión sin obstáculos de los matorrales donde me violaron. De día, se ve todo: las flores, los arbustos, el espacio en mitad de dichos arbustos donde estaba aculillada cuando me inmovilizaron, el lugar exacto donde me violaron. Hay una farola en la esquina, de manera que incluso en plena noche es posible que alguien que estuviera en este balcón hubiera visto al menos parte de lo sucedido. ¿Fue eso lo que ocurrió? ¿Había alguien en este balcón que presenció la agresión, o ese alguien me había visto agazapada entre los arbustos aquella mañana y decidió agredirme? ¿Y a ese alguien le gustan la cerveza, las revistas de motos y el aire acondicionado a toda pastilla? ¿Podría ser alguien descrito como «rarito»? ¿Y podría ese alguien estar escondido en el dormitorio del apartamento de su abuela en este mismo momento, alguien que se está acercando a escondidas hacia mí?

Giro en redondo, mis manos salen disparadas hacia delante para repeler a mi atacante, un grito estrangulado escapa de mis labios, cada vez más alto, cuando cualquier fingimiento de control que poseía sale volando por la barandilla del balcón.

La señora Harkness subraya mi grito con otro propio. Retrocede hasta la sala de estar, con los ojos desorbitados.

—¿Qué pasa? ¿Qué le sucede?

Tardo un minuto en recuperar el aliento y serenarme. Torrentes de lágrimas resbalan sobre mis mejillas. No hay nadie. Sólo la señora Harkness.

—¿Qué pasa? —repite, muy inquieta por mi comportamiento.

Vuelvo tambaleante al gélido interior del apartamento, y me seco las lágrimas con el dorso de la mano.

—¿Le importaría darme un vaso de agua?

La señora Harkness avanza a toda prisa hacia la diminuta cocina y vuelve con un vaso de plástico lleno de agua fría, que me tiende. Lo engullo, y mis manos tiemblan tanto que la mitad del vaso se derrama sobre mi camiseta.

—¿Quién es usted? ¿Qué está pasando? —pregunta, mientras sus ojos toman nota de todos mis movimientos—. Usted no es policía, ¿verdad?

Niego con la cabeza.

—Usted es la mujer, ¿verdad? —dice, al cabo de una prolongada pausa—. La que violaron.

Me estremezco por haber sido desenmascarada con tanta facilidad. Primero Colin Lesser, ahora la señora Harkness: Es como si llevara una señal.

—¿La policía sabe que está aquí?

—Confiaba en descubrir algo que hubieran pasado por alto —explico, cuando me siento razonablemente segura de que puedo hablar sin que se me quiebre la voz.

—¿Y ha descubierto algo?

—Es posible —digo, demasiado agotada para mentir—. Creo que tiene un nieto.

—¿Quién le ha dicho eso?

—¿Está aquí ahora?

—Apuesto a que ha sido el señor Saunders, el vecino de al lado. Siempre está intentando meterme en líos. El muy cabrón tiene el ojo puesto en este apartamento desde que se mudó, porque lo quiere para él. Ha estado tratando de echarme desde que mi marido murió.

—¿Su nieto está aquí ahora?

La señora Harkness se humedece los labios y se coloca el pelo detrás de la oreja derecha.

—Nunca he dicho que tuviera un nieto.

—Bien, supongo que la policía lo podrá averiguar con facilidad.

Su rostro se desmorona en señal de derrota. De repente, aparenta cada uno de sus setenta y pico años.

—Ese cabrón siempre se está quejando de Jason, que hace demasiado ruido o pone la música demasiado alta. Pero no es verdad. Y nadie más se ha quejado. Sólo el señor Saunders. Y sólo porque tiene demasiado tiempo libre. Le echaron del trabajo hace seis meses, y no encuentra a nadie que quiera contratarle. Sorpresa, sorpresa.

—¿Jason está ahora en el apartamento?

—Me gustaría que se marchara.

—¿Está segura de que es eso lo que desea? Porque sólo conseguirá arrojar más sospechas sobre el comportamiento de su nieto. La policía puede conseguir una orden de registro.

—No encontrarán nada. Mi nieto es un joven estupendo.

—Sólo quiero hablar con él.

—No tuvo nada que ver con lo que le pasó a usted.

—En ese caso, no tiene nada que temer.

—La vi aquel día —dice en tono acusador.

—¿Me vio?

—La vi escondida entre los arbustos. Mirando el apartamento de enfrente con los prismáticos. Estuve a punto de llamar a la policía para denunciar que teníamos un mirón.

—¿Por qué no lo hizo?

—Decidí que lo mejor era no meterme en líos.

—¿A causa de Jason?

—Por supuesto que no.

Frunce de nuevo los labios, se recoge otra vez el pelo detrás de la oreja.

—Jason estaba aquí aquella noche, ¿verdad?

—Eso carece de importancia. Mi nieto pasa temporadas conmigo desde el verano. No se lleva bien con su padrastro. Le dije que siempre sería bienvenido en mi casa, que le agradecía su compañía...

—¿Le contó a la policía que Jason vive con usted?

—No vi motivos para hacerlo. Ninguno de los dos fue testigo de la agresión. Ambos estábamos dormidos cuando sucedió...

—Ha dicho que sólo tiene un dormitorio...

—Sí. ¿Y qué?

—Debo asumir que Jason duerme aquí, en el sofá.

Lanzo una mirada hacia la manta que descansa en la esquina del sofá de piel.

—¿Adónde quiere ir a parar?

—A que en realidad no sabe dónde estaba su nieto cuando me agredieron, ¿verdad? Que podría haberse marchado con toda facilidad después de que usted se durmiera, y por eso no habló de él a la policía...

—Eso es una estupidez. ¿Qué estaba haciendo usted escondida entre los arbustos?, ¿espiando a la gente? Si quiere saber mi opinión, se estaba buscando problemas.

Sus palabras me golpean como una bofetada en la cara, y una nueva cascada de lágrimas brota. Doy media vuelta.

Es cuando le veo.

Un joven de estatura y peso medios, cerca de la veintena, de cabello castaño largo hasta la barbilla e impenetrables ojos castaños. Está de pie a unos tres metros de mí, y aunque los brazos le cuelgan a los costados, noto que se proyectan hacia mi garganta.

—¿Qué está pasando, abuela? —pregunta.

Dime que me quieres.

—Oh, Dios.

Siento que mis piernas flaquean. El vaso de agua resbala de mis dedos y cae al suelo.

Al instante, Jason se planta a mi lado, tira de mí hacia la butaca, me empuja hacia el asiento.

—¡Quítame las manos de encima! —grito, y le alejo a bofetadas.

—Oiga —dice, con voz de repente encolerizada—, ¿qué demonios...?

—Jason, cielo —dice su abuela, en voz baja y tranquilizadora—, vuelve al dormitorio, cariño. Esta señora estaba a punto de marcharse.

—¿Por qué me ha pegado? No me pegue —advierte.

—Por favor, cariño. Vuelve al dormitorio.

Me suelta el codo, aunque continúa mirándome con sus ojos oscuros y airados.

—Quiero que se vaya —dice.

—Se va a ir, cielo. Dentro de unos momentos.

—¿Qué está haciendo aquí?

—Ha venido a hacer unas preguntas.

—¿Qué clase de preguntas? ¿Sobre mí? ¿Quiere saber algo de mí? —me pregunta.

Niego con la cabeza, mientras las lágrimas inundan mis ojos.

—Concédeme otro minuto, y ella se marchará.

Jason me dirige una mirada impaciente y furiosa al mismo tiempo. Después, da media vuelta y se aleja hacia el dormitorio, y me quedo temblorosa en el asiento al que me ha empujado.

—Estoy segura de que ahora comprende por qué no le dije nada a la policía sobre Jason. Es obviamente diferente...

—Está obviamente enfurecido.

—La vida de Jason ha sido muy difícil. Su madre, mi exnuera, era adicta a las drogas y el alcohol. Jason nació con síndrome alcohólico fetal. Mi hijo no es el más responsable de los padres, y por desgracia su padrastro es todavía peor. Mi nieto ha tenido dificultades toda la vida. Pero, se lo prometo, es un buen chico. Él no la violó.

—Es consciente de que encaja con la descripción general del hombre que lo hizo.

—Jason no es ese hombre.

—¿Cómo puede estar tan segura?

—Porque conozco a mi nieto muy bien —dice mientras camina hacia la puerta y la abre—. Temo que he de insistir en que se vaya. De lo contrario, llamaré a la policía.

Continúo sentada.

—Hágalo, por favor —digo.

23

—¿Está usted loca? Por el amor de Dios, ¿en qué estaba pensando?

El detective Castillo me ha estado aplicando el tercer grado desde hace casi una hora, desde que salimos del apartamento de la señora Harkness y regresamos al mío. Comprendo su exasperación. Yo me he estado formulando la misma pregunta, aunque nunca lo reconoceré ante él.

—¿Se da cuenta de que habría podido cargarse toda la investigación?

—¿Qué investigación? Ni siquiera sabían que la señora Harkness tenía un nieto.

—Lo habríamos averiguado.

—¿De veras? ¿Cuándo?

—Ésa no es la cuestión.

—¿Cuál es la cuestión?

—La cuestión es que usted no tenía por qué ir a ver a la señora Harkness, para empezar.

Se pasa una mano por su espeso pelo negro, y se vuelve para mirar por la ventana de la sala de estar.

—Tenía todo el derecho del mundo.

—¿Sabe que podría detenerla por suplantar la personalidad de un agente de policía?

Ya lo ha insinuado varias veces.

—En ningún momento dije a la señora Harkness que era agente de policía.

—La condujo a creer…

—Yo no hice tal cosa. Carezco de control sobre lo que pueda o no creer esa mujer.

—En cualquier caso…

—Escuche, detective Castillo —interrumpo, pues la conversación me ha hecho perder la paciencia—. No hice nada malo ni ilegal. Estoy perfectamente en mi derecho si interrogo a un testigo en potencia. Tengo permiso de investigadora…

—Usted es la víctima.

La víctima, repito en silencio, y me enfurezco por la reducción inmediata y total a mi condición, por haber sido relegada a esa desdichada subespecie de ser humano conocida como víctima.

—Gracias por su pequeño recordatorio, detective. Casi lo había olvidado. Pero en cualquier caso —continúo, utilizando sus propias palabras—, creo que es consciente de que puedo serle de mucha ayuda.

—¿Cómo? ¿Interfiriendo en nuestra investigación, intimidando a testigos en potencia, predisponiendo a la gente en contra de nuestro caso…?

—¿Qué caso? No tienen caso. De no ser por mí, ni siquiera tendrían un sospechoso.

—¿Está sugiriendo que se halla dispuesta a identificar a Jason Harkness como el hombre que la violó? —pregunta el agente Dube. Hasta ahora, ha permanecido casi siempre en silencio, al parecer satisfecho con mantenerse en un segundo plano y contemplar mi discusión con el detective Castillo.

Lo fulmino con la mirada. Sabe que no puedo afirmar con seguridad que Jason Harkness es el hombre que me violó, que apenas conservo una vaga sensación del hombre responsable. No hay manera de llevar a cabo una identificación positiva.

—¿Qué me dice de la voz? —pregunta Castillo, al tiempo que suaviza el tono.

—¿Qué quiere que le diga?

—Jason Harkness habló con usted. ¿Hablaba como el hombre que la violó?

Cierro los ojos, oigo a mi violador susurrar en mi oído, *Dime que me quieres*.

Me dejo caer en el sofá más cercano, casi mareada, mientras intento conciliar las dos voces dispares, superponerlas, mezclarlas, obligarlas a encajar.

—No lo sé.

—¿No lo sabe?

—No estoy segura. Es posible…

—Posible —repite el agente Dube, con un meneo de la cabeza nada sutil—. No nos costaría nada conseguir una orden de detención con esa rotunda afirmación.

—Lo que sí sé es lo siguiente: Jason Harkness encaja con la descripción general del hombre que me violó. Estaba en la zona la noche que sucedió. El apartamento de su abuela da al lugar exacto donde me atacaron, de modo que contaba con acceso y oportunidad. Además, es un joven airado y traumatizado, que imagino fue maltratado o, como mínimo, ninguneado durante sus años de formación, lo cual le convirtió en un estupendo candidato a cometer futuros actos de violencia. ¿Han comprobado si tiene historial?

—Lo primero que hice cuando llegamos aquí —contesta Castillo, e indica el móvil que sujeta en la mano.

—¿Y?

—Estoy esperando a que alguien me responda.

Se hace un momento de silencio, por el que todos, intuyo, nos sentimos agradecidos. Nos concede la oportunidad de recordar que no somos adversarios, que estamos, de hecho, en el mismo bando, y que todos deseamos lo mismo: encontrar al hombre que hizo esto para meterle entre rejas.

En realidad, yo deseo algo más que eso. Quiero arrancarle los ojos y degollarle, después castrarle y golpearle hasta convertirle en una masa sanguinolenta, para luego arrojar su cuerpo maltrecho y mutilado a los tiburones que nadan en mis pesadillas. Eso es lo que deseo. Pero me conformaré con encontrarle y meterle entre rejas.

—Lo siento —me disculpo—. No quería entrometerme…

—No es una cuestión de entrometerse —dice Castillo—. Es una cuestión de usar la cabeza. Usted está demasiado cerca de esto, Bailey. Comprendo que desee ayudar, pero no puede. Lo que tiene más opciones de conseguir es que la maten.

—Creo que se está poniendo un poco melodramático.

—Piénselo, Bailey. ¿Y si Jason Harkness es el hombre que la violó?

¿Y si hubiera ido a casa de su abuela y ella no hubiera estado en casa? ¿Ha pensado en lo que habría podido suceder en el caso de que él hubiera estado solo?

Debo admitir que ni siquiera había considerado esa posibilidad. Ahora que lo pienso, un escalofrío recorre mi espina dorsal.

—Actúa sin pensar, Bailey. Dispara a ciegas en todas direcciones a la vez. Hace unos días estaba convencida de que era Paul Giller quien la había violado…

—Nunca dije que estuviera convencida —argumento, aunque ya no estoy por esa teoría.

—De acuerdo. Creo que no ganaremos nada abundando en el tema de nuevo.

Asiento para indicar que estoy de acuerdo.

—¿Y ahora qué?

—Déjenos hacer nuestro trabajo. Usted siga con su vida —añade, casi como si se le hubiera ocurrido a última hora.

¿Qué cree que estoy intentando hacer?, me dan ganas de preguntarle, pero decido que lo más prudente es guardar silencio. No ganaré nada plantándole cara.

—Tal vez deberían investigar a alguien más —digo, al tiempo que saco la tarjeta de Colin Lesser del bolsillo y se la doy al detective.

Echa un vistazo a la tarjeta, y luego me mira.

—¿Quién es?

—Alguien a quien he conocido esta tarde.

—Supongo que su encuentro no estuvo relacionado con el hecho de que es quiropráctico.

Me esfuerzo por minimizar lo absurdo de nuestro encuentro.

—Él estaba corriendo; usted estaba entre los arbustos donde la violaron —reitera Castillo, quien se niega a que me salga de rositas con tanta facilidad. Se masajea el puente de la nariz, como si intentara calmar una incipiente migraña.

—Pensé que tal vez valdría la pena que echaran un vistazo…

—Por supuesto. Investigaremos los antecedentes del hombre. —Guarda en el bolsillo la tarjeta de Colin—. Deberíamos irnos —dice a su compañero.

El teléfono suena y pego un bote.

—¿Por qué no descuelga? —pregunta Castillo—. Conocemos la salida.

Se están acercando a la puerta cuando entro en la cocina y descuelgo el teléfono. Es Finn, de portería.

—Sé que la policía está en su apartamento —empieza—, y he pensado que debía advertirla. Su hermano, Heath, está subiendo. Va muy colocado…

Una oleada de pánico se abate sobre mí cuando me doy cuenta de que Heath ya está a un lado de la puerta, y los policías al otro.

—¿Bailey? —le oigo llamar, y después golpea la puerta con los nudillos repetidas veces—. ¿Bailey? Sé que sigues cabreada, y he venido a disculparme y pedir perdón.

Los policías no pasan por alto el hecho de que mi hermano está borracho, colocado o, muy probablemente, ambas cosas.

—¿Por qué pide perdón? —pregunta Castillo cuando me acerco—. ¿Por algo que deberíamos saber?

Niego con la cabeza. No he dicho nada a la policía sobre el incidente en casa de mis padres. ¿De qué serviría?

Abro la puerta. Heath está a punto de caer nada más traspasar el umbral, apestando a alcohol, la cabeza sepultada en la nube de humo que desprende el canuto que sujeta en la mano.

—Debe de ser una broma —dice el detective Castillo, quien retrocede varios pasos cuando Heath avanza dando tumbos hacia él.

—Ajá.

A Heath le da un ataque de carcajadas al ver a los dos agentes de policía.

—Heath, por el amor de Dios…

—Será mejor que me dé eso.

Castillo levanta el porro encendido de sus dedos y lo apaga.

—Eh…

—Bailey, creo que a su hermano le conviene un vaso de agua —sugiere.

—O mejor todavía, un buen *gin-tonic* —me dice Heath cuando entro corriendo en la cocina.

—¿Qué tal si vamos a la sala de estar? —oigo decir al agente Dube.

—¿Y quién sugiere eso? —pregunta Heath—. No creo que nos hayan presentado como es debido.

—Es el agente Dube —dice Castillo cuando vuelvo con el agua de Heath.

—Me está tomando el pelo, ¿verdad? —es la réplica instantánea de mi hermano, seguida de otro ataque de risa—. ¿Agente Doobie? ¿Me está tomando el pelo, Bailey?*

—Cierra el pico, Heath —le digo, sigo a los hombres hasta la sala de estar y meto el vaso de agua en las manos de mi hermano. Formamos un cuadrado irregular delante de los sofás. Nadie se sienta.

El detective Castillo mira a Heath con ojos iracundos.

—¿Qué cree que está haciendo?

—¿Qué estoy haciendo? He venido a apoyar a mi hermanita pequeña en este tiempo de necesidad.

—¿Cree que su comportamiento la está ayudando?

—Más que el de usted, apuesto. —Da un largo sorbo a su vaso—. Me encanta su camisa, por cierto. Hay algo en esos atrevidos estampados hawaianos que piden a gritos hacerles la competencia.

—Por favor, Heath, cállate.

—Dígame que no ha venido en coche —dice el agente Dube.

—Vale —replica Heath con una sonrisa burlona—. Como quiera. No he venido en coche.

—No sea gilipollas.

—¿O qué? ¿Me meterá en la cárcel?

El detective Castillo tira el canuto de Heath en el mismo bolsillo donde guardó la tarjeta de Colin Lesser.

—¿Lleva más de éstos encima?

—¿Quiere uno?

—Heath…

—Por desgracia no, no tengo más canutos, agente Doobie. Oh, no, espera. Ese de ahí es el agente Doobie, ¿verdad? —Se vuelve y canturrea—. Doobie, Doobie, Do…

* Heath juega con Dube y Doobie (porro), que se pronuncian igual. *(N. del T.)*

—Heath…

—Pueden registrarme, si quieren.

Se deja caer en el sofá, estira sus largas piernas ante él y acuna la nuca en las palmas de sus manos, como si se estuviera relajando en una hamaca en la playa.

—No le detengan, por favor —digo, con ganas de propinar una patada a los pies de Heath y tirarle al suelo.

El detective Castillo asiente.

—No le deje marchar de aquí hasta que se le pase la mona.

—No lo haré. Gracias.

Suena el móvil del detective Castillo, y contesta antes del segundo timbrazo.

—Castillo —dice. Observo su rostro mientras escucha—. ¿De veras? De acuerdo, gracias. Eso es muy interesante. —Me mira mientras corta la conexión—. Por lo visto, Jason Harkness tiene antecedentes.

—¿De?

—No lo sé. Está prohibido acceder a los registros.

—¿Qué quiere decir?

—Justo eso. Al parecer, cometió los delitos que fueran cuando era menor de edad, y su caso fue archivado.

—¿Puede conseguir que los abran?

—Venga, Bailey —dice Heath—. Hasta yo lo sé. Una vez que se archiva un caso, archivado se queda.

—Su hermano tiene razón —dice Castillo—. A menos que, por supuesto, alguien en la Oficina del Fiscal del Distrito se entere y recurra a sus influencias.

¿Puedo pedirle eso a Gene? ¿Se pararía siquiera a pensarlo? Y en la improbable posibilidad de que mi hermanastro accediera a investigar el historial de Jason Harkness, ¿qué pediría a cambio?

—Lo siento. No puedo pedirle…

—No le estoy pidiendo que lo haga. No se preocupe. Estoy seguro de que alguien le llamará la atención sobre ello. Tampoco podríamos utilizar las pruebas obtenidas en dichos antecedentes ante los tribunales. Sería inadmisible —me recuerda.

—Pero aun así sería de ayuda —replico—. Si existe alguna condena por cualquier tipo de agresión en ese historial, nos concedería ventaja. Tal vez podríamos utilizarla para arrancar una confesión…

—No vamos a hacer nada por el estilo —dice Castillo—. Pensé que lo había dejado claro.

—Por supuesto. Era hablar por hablar.

—¿Quién es Jason Harkness? —pregunta Heath—. ¿Es un sospechoso?

—Dejaré que su hermana se lo explique —dice Castillo, mientras el agente Dube y él salen al pasillo—. Espabile —aconseja a Heath.

—Espabile —repite mi hermano, después de que se han marchado y la puerta se ha cerrado—. ¿Quién se cree que es?

—Es un detective de policía, idiota.

—Bien, pues no es muy bueno.

Heath se quita los zapatos agitando los pies, y media docena de cigarrillos enrollados a mano quedan diseminados de inmediato sobre el suelo de mármol. Se pone a cuatro patas y los recoge.

—¿Qué te pasa? —pregunto—. ¿Intentas que te detengan?

Desecha mis preocupaciones con un movimiento de la mano.

—Nunca te miran en los zapatos.

—Intentaste provocarles a propósito…

—En mi defensa, debo decir que no sabía que estarían aquí.

—¿Qué clase de defensa es ésa?

—Me pillaron con la guardia baja. Sabes que siempre salgo a la ofensiva cuando me sorprenden.

—Bien, fuiste muy ofensivo.

—¡Caramba! Bienvenida, hermanita. Me alegra ver que estás recuperando por fin la confianza en ti misma. Te he echado de menos.

Su comentario me deja sin aliento unos momentos. Me dejo caer en el sofá a su lado. ¿Tendrá razón?

—Escucha, he venido para decirte que lamento mucho lo del otro día. Tenías razón. No tendría que haber desobedecido una orden judicial. No tendría que haber llevado a aquella gente a casa de nuestro padre. Mi comportamiento fue inaceptable, además de imprudente y hasta quizás estúpido. Hice algo malo y me disculpo. ¿Suena a persona madura?

—No está mal.

—Bien. Creo que esto merece celebrarlo. —Heath levanta uno de sus porros recuperados—. ¿Fumamos la pipa de la paz?

—Aparta esa maldita cosa.

—No hasta que le hayas dado una calada. Venga, Bailey. Relajarte un poco te irá bien.

Saca una caja de cerillas del bolsillo lateral de sus estrechos pantalones de cuero y enciende un canuto, le da una profunda calada. Guarda los demás en el bolsillo, junto con la caja de cerillas. Después me alarga el cigarrillo.

No he fumado hierba desde que rompí con Travis, e incluso antes de eso, era una usuaria poco frecuente a la que nunca le gustó en exceso colocarse. Cojo el porro, con la intención de imitar al detective Castillo y apagarlo entre mis dedos. Pero en lugar de apagarlo, descubro que me lo llevo a los labios y le doy una calada. Siento que el humo llena mi garganta y se acomoda en mis pulmones.

—Felicidades, tía —dice con orgullo Heath, y extiende la mano para recuperarlo y darle otra calada.

Dedicamos el siguiente cuarto de hora a pasarnos el porro, y lo consumimos hasta que se desintegra literalmente en mis manos. Me siento colocada de una forma muy agradable, y me pregunto cuándo sucedió exactamente. No sentí nada durante casi todo ese cuarto de hora, convencida de que mi larga abstinencia me había hecho inmune a los supuestos encantos de la droga, pero aquí estoy, sintiéndome bastante relajada y hasta una pizca serena.

El teléfono suena, y por primera vez desde la agresión, no pego un bote. En cambio, vuelvo la cabeza hacia el sonido con un movimiento perezoso.

—¿Quién es? —pregunta Heath—. No contestes —me aconseja al instante siguiente.

Peor ya estoy de pie, el timbre me atrae como un imán.

—¿Hola?

—¿Bailey?

—¿Claire?

—¿Estabas durmiendo? ¿Te he despertado?

—No. ¿Qué hora es?

—Pasan de las seis. Suenas rara. ¿Te encuentras bien?

Intento serenarme. Claire no aprobaría que me haya colocado.

—Estoy bien.

—¿Sufres un ataque de pánico?

—No. Sólo estoy un poco cansada.

—¿Cómo ha ido esta tarde?

¿Se habrá puesto la policía en contacto con ella?, me pregunto.

—Con Elizabeth Gordon —aclara, como si intuyera mi confusión—. Has ido, ¿verdad?

Exhalo un suspiro de alivio, aunque se trata de un alivio teñido de culpa. No me gusta mentir a Claire. No me gusta ocultarle cosas.

—Sí. Sí, claro que he ido.

—¿Cómo ha ido?

—Bien.

—¿Crees que te está ayudando?

—Sí. De veras.

—Doobie, Doobie, Do... —oigo canturrear a Heath en la otra habitación, y no puedo reprimir una carcajada.

—Bailey, Bailey, ¿qué está pasando? ¿Hay alguien ahí?

—No, claro que no. Aquí no hay nadie. No pasa nada. —Me obligo a toser—. Creo que me está rondando algo.

—Mierda. Sabía que sonabas un poco indispuesta.

Un poco indispuesta, repito en silencio, y trato de recordar dónde he oído algo por el estilo.

—¿Quieres que te lleve un poco de caldo de pollo cuando termine de trabajar?

—No, tranquila. Estaba pensando en acostarme temprano.

—Buena idea. ¿Seguro que no quieres que me pase por ahí?

—Lo que quiero es que vayas a casa y que Jade deje de preocupase por mí.

—De acuerdo. Pero no dejes de llamarme si te sientes peor. No te preocupes por la hora. Lo más probable es que esté levantada.

—Te llamaré mañana.

—Que te mejores.

Cuelgo el teléfono, noto que el agradable coloque que he experimentado empieza a disiparse. Vuelvo a la sala de estar y me quedo parada en la puerta, mientras veo que Heath enciende otro canuto y lo extiende hacia mí con un gesto perezoso. Niego con la cabeza y continúo por el pasillo hasta mi dormitorio. Me acuesto en mi cama sin hacer y me tapo la cabeza con las sábanas para ocultarme del sol del anochecer.

El teléfono suena, y abro mis ojos a la oscuridad. Consulto el reloj mientras busco el receptor, veo que es casi medianoche. Me llevo el teléfono al oído, a punto de decir hola, cuando me doy cuenta de que no hay nadie al otro extremo de la línea. Sólo un tono de marcar. Devuelvo el teléfono al cargador.

Tengo la sensación de que mi cabeza está cubierta de bolsas de arena, y siento la garganta tan seca que apenas puedo reunir saliva para tragarla. Me levanto de la cama y me dirijo arrastrando los pies hacia el cuarto de baño, me sirvo un vaso de agua. *Creo que a su hermano le conviene un vaso de agua*, oigo decir al detective Castillo. ¿Cuándo fue eso? ¿Cuánto tiempo ha pasado?

Me viene una repentina imagen de Heath espatarrado en el sofá de mi sala de estar, la cabeza caída sobre los almohadones, su hermoso rostro escondido dentro de una nube de humo de marihuana. Todas las piezas encajan en su sitio.

—Maldita sea.

¿En qué demonios estaba pensando?

Vuelvo al dormitorio y agarro las tijeras de mi mesita de noche, las extiendo ante mí mientras avanzo por el pasillo.

—¿Heath? —llamo, y enciendo la luz cuando llego a la sala de estar y miro hacia el sofá donde le vi por última vez.

No está.

Ni en el otro sofá, ni en el suelo, ni en la cocina, ni en el aseo, ni en el sofá cama de mi estudio.

—Heath —vuelvo a llamar, aunque sé que ya no está en mi apartamento, que se habrá marchado después de que me durmiera.

Lo cual significa que dejó la puerta de mi apartamento sin cerrar con llave.

La cierro de inmediato, y después llevo a cabo otro registro del apartamento, el corazón acelerado, las piernas temblorosas, el pánico en aumento mientras investigo todos los rincones, desaparecido hasta el último rastro de mi calma inducida por la droga, aunque el empalagoso perfume a marihuana me persigue.

Vuelvo al dormitorio, consciente de que no podré volver a dormir. Cojo los prismáticos de la mesita de noche y aprieto el botón que levanta las persianas, a sabiendas de que las luces del apartamento de Paul Giller estarán encendidas. Soy consciente de que estoy desobedeciendo otra orden de la policía, de que me han advertido de no espiar a mis vecinos, pero ¿qué más da? Ya estoy en su lista negra, y me toca quedarme levantada toda la noche, vagando por los pasillos y maldiciéndome por mi estupidez.

Los veo.

Están delante de la cama y discuten. Aunque sin sonido, puedo oír la voz de Paul que se alza airada mientras agita las manos de una forma teatral delante de él, el dedo índice de la mano derecha acuchillando en repetidas ocasiones el aire. Elena sacude la cabeza y llora, suplica, interrumpe, intenta introducir una palabra.

Me acerco más a la ventana, ajusto las lentes de mis prismáticos en un esfuerzo por acercar más a los dos desconocidos. Si la expresión del rostro de Paul indica algo sobre su voz, se encuentra a escasos segundos de perder el control. Veo, impotente y fascinada, que avanza con aire amenazador hacia Elena y la acorrala contra la ventana.

Permanecen en sus respectivas posiciones durante varios minutos: Paul grita, Elena se acobarda: Paul acusa, Elena niega. Y entonces Elena ya no aguanta más. Intenta huir, llega hasta la cama antes de que Paul se lo impida por la fuerza, la agarre del codo con la mano y la obligue a dar media vuelta. Elena intenta soltarse, lo cual sólo logra enfurecer todavía más a Paul. Le da un bofetón en la cara con tal fuerza que la chica cae sobre la cama, y cuando intenta levantarse, él la vuelve a abofetear.

Y no para.

—¡No! —grito, las mejillas encendidas a causa de la fuerza de sus bofetones, mis oídos zumban cuando se pone encima de ella a horcajadas, mientras continúa golpeándola con los puños—. ¡No! —grito, cuando le sube el camisón y se baja la cremallera de los vaqueros—. ¡No! —chillo, cuando la penetra con rudeza.

Estoy sollozando mientras atravieso tambaleante el dormitorio hacia el teléfono.

No dejes de llamarme, dijo Claire. *No te preocupes por la hora.*

—¿Bailey? —dice cuando descuelga el teléfono—. ¿Qué pasa? ¿Te encuentras bien?

Le cuento lo que acabo de presenciar.

—Llama a la policía —dice—. Voy enseguida.

24

Veinte minutos después, Claire aparece en mi puerta. Lleva un chándal gris, una camiseta gris arrugada y zuecos verde lima. Su rostro está libre de maquillaje, y se ciñe el pelo en una coleta suelta en la nuca.

—¿Qué ha pasado? —pregunta, mientras se dirige sin vacilar hacia el dormitorio y agarra los prismáticos, que yo había dejado caer al suelo antes—. ¿La policía no ha aparecido todavía?

—No.

—No veo nada —dice, mientras barre con los prismáticos el edificio de Paul—. Todas las luces están apagadas.

—¿Qué? No. Estaban encendidas hace un minuto.

Claire me da los prismáticos para que lo compruebe por mí misma.

Sacudo la cabeza. Paul habrá apagado las luces mientras yo salía del dormitorio para ir a abrir la puerta.

—Has llamado a la policía, ¿verdad? —pregunta Claire.

—Les dije que estaban agrediendo a una mujer en su apartamento. Les di la dirección y el número del apartamento.

—¿Qué dijeron?

—No les concedí la oportunidad de decir nada. Sólo les dije que estaban maltratando a una mujer y colgué.

—¿No les dijiste quién eras?

Niego con la cabeza de nuevo, mientras trato de sacudirme de encima persistentes sentimientos de culpa. Sé que la policía no siempre procede con celeridad cuando se trata de soplos anónimos. Tendría que haberme identificado.

Claire reflexiona unos momentos.

—Vale. Vale. Vamos a ver qué pasa. ¿Cómo estás? ¿Te encuentras mejor?

—No lo sé.

Me estrecha entre sus brazos.

—Lo siento mucho, Bailey. Tendría que haber estado contigo.

—No. Te dije que no vinieras.

—No tendría que haberte hecho caso. Me dio la impresión de que algo iba mal. —Apoya las manos sobre mi frente—. Parece que tienes un poco de fiebre. ¿Tienes un termómetro?

—No tengo fiebre.

—No sé. Estás un poco caliente.

—No es nada. —Clavo la vista en el suelo cuando otra oleada de culpa me asalta—. Me pasa a veces cuando me coloco.

—¿Qué?

—Estaba colocada —susurro.

—¿Qué?

—Heath estuvo aquí —añado, como si eso lo explicara todo.

—¿Te colocaste?

Me encojo de hombros. ¿Qué puedo decir?

—Lo siento.

—A mí no tienes que pedirme disculpas, Bailey. Eres una chica estupenda. Es que…

—¿Qué?

—¿Estás segura de lo que viste? —pregunta, tan directa como siempre.

—¿Crees que me lo he inventado?

—No, por supuesto que no. Pero si estabas colocada…

—¿Crees que pudieron ser alucinaciones?

—Es una posibilidad, ¿no? En Urgencias aterrizan todo tipo de personas que se encontraron con algo más de lo que se sospechaban cuando encendieron un porro, en teoría inocente. Tal vez lo que te dio Heath estaba mezclado con algo más potente…

—Pero eso fue hace horas…

—Si estaba mezclado con LSD, podría permanecer en tu organismo durante días. Ya lo sabes. ¿Existe alguna posibilidad de que lo hayas soñado?

¿Existe? Lo único que sé con seguridad es que, por primera vez, veo la duda en los ojos de Claire. Y lo detesto.

—No lo sé. Estaba dormida. El teléfono sonó...

—El teléfono sonó. ¿Quién llamó?

—No lo sé. Sólo oí el tono de marcar. Tal vez ni siquiera sonó. Tal vez estaba soñando...

—¿Dónde está Heath?

Claire mira hacia el pasillo, como si estuviera acechando en las sombras.

—Ya se había ido cuando me desperté.

—De modo que no estaba aquí cuando viste...

Enmudece. La pregunta queda en el aire.

—No. No estaba aquí. No vio nada. —¿Y yo? No puedo evitar la pregunta, pues sé que Claire está pensando lo mismo—. No puede respaldarme.

Sus mejillas se tiñen de rojo, como si la hubiera abofeteado.

—No es que no te crea. Es que...

—Tienes dudas —termino.

Abre la boca para hablar, pero sólo se le escapa un suspiro.

Suena el teléfono, y las dos pegamos un bote al oír el sonido inesperado.

—Vale. Esto sí que no es un sueño —dice Claire, mientras levanta el teléfono—. ¿Hola? —Sus hombros se ponen tensos, luego se relajan—. De acuerdo. Gracias. Déjeles pasar. —Cuelga el teléfono. Me doy cuenta de que estoy conteniendo el aliento—. Era Stanley, de portería. La policía está aquí.

—¿Está aquí? ¿Qué significa eso?

—Supongo que lo vamos a averiguar enseguida.

Los dos policías uniformados perciben el olor a marihuana en cuanto abro la puerta, y olfatean el aire como perros tras un rastro. Un agente dedica al otro un cabeceo de complicidad, cuando los dos hombres entran en el vestíbulo. Reconozco enseguida al más joven de los dos de varios casos en los que he trabajado, aunque no podría recordar su nombre ni que me fuera la vida en ello.

—Bailey —dice, a modo de saludo.

—Sam —me oigo decir, cuando su nombre surge de la nada y aterriza en mis labios en un abrir y cerrar de ojos.

—Me he enterado de lo sucedido. Lo siento mucho.

Tardo unos momentos en percatarme de que se está refiriendo a la violación.

—Éste es mi compañero —dice Sam—. Patrick Llewellyn.

—Agente —decimos mi hermana y yo al unísono.

Patrick Llewellyn es bastante más alto y al menos una década mayor que su compañero, cuyo apellido, recuerdo ahora, es Turnbull. Es tan blanco como Sam negro, su pelo tan fino y rojo como oscuro y rizado el de Sam. Ambos son guapos de esa forma tosca y displicente frecuente en los policías, y los uniformes magnifican su atractivo.

—¿Usted es…? —pregunta Sam a Claire.

Ella se presenta como mi hermana, sin más, lo cual le agradezco mucho.

—¿En qué podemos ayudarles, agentes?

—Creo que ya sabe por qué hemos venido —dice Patrick Llewellyn.

Sam carraspea.

—Tal vez deberíamos sentarnos…

—Por supuesto.

Claire les guía hasta la sala de estar, y les indica que tomen asiento en los sofás.

Les sigo, y el potente aroma de la marihuana aumenta de intensidad a cada paso. Me encojo cuando el agente Llewellyn se sienta casi en el mismo lugar exacto donde Heath se había estirado lánguidamente hace tan sólo unas horas. Sam se sienta al lado de su compañero, mientras Claire y yo nos acomodamos en el sofá de enfrente.

—¿Les apetece algo de beber? —pregunta Claire, como si fuera de lo más normal tener a dos policías sentados en tu sala de estar a las tantas de la noche, mientras el persistente olor a hierba da vueltas alrededor de las cabezas de todos como una nube tóxica, lo bastante fuerte como para provocar un leve mareo, incluso ahora—. ¿Agua, algún zumo?

—Nada, gracias —dice Llewellyn, mientras su compañero asiente—. ¿Quiere contarnos qué ha sucedido exactamente esta noche? Usted llamó a la comisaría para informar de que estaban maltratando a una mujer —aclara cuando me ve vacilar.

—Sí.

—No dejó su nombre.

—No.

—¿Le importa explicar por qué?

—Pensé que no era importante.

—Sabes que no es así —dice Sam, y noto el aguijón de su reproche—. ¿Qué pasó exactamente? —repite, libreta en mano, el bolígrafo preparado, a la espera de mi respuesta.

Describo lo que vi en el apartamento de Paul Giller, con cuidado de mantener la vista clavada en el suelo, para no tener que ver la expresión de los agentes.

—No es la primera vez que ha denunciado el comportamiento de Paul Giller a la policía, según tengo entendido —dice Llewellyn, mientras pasa las hojas de su libreta, como para asegurarse de los hechos.

—¿Se lo ha dicho Paul Giller?

—¿Es cierto?

—Sí —admito.

—¿Qué tiene que ver eso con lo ocurrido? —pregunta Claire, impaciente—. Lo importante son los acontecimientos que Bailey ha presenciado esta noche.

—¿Cuáles son exactamente? —pregunta de nuevo Sam.

—Que le dieron una paliza a una mujer y...

—¿Estaba usted aquí? —interrumpe Sam a Claire.

—No, yo...

—De modo que no vio nada...

—No, pero...

—Entonces, si no le importa, deje que sea su hermana quien responda a la pregunta.

Más una orden que una petición.

Claire se reclina en su asiento, y se tapa la nariz con el dorso de la mano cuando el movimiento da como resultado una nueva corriente de aire impregnada de marihuana.

—Vi a Paul Giller golpear y violar a su novia —digo a los agentes.

—¿Está segura de eso?

Miro a Claire. ¿Lo estoy?

—¿Cómo sabes que la mujer a la que viste era su novia? —pregunta Sam.

Decido que es mejor no contarles mis anteriores hazañas, pues comprendo que podrían considerarme una acosadora.

—Di por sentado…

Algo en el suelo llama de repente la atención de Sam. Se agacha y busca bajo la mesita auxiliar. Cuando se incorpora de nuevo, sostiene entre los dedos uno de los sospechosos cigarrillos enrollados a mano de Heath.

Claire pone los ojos en blanco y yo cierro los míos, mientras veo en mi mente los canutos de mi hermano salir volando de su zapato y sus esfuerzos por recuperarlos. Está claro que uno se le escapó.

—Escucha, ya sé que lo has pasado mal últimamente, y comprendo que necesites una vía de escape, en serio —dice Sam—, pero si estabas colocada cuando hiciste la llamada…

—No estaba colocada.

—¿Estás diciendo que no fumaste un poco de hierba…?

—Más que un poco, a juzgar por el olor —interrumpe Patrick Llewellyn.

—Vale, puede que antes estuviera un poco colocada, pero no lo estaba cuando vi a Paul Giller. No me creen —afirmo, incapaz de seguir haciendo caso omiso de sus expresiones.

—Lo que nosotros creamos o dejemos de creer carece de importancia —dice Sam—. Lo importante es lo que pasó.

—Que, al parecer, no fue nada —añade Llewellyn.

—Fuimos al apartamento de Paul Giller y le interrogamos a él y a su novia —continúa Sam—. El dormitorio no muestra la menor señal de un altercado, y los dos niegan con vehemencia que tuviera lugar ningún tipo de violencia.

—Bien, es lógico que ella lo niegue —dice Claire, que se precipita en mi defensa—. Si él estaba a su lado…

—No tenía ningún morado.

Me quedo entumecida por completo, recuerdo los cardenales que cubrían casi todo mi cuerpo después de la agresión, cardenales que sólo han empezado a desaparecer hace poco.

—Escuche —dice Llewellyn—, no podemos hacer gran cosa cuando ambas partes insisten en que no hubo agresión. ¿Quiere que le dé un consejo? Deje de espiar a sus vecinos.

—Yo no estoy espiando.

—¿De veras? ¿Cómo lo llamaría? Utilizar prismáticos para observar a sus vecinos tal vez no sea técnicamente un delito, pero lanzar falsas acusaciones sí lo es.

—Dígame que no está echando la culpa a la víctima, por favor —interviene Claire.

—Su hermana no es la víctima en este caso —le recuerda el agente—. Esta noche no, al menos.

—Has de considerarlo desde nuestra perspectiva —interrumpe Sam—. Hace un mes padeciste una grave agresión. Desde entonces, tengo entendido que has lanzado una serie de acusaciones carentes de base contra Paul Giller, pero también contra otros hombres, incluidos David Trotter y Jason Harkness.

Lanzo una exclamación ahogada. Ya saben lo de Jason Harkness.

—Está en tu historial —dice Sam, antes de que pueda preguntar.

—¿Quién es Jason Harkness? —pregunta Claire.

—También te viste envuelta en un accidente de tráfico sin graves consecuencias hace una semana —continúa Sam, tras comprobar sus notas—. Y esta noche has hecho una llamada anónima a la policía para denunciar una agresión que tanto el presunto maltratador como la presunta víctima juran que no se ha producido. No sólo eso, sino que encontramos restos de marihuana en tu apartamento…

—Que no debo recordarle que sigue siendo ilegal en el estado de Florida —añade Llewellyn.

Mi cabeza da vueltas. ¿Qué están diciendo?

—¿Van a detenerme?

—No. Lo vamos a pasar por alto…

—¿Y Paul Giller? ¿También lo van a pasar por alto? —pregunta Claire.

—Por suerte para su hermana, el señor Giller ha desistido de presentar cargos —le dice Llewellyn.

—¿Cargos? ¿Por qué? —pregunto.

—Por acoso, para empezar.

—¿Acoso? Eso es ridículo.

—¿Sí? Yo diría que Paul Giller tiene buenos motivos para sentirse algo más que un poco cabreado. Cree que usted desea vengarse de él.

Claire se pone en pie de un salto. Está claro que ya ha oído bastante.

—Lamentamos haberles hecho perder el tiempo, caballeros.

—Tal vez deberías pensar en solicitar ayuda —me susurra Sam en el oído mientras salimos.

—Gracias —les dice Claire, y cierra la puerta antes de que puedan ofrecer más consejos—. ¿Quién demonios es Jason Harkness? —pregunta, mientras se vuelve hacia mí nada más han salido.

Empiezo a encaminarme hacia el dormitorio.

—Estoy muy cansada, Claire. ¿Podemos esperar a otro momento?

Se para detrás de mí.

—No, no podemos esperar a otro momento. ¿Quién demonios es Jason Harkness? —repite—. ¿Qué me has ocultado?

Me derrumbo en la cama, y le confieso a regañadientes todo lo sucedido después de salir de la consulta de Elizabeth Gordon por la tarde, y veo que su expresión pasa de la curiosidad a la alarma, y después a la incredulidad total, como ya sabía yo que pasaría.

—No entiendo…

—Sólo quería hacer algo… Recuperar el control de mi vida…, en lugar de estar sentada todo el día, tan pasiva y asustada siempre.

—No estamos hablando de eso —me corrige—. Hacer algo, recuperar el control, eso lo entiendo. Lo que no me cabe en la cabeza es por qué no me lo dijiste. ¿Qué pasa, Bailey? ¿Ya no confías en mí?

—Por supuesto que confío en ti.

—Entonces, ¿por qué no me contaste lo que estabas planeando?

—Porque no había plan. Las cosas… salieron así.

Transcurren varios segundos antes de que vuelva a hablar.

—¿Hay algo más que deba saber?

Niego con la cabeza, y decido no hablar de mi encuentro con Colin Lesser. Hay un límite para lo que un ser humano racional puede entender, un límite para la compasión.

Claire se acerca a la ventana y mira hacia el apartamento de Paul Giller.

—¿Crees que ese tal Jason Harkness pueda ser el hombre que te violó?

Me encojo de hombros. Ya no sé qué pensar.

—¿Y Paul Giller? ¿Qué me dices de él?

—No sé. —Me tumbo en horizontal sobre la cama, con el brazo derecho levantado sobre los ojos—. Crees que estoy loca, ¿verdad?

—No, no creo que estés loca. Bien —objeta Claire—, tal vez un poco.

Lo dice en voz queda, incluso amable. Oigo el leve zumbido de las persianas de mi dormitorio cuando bajan, aparto el brazo de los ojos y vuelvo la cabeza hacia ella. Se está desnudando.

—¿Qué haces?

—Preparándome para acostarme. —Saca un cepillo de dientes del bolsillo lateral del chándal—. ¿Lo ves? He venido preparada.

—¿Qué? No. No puedes quedarte.

—¿Crees que tienes fuerzas suficientes para echarme a patadas?

—¿Y Jade?

—Dormía como un bebé cuando me fui. Le escribí una nota y le dejaré un mensaje en su buzón de voz.

—No. No puedo pedirte que hagas esto.

—No estás pidiendo nada. Yo mando. Ahora, cierra el pico y prepárate para dormir. No entro a trabajar hasta mediodía.

Se aleja hacia el cuarto de baño.

—Claire...

—De nada —dice, antes de que pueda darle las gracias—. Vete a dormir.

Soy presa de una pesadilla en que un hombre me persigue por una carretera costera, armado con un enorme cuchillo de carnicero. Al otro lado de la calle, delante de una pequeña iglesia, veo a Heath compartiendo un porro con Paul Giller. Mi perseguidor me alcanza, me agarra del pelo y me echa la cabeza hacia atrás, y su cuchillo me degüella sin el menor esfuerzo. Me derrumbo en la acera, mi vida desangrándose sobre el hormigón, mientras a mi alrededor el cielo se llena de carcajadas y las campanas de la iglesia se ponen a repiquetear.

Sé que es el teléfono antes de despertarme del todo, que el timbre se ha infiltrado en mi sueño. Me siento y miro a Claire, dormida a mi lado, sin que nada la altere, ni pesadillas ni el ruido insistente del teléfono. ¿Es posible que no lo oiga? ¿Está sonando? ¿Continúo soñando?

—Claire —digo, y mi mano roza su hombro—. Claire…

Se remueve, se da la vuelta.

—¿Mmm…?

—El teléfono…

Gira la cabeza en mi dirección y abre los ojos.

—¿Qué? —Se sienta—. ¿Qué pasa?

—¿Oyes el teléfono?

Su cabeza se vuelve hacia la mesita de noche.

—¿Ha llamado alguien?

Me doy cuenta de que el teléfono ha dejado de sonar.

—¿Tenías una pesadilla?

—Supongo —digo, tras decidir que es más fácil así.

Me toma en sus brazos.

—Vuelve a dormir, cariño —dice, me acuesta y apoya la cabeza junto a la mía sobre la almohada, con un brazo protector alrededor de mi cadera—. Estás agotada —dice, mientras deriva ya hacia la inconsciencia—. Necesitas dormir.

Siento su aliento tibio en la nuca cuando sucumbe al sueño que a mí me eludirá durante el resto de la noche. Me quedo tendida a su lado, temerosa de cerrar los ojos, a la espera de que el teléfono vuelva a sonar.

Suena justo después de las ocho de la mañana.

En realidad, no está sonando, me digo.

—¿No vas a contestar? —pregunta Claire, mientras se frota los ojos y se sienta en la cama.

—¿Tú lo oyes?

—Pues claro que lo oigo.

Cojo el teléfono.

—¿Hola?

—Soy Jade —me informa la voz sin preámbulos innecesarios—. ¿Sigue ahí mi madre?

—Justo a mi lado.

Entrego el teléfono a mi hermana, y después entro en el cuarto de baño, decidida a renunciar a mi registro matutino del apartamento. No quiero alarmar a Claire más de lo absolutamente necesario.

Cuando vuelvo al dormitorio unos veinte minutos más tarde, limpia, restregada y envuelta en mi voluminoso albornoz, Claire ya está vestida y esperándome con una taza de café recién hecho.

—¿Todo bien con Jade? —pregunto.

—Está bien. Sólo quería saber si llegaré muy tarde a casa esta noche. Lo cual significa que estará tramando algo tortuoso. Adolescentes... ¿Qué te voy a contar?

Me siento culpable por haberla alejado de su hija.

—No me mires así —dice—: Esto no tiene nada que ver contigo. ¿Qué te parece el café? ¿Es lo bastante fuerte?

Claire se ha convertido en una especialista en leer mis pensamientos.

—Perfecto —le digo, incluso antes de dar un sorbo.

—¿Qué planes tienes para hoy? —pregunta, cuando el teléfono suena de nuevo—. ¿Quieres que conteste? —Echa un vistazo al identificador de llamada—. Número desconocido —dice, y descuelga el teléfono antes de que pueda sonar de nuevo—. ¿Hola? —Una leve pausa—. No, soy su hermana. ¿Quién la llama? —Me alarga el teléfono—. Un tal doctor Lesser —susurra, con las cejas enarcadas.

Siento que el color se retira de mi cara. He de echar mano de toda mi fuerza de voluntad para forzar una sonrisa, y de toda mi energía para intercambiar el café que sostengo en la mano por el teléfono que ella me entrega. ¿Por qué llama? ¿Qué quiere? ¿Cómo ha conseguido mi número?

—¿Hola?

—Hola. ¿Te acuerdas de mí?

—Por supuesto.

—Siento llamar tan temprano, pero quería pillarte antes de que te marcharas.

¿Por qué llama? ¿Cómo ha conseguido mi número?

—Escucha, no me andaré con rodeos —continúa—. Te encuentro... muy interesante, como mínimo, y te llamo con la esperanza de convencerte para que comas conmigo. Te he buscado en Google, por si te estás preguntando cómo...

Otra persona capaz de leer mi mente, pienso, consciente de que Claire me está mirando con curiosidad.

—No puedo.

—¿No puedes, o no me encuentras tan interesante como yo a ti?

—Muchísimas gracias por llamar. Concertaré otra cita en cuanto repase mi agenda. —Corto la comunicación antes de que pueda decir otra palabra—. Mi dentista —miento—. Por lo visto, me olvidé de nuestra última cita.

—¿Te ha llamado él en persona?

—Tendrá una mañana tranquila —digo, mientras el teléfono que sujeto vuelve a sonar.

—Aquí, desde luego, no está siendo nada tranquilo —dice Claire.

Me llevo el teléfono al oído, mientras una serie de pensamientos desconcertantes desfilan por mi cabeza: *¿Por qué he mentido a Claire? ¿Cuál ha sido el verdadero motivo de Colin para llamarme? ¿Es posible que sea lo que aparenta, un hombre que me encuentra «interesante», y que quiere invitarme a cenar?*

—¿Hola? —casi grito en el receptor, en un esfuerzo por alejar tales pensamientos.

Escucho la voz familiar al otro lado de la línea, el corazón se me sube a la boca, el aliento se me congela en los pulmones.

Dime que me quieres.

—Oh, Dios.

Corto el teléfono y lo dejo caer al suelo.

—¿Qué pasa? —pregunta Claire—. ¿Qué pasa, Bailey?

—Era el detective Castillo —respondo, cuando al fin consigo encontrar la voz.

—¿Qué ha dicho? Cuéntame.

—Al parecer, otra mujer fue violada anoche a unas diez manzanas de donde me agredieron. Han detenido a un hombre, y quieren que vaya a ver si puedo identificarle.

—¿Cuándo?

—Lo antes posible.

Claire deja mi taza de café sobre la mesita de noche.

—Vamos.

25

Unos cuarenta minutos después Claire aparca mi coche en el garaje de la comisaría de policía, en el cuatrocientos de la Segunda Avenida Noroeste de la parte del centro de Miami conocida como Little Havana. El cielo amenaza lluvia, y el viento, que ya está soplando a cincuenta kilómetros por hora, está aumentando de velocidad. Según el parte meteorológico de todas las emisoras de radio que hemos escuchado, una tormenta tropical se está gestando al este de Cuba, aunque todavía quedan esperanzas de que pase de largo de Florida y vaya a morir en mitad del Atlántico.

—¿Preparada? —pregunta Claire, al tiempo que apaga el motor y se desabrocha el cinturón de seguridad.

¿Preparada para encontrarte con el hombre que te violó?

—Tú puedes hacerlo.

Me da una palmadita en la mano.

Echo un vistazo al edificio principal blanco, que es una especie de revoltijo arquitectónico, con el exoesqueleto tipo McDonald's que sobresale de sus lados y abraza los pisos superiores. El edificio tiene tres, tal vez cuatro pisos de altura, cuesta concretarlo desde este ángulo. Letras mayúsculas azules en lo alto de la fachada anuncian «DEPARTAMENTO DE POLICÍA DE MIAMI». Frondosos árboles altos, cuyos nombres debería saber, pero no recuerdo, flanquean la acera y el camino que conduce a la puerta de entrada.

Tú puedes hacerlo, repito en silencio. *Tú puedes hacerlo.*

No me muevo.

—Podemos quedarnos sentadas un rato —dice Claire, aunque yo sé que no tiene todo el día, que ha de estar en el hospital a mediodía—. Es una zona muy interesante —comenta, mientras pasea la vista por la calle proletaria carente de todo *glamour*—. ¿Sabes que, en su origen, esta zona estaba atestada de tiendas judías? Después, llegaron las bodeguitas cubanas y las cafeterías italianas. Y ahora, los latinos se han apoderado de casi todo.

—Interesante —digo, aunque sólo he oído fragmentos de lo que estaba diciendo—. ¿Cómo sabes todo esto?

Ambas sabemos que no me interesa su respuesta, que sólo intento prolongar la conversación, una conversación que Claire ha iniciado solamente para distraerme del pánico que se está apoderando de mí.

—Jade estudia historia local en el instituto. Aunque si he de ser más precisa, yo he estado estudiando, mientras ella hacía novillos. Oh, bien. Tal vez aprenderá por ósmosis.

—Eres una buena madre.

—El jurado aún continúa deliberando.

—Y una gran hermana.

Lanza una carcajada, un sonido sorprendentemente hueco.

—Heath no opina lo mismo.

Heath carece de toda opinión, la corrijo en silencio, aunque jamás lo diría en voz alta. Hacerlo significaría traicionar al único hermano real que jamás he conocido. Hasta ahora.

—Es que no te conoce.

—Ni quiere conocerme.

—Ya cambiará de opinión.

—Quizá. —Claire consulta su reloj—. ¿Estás preparada para hacer esto?

—¿Cómo puedo identificar a un hombre al que nunca he visto?

—Échale un buen vistazo. No te apresures. Haz lo que puedas. Es lo máximo que se puede pedir.

Cabeceo y abro la puerta del pasajero, al tiempo que siento el empuje del viento, como una advertencia de que no salga. Claire rodea el coche y me coge de la mano, me guía a través del aparcamiento. El viento azota mi pelo. Sale disparado en todas direcciones, como si hubiera pisado una valla electrificada, cada mechón un diminuto látigo que azota mis mejillas y mis ojos.

—La vida no deja de ser curiosa, ¿verdad? —digo, al tiempo que me detengo con brusquedad ante un Buick clásico, asombrada por lo que estoy a punto de decir.

—¿Por qué?

—Si no hubiera pasado nada —empiezo—, si no me hubieran violado…, tú y yo nunca habríamos llegado a conocernos.

—Eso es verdad.

—Con lo cual, quizá debería darle las gracias.

—¿Y si le dieras una patada en los huevos?

Sonrío.

—Una idea muchísimo mejor.

El detective Castillo nos está esperando en el vestíbulo.

El primer piso de la comisaría es espacioso y luminoso, pese al cielo tenebroso que se ve al otro lado de las ventanas en ángulo recto y la seriedad de lo que sucede dentro del laberinto de despachos interiores. He estado muchas veces aquí en el curso de diversas investigaciones, y siempre me ha parecido un edificio relativamente agradable, pese a las fotografías y carteles de los Diez Más Buscados de Estados Unidos que flanquean los pasillos. Ésta es la primera vez que me parece intimidante.

—Bailey… Claire —dice Castillo a modo de saludo—. Gracias por venir tan deprisa. Parece que se avecina una tormenta de las buenas.

—Por suerte, nos ahorraremos lo peor —comenta Claire.

—Parece nerviosa —me dice el policía cuando me aparto el pelo de la cara—. ¿Cómo se encuentra?

—Aterrorizada.

Me pregunto si le habrán informado de los acontecimientos de la noche.

—No tiene por qué. Recuerde que usted puede verles a ellos, pero ellos a usted no.

Saber eso no me ayuda en absoluto.

Nos guía por un pasillo cuyas paredes están cubiertas de carteles de reclutamiento, avisos y anuncios de acontecimientos inminentes, así como de fotografías enmarcadas de miembros de alto rango del cuerpo, que posan con aire oficial.

—Tengo entendido que unos agentes la fueron a ver anoche —añade en tono ominoso, mientras abre la puerta de un despacho interior.

—Mierda —mascullo en voz baja.

—Tú puedes hacerlo —repite Claire, que ha malinterpretado el taco.

Se reúne con nosotros el agente Dube, quien nos sigue hasta la habitación y cierra la puerta a su espalda. Dice hola, pregunta cómo estoy, me dice que no hace falta que esté nerviosa porque, si bien podré ver a los sospechosos, ellos no podrán verme a mí. Eso tampoco me ayuda.

La habitación en la que nos encontramos es pequeña y carece de ventanas. Iluminación tenue, suelo de baldosas anodino. Salvo por un par de sillas de plástico naranja apoyadas contra la pared color cáscara de huevo que hay a mi izquierda, la habitación carece de muebles. No hay fotografías, acuarelas decorativas, nada que distraiga del propósito del lugar, que es ver a los sospechosos que pronto se alinearán al otro lado del tabique de cristal que ocupa casi toda la pared del fondo. Embuto el jersey a rayas azul marino dentro de los pantalones de algodón blanco (los mismos pantalones que llevaba ayer, me doy cuenta, cuando reparo en las franjas de polvo sobre las caderas) y carraspeo. Antes era muy puntillosa con la ropa que me ponía.

—¿Le apetece beber algo? —pregunta Castillo.

—Un poco de agua.

El agente Dube sale de la habitación.

—Yo nada —dice Claire, aunque no se lo han preguntado—. ¿Cree que tienen al hombre que violó a mi hermana?

—Tenemos detenido a un sospechoso en relación con otra violación que sucedió anoche cerca del lugar donde Bailey fue atacada.

La misma zona a la que regresé ayer, pienso, al tiempo que reprimo un estremecimiento involuntario. Me pregunto si mi visita tuvo algo que ver con esta última agresión. ¿Podría ser responsable, de alguna forma?

—¿El mismo *modus operandi*? —oigo que pregunta a Claire. El latinajo suena tan raro que casi me pongo a reír.

—Existen algunas diferencias.

—¿Qué quiere decir?

—¿Por qué no esperamos a que su hermana tenga la oportunidad de ver a los sospechosos? —dice Castillo, cuando la puerta del despacho se vuelve a abrir y entra el agente Dube con mi vaso de agua. Deja un vaso de papel lleno de agua en mis manos, visiblemente temblorosas. Tomo un sorbo antes de que el agua pueda caer al suelo.

—No hay motivos para estar nerviosa —me repite Dube—. Usted puede verles, pero ellos a usted no.

La puerta se abre. Entra una joven. Es alta y desgarbada, de brazos largos y caderas anchas. Pelo negro como el azabache, largo hasta la barbilla, que enmarca una cara algo caballuna. Por lo visto, es de la Oficina del Defensor del Pueblo.

—Hola —dice, en un susurro a lo Marilyn Monroe tan incongruente como desconcertante.

—Estoy seguro de que se halla familiarizada con el procedimiento —dice Castillo, antes de describirlo—. Entrarán cinco hombres. Cada uno dará un paso adelante para que pueda verlos bien, y después se volverán para que los vea de perfil. También les pediremos que hablen, que repitan las palabras que le dijo el violador…

Dime que me quieres.

Las rodillas me fallan. Mis manos empiezan a temblar de manera incontrolada. El vaso de papel lleno de agua resbala de mis dedos y cae al suelo de baldosas. Lanzo un grito.

—Déjalo —ordena Castillo, pero el agente Dube ya se ha agachado para levantar el vaso vacío y coger una toalla de papel con la que secar el agua del suelo—. Sé que esto es muy difícil para usted, Bailey, pero también es muy importante. Puede que no le viera bien, pero sí oyó su voz. Puede hacerlo —dice, igual que Claire antes.

Ella me aprieta la mano.

—Temo que deberé pedir a la hermana de Bailey que salga de la habitación —dice la mujer de la Oficina del Defensor del Pueblo.

—Por favor —suplico al detective Castillo—. ¿No puede quedarse?

—No podemos permitir que nadie influya en la testigo —es la respuesta de la voz susurrante que está empezando a irritarme.

El agente Dube abre la puerta.

—Puede sentarse ahí —dice a Claire, y le indica la hilera de sillas de plástico naranja que flanquean el pasillo.

Ella me abraza.

—Respira hondo —me recuerda—. Echa un buen vistazo. No te precipites. Haz lo que puedas. Estaré justo ahí fuera.

Da un último apretón a mi mano y abandona la habitación.

—¿Preparada? —pregunta Castillo en cuanto sale. Su dedo ya está apoyado sobre el interfono, y en cuanto asiento da la orden de que entren los hombres.

Respira hondo.

Inhalo aire, y lo expulso despacio cuando veo a los cinco hombres entrar en el espacio bien iluminado que hay al otro lado del cristal. Cada hombre lleva un pequeño letrero apoyado contra el pecho, numerados del uno al cinco. Todos se vuelven a mirarme, cinco pares de ojos inexpresivos clavados en el vacío de enfrente. Según la gráfica que tienen detrás, los hombres oscilan entre metro setenta y metro setenta y ocho. Todos son de peso y estatura medios, si bien los números uno y cinco son más musculosos que los demás. Todos tienen el pelo castaño. Los números dos y cuatro aparentan veintitantos años, los números uno y cinco son algo mayores, y el número tres les saca una década como mínimo. Los números tres y cuatro son hispanos, los otros tres blancos. Todos van vestidos con camisetas oscuras y vaqueros azules.

Todos me suenan vagamente.

El número cinco en particular. Le he visto antes.

Echa un buen vistazo.

Le miro de pies a cabeza.

—Giren a la izquierda. Ahora, a la derecha.

De perfil, el hombre tiene un aspecto algo mejor que de frente, aunque no es apuesto. La luz del techo exagera el corte de sus bíceps, consigue que los músculos de los brazos parezcan más pronunciados que antes.

¿Puede ser éste el hombre que me violó?

—Digan «Dime que me quieres» —ordena Castillo, y me estremezco al oír esas palabras en sus labios.

—Dime que me quieres —brama el primero sin la menor inflexión.

Niego con la cabeza. No creo que sea este hombre el que me violó.

El número uno vuelve a su posición anterior.

—Número dos, haga el favor de avanzar un paso.

El número dos avanza un paso con movimientos perezosos, los hombros hundidos, una mirada aburrida en su cara cubierta de acné. Le ordenan que gire a la izquierda y después a la derecha, y que diga «Dime que me quieres».

Aunque el sonido no se parece en nada al del hombre que me violó, me entran ganas de vomitar. Hay algo amenazador en su tono, algo airado en el insolente hundimiento de sus hombros. Niego con la cabeza, lanzo una mirada furtiva al número cinco, con pánico creciente. ¿Será este hombre el que la policía detuvo anoche, el hombre que violó a otra mujer no lejos del lugar donde me atacaron? ¿Podría ser el número cinco el hombre que me violó?

—Retroceda. Número tres, dé un paso adelante, por favor.

El número tres aparenta unos cuarenta años. Además de ser el mayor, es el más nervioso. Casi salta para dar el paso, cambia el peso de un pie a otro, como si vibrara, cuando se vuelve primero a la izquierda y después a la derecha. Escupe «Dime que me quieres» tal como le han ordenado, con un leve acento en las palabras.

No es el hombre que me violó.

—Número cuatro.

El número cuatro es el más joven y alto de los cinco. También es el más flaco. Se gira a la izquierda, después a la derecha, y masculla las palabras que le han ordenado pronunciar, de manera que le ordenan decirlas de nuevo, no una vez, sino dos. La repetición sólo sirve para dejar claro que no es el hombre que me violó.

Número cinco avanza un paso mientras número cuatro retrocede.

Es el más apuesto de todos, y parece el más fuerte. También está muy bronceado, incluso un poco quemado por el sol. No espera a las instrucciones, se vuelve a la izquierda y a la derecha antes de que se lo ordenen.

—Éste está que se sale —comenta el agente Dube.

—Diga «Dime que me quieres» —ordena Castillo.

—Dime que me quieres —responde. En voz alta. Clara. Definida.

Siento que mis rodillas ceden. La habitación se inclina a un lado. El suelo asciende hacia mi cabeza.

El detective Castillo me agarra antes de caer.

—Respire hondo —dice, mientras yo inhalo aire.

—¿Es él? —pregunta el agente Dube—. ¿Ha reconocido su voz?

Niego con la cabeza. Las lágrimas de cuya presencia no me había dado cuenta resbalan hacia mi barbilla.

—No es él.

—¿Está segura?

—Me suena tanto… Pensé que quizá… Pero su voz…

—Creo que hemos terminado —dice la defensora del pueblo con su susurro casi infantil—. Gracias, caballeros. Señorita Carpenter —dice, en lugar de adiós.

Abandona la habitación y mi hermana entra al instante.

—¿Qué ha pasado? —pregunta Claire, mientras los cinco hombres del otro lado empiezan a salir de la sala—. ¿Te encuentras bien? ¿Pudiste identificarle?

Me conduce a las sillas naranjas apoyadas contra la pared, y se sienta junto a mí.

—Su hermana fue incapaz de identificar positivamente a ninguno de los hombres —dice Castillo, procurando disimular su evidente decepción en la voz.

—¿Estás segura? —pregunta Claire.

Sacudo la cabeza.

—El número cinco me sonaba mucho —digo en voz alta.

—Tal vez porque está trabajando en el edificio en construcción que está detrás del de usted. Es probable que le haya visto en la zona.

—O con los prismáticos —añade el agente Dube; sus palabras son una clara, aunque innecesaria, reprimenda.

—Está en libertad condicional por agresión —explica Castillo—. Por eso pudimos traerle.

—¿Sexual?

—No. Una pelea en un bar. Hace cinco años. En cualquier cosa, valía la pena probar.

—¿Es sospechoso de la otra violación? —pregunto.

—No. Ése era el número dos.

Imagino al joven de los hombros hundidos y la cara cubierta de acné. *Dime que me quieres*, le oigo bramar. Pero no es el bramido del hombre que me violó.

—¿Y el número uno? Podría haber sido él…

—Ése era el agente Walter Johnston. Uno de los mejores de Miami.

La cabeza me cae sobre el pecho.

—Mierda. Lo siento.

—No tiene por qué. No es el tipo más agradable del mundo. Pero tiene una coartada de hierro para la noche en que la agredieron. Estaba en el trabajo, rodeado de docenas de agentes.

—Lo siento —repito, porque no se me ocurre otra cosa que decir.

—Bueno, lo hemos intentado, usted lo ha intentado. Si nuestro chico no estaba ahí, tendremos que seguir buscando.

—Hiciste lo que pudiste —me dice Claire.

—Hemos de hablar —dice Castillo— sobre lo de anoche.

—Oh, Dios. Creo que ahora no estoy en forma para un sermón.

—Sabe que cometió una estupidez, ¿verdad? —señala el agente Dube, sin molestarse en disimular. He cometido tantas estupideces últimamente que sería difícil elegir una en concreto.

—Supongo que puedo esperar —dice Castillo—. Pero hágame un favor, no vuelva a hacer llamadas anónimas a la comisaría. No ayuda a fomentar su credibilidad. —Saca una tarjeta del bolsillo de atrás y me la da—. Llámeme directamente. El número de mi casa está en el dorso.

—Gracias.

Guardo la tarjeta en el bolsillo. Otra tarjeta para mi creciente colección.

—¿Se encuentra bien? ¿Puedo darle algo? ¿Un poco más de agua?

—Sólo necesito unos minutos.

—No hay prisa.

Sale de la habitación, seguido del agente Dube.

—¿Tienes idea de lo orgullosa que me siento de ti ahora mismo? —pregunta Claire en cuanto se van.

—¿Estás orgullosa de mí? ¿Por qué?

—Hace falta una valentía enorme para hacer lo que acabas de hacer.

—No he hecho nada.

—No quites importancia a lo que acaba de suceder porque no dio los resultados esperados. Te enfrentaste a tus peores temores, Bailey. Miraste a la cara a cinco violadores en potencia. No huiste. No te escondiste. No te desmoronaste. Eso ha de contar para algo. Y ese algo es muchísimo para mí.

Me derrumbo en sus brazos y apoyo la cabeza en su pecho.

—Te quiero —le digo, y me doy cuenta de que es verdad.

—Yo también te quiero —dice ella, al tiempo que reprime las lágrimas. Se serena enseguida—. Vamos. Te llevaré a casa.

Hay dos mensajes esperándome en casa cuando oigo mi buzón de voz. El primero es de Sally, que se disculpa por no venir a verme desde hace días, pero ha estado muy ocupada en el trabajo y su hijo tiene un resfriado terrible, ¿y por qué no he comprado un móvil nuevo para poder enviarnos mensajes de texto? Añade que el bufete es una casa de locos ahora que Sean Holden ha regresado de su crucero…

—Mierda —mascullo. Sean ha vuelto y no me ha llamado. ¿Qué significa eso? Más importante aún, ¿por qué me preocupa? Puede que sea un brillante abogado, pero también es un mentiroso y un falsario.

—Estás tan loca —me digo a mí misma. Disgustada porque un hombre casado, tu jefe, nada menos, te ha engañado… ¡con su mujer!—. Idiota —digo, a la espera del segundo mensaje, con la esperanza de que sea de Sean, pese a todo.

«Bailey, soy Gene —brama de repente mi hermanastro en mi oído—. He de hablar contigo lo antes posible.»

—Mierda —repito, y borro ambos mensajes. Segundos después, suena el teléfono.

—Hola, señorita Carpenter —dice la voz en cuanto descuelgo—. Soy Finn, de portería. Su hermano está aquí. El mayor —añade en un susurro.

El pánico crece en mi interior. Maldita sea. No estoy preparada para esto.

—De acuerdo. Será mejor que le deje subir.

—No me has devuelto la llamada —dice Gene, cuando entra en mi apartamento como dispuesto a arrollar a cualquiera que se interponga en su camino.

Es en momentos como éste cuando lamento tener un teléfono fijo. Casi toda la gente que conozco se ha deshecho del suyo hace tiempo. Tal vez cuando haya sustituido mi móvil…

—Acabo de llegar a casa. Estuve en la comisaría de policía, en una rueda de reconocimiento…

—¿Cogieron al tío?

—No. No pude…

—Lástima.

Se rasca su delgada nariz. La nariz de mi padre, caigo en la cuenta, en mitad de las facciones de su madre. Gene se dirige sin recibir invitación a mi sala de estar y se sienta, mientras se ajusta su corbata azul oscuro. Observo gotas de lluvia en las hombreras de su traje a rayas azules y blancas.

—¿Qué es eso de que quieres que eche un vistazo a un historial archivado?

—¿Qué? No, yo…

—Sabes que no puedo hacerlo.

—Yo nunca insinué… Nunca te habría pedido…

—Sabes que esa información es inadmisible en un tribunal.

—Lo sé. Lo siento muchísimo.

—Siéntate, Bailey —ordena, como si estuviera en su despacho y no en mi apartamento—. Y escucha con cuidado, porque no pienso repetir lo que voy a decir. ¿Está claro?

Asiento y contengo el aliento.

—Jason Harkness irrumpió en un 7-Eleven cuando tenía quince años, golpeó al empleado con una botella y se llevó cuarenta y tres dólares con diecinueve centavos —me dice, con voz inexpresiva y tono práctico—. Estuvo encerrado dieciséis meses en el reformatorio, y después solicitó que archivaran su historial. Está limpio desde entonces. No hay nada en su expediente que sugiera tendencias violadoras, aunque es claramente capaz de entregarse a la violencia. Si esto te sirve de ayuda o no, yo no lo sé. Eso es todo. Punto.

Entrelaza las manos sobre el regazo.

—Gracias.

Intento comprender las implicaciones de lo que acabo de averiguar.

También estoy esperando la torna. No conozco bien a Gene, pero sé lo bastante de él como para imaginar que no da nada sin esperar algo a cambio.

No he de esperar mucho.

—Escucha —dice, y carraspea—. No cabe duda de que es una época muy dura para ti. Y nosotros, tus hermanos, y yo, no queremos ser motivo de más preocupaciones.

¿Habrá hablado Claire con ellos? ¿Habrá persuadido a su hermano de que retire la demanda?

—Hemos pensado, y confiamos en ello, que tal vez quieras llegar a un acuerdo.

—¿Un acuerdo?

—Lo último que deseamos, y probablemente lo último que te faltaría, es una batalla judicial larga y muy pública, sobre todo ahora, cuando estás intentando recuperarte de esa espantosa agresión. Sería una tragedia que esta demanda interfiriera en los progresos que estás haciendo...

—Es lo más conveniente para mí.

El sarcasmo se pega a mi voz como miel a una cuchara.

Gene finge no darse cuenta.

—Sí, exacto. Estoy seguro de que si todos nos sentáramos y habláramos de esto como adultos razonables...

—¿Crees que demandarme para apoderarse en la práctica de toda la herencia de mi padre es razonable?

—También era mi padre, Bailey. Tuvo siete hijos, no sólo dos. Y sólo pedimos lo que nos pertenece. —La cara de Gene se está congestionando. Su pie derecho patea impaciente mi alfombra de piel. No le gusta que le planten cara, lo cual debe de ser difícil en su profesión—. Escucha, es evidente que nuestro padre no estaba en su sano juicio cuando cambió el testamento —dice, intentando otro enfoque—. Estaba deprimido por la muerte de tu madre e irritado por lo que percibía como la indiferencia de sus hijos mayores hacia lo que estabais padeciendo.

—¿Estás diciendo que no tendría que haberse deprimido, que no tenía derecho a estar irritado?

—No tenía derecho a desheredarnos.

—El dinero era de él.

—Era el dinero de la familia —insiste Gene—. Estás olvidando que mi madre trabajó con ahínco para apoyarle cuando se casaron...

—Y tú estás olvidando que nuestro padre la dejó en muy buena situación después del divorcio. Si no me equivoco, entregó a sus dos exesposas varios millones de dólares en el acuerdo de divorcio, y también contribuyó con generosidad a la manutención de los hijos.

—Todo lo cual palidece en comparación con los beneficios que recibiréis Heath y tú. Y hablando de Heath —continúa sin tomar aire, probando otra táctica—, dudo que nuestro padre quisiera que tu hermano se gastara su fortuna en drogas y parásitos disolutos.

—Parásitos disolutos —repito, y consigo decirlo con indignación, pese a que yo también he pensado lo mismo—. Eso son palabras mayores.

—Los hechos son los hechos —afirma Gene, como si estuviera dirigiendo su resumen al jurado—. A Heath le gusta ir de parranda, sus amigos son dudosos, en el mejor de los casos. Nunca ha conservado un trabajo en su vida...

—Es actor y guionista...

—¿De veras? ¿En qué películas ha intervenido? ¿Qué guiones ha escrito?

—Ya sabes que no es fácil en estos tiempos. Hay que perseverar. Está intentando...

—Bailey...

—Eugene —digo con intención, y utilizo el nombre que detesta.

Se llevará el dinero de nuestro padre, pero no utilizará su nombre. Antes de esta visita, estaba pensando en llegar a alguna especie de acuerdo con él y el resto de mis hermanastros.

—Creo que sería un error poner tanto dinero en manos de alguien que se lo cepillará todo en un abrir y cerrar de ojos —dice Gene, con lo cual sella su destino de una vez por todas.

—Creo que ya es hora de que te marches.

—Sé razonable, Bailey...

Me levanto y camino hacia la puerta. Gene suspira y me sigue. Abro la puerta y sale a regañadientes al pasillo.

—Quiero darte las gracias por las fotos que le diste a Claire —dice, como si fuera un pensamiento de última hora—. Fue muy amable por tu parte.

—Considera que estamos en paz —digo, y le cierro la puerta en las narices.

26

Una hora después estoy ante la hilera de ascensores del vestíbulo de la reluciente torre de mármol blanco que alberga las oficinas de Holden, Cunningham y Kravitz. Sólo conservo una vaga sensación de cómo he llegado hasta aquí (una agitada carrera en taxi por las calles azotadas por la lluvia de Miami), y una sensación todavía más vaga de por qué estoy aquí. ¿He venido a ver a Sally? ¿A plantar cara a Sean? ¿A escapar de Gene, cuya tozuda presencia continúa rondando mi apartamento, un lugar que está empezando a parecer más una prisión que el refugio seguro que siempre ha sido?

Pero aquí estoy. Una repentina y abrumadora angustia se ha apoderado del control de mis piernas y las ha clavado en el suelo, con tanta firmeza como las columnas de mármol decorativas cercanas. Veo que la media docena de ascensores llegan y se van a intervalos constantes aunque irregulares, las puertas de latón *art déco* se abren y se cierran, gente ajetreada bien vestida lleva a cabo entradas y salidas, el proceso repetido tantas veces que acaba careciendo de sentido, del mismo modo que una palabra pierde su significado por culpa de la repetición excesiva.

Siento un desagradable entumecimiento que se extiende desde las plantas de los pies y me rodea los dedos, después asciende por las piernas hacia los muslos y se insinúa entre mis piernas.

Estoy experimentando un episodio de estrés postraumático, me digo. *No estoy loca.*

—¿Bailey?

Una protesta gutural escapa de mis labios, lo cual provoca que la gente cercana dé un paso atrás como medida cautelar.

—Lo siento —dice una joven, aunque su forma de mirarme sugiere que debería ser yo quien se disculpara—. Pensé que eras tú. Soy Vicki,

¿de contabilidad? —pregunta, como si no estuviera segura—. Dios mío, estás empapada.

—¿Sí?

Una veloz mirada me revela que Vicki de contabilidad está en lo cierto. Cae agua de mis hombros y forma charcos en el suelo a mi alrededor.

Ríe.

—Bien… ¡Sí, eres tú! —Me mira como si esperara que estallara en llamas de un momento a otro—. ¿Te encuentras bien?

—Sí.

Vicki de contabilidad es una chica guapa de pelo castaño lacio que le cae casi hasta la cintura. Lleva un vestido gris y tacones negros tan altos que me pregunto cómo logra sostenerse sobre ellos, y ya no digamos caminar. Yo llevaba zapatos como ésos, pienso, mientras miro mis sandalias planas. Caminaba con ellos sin el menor problema.

—¿Vas arriba? —Aprieta el botón de llamada, aunque ya está encendido. Asiento, y ella sonríe—. ¿Cómo va todo?

¿Cuánto sabe, cuánta información, tanto verdadera como falsa, han generado las habladurías en la oficina?

—Mejor cada día.

—¿Piensas en volver pronto?

—Quizá.

—Eso espero. Te echamos de menos.

Me parece raro, porque esta conversación debe ser la más larga que hayamos entablado jamás.

—Yo también te echo de menos —digo, en parte porque es lo que hay que decir y en parte porque es, aunque parezca sorprendente, cierto.

Llega un ascensor y las puertas se abren.

—¿Subes? —dice Vicki de contabilidad, entra y me espera. La puerta le golpea el hombro y la sirena empieza a sonar, cuando mis pies se niegan a moverse y me demoro demasiado—. ¿Bailey? ¿Subes?

Un hombre entra, y el repentino movimiento sirve para propulsarme al interior.

Vicki de contabilidad aprieta el botón del piso veintiséis, después me mira, sus dedos flotan encima del panel.

—El señor Holden está en el veintisiete, ¿verdad?

¿Por qué da por sentado que voy a ver a Sean? ¿Está enterada de nuestra relación? ¿Será otro cotilleo picante del que soy responsable?

—Veintiséis —digo—. Antes pasaré a saludar a Sally.

—Ah, sí. Qué locura. Está trabajando en el divorcio de Aurora y Poppy Gomez. Es increíble lo que está pasando. Dicen que se acostó con más de mil mujeres durante los dos últimos años. Eso sale a una por noche.

Intento convencerme de que lo que Vicki está contando son meras exageraciones, y no una indicación de su habilidad contable.

—Perdón —dice una mujer desde la parte posterior de la cabina cuando las puertas se abren en el piso diecisiete. Siento que varios cuerpos se reordenan detrás de mí cuando se abre paso hacia la puerta, y sale cuando entra un hombre. El hombre tendrá unos treinta y cinco años, y es de estatura y peso medios. Huele a jabón caro y a colutorio, fresco y limpio.

Dime que me quieres.

Me apoyo en la pared más cercana, me digo que debo conservar la calma. No es el hombre que me violó. La rueda de sospechosos de esta mañana me ha alterado los nervios, ha puesto a cien mi imaginación. *No estoy loca.*

Segundos después, llegamos al piso veinticinco y Vicki sale a la impresionante zona de recepción, chapada de mármol verde, de Holden, Cunningham y Kravitz. Se vuelve para despedirse y me encuentra a escasos centímetros de su cara.

—Oh —exclama, sorprendida al verme tan cerca—. Pensé que ibas al veintiséis.

—Debería llamar a Sally antes —digo, mientras finjo buscar en mi bolso el móvil robado—. Dijiste que estaba ocupadísima…

Vicki de contabilidad esboza una sonrisa desmañada.

—Bien, me alegro de volver a verte. Buena suerte con todo.

—Gracias.

Veo que saluda a la recepcionista, después atraviesa las puertas de cristal en dirección a las oficinas del lado este del edificio. Al otro lado de esas puertas se oye el murmullo constante de gente enfrascada en su trabajo.

Yo formaba parte de ese murmullo. Tenía trabajo siempre.

—Perdón. ¿Puedo ayudarla? —pregunta la recepcionista. No la había visto nunca. Debe de ser nueva. Y es muy atractiva. No puedo emplear otra palabra.

—Soy Bailey Carpenter —le digo, mientras me acerco al enorme mostrador de granito verde tras el cual se sienta—. Trabajo aquí. Estoy de baja —continúo de manera espontánea.

Su sonrisa de estrella de cine me deslumbra unos momentos.

—¿Ha venido a ver a alguien en particular? —pregunta.

Vacilo, y decido en ese instante que no debería haber venido, que he de largarme cuanto antes. Me vuelvo hacia los ascensores justo cuando se abre uno y Sean Holden sale al vestíbulo.

A menos que no sea él.

A menos que le esté imaginando a él y a su sonrisa que proclama: «Oh, mierda».

—Bailey —dice, y camina hacia mí con los brazos extendidos—. No esperaba verte. ¿Qué haces aquí?

Se me seca la garganta. Me siento mareada, como a punto de desmayarme.

—Trabajo aquí, ¿recuerdas?

Y de repente estoy en sus brazos. Aunque sólo un segundo. Sólo lo que él tarda en susurrar: «Quería llamarte…» Y entonces retrocede.

—Veo que te ha pillado la lluvia —dice. Se sacude la humedad que mi abrazo ha depositado en su chaqueta de lino beis.

—Olvidé el paraguas —consigo tartamudear.

—¿Cómo te va?

—¿Cuándo has vuelto?

Las preguntas se superponen.

—El domingo. Mmm… Concédeme un momento, ¿de acuerdo?

Camina hacia el mostrador de recepción.

—¿Señor Holden? —dice la chica en tono alegre, y me fijo en la forma en que le mira, con los ojos azul marino centelleantes. ¿La mira él con el mismo centelleo?, me pregunto.

Me han dicho que es un donjuán, me dijo en una ocasión Gene. ¿Fui siempre tan ciega? ¿Fui siempre tan estúpida?

Lo bastante estúpida para no coger paraguas, pese a los avisos de que se acercaba un frente de tormentas importante. Lo bastante estúpida para mantener una relación con un hombre casado, pese a saber que terminaría mal. Lo bastante estúpida para que las rodillas me tiemblen nada más verle.

—¿Puede decirle a Barry York que me retrasaré unos minutos?

—Por supuesto, señor Holden.

—¿Hay alguien utilizando la Sala de Conferencias B?

La recepcionista examina la gruesa agenda que tiene delante.

—Ni un alma.

Sean vuelve a mi lado.

—Vamos.

Toma mi brazo y me guía hacia las puertas de cristal que hay frente a las que Vicki de contabilidad cruzó unos minutos antes.

La Sala de Conferencias B es un pequeño rectángulo cuyos ventanales dan al oeste de la ciudad, aunque en aquel momento lo único visible son el cielo negro y el aguacero constante.

—Menudo día se está poniendo —comenta Sean, y me pregunto por un momento si se estará refiriendo a mi inesperada visita. Cierra la puerta de roble macizo a su espalda, me da otro veloz abrazo y se separa antes de que se lo pueda devolver. Me indica con un gesto que tome asiento en una de las doce sillas rojas tapizadas agrupadas alrededor de la larga mesa de roble, y estoy a punto de caerme en la silla cuando él acerca otra a mi lado. La gira en redondo de cara a mí, de modo que nuestras rodillas se tocan, y después toma mis manos y sus ojos escrutan los míos.

—¿Cómo estás, Bailey? Pareces muy cansada.

Me encojo de hombros, temerosa de decir algo por miedo de echarme a llorar. ¿Por qué ha escogido este momento concreto para sincerarse conmigo?

—Lo siento mucho —dice, y sé que se está refiriendo más a su comentario que a mi apariencia.

Agacho la cabeza cuando las lágrimas empiezan a caer. No estoy preparada para esta conversación. Todavía no.

—¿Cómo ha ido el viaje?

—Bien. Ha ido bien. A las niñas les gustó.

—¿Y a ti?

—Bien, los cruceros no me entusiasman, ya lo sabes.

¿Cómo voy a saberlo?

—Tendrías que habérmelo dicho —digo, incapaz de continuar reprimiendo las palabras—. Lo del embarazo.

Suspira.

—Lo sé. Quería hacerlo. Fui aquella tarde a decírtelo, pero… no pude. Sobre todo después de lo que te pasó.

Una suerte que mi violación resultara tan conveniente, pienso, pero resisto la tentación de verbalizarlo.

—¿Qué puedo decirte, Bailey? ¿Que soy un cobarde, que soy un cabrón? No te cortes ni un pelo —añade, apretándome la mano con una risita forzada—. Sólo fue una vez, Bailey. Una noche en que habíamos tomado demasiadas copas durante la cena y…

—Oh, por favor —le interrumpo, en voz más alta de lo que ninguno de los dos esperábamos, lo cual provoca que Sean lance un vistazo hacia la puerta—. No insultes a mi inteligencia.

—Es complicado.

—Te has estado acostando con tu mujer, Sean. A mí me parece muy sencillo.

—No tiene nada que ver con lo nuestro.

—Tiene todo que ver con lo nuestro.

—Eso no significa que no te quiera, Bailey.

—Sólo que te quieres más a ti mismo.

—Eso no es justo.

—¿Un abogado que espera justicia? No suele ocurrir.

—Te quiero mucho, Bailey. Ya lo sabes.

—Tienes una forma muy curiosa de demostrarlo.

Silencio.

—Estás enfadada —dice por fin—. Y comprensiblemente disgustada.

—Me alegro mucho de que lo entiendas.

—No podría haber sucedido en un momento peor para ti…

—Sí. Primero me violan, y después mi amante deja preñada a su mujer. Una coincidencia en el tiempo que da asco.

Una vez más, Sean mira sin querer hacia la puerta.

—Tal vez deberíamos espaciar nuestros encuentros…

—¿Cuándo nacerá el niño, Sean?

—En febrero.

—Por lo tanto, hace bastante tiempo que lo sabes.

—Unos cuantos meses —admite.

—¿Chico o chica?

—Chico —dice con una sonrisa—. ¿Qué te parece?

Me mira en busca de mi aprobación, como si fuéramos dos viejos amigos que celebraran su buena suerte.

—Felicidades. —Me pongo en pie—. Supongo que debería irme. Te enviaré mi renuncia por correo electrónico esta tarde.

—No, Bailey. Eso es absolutamente innecesario. No estoy pidiendo tu renuncia.

—Y yo no te estoy pidiendo permiso.

Otro suspiro.

—De acuerdo. Como quieras —dice en tono formal, y tiene la elegancia de no mostrarse muy aliviado—. ¿Te pondrás bien?

Mis pulmones se llenan de falsa bravuconería, y casi estoy a punto de hinchar el pecho.

—Cuenta con ello.

Consigo mantener la serenidad después de abandonar la sala de conferencias, me fuerzo a poner un pie delante del otro, con las lágrimas resbalando sobre las mejillas, la cabeza bien alta mientras espero el ascensor. Cierro los ojos para eliminar a los demás pasajeros cuando entro, y sólo los vuelvo a abrir cuando paramos en la planta baja, permanezco erguida por pura fuerza de voluntad cuando atravieso el vestíbulo y salgo a la tarde tempestuosa. La lluvia ha parado de manera transitoria, aunque el cielo sigue oscuro y el viento sopla con más fuerza que nunca.

Le veo en cuanto salgo del edificio.

Está parado en la acera, luchando con su paraguas, que el viento ha puesto del revés. Aunque ha cambiado su uniforme de correr por unos pantalones negros y una chaqueta deportiva, reconozco de inmediato a Colin Lesser. Sé que trabaja en esta zona y que es la hora de comer, así que no es tan extraño que nos hayamos encontrado. De todos modos, me parece más que una simple coincidencia que esté en este lugar justo en el mismo momento que yo. ¿Me habrá estado siguiendo?

—¿Qué haces aquí? —pregunto.

Levanta la vista, sobresaltado.

—¿Qué?

—Lo siento mucho —me oigo decir, al darme cuenta de que el hombre al que he abordado no es Colin Lesser—. Le he confundido con otra persona.

El hombre murmura algo ininteligible antes de alejarse a toda prisa.

¿Qué me pasa? Debo de tener a Colin Lesser metido en la cabeza por su llamada de esta mañana. Cierro los ojos, imagino la dirección impresa al pie de su tarjeta. Su consulta debe encontrarse a unas tres manzanas de aquí, no serán ni dos minutos si me pongo a correr. ¿En qué estoy pensando?

Está claro que no estoy pensando, decido, cuando empiezo a correr.

La consulta de Colin Lesser está en el segundo piso de un pequeño edificio rosa de dieciocho plantas, a menos de tres manzanas de Holden, Cunningham y Kravitz. Elijo la escalera, aliviada de no tener que subir en otro ascensor, y localizo su consulta, que está en mitad del largo pasillo. He venido para disculparme por mi confuso y tal vez grosero comportamiento de esta mañana por teléfono, y para explicar que, si bien es un hombre atractivo y sin duda fascinante, no sería buena idea que comiéramos juntos en fechas próximas. Esto es lo que me digo a mí misma. Tal vez incluso me lo creo.

Da la impresión de que el despacho está vacío, lo cual no es sorprendente, teniendo en cuenta que es la hora de comer. No hay silla en el diminuto escritorio de la recepcionista, ni pacientes esperando en la agradable zona de espera, con su largo sofá verde frente a un televisor grande, conectado ahora con la CNN. Una máquina de café está empotrada en la pared verde claro, junto con varios óleos abstractos impresionantes, y encima del sobre de piedra caliza de una amplia mesita auxiliar hay varias revistas de chismes sobre celebridades.

—¿Puedo ayudarla?

La voz me resulta familiar y me vuelvo hacia ella, esperando ver a Colin. En cambio, me encuentro cara a cara con un hombre calvo de ojos amables y sonrisa bondadosa, unas tres décadas mayor que Colin.

—Estoy buscando al doctor Lesser.

—Ya le ha encontrado.

—¿Usted es el doctor Lesser?

¿Qué significa esto? ¿Que Colin no es quien afirmaba? ¿Que todo cuanto me dijo es mentira? Que nuestro encuentro no fue casual, ni mucho menos, que, en realidad, me ha estado acechando, que es el hombre que me violó...

—¿Tiene cita?

—¿Qué? No, yo... He cometido un error...

Me dirijo hacia la puerta.

—Espere. Tal vez ha venido a ver a mi...

—¿Bailey? —oigo.

Doy media vuelta y veo al Colin Lesser que yo conozco salir de uno de los cuartos interiores y caminar hacia mí. Lleva una bata blanca de laboratorio sobre una camisa a cuadros y unos pantalones caqui. Incluso desde esta distancia, se ven con toda claridad sus hoyuelos.

—¿Qué estás haciendo aquí?

—Yo... Yo...

—Veo que ya has conocido a mi padre.

—Si me disculpan —dice el hombre de más edad, y se aleja por el pasillo interior.

—¿Qué estás haciendo aquí? —pregunta de nuevo Colin.

—Tengo hambre —le digo, sorprendida al darme cuenta de que es verdad—. Confiaba en que estuvieras libre para comer.

—Así que dejas el trabajo —dice, con los codos apoyados sobre la mesa con sobre de formica, inclinado hacia mí.

—Me pareció que no tenía otra alternativa. O sea, fue una estupidez, ¿verdad? Tener un lío con un hombre casado que además es mi jefe...

Miro el plato de Colin, su enorme bocadillo de ternera en conserva a medio comer delante de él. Me está mirando, sus ojos azul oscuro clavados en mis labios, que no han dejado de moverse desde que nos sentamos.

Después de formular unas cuantas preguntas intrascendentes (¿Desde cuándo tienes la consulta? ¿Te gusta trabajar con tu padre? ¿Has estado casado alguna vez?), y recibir, por suerte, respuestas corrientes (Cuatro años; es fantástico; mi novia y yo rompimos hace un año), acaparo por completo la conversación. Estaba hablando incluso mientras devoraba el especial de pavo del restaurante, y ahora ya no puedo parar. Estoy abriendo mi corazón a un hombre al que apenas conozco, un hombre del que sospechaba hace menos de una hora que podía ser mi violador.

—No sé por qué te estoy contando todo esto.

—Parece que tienes un buen caso por acoso sexual —dice.

—No me acosó. No me obligó a nada.

—Pero alguien sí lo hizo —dice Colin al cabo de una pausa.

—Sí —me oigo admitir. ¿Por qué confío en este hombre? ¿Porque tiene el mismo tipo de ojos que mi padre? ¿Porque está aquí? La verdad es que no estaba aquí. La verdad es que me desvié de mi camino para traerle aquí. ¿Por qué? ¿Porque estoy enfadada con Sean? ¿Porque quiero demostrarme que un hombre (en apariencia cuerdo, razonable, al que en circunstancias normales encontraría atractivo) puede encontrarme atractiva también? ¿Porque deseo con desesperación creer que, pese a lo sucedido, algunos hombres son buenos? ¿O acaso albergo sospechas más profundas, más oscuras?—. ¿Fuiste tú? —me oigo preguntar.

—¿A qué te refieres?

—¿Eres el hombre que me violó?

—¿Qué?

La camarera se acerca a nuestra mesa. Tendrá unos sesenta años y habla con pronunciado acento húngaro. Sus pechos colgantes tensan la parte delantera de su uniforme color mostaza, y los botones redondos negros amenazan con saltar en cualquier momento.

—¿Qué pasa? —pregunta a Colin, quien ha palidecido—. ¿No le gusta el bocadillo?

—¿Qué has dicho? —me pregunta, sin hacer caso de ella—. ¿Por qué demonios piensas eso?

—¿Postre? ¿Café? —pregunta la camarera.

—Café —replica con brusquedad Colin.

—Que sean dos —añado, mientras la camarera recoge nuestros platos.

—¿Hablas en serio? ¿Crees de verdad que podría ser el hombre que te violó?

Colin pasea la vista alrededor del abarrotado restaurante, como esperando que un policía salte desde detrás del siguiente *box*, le derribe sobre la mesa y le espose las manos a la espalda.

—¿Eres tú?

—No. Por supuesto que no.

—Vale.

—¿Vale? —repite—. ¿Eso es todo? ¿Vale?

La camarera trae nuestros cafés, deposita sobre la mesa un cuenco de crema y terrones de azúcar.

—No entiendo. ¿Qué estás haciendo aquí si crees que podría haberte…? —pregunta Colin en cuanto se aleja.

—No lo creo. De veras.

—Entonces, ¿por qué…?

—¿Podemos olvidar lo que he dicho?

—¿Olvidar lo que has dicho? No, creo que no puedo hacer eso. ¿Qué está pasando aquí, Bailey? ¿Intentabas manipularme para que dijera algo incriminatorio?

—No, de veras.

—¿Pues qué?

—No lo sé. Está claro que tengo problemas…

—Muy claro.

Ninguno de los dos habla durante uno o dos minutos. Bebemos el café y contemplamos la lluvia.

—Deduzco que la policía no ha detenido a ese tipo —dice Colin, cuando el silencio empieza a ser insoportable.

—No.

—También deduzco que no le viste la cara.

—No.

¿Estará husmeando?

—No fui yo. Te lo juro, Bailey. No fui yo.

—Te creo.

—Vale.

—Vale.

Se lleva la taza de café a los labios, y no la aparta hasta acabar la última gota.

—Debería volver —dice por fin—. Tengo un paciente dentro de quince minutos. —Se levanta e introduce la mano en el bolsillo, deja un billete de veinte dólares sobre la mesa—. He de darme prisa…

—Lo sé. Lo comprendo. De veras.

—¿Te pondrás bien?

—Me pondré bien.

—Espero que detengan a ese tipo.

—Yo también.

Hace otra pausa, como si estuviera debatiendo la posibilidad de añadir algo más. Cuando habla por fin, el mensaje es sencillo y transparente como el cristal.

—Adiós, Bailey.

27

Una hora después estoy sentada en un taxi delante del edificio donde vive Paul Giller.

—¿Es ésta la dirección correcta? —pregunta el taxista, mientras me mira con suspicacia por el retrovisor.

Sé que lo que en realidad está preguntando es: si ésta es la dirección correcta, ¿por qué no bajo del taxi? He pagado la carrera, y estamos experimentando otra pausa temporal en la calle. Sería la ocasión perfecta de aprovecharla.

No tenía la intención de venir aquí. Mi plan original era ir directa a casa. Pero cuando el taxista setentón de pelo gris paró delante de mí, le di la dirección de Paul Giller, no la mía.

La adrenalina es la fuerza que me impulsa, y lo sé.

Salvo que…

Hace semanas que no me sentía tan al mando de la situación.

No estoy loca.

Sí, exacto.

Díselo a Colin Lesser.

Y a David Trotter.

Y a Jason Harkness.

Díselo al detective Castillo y al agente Dube.

Díselo al juez, pienso, y casi me pongo a reír.

Un ominoso trueno retumba a continuación de un destello de luz. De un momento a otro caerá otro chubasco. Lo más prudente sería abandonar cualquier plan disparatado que mi mente esté forjando y dirigirme a casa. Pero, por supuesto, como no estoy loca, hago justo lo contrario, bajo del taxi y corro hacia la entrada del alto edificio de vidrio, abro de un empujón la puerta del vestíbulo y me encamino con determinación hacia el directorio de residentes.

El administrador de la finca consta al final de la lista, aprieto el interfono y espero.

—¿Sí? —dice una campanuda voz masculina segundos después—. ¿En qué puedo ayudarle?

Retrocedo un paso de manera involuntaria.

—Quiero preguntar por un apartamento.

—Enseguida estoy con usted.

Echo un vistazo al vestíbulo apenas amueblado, y me pregunto si su contenido minimalista se debe al diseño o a la necesidad. Existen indicios de que la economía está empezando a mejorar, al menos según varios expertos que he visto en la tele. En tal caso, es posible que el mercado de bienes raíces se recupere, y la gente empezará a comprar de nuevo. Las comunidades de propietarios no tendrán que recurrir al alquiler de sus apartamentos por meses para mantenerse a flote. Los vestíbulos volverán a verse rebosantes de muebles.

Veo que un hombre con vaqueros pulcramente planchados y una camisa de golf azul intenso se acerca desde el otro lado de la puerta de cristal. Es bajo y de edad madura, apuesto. Una buena mata de pelo veteado de gris, excelente porte, estupendo estado físico. Abre la puerta y me indica con un ademán que pase, extiende la mano a modo de saludo. Su apretón es fuerte, casi paralizante, mis nudillos entrechocan unos contra otros antes de que afloje su presa de hierro.

—Adam Roth —dice—. ¿Usted es…?

—Elizabeth Gordon.

Me atenaza el temor de que Adam Roth conozca a Elizabeth Gordon, que sea uno de sus clientes.

—Encantado de conocerla, señorita Gordon. Un día de perros para ir a ver apartamentos.

Me conduce hacia su despacho.

En contraste con el enorme vestíbulo vacío, la diminuta oficina del administrador parece más un almacén. En mitad de la estancia hay un gran escritorio donde se apilan papeles, carpetas y planos de planta. Detrás, una butaca de piel marrón de aspecto confortable; delante, dos sillas de tubo también de piel marrón. Hay varias sillas plegables amontonadas en un rincón. Una estantería grande llena de carpetas de alegres colores forra la pared de la derecha del escritorio, mientras que a la izquierda se alza un caballete con la reproducción artística de un edificio alto de cristal, tal vez éste, aunque cuesta saberlo porque todos son iguales.

—Menuda tormenta se avecina —comenta Adam Roth, al tiempo que toma asiento detrás de su escritorio, y señala las sillas de enfrente para que yo le imite.

—¿En qué puedo ayudarla, señorita Gordon?

—Estoy buscando un apartamento.

—¿Compra o alquiler?

—Alquiler.

Parece decepcionado.

—¿Está segura? Estamos en un momento ideal para comprar. Los precios han bajado, los tipos de interés son bajos…

—No estoy segura de cuánto tiempo me quedaré en Miami.

—Entiendo. Estamos hablando de algo a corto plazo.

—Sí.

—¿Un año de alquiler o mensual?

—Mensual, probablemente.

Adam Roth sonríe, aunque parece todavía más decepcionado.

—¿De qué tamaño le interesa el apartamento, señorita Gordon?

—De un dormitorio, preferiblemente en algún piso alto, encarado hacia el oeste.

—¿De veras? Casi todos los clientes prefieren con vistas al este. Bien —dice, mientras remueve los papeles de su escritorio hasta encontrar la carpeta que busca—, vamos a ver lo que tenemos disponible.

Me inclino hacia delante en el asiento.

—Da la casualidad de que tenemos disponibles unos cuantos apartamentos de un dormitorio encarados hacia el oeste. ¿Qué le parece el piso dieciocho?

—¿Cuántos pisos tiene el edificio?

—Veintinueve.

—Entonces prefiero algo más alto. Tal vez alrededor del veintisiete.

Según el directorio, Paul Giller vive en el apartamento 2706.

—Bien, debo advertirle que los precios suben en función de la altura de la planta, y que la vista viene a ser la misma. —Agita la mano en la dirección general de mi edificio—. Vamos a ver. Tengo un apartamento de un dormitorio disponible en el piso veinte, dos en el veintiuno, uno en el veinticuatro y uno en el veintiocho.

—¿Qué número tiene el del piso veintiocho?

—¿Qué número? Mmm… El número 2802. ¿Algún motivo en concreto para preguntar eso?

—Simple curiosidad. Una vez viví en el piso veintiocho de un edificio, y he pensado que sería interesante tener el mismo número. —Le dedico un encogimiento de hombros y mi sonrisa más cautivadora, una sonrisa que dice: «encantadoramente chiflada», no «loca»—. Me gustaría echarle un vistazo, si no le importa.

—Por supuesto. Para eso estoy aquí. —Saca del cajón del escritorio un manojo de llaves—. El apartamento se alquila por mil seiscientos dólares al mes. Pero por una entrada de sólo veinte mil dólares podría pagar mucho menos al mes y empezar a reunir al mismo tiempo una garantía hipotecaria.

—Ojalá tuviera veinte mil dólares —improviso, mientras me pongo en pie y le sigo cuando sale del despacho.

—Insistimos en un depósito de garantía y el alquiler del primer y último mes por adelantado —me dice, mientras esperamos ante los ascensores—. ¿A qué se dedica, señorita Gordon, si no le importa que se lo pregunte?

—Soy terapeuta.

—¿De veras? ¿Física, ocupacional…?

—Psicóloga —digo, pues pienso que es el término que mejor me describe.

—¿Una psicoterapeuta? ¿De veras? Parece muy joven.

Subimos en ascensor hasta el piso veintiocho.

—Por aquí. —Señala a la derecha y seguimos por el pasillo alfombrado de gris. Miro el apartamento 2806 cuando Adam Roth introduce la llave en la cerradura del apartamento 2802 y la gira—. Señorita Gordon… ¿O debería llamarla doctora Gordon? —pregunta, cuando no reacciono al oír el nombre.

—Con señorita Gordon es suficiente.

La puerta se abre y entramos en un diminuto vestíbulo de mármol gris y blanco.

Me enseña el pequeño apartamento.

—Ventanales por todas partes. Suelo de mármol en la zona principal. Encimeras de granito en la cocina. Electrodomésticos modernos, incluidos lavaplatos, microondas y lavadora-secadora apiladas —recita de un tirón—. Y ahora, el dormitorio. —Entramos en el pequeño cuadrado cuya pared oeste es de vidrio—. Mullida alfombra de pared a pared, así como armario ropero empotrado y mármol en el cuarto de baño. Un buen tamaño, para los niveles de hoy. ¿Qué le parece?

—Es encantador. ¿Todos los apartamentos de una habitación que dan al oeste comparten la misma distribución?

—Sí. Puede que haya variaciones sin importancia, si la gente compró antes de que empezara la construcción, pero en esencia todos los apartamentos son iguales.

Camino hacia la ventana, miro mi edificio, intento determinar cuál es mi apartamento. Pero la lluvia dificulta ver cualquier cosa. Apoyo la cabeza contra el cristal, mientras me esfuerzo por identificar mi apartamento.

—¿Señorita Gordon? ¿Se encuentra bien?

—Sólo intento entrar en sintonía con el apartamento...

Trato de contar los pisos de mi edificio desde el suelo, pero es demasiado difícil, y me veo obligada a conformarme con una sensación general de en dónde se halla todo situado. Pero es evidente, incluso con la lluvia, incluso con un error de un piso y dos apartamentos, que Paul Giller tiene una vista tan buena de mi apartamento como yo del suyo.

—¿Alguna pregunta? —dice Adam Roth cuando regresamos a la zona de estar.

—¿Qué tanto por ciento del edificio está ocupado en la actualidad?

—Algo menos de la mitad. Tuvimos un montón de especuladores, y por desgracia, cuando los mercados se hundieron...

—¿Y la proporción de propietarios con relación a los arrendatarios? —interrumpo, mientras me pregunto a qué categoría pertenece Paul Giller.

—Más o menos al cincuenta por ciento.

—¿Existe una renovación elevada de arrendatarios?

—La verdad es que no. Le aseguro, señorita Gordon, que es un edificio muy seguro, si es eso lo que la preocupa.

—No, no estoy preocupada. De hecho, me parece que conozco a alguien que vive aquí.

Adam Roth me mira expectante.

—Le conocí en una fiesta la semana pasada. Creo que dijo que era actor. Dios, ¿cómo se llamaba? Paul algo. ¿Gilmore? ¿Gifford?

—¿Giller? —dice el administrador.

—Sí. Eso es. Paul Giller. Un tipo apuesto. Creo que dijo que vivía en este edificio.

—Es verdad.

—¿Lleva tiempo aquí?

Adam Roth no dice nada.

Finjo echar otro vistazo a la encimera de granito de la cocina.

—No me acuerdo si dijo que era propietario o arrendatario.

—Temo que no proporcionamos esa información. Se lo tendrá que preguntar usted misma.

—Oh, dudo que vuelva a verle. Sólo era curiosidad. Los hombres cuentan toda clase de historias en la actualidad. Ya sabe cómo son las cosas.

—¿Es eso lo que ha venido a hacer, señorita Gordon? ¿Investigar a un posible novio?

—¿Qué? ¡No! Por supuesto que no. De hecho, tenía la impresión de que Paul Giller vivía con su novia.

—Otra cosa que deberá preguntarle a él. Ahora, si hemos terminado…

Camina hacia la puerta.

—Supongo que sí.

—Doy por sentado que no desea ver ningún otro apartamento.

—No, gracias. Creo que me he hecho una buena idea de lo que tiene disponible.

—¿Debo decirle al señor Paul Giller que ha preguntado por él? —pregunta Adam Roth cuando entramos en el ascensor.

—No se moleste.

—Lo sospechaba. Ha sido un placer conocerla, señorita Gordon. —Las puertas del ascensor se abren al vestíbulo—. Ah, mire. Ahí viene el señor Giller.

Doy un paso atrás, consciente de que no puedo esconderme en ningún sitio, y rezo para hacerme invisible.

—Oh, lo siento —dice Adam Roth, quien ni siquiera se molesta en disimular la sonrisa ufana de su cara—. Me he equivocado. No es el señor Giller.

Hundo las manos en los bolsillos de los pantalones, en parte para que no las vea temblar y en parte para no estrangularle. Clavo la vista en el suelo, temerosa incluso de mirar al hombre que no es Paul Giller cuando camina hacia nosotros.

—Buenas tardes, señor Whiteside —le saluda Adam Roth.

—De buenas nada —replica el señor Whiteside, al tiempo que entra en el ascensor—. ¿Ha visto la que está cayendo?

—Buenas tardes para estar dentro —admite Adam Roth—. Procure no mojarse demasiado —dice, cuando me zambullo en la tormenta.

Heath está esperando en el vestíbulo cuando llego a casa.

—Pareces una rata ahogada —dice.

—¿Adónde fuiste anoche? —pregunto a modo de respuesta, mientras me sacudo la lluvia del pelo y le veo saltar para evitar mojarse.

Se encoge de hombros, toda la respuesta que voy a conseguir.

—Buenas tardes, señorita Carpenter —llama Wes cuando pasamos junto al mostrador de recepción—. Espero que no se haya mojado demasiado.

—Parece una rata ahogada —repite mi hermano.

—Gracias. —Aprieto el botón de llamada—. Estoy muy cansada, Heath. —Mientras por una parte, como hermana me siento aliviada de verle sano y salvo, resplandeciente con unos vaqueros negros y una camisa de seda negra, por otra, como ser humano agotado, sólo quiero que se vaya para poder meterme en la cama y fingir que hoy no ha pasado nada—. ¿Quieres algo?

Parece ofendido, y siento una punzada de culpa.

—¿Por qué supones siempre que quiero algo? No soy Claire...

—Ella no quiere... —Me interrumpo. Es evidente que Heath está celoso y se siente más que un poco amenazado por mi renovada relación con Claire. Es absurdo intentar explicarlo o defenderlo—. Lo siento —repito. Es más fácil así.

—Disculpas aceptadas —dice. Las puertas del ascensor se abren y entramos—. Escucha, ahora que lo dices, sí hay algo que puedes hacer por mí.

—¿Por qué no me sorprendo?

—Necesito un favor. Quería hablar contigo de ello anoche, pero... pasaste de mí.

Una mujer de edad madura entra en el ascensor justo cuando las puertas empiezan a cerrarse, sonríe a Heath como si quisiera flirtear con él y aprieta el botón del piso quince.

—¿Qué clase de favor? —pregunto en cuanto sale.

—Necesito dinero.

—¿Qué quieres decir?

No dice nada más hasta que llegamos a mi planta.

—¿Heath?

—Sólo un préstamo. No te lo quería pedir. Es que no sé a quién más acudir. Tengo problemas, y necesito dinero.

—¿Qué problemas?

—¿Crees que podríamos hablar de esto en tu apartamento, y no aquí en el pasillo?

—¿Crees que podrías contarme de qué va esto? —pregunto a mi vez mientras abro la puerta de mi apartamento.

—Necesito treinta mil dólares.

—¿Treinta mil dólares? Estás de broma, ¿no?

—Es sólo por un tiempo. Puedes sacarlo de mi parte de la herencia.

—No hay herencia. No hasta que se resuelva la demanda. Cosa, te recuerdo, que podría tardar años.

—Bien, pues esto podría ponerse difícil, porque estoy sin blanca. Y debo dinero a unas cuantas personas, por lo visto. Personas que no son tan comprensivas en estos asuntos como tú.

—¿Qué me estás diciendo?

—Es muy sencillo, Bailey. Hice unas cuantas apuestas que salieron mal.

—¿Cuándo empezaste a jugar?

—No lo sé. ¿Hace cinco, diez años? Suelo ser muy bueno. Pero no últimamente.

—¿Estamos hablando de usureros?

—Un término pintoresco, pero muy apropiado. Les pagué casi todo lo que les debía cuando vendí mi apartamento. Por la mitad de su valor, debería añadir.

—¿Vendiste tu apartamento?

—¿Por qué crees que estaba viviendo en casa de papá?

—No me lo puedo creer.

Me pregunto si podría existir alguna relación entre las deudas de juego de Heath y mi violación. ¿Fue una especie de advertencia? ¿Podría ser mi hermano el responsable, aunque fuera sin querer?

—Debo otros veinte mil, y después me quedo limpio.

—Pensaba que habías dicho treinta.

—Bien, no me iría mal un poco de dinero para ir tirando. Venga, Bailey. Considéralo un adelanto. Te devolveré hasta el último centavo. Por favor. No me obligues a suplicar. Somos familia. No como algunas personas que me vienen a la cabeza.

—¿Podemos dejar a Claire fuera de esto?

Me dejo caer en el sofá, sepulto la cabeza en las manos, en parte porque estoy rabiosa, y en parte porque tiene razón. No me lo pensé dos veces cuando extendí a Claire un talón por diez mil dólares.

—Cuidado —advierte Heath—. Lo estás dejando todo mojado.

—Llamaré al banco —le digo—. Transferirán el dinero a tu cuenta.

—Genial. —El alivio en su voz es palpable—. Eres la mejor. De veras. Eres mi heroína.

—Tu heroína —repito, y casi me pongo a reír. Menuda heroína—. No puedes seguir así. No puedo seguir rescatándote. Carezco de energía.

—¿Me estás tomando el pelo? Eres más fuerte que cualquiera que conozco.

Le miro con incredulidad.

—Es verdad —dice.

El teléfono suena.

—Soy Wes, de portería —me informa Wes cuando descuelgo el teléfono en la cocina—. Su sobrina está aquí.

¿Jade está aquí? ¿Por qué?

—Déjela subir.

—No me lo digas —dice Heath desde la puerta—. Santa Claire sube con leche y galletas.

—Es Jade —le digo, mientras me pregunto qué más puede pasar hoy.

—Debería irme antes de que llegue. —Heath me da un gran abrazo—. Te quiero. Nunca lo dudes.

—Nunca lo hago.

Me suelta.

—Deberías sacarte esa ropa húmeda —dice, mientras le veo alejarse por el pasillo—. Te llamo esta noche —se despide, mientras cierro la puerta.

Segundos después, Jade llama.

—Acabo de cruzarme con ese hermano tan atractivo que tienes —dice a modo de saludo. Lleva vaqueros que parecen pintados, un jersey azul ajustado y, al menos, tres capas de rímel. Su pelo rubio cuelga en rizos sueltos alrededor de sus hombros. A un lado de sus alpargatas con tacones de diez centímetros hay una pequeña maleta, y en la otra una bolsa de viaje grande.

—¿Qué es esto?

—¿No te lo ha dicho mi madre? Nos mudamos aquí.

—¿Qué?

—Sólo por unos días, hasta que las cosas se calmen. Ya te lo explicará. —Entonces, el teléfono suena—. Debe de ser ella. ¿Sabes que estás empapada?

Vuelvo a la cocina mientras Jade se aleja por el pasillo con la maleta y la bolsa de viaje. El identificador de llamadas me informa de que Claire está al otro lado de la línea. Descuelgo el teléfono.

—Empieza a hablar —digo.

28

Son las ocho de la noche del domingo, y Jade y su madre viven aquí desde el jueves por la noche; mi sobrina duerme en la cama plegable de mi estudio y Claire ocupa todo el espacio vacío a mi lado, en la cama extragrande. Me informó, después de conminarla a hablar, que había tomado la decisión de trasladarse tras recibir una llamada telefónica en su trabajo del detective Castillo, el cual le confesó que estaba harto de mí, y que contaba con ella para tenerme controlada antes de que me causara daños irreparables a mí misma o al caso. Por lo visto, Adam Roth, el administrador de la propiedad de Paul Giller, se puso en contacto con la policía en cuanto abandoné su despacho, pues Paul Giller ya había informado a Adam Roth de mi presunto acoso. El detective Castillo dijo a Claire que yo estaba poniendo en peligro no sólo la investigación policial, sino mi propia seguridad, que mi comportamiento era tal que cualquier buen abogado defensor no tendría ningún problema en conseguir que un jurado pusiera en duda mi cordura, y que cualquiera que acabara acusado de mi violación podría salir en libertad, sobre todo si continuaba acusando a cada hombre que aparecía ante mi vista. El resultado final de esta conversación fue que Claire llamó a Jade al colegio y le dijo que volviera a casa, metiera algunas cosas en una maleta y se presentara en mi apartamento, que ella se reuniría con nosotras en cuanto acabara su turno.

Cuando llegó, intenté explicarle lo que había hecho en el despacho de Adam Roth, pero creo que los improbables motivos racionales se perdieron entre las revelaciones de mi renuncia al empleo y la emboscada a Colin Lesser. Claire procuró no aparentar excesiva preocupación mientras yo explicaba mi encuentro con Sean y mi comida con Colin, pero yo sabía lo que estaba pensando: que el detective Castillo tenía razón, que yo estaba fuera de control y que mi credibilidad, así como mi cordura, se encontraban en peligro.

Ha llovido de manera casi constante desde que se mudaron, así que no salimos. Nuestros días están llenos de juegos de ordenador y telerrealidad. Comemos helados, vemos películas y comentamos las revelaciones salaces más recientes sobre el divorcio de Poppy y Aurora Gomez, y en cuanto se va el sol, sacamos los prismáticos y nos turnamos en espiar a mi vecino.

Paul Giller ha hecho cosas poco interesantes o preocupantes este fin de semana. Sale. Vuelve a casa. A veces, Elena está con él, a veces no. No se han producido exhibiciones eróticas, ni actos de violencia, ni una sola mirada en nuestra dirección.

—Esto se está poniendo muy aburrido —comentó Jade, después de que Elena y él volvieran a casa anoche antes de las doce y se metieran directamente en la cama.

Considero reconfortante tener a Claire y a Jade conmigo. Si bien al principio me resistí a compartir la cama con mi hermana, he descubierto que su presencia me resulta muy relajante. Todavía más, no parece que le molesten mis agitadas pautas de sueño, no me riñe cuando me levanto varias veces por la noche para utilizar el baño, no me urge a estar quieta, no me dice que me calme cuando una pesadilla me despierta. En cambio, apenas consciente, me da palmaditas en la espalda y murmura que no ha sido más que un sueño, que ella está aquí y que no permitirá que nada malo me suceda. Esto parece bastar.

En parte por respeto (sé que su trabajo exige que descanse por la noche), y en parte por miedo (no quiero que piense que estoy más loca de lo que ella teme), he disminuido el número de veces que registro mi apartamento y el número de duchas que me doy. Como resultado, aunque parezca asombroso, me siento mucho menos paranoica. Lamentaré verlas marchar mañana, cuando Claire haya de volver al trabajo y Jade al colegio.

—Aquí vienen —anuncia mi sobrina.

Corremos a la ventana.

—¿Qué están haciendo? —pregunta Claire, mientras se esfuerza por ver a través de la lluvia que no ha amainado desde el jueves.

—Nada, al parecer. Oh, espera. Elena acaba de entrar en el baño. Está cerrando la puerta. Paul ha sacado el móvil y está mirando hacia atrás, como asegurándose de que ella no le puede oír, y ahora habla por teléfono, sonríe y ríe. Muy excitante.

—Déjame ver.

Claire levanta los prismáticos de las manos de su hija.

—¿Cómo sabes que está sonriendo? —pregunta—. Yo no puedo ver casi nada con esta lluvia.

—Porque eres vieja y tus ojos ya no funcionan bien —dice Jade, mientras pone los ojos en blanco y levanta la cara hacia el techo.

—Mis ojos ya no funcionan tan bien —corrige su madre.

—Exacto.

Claire me da los prismáticos. Miro por ellos justo cuando Paul devuelve el móvil a su bolsillo. Unos minutos después, la puerta del baño se abre y sale Elena, envuelta en toallas, una alrededor del torso, otra alrededor de la cabeza. Está claro que acaba de salir de la ducha. Se sienta ante el tocador y enchufa el secador, mientras Paul desaparece en el cuarto de baño.

—Parece que se están preparando para salir.

—¿Adónde irán? Siempre están saliendo —comenta en voz alta Claire.

—¿Hola? —dice Jade—. Esto es Miami. Famosa en el mundo entero por su vida nocturna. No todo el mundo se mete en la cama a las diez de la noche.

—Me entra dolor de cabeza sólo de pensar en salir con este tiempo —dice Claire mientras yo le devuelvo los prismáticos a Jade.

—¿Qué pasa con tu hermano? —pregunta mi sobrina al tiempo que se lleva los prismáticos a los ojos—. No le he visto desde el jueves.

—¿Heath estuvo aquí? —pregunta Claire.

—Sólo un momento.

No le he contado nada de la visita de Heath ni de su petición de dinero. Me pregunto una vez más si sus deudas de juego estuvieron relacionadas con mi violación. Pero compartir esta preocupación con Claire sólo complicará todavía más las cosas.

—Esto es muy aburrido —dice Jade—. ¿No podemos poner al menos la tele?

—Hasta que salgan no —dice Claire—. No quiero ninguna luz en esta habitación. Nada que les haga sospechar que les estamos espiando.

—No creo que a él le importe.

Jade me entrega los prismáticos, aunque en realidad no me toca.

—¿Algo? —pregunta Claire unos minutos después.

—No. ¡Sí! Él está saliendo del baño —anuncio—. Toalla alrededor de la cintura. Camina hacia la ventana. ¡Oh, Dios mío!

—¿Qué? —preguntan al unísono Jade y Claire.

—Creo que ha saludado.

—Déjame ver.

Claire se apodera de los prismáticos y se los lleva a los ojos.

—¿Está saludando? —pregunto, con el corazón martilleando en el pecho.

—Yo no lo he visto. O sea, llueve tanto que apenas veo nada. Da la impresión de que se está peinando.

¿Es eso lo que está haciendo? Repito el movimiento en mi mente, veo que Paul Giller levanta la mano hacia la cabeza.

—Déjame ver —dice Jade, y Claire entrega a su hija los prismáticos.

—Bien... ¿Qué está haciendo?

—Sigue parado ahí. Espera... Se está quitando la toalla. Maldita sea. Se da media vuelta. ¡Bonito culo!

—Jade...

—Bueno, lo es.

—¿Qué pasa ahora?

—Se ha metido en el vestidor. Ella continúa secándose el pelo. Le queda fatal, por lo que veo. —Jade espía a Paul y Elena durante la siguiente media hora, mientras siguen preparándose para salir—. Vale, creo que se van a marchar por fin. Ella se ha puesto un vestido espantoso.

Claire exige de nuevo los prismáticos.

—Yo creo que es bonito.

—Concluyo mi alegato.

—¿Qué opinas del vestido, Bailey? —pregunta Claire—. Echa un vistazo.

Miro por los prismáticos lo que Elena lleva puesto: un minivestido sin mangas escotado y con capas de volantes en las caderas. Escruto su carne expuesta en busca de cardenales, pero aunque no estuviera lloviendo, sé que no vería ninguno, que la paliza que presencié sólo tuvo lugar en mi mente. ¿Qué otra explicación puede haber?

—Parece bonito —digo, cuando Paul Giller, con una camisa estampada embutida en unos pantalones oscuros ajustados aparece detrás de ella, rodea su cintura con los brazos, acaricia su nuca con la barbilla y se apodera de sus pechos. Elena, juguetona, le da una palmada en las manos y salen de la habitación, ambos riendo.

Unos segundos después, Paul Giller vuelve a entrar en el dormitorio para recuperar el móvil que ha dejado sobre la cama. Se acerca a la ventana y contempla la lluvia.

Después se lleva los dedos a los labios y me envía un beso.

Lanzo una exclamación ahogada.

—¿Qué? —pregunta Claire mientras Jade me mira.

Niego con la cabeza.

—Nada.

—Hasta aquí he llegado —anuncia mi hermana cuando terminan las noticias de las once. Coge el mando a distancia del regazo de Jade y apaga la televisión, entre airadas protestas de su hija—. Me voy a dormir. Sugiero que vosotras hagáis lo mismo.

—Pero es muy temprano —se queja Jade. Está encajada entre nosotras en la cama, y pasea una mirada implorante entre su madre y yo.

—Es tarde —le aclara Claire—. Entro a trabajar a las ocho de la mañana, y tú vas al colegio mañana.

—Pero aún no han vuelto a casa.

Jade señala el apartamento de Paul Giller.

—¿Y quién sabe cuándo volverán? Vamos —le dice Claire—, puedes ver la tele en tu habitación.

Jade gime y repta sobre su madre para salir de la cama.

—Vale, como quieras. Hasta mañana, tías.

—Buenas noches, cariño —decimos Claire y yo al unísono.

—No es necesario que nos vayamos mañana —me dice mi hermana, en cuanto Jade sale de la habitación—. Podríamos quedarnos otra semana. Hasta que te sientas…

—¿Menos loca?

—Un poco más segura.

—No. Tenéis que seguir con vuestras vidas. No puedo esperar que seáis mis canguros eternamente.

Claire accede a regañadientes.

—Pero con una condición.

—¿Cuál?

—Has de dejar de vigilar el apartamento de Paul Giller.

Ya lo había decidido sin ayuda.

—De acuerdo.

—Es una condición con dos partes —aclara Claire.

—¿Cuál es la segunda parte?

—Has de darme los prismáticos.

—¿Qué? No. Eran de mi madre.

—Lo sé, y no estoy diciendo que sea para siempre. Sólo durante un tiempo. Hasta que te encuentres mejor. Estarán a salvo en mi poder, Bailey.

—Ésa no es la cuestión.

—La cuestión es que, mientras estén a tu alcance, sentirás la tentación de utilizarlos. —Me mira con los mismos ojos implorantes de Jade antes—. Por favor, Bailey. Ya está bien.

Asiento.

—Buena chica. —Me besa en la frente, y después se arrebuja en la cama—. Intenta dormir.

Me acuesto a su lado y me tapo con las sábanas.

Claire se vuelve en dirección contraria a mí. Al cabo de unos minutos, oigo que respira profundamente, y trato de emular su ritmo constante y sereno, como un eco de su respiración. Al cabo de unos minutos, me quedo dormida.

El timbre del teléfono me despierta unas tres horas después.

—Claire —digo, mientras extiendo la mano hacia el receptor—, Claire, despierta. ¿Has oído eso?

Contesto al teléfono en mitad del segundo timbrazo. Pero antes de que pueda decir hola, sé que no hay nadie al otro extremo, que sólo oiré el tono de marcar. Es probable que ni siquiera haya sonado. Con el receptor todavía aferrado, me vuelvo hacia mi hermana.

Pero no hay nadie a mi lado. La cama está vacía.

—¿Claire?

Salto de la cama, devuelvo el teléfono al cargador y estoy a punto de coger las tijeras cuando la veo.

Está sentada en una silla delante de la ventana, la cabeza inclinada hacia delante, los prismáticos en el regazo.

—¿Claire? —repito, y avanzo despacio hacia ella, atenazada por el repentino temor de que esté muerta—. ¿Claire?

Toco su hombro, y después la sacudo cuando no contesta.

Se despierta sobresaltada.

—¿Qué? ¿Qué ha pasado?

—¿Estás bien? ¿Qué estás haciendo?

Sus ojos tardan unos segundos en enfocarse.

—¿Qué hora es?

—Pasan de las dos. ¿Cuánto rato hace que estás sentada aquí?

—Una hora. Tuve que ir al cuarto de baño, y ya volvía a la cama cuando me di cuenta de que las persianas seguían subidas. Fui a cerrarlas y vi encendida la luz del apartamento de Paul Giller. Decidí echar un vistazo. Supongo que me habré dormido…

—Supongo que no viste nada excitante.

—No. Nada de nada. Dios, me muero de sed. ¿Te apetece chocolate caliente? A mí me apetece un poco.

—Me parece bien.

Se pone en pie.

—Iré a prepararlo. ¿Quieres echarme una mano?

—¿Te importa que me quede aquí mientras echo un vistazo?

Levanto los prismáticos de la silla donde Claire los ha dejado.

—Bailey…

—Es la última vez, lo prometo.

—Vale. Vuelvo dentro de unos minutos. Después me los devuelves.

Asiento con la cabeza y me acomodo en la silla que acaba de dejar libre. mientras ella pasa de puntillas por delante de la puerta de la habitación donde Jade se supone que duerme, aunque oigo la televisión. Levanto los prismáticos hasta mis ojos y miro a través de la lluvia.

Casi como si le hubiera dado la entrada, Elena irrumpe en el dormitorio. Paul Giller camina despacio hacia ella. Ella niega con la cabeza y gesticula.

—¡Claire! —grito—. ¡Jade!

Pero nadie me oye.

Elena intenta dirigirse al cuarto de baño, pero Paul le corta el paso, la acorrala contra la ventana. Ella alza los brazos en el aire, como si intentara disuadirle. Paul ha desaparecido un momento de mi vista, engullido por la constante lluvia.

Y entonces le veo.

Avanza con determinación hacia ella, el brazo derecho extendido. Me levanto, me acerco más a la ventana, ajusto y vuelvo a ajustar las lentes de los prismáticos, intento convencerme de que no estoy viendo lo que creo estar viendo, y eso es la pistola en la mano de Paul, una pistola que mueve con ademán amenazador hacia la cabeza de Elena. Ésta llora y agita las manos delante de ella, intenta persuadirle con desesperación de que deponga el arma.

—¡Claire! —grito de nuevo—. ¡Jade! ¡Venid aquí!

Oigo sirenas desde el televisor de la habitación de mi sobrina y el silbido del hervidor en la cocina, el cual informa a Claire de que el agua para nuestro chocolate caliente está hirviendo y preparada.

Y entonces, de repente, las manos de Elena vuelan por el aire sobre su cabeza, y su cuerpo se levanta y gira, su rostro queda aplastado contra el cristal de la ventana. Brota sangre de la herida abierta en la frente mientras sus ojos muertos escudriñan a través de la lluvia hasta posarse en los míos. Sus dedos arañan la sangre de la ventana al tiempo que se desliza hasta el suelo y desaparece de vista.

Paul Giller avanza poco a poco hacia la ventana. Me apunta con su pistola.

Es entonces cuando me pongo a chillar. Y a chillar. Y a chillar.

Claire entra corriendo en la habitación, seguida un segundo después por Jade, y las dos corean mis chillidos.

—¿Qué pasa, Bailey, qué pasa?

Me encuentran en el suelo, como si me hubiera pegado un tiro. Lloro y digo cosas incoherentes, incapaz de serenarme.

—¿Qué ocurre, Bailey? —pregunta de nuevo Claire, con las manos sobre mis hombros.

—¡Le ha disparado! ¡El cabrón le ha disparado!

—¿Qué? ¿De qué estás hablando?

Jade se apodera de los prismáticos y los apunta hacia el apartamento de Paul Giller.

—Está a oscuras —dice.

—¿Qué? ¡No! —Ya me estoy poniendo en pie—. ¿Qué significa que está a oscuras?

—No veo nada.

—La luz estaba encendida. Tú la viste —digo a Claire, y mis ojos le suplican confirmación.

—Sí —reconoce—. La luz estaba encendida cuando salí de la habitación.

—Bien, pues ahora no —insiste Jade.

—¿Qué ha pasado, Bailey? —pregunta mi hermana—. ¿Qué crees haber visto?

Narro la secuencia exacta de los acontecimientos, empezando por el momento en que ella se fue de mi dormitorio y Elena entró corriendo en el de ella.

—¿Estás segura de que no lo has soñado? —me dice Claire, con voz suave y cariñosa—. Tal vez te dormiste…

—No me dormí.

—¿Y estás segura de que blandía una pistola? O sea, llueve mucho. Antes creíste ver que te saludaba, y ahora… ¿Cómo puedes estar segura de que era una pistola?

—Porque conozco el aspecto de una pistola —insisto—. ¿Qué otra cosa habría podido ser? ¡La mató! Le abrió un agujero en la frente. Había sangre sobre la ventana. Es imposible que haya sobrevivido. Hemos de llamar a la policía.

Nadie se mueve.

—Tal vez deberíamos dejarlo correr —dice Claire.

—¿Qué quieres decir?

—Piénsalo, Bailey. Sólo puedes dar falsas alarmas en un número limitado de ocasiones.

—¿Crees que estoy equivocada?

—No, no lo creo, pero eso es lo que la policía pensará —dice con los ojos anegados en lágrimas—. No quiero que quedes como una…

—¿Qué?

—Creo que piensas haber visto a Paul Giller matar a su novia.

—Pero no crees que haya sucedido en realidad —afirmo, y percibo la decepción en mi voz. Si Claire no me cree, ¿quién lo hará?

—La policía dirá que le parece raro que nada de esto sucediera hasta que yo salí de la habitación.

—¿Qué? No. ¿Por qué le va a parecer extraño? Podría haber sido una coincidencia…

—Menuda coincidencia, Bailey. Las tres hemos estado vigilando el apartamento de Paul Giller durante días. No ha pasado nada de nada durante este tiempo.

—Bien, pues pasó hace unos minutos. Te digo que le vi disparar contra su novia.

—Vale. Repítelo. Convénceme. Después, tal vez logremos convencer al detective Castillo.

Respiro hondo, cuento mi historia por segunda vez, y después por tercera. Existen sólo dos posibilidades: (1) Paul Giller mató a su novia, o (2) todo fueron imaginaciones mías.

—Sé lo que vi —insisto, aunque la verdad es que ya no estoy tan convencida como hace unos minutos. Claire tiene razón. La policía considerará muy sospechoso que esto haya pasado sólo después de que ella saliera de la habitación, y una vez más, soy la única testigo. Si este incidente demuestra ser otra falsa alarma, sólo cimentará sus sospechas de que la violación me ha sacado de quicio por completo.

—Existe otra posibilidad —digo.

Claire y Jade me miran expectantes.

—Y es que Paul Giller, esta noche, ha montado una farsa de manera deliberada —continúo, mientras la idea empieza a definirse, a ganar peso.

—¿Qué quieres decir? —pregunta Claire.

—¿Y si es un montaje?

—No lo entiendo. ¿Qué quieres decir?

—Tal vez sólo fingió disparar contra su novia.

—¿Por qué haría eso?

—Para conseguir que Bailey parezca loca —dice Jade, subiéndose al carro de mi razonamiento.

—Está claro que ves demasiada televisión —dice Claire.

—¿Y si tengo razón? —pregunto.

—¿Sobre qué? ¿Crees en serio que Paul Giller fingió disparar contra su novia en tu honor?

—No sólo eso —pienso en voz alta—. ¿Y si lo montó todo? Desde el principio. El sexo salvaje delante de la ventana, la paliza y la violación que, al parecer, nunca tuvieron lugar, el tiroteo que acabo de presenciar.

—Pero ¿por qué quiere que creas que te estás volviendo loca?

Tres razones destellan en mi mente.

—La primera es que es un hijo de puta enfermo que considera esto divertido —explico, asombrada de lo serena y racional que me siento de repente.

—Podría ser —admite Claire—, pero tendría que estar muy tarado...

—¿Y la segunda? —interrumpe Jade.

—La segunda es que, al hacerme creer que estoy loca, no informo a la policía de lo que he visto esta noche, y él sale indemne del asesinato.

—No sé —dice Claire—. Corre un gran peligro...

—¿Y la tercera? —pregunta Jade.

Respiro hondo.

—La tercera es que... —Vuelvo a inhalar aire— Paul Giller es el hombre que me violó. —Exhalo despacio—. Y si es capaz de socavar mi credibilidad convenciendo a todo el mundo de que estoy loca, de que le he estado acosando durante semanas sin ningún motivo, acusándole de todo y de cualquier cosa, la policía nunca presentará cargos contra él y se saldrá de rositas.

Claire y Jade meditan un momento sobre mi teoría.

—De todos modos, no tiene sentido —dice mi hermana, y sus ojos se mueven de un lado a otro muy deprisa, mientras su mente intenta asimilar todo cuanto ha oído—. ¿Cómo lo cronometró todo? ¿Cómo supo cuándo estarías mirando, o cuándo estarías sola? ¿Cómo supo que yo había salido de la habitación? Es absurdo —repite—. Algo se nos escapa.

He de admitirlo. ¿Cómo iba a saber todas estas cosas? Es absurdo.

Repaso en la mente los acontecimientos de la noche, veo a Elena entrar en la habitación, acobardarse delante de su furioso novio cuando él levanta la pistola y aprieta el gatillo, la sangre que salpica la ventana, sus ojos sin vida suplicando a los míos. ¿Paul Giller montó toda la escena? ¿Puedo correr ese riesgo? ¿Puedo permitir que un hombre salga bien librado de un crimen porque no lo denuncie?

—Sé lo que vi —digo a Claire.

—En ese caso, no tenemos otra elección —dice.

Por supuesto, todo sucede exactamente como Claire había predicho.

Mi hermana llama al detective Castillo a su número particular y le cuenta lo sucedido. No le gusta que le hayan despertado en plena noche, y no se toma en serio nuestra historia. Le dice a Claire que espere mientras llama a la comisaría para averiguar si se ha denunciado algún tiroteo en la zona, o si ha habido alguna llamada de alguien que hubiera sido testigo del tiroteo, y luego le informa de que no hay nada de nada. Sólo cuando Claire miente y dice que ella misma fue testigo de lo sucedido, accede a enviar un coche patrulla a investigar.

—No tendrías que haberle mentido —le digo.

—No debería hacer montones de cosas.

El resto de la noche se ciñe más o menos a lo previsto en el guión: la policía va al apartamento de Paul Giller; le encuentran solo y furioso por despertarle en plena noche; les da permiso para investigar el apartamento; no encuentran ni rastro de Elena, ni rastro de sangre en ninguna parte, ni la menor señal de algún altercado. Si bien hay cámaras de seguridad en todos los pisos, están desconectadas debido al bajo volumen de inquilinos. No existen pruebas gráficas de que se haya llevado el cadáver de Elena, ni siquiera de su presencia en el apartamento. Paul Giller amenaza con demandarme a mí, y a todo el Departamento de Policía de Miami-Dade, y también al detective Castillo, si este acoso indignante no cesa. La policía viene a mi apartamento para transmitir la información y expresar su consternación; se niegan a admitir ninguna de nuestras conjeturas, repitiendo como papagayos las anteriores preguntas de Claire, aunque el detective Castillo admite que si mi tercera teoría es verdad y Paul Giller es el hombre que me violó, al menos estoy en lo cierto en una cosa: yo misma me he encargado de que jamás sea acusado. Me advierte que deje de vigilar el apartamento de Paul Giller o no tendrá otro remedio que detenerme por acoso. Recuerda a Claire que es un delito mentir a la policía. Y después se va.

—Bien, ha sido un éxito rotundo —dice Jade cuando se marchan.

—Lo siento mucho.

—No es culpa tuya.

—Entonces, ¿de quién es la culpa?

—De nadie. Es lo que hay —dice Claire, muy agotada—. No hablemos más del tema esta noche. Vamos a dormir un poco.

—Estaba tan convencida —mascullo.

No estoy loca.

—Ya lo sé —dice Claire—. Y yo te creo.

—Yo también te creo —corea Jade.

—Por desgracia, la policía no —señala su madre—. Y desde esta noche nos enfrentamos a un problema mayor.

—¿Cuál?

—Ahora tampoco me creen a mí.

29

A las siete y media de la mañana siguiente, tras haber dormido un total de dos horas, Claire va a trabajar. Me deja con una lista verbal de instrucciones: aléjate de la ventana del dormitorio; no salgas del apartamento; deja en paz a Paul Giller.

Confía mis prismáticos a Jade y le ordena que los deje en su casa camino del colegio.

—Llamaré durante mi descanso para saber cómo te va —me dice. Sé que, en realidad, quiere decir que llamará durante su descanso para controlarme.

—No llegues tarde al colegio —advierte a su hija cuando se va.

—¿Quieres huevos revueltos? —pregunta Jade en cuanto su madre desaparece—. Son mi especialidad.

—No sabía que cocinabas.

—No sé. Sólo sé hacer huevos revueltos. Por eso son mi especialidad.

Río.

—¿No deberíamos vestirnos?

Jade entra en la cocina, saca de inmediato una sartén y un cuenco de sus respectivos armarios.

—Hoy no voy al colegio —dice como si tal cosa, mientras con una mano tira hacia arriba de los pantalones del pijama estampados a lunares que han resbalado sobre sus esbeltas caderas, y con la otra saca unos cuantos huevos de la nevera. Rompe cuatro en el cuenco, captura unos fragmentos de cáscara errantes con sus largos y elegantes dedos, añade agua, sal y pimienta, y empieza a batirlos vigorosamente—. Me voy a quedar aquí contigo.

—No puedes. Tu madre se pondrá furiosa.

—No, si tú no se lo dices. Venga, Bailey. ¿Crees de veras que voy a poder concentrarme en el álgebra después de lo sucedido esta noche?

Decido no discutir, pues ya he presenciado suficientes enganchadas entre mi hermana y su hija para saber que nadie gana una discusión con Jade. Me alegro de que me haga compañía. Ya no confío en mí cuando estoy sola. No confío en lo que pueda ver.

O no ver.

Minutos después, los huevos revueltos están en el plato, junto con varias tostadas con mantequilla, todo dispuesto pulcramente sobre la mesa del comedor. Claire hizo café antes de marcharse, y Jade me sirve una taza y ella coge una lata de Coca-Cola.

—¿Cómo puedes beber eso a primera hora de la mañana? —pregunto.

—La cafeína es la cafeína. Tengo que permanecer despierta.

—Siento lo de esta noche —le digo, y me pregunto cuántas veces me he disculpado ya.

—¿Estás de broma? Me encantó. Fue como estar en un episodio de *COPS*.

Sonrío y me como los huevos.

—Están deliciosos, por cierto.

—Gracias. Son mi especialidad.

Bosteza.

—¿Pudiste volver a dormirte después de que la policía se fuera? —pregunto.

—A ratos. ¿Y tú?

—Un poco. Entre pesadilla y pesadilla.

—¿Sobre tu violación?

—Supongo. Indirectamente. Siempre son iguales: hombres enmascarados que me persiguen, mujeres sin rostro que observan, tiburones que nadan en círculos bajo mis pies…

—¿Tiburones?

—Mi terapeuta los llama sueños de angustia.

—¿Necesitó una licenciatura para llegar a esa conclusión? ¿Crees que están intentando decirte algo? O sea, aparte de que estás angustiada.

—¿Por ejemplo?

—No sé. El doctor Drew dijo una vez que el motivo de que la gente tenga sueños recurrentes es que esos sueños intentan decirle algo, y seguirá teniéndolos hasta que averigüe qué es.

—¿Quién es el doctor Drew?

—¿*Celebrity Rehab*? —pregunta Jade, agitando su pelo revuelto—. En serio, Bailey, ¿cómo puedes ser detective cuando no sabes nada del mundo moderno? Es como si fueras una visitante de otro planeta. Aunque tal vez no era el doctor Drew. Podría haber sido el doctor Phil, o quizás incluso el doctor Oz.

—¿No te has parado a pensar que tu madre tal vez tenga razón cuando dice que ves demasiada televisión?

Jade se encoge de hombros, algo que, debo admitir, hace magníficamente, pues todo su cuerpo parece concentrado en la acción. Terminamos los huevos revueltos y las tostadas. Entro en la cocina y me sirvo otra taza de café.

—¿Quién llamó anoche? —pregunta cuando vuelvo al comedor.

—¿Qué?

—¿Era Heath?

—¿De qué estás hablando?

—¿Qué quieres decir con eso? Me dormí a eso de medianoche, en mitad de un episodio de *Ley y orden* que he visto, no sé, quinientas veces, y el teléfono me despertó alrededor de las, no sé..., ¿las dos de la mañana?

Siento que la adrenalina empieza a bombear. Tengo la impresión de que se me ha erizado el vello del cuerpo. Me tiemblan las manos.

—¿Oíste el teléfono sonar?

—Hay un teléfono en el escritorio, justo al lado de mi cabeza. ¿Cómo no voy a oírlo?

Derramo una cascada de lágrimas de agradecimiento.

—¿Qué pasa, Bailey?

Le hablo de las misteriosas llamadas que he estado recibiendo, del tono de marcar que me saluda con regularidad cuando levanto el receptor, de la sospecha de que esas llamadas sólo existen en mi cabeza.

—Sabes que puedes pulsar asterisco sesenta y nueve y ver el historial del teléfono.

Jade me mira como si fuera una especie de alienígena.

—Lo hago..., por lo general. Siempre sale «número desconocido». Al principio pensé que podría ser Travis...

—¿Quién es Travis?

—O Heath.

—¿De veras crees que tu hermano te haría ese tipo de llamadas? ¿Con qué objetivo?

—No las haría —afirmo con más seguridad de la que siento. Ya no sé de qué sería capaz o no Heath, ni por qué.

Los ojos de Jade se abren de repente de par en par, desaparecido cualquier rastro de sueño. Se pone en pie de un brinco.

—¿Qué?

Contengo el aliento, como si supiera lo que está a punto de decir.

—¿Crees que podría ser Paul Giller?

No es la primera vez que he considerado esa posibilidad.

—Podría ser —admito, y me pongo a pasear de un lado a otro, una acción que Jade imita en su lado de la mesa.

—Es lógico. Así se aseguraría de que estabas vigilando.

Me detengo y me vuelvo hacia ella.

—¿Qué quieres decir?

—Esta noche, una de las preguntas que hizo mi madre fue cómo sabía que tú estabas vigilando. Bien, si te telefoneaba, si te despertaba a propósito... Piensa, Bailey. ¿Te llamó alguien justo antes de que le vieras pegar y violar a su novia?

Pienso en esa noche, rebobino la película en mi cabeza y reproduzco los acontecimientos de la noche en orden inverso, primero la violación, después la paliza, luego la llamada telefónica que me despertó, la que lo empezó todo.

—Sí. Sí, así fue.

—¿Y las demás veces?

—No lo sé. No me acuerdo.

Sucedieron hace demasiado tiempo para estar segura.

—Él sabe que le has estado vigilando, así que decide utilizarlo en beneficio propio —continúa Jade, pensando en voz alta—. Te telefonea, te despierta, imagina que verás las luces encendidas, porque eres de por sí curiosa y policía, y es probable que te pongas a vigilar...

—Pero eso no contesta a las demás preguntas de tu madre, cómo sabía él cuándo estaba sola…

Esto para en seco a Jade.

—Vale, vale. Aún no lo he descifrado todo. Pero lo haré. Lo haremos.

Rodeo la mesa y la estrecho entre mis brazos.

—Gracias.

—¿Por qué?

—Por estar aquí. Por creerme. Por prepararme huevos revueltos.

—Son mi especialidad.

Jade está ante la puerta de mi dormitorio, vestida con vaqueros y sudadera con capucha blanca, prismáticos en ristre, mirando hacia el apartamento de Paul Giller, cuando acabo de ducharme.

—No deberías hacer eso —le digo, mientras me ciño el albornoz a la cintura al salir del baño.

—No, eres tú la que no debe hacerlo —corrige—. Mi madre no dijo nada acerca de mí.

—¿Ves algo?

—Creo que le he visto preparándose para salir. Es difícil distinguir algo con esta luz, sobre todo por culpa de la lluvia. Estoy pensando en que tal vez deberíamos empezar a construir un arca.

Consulto el reloj de la mesita de noche. Son casi las nueve. El teléfono suena.

—No contestes —dice Jade, que corre a mi lado para mirar el identificador de llamadas—. Mierda. Es mi madre. Será mejor que contestes.

—¿Qué le digo?

—Que me he ido al colegio hace diez minutos.

Vuelve a la ventana.

Descuelgo el receptor.

—Sí, se ha ido hace unos minutos. Me preparó unos maravillosos huevos revueltos.

—No tendrías que haberle dicho eso —me reprende Jade cuando cuelgo el receptor—. Estás destrozando mi reputación. Oh, espera. Se va.

Estoy detrás de ella, mirando por encima de su hombro.

—No veo nada.

—Toma.

Me da los prismáticos y camina hacia la puerta del dormitorio.

—¿Adónde vas?

—A registrar su apartamento.

—¿Qué? ¡No! No puedes hacer eso.

—Pues claro que puedo. Apuesto a que tiene la misma cerradura de mierda que tenías tú.

—No estoy hablando de eso.

Se detiene.

—No hay nada de qué preocuparse, Bailey. Entraré y saldré antes de que nadie se dé cuenta.

—Pero ¿qué vas a hacer?

—Sólo echar un vistazo rápido. A ver si puedo encontrar algo que la policía haya pasado por alto durante su pretendido registro del apartamento.

—No puedo permitir que hagas eso.

—¿Vas a perseguirme en albornoz?

Ya ha llegado a mitad del pasillo.

—¡Jade!

—Sigue mirando. Te llamaré cuando llegue.

—¡Jade!

Pero ya ha desaparecido.

Quince minutos después, mi teléfono suena.

—Estoy en el edificio —dice mi sobrina, y me la imagino en el vestíbulo apenas amueblado, con la capucha echada sobre la cabeza mientras susurra en su móvil—. Estoy totalmente empapada. Tuve que esperar diez minutos, hasta que pude colarme cuando alguien salía. Ahora estoy esperando el ascensor, mojando todo el maldito vestíbulo.

—Estás loca, Jade. Es demasiado peligroso. Si te pillan, te devolverán al reformatorio.

—No me pillarán. Tú sigue vigilando el apartamento. Encenderé una luz cuando esté dentro, para que veas lo que está pasando.

—No. Vuelve…

—El ascensor acaba de llegar. Las puertas se están abriendo…

—No te olvides de mantener el teléfono encendido.

—Uy. Alguien se me echa encima —dice, justo antes de que la línea enmudezca.

—Hola —dice Jade, más o menos un minuto después.

—¿Qué demonios ha sucedido? —grito en el teléfono.

—Lo siento. Olvidé cargar la batería, así que está bastante baja, y los ascensores siempre tienen poca cobertura. Y ese viejo subió conmigo, y no he querido llamarte hasta deshacerme de él, que no fue hasta el piso veinticinco.

—Casi me has provocado un infarto.

—No hay nada de qué preocuparse. No te acojones si se vuelve a cortar la comunicación.

—Ya estoy acojonada.

—Pues deja de estarlo. Sé lo que hago. He aprendido de los mejores, ¿recuerdas?

—Esto no es la TruTV.

—No, es cien veces mejor.

—Jade…

—Estoy recorriendo el pasillo —me informa, sin hacer caso de mis preocupaciones—. Este edificio no es tan bonito como el tuyo.

—Da media vuelta y vuelve a casa.

—Estoy delante de su apartamento.

—No lo hagas.

—Espera un segundo.

—Jade… Jade. Por favor… —Oigo una sucesión de ruidos vagos, seguidos por algunos tacos selectos—. Jade, ¿qué pasa?

—Esta estúpida cerradura me está dando más trabajo del que pensaba.

—Déjalo y vuelve a casa…

—Probaré un poco más…

—Jade…

—¡Ya está! Lo sabía. Un pedazo de mierda.

—¿Qué pasa?

—Estoy dentro.

Contengo el aliento cuando levanto los prismáticos hasta mis ojos y los apunto al apartamento de Paul Giller. Mis manos tiemblan tanto que me cuesta mantener enfocado el aparato.

—¿Dónde estás? —pregunto.

—En la sala de estar —contesta Jade al tiempo que enciende la luz del techo—. ¿Me ves?

—No. Veo una luz, pero llueve con tanta fuerza que no veo nada más. Tendrás que acercarte a la ventana.

Ella obedece, se aproxima a la ventana y se echa hacia atrás la capucha, me saluda con los dedos de la mano izquierda al tiempo que aprieta el teléfono contra el oído con la derecha.

—Esto es muy raro —dice, al tiempo que pasea la vista a su alrededor.

—¿Qué quieres decir?

—Que no hay apenas muebles. Ni siquiera un sofá. Sólo un par de sillas de plástico, como esas que te llevas a la playa.

—Tal vez esté esperando a que le entreguen los muebles —digo—. O sea, si acaba de mudarse…

—No lo sé. Es como si nadie viviera aquí.

Jade desaparece de mi vista.

—¿Dónde estás? ¿Adónde has ido?

—Estoy en la cocina. No hay platos ni nada en los armarios. Sólo un par de vasos de plástico. Y el horno todavía tiene dentro el manual de instrucciones, como si nunca lo hubieran utilizado.

—La mitad de los hornos de Miami no se han utilizado nunca. Muchas personas ya ni cocinan…

—Sí, pero comen. No hay nada en la nevera. Esto es muy chungo.

—¿Algo más?

—De momento no.

—¿Dónde estás ahora?

—Me dirijo al dormitorio.

—¿Jade?

—Estoy aquí. —De pronto, se enciende la luz del techo del dormitorio—. ¿Me ves? —pregunta, cuando se acerca al cristal.

—Sí. ¿Qué ves tú?

—Más o menos lo que vemos cuando miramos con los prismáticos, salvo que desde lejos parece mejor. Hay una cama y un par de mesitas de noche, un espejo de cuerpo entero, un tocador y una cómoda, algunas lámparas. Todo barato. Como de Goodwill. Tampoco hay cortinas.

—¿Alguna señal de forcejeo?

—No. Sólo una cama deshecha. Ah, espera. —Rebusca dentro de las sábanas—. El muy idiota ha olvidado su móvil.

—Lo cual significa que puede volver de un momento a otro. En cuanto se dé cuenta…

—Ya me habré ido —me tranquiliza Jade, vuelve a tirar el teléfono sobre la cama y, de repente, desaparece de mi vista. Me la imagino a cuatro patas.

—¿Qué estás haciendo?

—Busco sangre.

—¿Ves algo?

—Ni una gota. Tampoco hay cadáveres debajo de la cama.

—¿Y alrededor de la ventana? ¿Algún rastro?

La cabeza de Jade se hace visible.

—Nada. Salvo por el agua que voy tirando por todas partes. ¿Sabes qué nos iría bien? Una de esas linternas especiales que utilizan en la tele, las que iluminan la sangre que la gente intenta borrar.

—Vale, Jade. Ya basta. Es hora de que te largues.

—No… No… ¿Qué pasa?

Aprieto el teléfono entre el oído y el hombro, mientras giro furiosamente las lentes de los prismáticos para enfocarla.

—Esto se pone cada vez más raro —me informa Jade segundos después—. Estoy en el armario ropero, y no hay casi nada de ropa. Algunos vaqueros, unos pantalones negros, un par de camisas de hombre. Un vestido. Una especie de uniforme. Un par de zapatillas deportivas.

—Nike.

—¿Negras?

—Tirando más a gris marengo.

Lo bastante cerca, pienso, mientras el corazón se me sube a la garganta y provoca que la cabeza me dé vueltas.

—¿Quieres que las coja? —pregunta Jade.

—No.

Si nos llevamos las zapatillas deportivas del apartamento de Paul, cualquier prueba obtenida a partir de ellas sería inadmisible en el tribunal.

—¿Puedes tomar fotos de todo con el teléfono?

—Lo puedo intentar.

—De delante y de atrás, de los dos lados, de arriba y de la suela.

—Vale. En cuanto cuelgue. Antes, voy a echar un vistazo al cuarto de baño.

Apenas puedo distinguir su vaga forma cuando se aleja del armario ropero.

—¿Algo?

—Poca cosa. Una navaja de afeitar, crema de afeitar, un cepillo de dientes, pasta dentífrica. Abro el botiquín. Caramba... Ni tan siquiera una aspirina. Mierda... ¿Qué es eso?

Su voz se ha transformado en un susurro.

—¿Qué es qué?

—Me pareció oír algo.

Jade aparece en la puerta del cuarto de baño.

Mis ojos se desvían hacia la ventana de la sala de estar.

—No veo nada. Espera. Oh, mierda. ¡Alguien ha entrado! —Veo horrorizada que Paul Giller entra en el apartamento, con la cabeza vuelta hacia la luz del techo abierta—. Es él —digo a Jade—. Se ha fijado en la luz encendida. Maldita sea.

La cabeza de mi sobrina se alza hacia el interruptor de la luz de la pared contigua a la puerta del dormitorio, como si intentara decidir si tiene tiempo de correr a apagarla.

—Olvídalo —digo, mientras Paul Giller se quita los zapatos a patadas y camina hacia el dormitorio—. Escóndete debajo de la cama. ¡Ya!

—¿Qué pasa? —susurra Jade segundos después, y percibo el miedo que invade sus palabras.

—No lo sé. No le veo. ¿Estás debajo de la cama?

—Sí.

—No digas ni una palabra más. Mantén el teléfono apretado contra el oído, y yo te avisaré en cuanto le vea.

—Estoy asustada.

—Shh. No hables. Aún no le veo. Espera. Ahí está. Está entrando en la habitación… Ve que la luz está encendida… Se nota que está confuso… Pasea la vista a su alrededor, mira en el armario ropero… Ahora está mirando en el cuarto de baño… Se acerca a la ventana…

Me aparto de la ventana a la mayor velocidad posible.

—¿Qué pasa? Bailey, ¿qué pasa?

—Shhh. Te oirá. Cállate.

Vuelvo poco a poco hacia la ventana, aliviada al ver que Paul no está.

Pero ¿dónde está? ¿Dónde demonios está?

Y entonces le veo. Está rebuscando entre las sábanas arrugadas para recuperar su móvil. Está a punto de guardarlo en el bolsillo cuando se detiene. Permanece inmóvil en esta postura durante varios segundos, con la mirada clavada en el suelo.

¿Sabe que alguien está escondido debajo de su cama, a escasos centímetros de sus pies?

Da media vuelta despacio, se agacha, apoyado en sus rodillas.

—Mierda —exclamo, la palabra se escapa en un resuello cuando veo que su mano palpa la alfombra que hay junto a sus pies—. Sabe que está mojada —digo a Jade con un susurro estrangulado. Veo con creciente horror que el cuerpo de Paul desaparece de mi vista.

—¿Qué demonios? —le oigo decir.

—Déjame en paz —grita Jade.

—Sal, pequeña —le dice—. Despacito y con buenos modos. No me obligues a sacarte a rastras.

—¡No! ¡No me toques!

—Pues sal de ahí. Poco a poco. Sal del todo. Ponte en pie.

Ahora los veo con claridad. Jade, temblorosa, delante de la cama, Paul dominándola con su estatura. Aún no se ha fijado en el móvil oculto en la palma de su mano.

—¿Quién demonios eres tú? —pregunta.

—Nadie. No soy nadie.

—No me convence.

—Soy alguien que ha estado entrando por la fuerza en los apartamentos del barrio durante las últimas dos semanas —improvisa Jade—. Déjame marchar, por favor. No he cogido nada. No tienes nada…

—¿Cómo te llamas? —brama él.

—Jade. Jade Mitchum.

—Jade Mitchum —repite él poco a poco—. ¿Cómo has entrado aquí?

—Estas cerraduras no valen una mierda.

—Me alegra saberlo. —La agarra del brazo y tira de ella hacia la ventana—. ¿Ves a alguien conocido? —pregunta, y mira en mi dirección.

Con una mano, aprieto los prismáticos contra mis ojos, mientras con la otra apoyo el móvil contra el oído.

—No sé de qué estás hablando.

—¿De veras? ¿No conoces a nadie llamado Bailey Carpenter? ¿Por qué me cuesta tanto creerlo?

—Déjame ir, por favor. Sabes que Bailey te tiene entre ceja y ceja. Es probable que ya esté llamando a la policía…

—¿Los mismos policías a los que llamó anoche? —la interrumpe—. ¿A los que amenacé con demandarles si volvían a asomar la jeta por aquí? Dudo que sea tan estúpida. Pero adelante, Bailey —grita a la ventana—. Llama a la policía. A ver si vienen corriendo esta vez.

Sé que tiene razón. La credibilidad de que gozaba entre la policía desapareció con la debacle de la noche anterior. Es absurdo llamarles. Soy la chica que llamaba sin base alguna, en el mejor de los casos la patética víctima de un estrés postraumático, y en el peor, una auténtica chiflada.

—¿Qué es eso? —oigo que pregunta Paul, su voz cada vez más cercana—. ¿Un teléfono? ¿Está conectado? —Veo que arrebata el móvil a Jade—. ¿Hola? Hola, Bailey. ¿Sigues ahí? —Su voz me acaricia el tímpano como una serpiente diminuta—. Creo que sí. Te oigo respirar.

Dime que me quieres.

Oh, Dios.

La comunicación se corta.

Segundos después, su apartamento se queda a oscuras.

30

Lloro mientras me pongo una sudadera sobre el pijama y salgo corriendo de la habitación. Me calzo unas chanclas y me voy a toda prisa. El ascensor llega casi en cuanto aprieto el botón de llamada y, por suerte, no hay nadie dentro. Tendría que haber llamado a Gene para decirle que su sobrina se había metido en un lío, instándole a llamar a la policía. La policía tal vez no me habría creído, pero no le habrían llevado la contraria al ayudante del fiscal del Estado. Tampoco es que Gene confíe más en mi buen juicio que los policías de Miami.

El ascensor para en el segundo piso, y yo espero, conteniendo la respiración, cuando un hombre se acerca, y después se detiene con brusquedad. Tendrá unos cuarenta años, con una mata de pelo blanco mojado y una toalla azul alrededor de su grueso cuello. Lleva ropa de gimnasia, y el sudor resbala desde su frente por el lado de la cara.

—¿Puede retener un momento el ascensor? —dice, más una orden que una petición. Mira hacia atrás—. Donna, ¿dónde estás? Venga, el ascensor está aquí. Hay gente esperando.

Levanta el dedo índice y retrocede un paso.

—Tengo mucha prisa.

No me hace caso.

—Donna, ¿qué demonios estás haciendo ahí?

Me lanzo hacia delante, aprieto el botón del ascensor repetidas veces, hasta que las puertas empiezan a cerrarse.

—Lo siento —murmuro, y la expresión indignada del hombre es lo último que veo cuando el ascensor reanuda su descenso—. Venga, venga —le animo, desesperada por salir del ascensor y llegar al apartamento de Paul Giller.

Tendría que haber llamado a Sean, suplicado que llamara a la policía en mi nombre. Habría encontrado toda una serie de excusas para no complacerme, por supuesto. Sean es bueno con las excusas.

Al menos, tendría que haber llamado a Claire, decido, mientras las puertas del ascensor se abren al vestíbulo. ¿Para decirle qué? ¿Que por mi culpa su única hija se halla ahora en un peligro grave, tal vez incluso mortal? No puedo hacer eso. Aún no estoy preparada para su odio. Al menos, hasta después de que haya hecho todo lo posible por rescatar a su hija.

Salvo que ¿cómo puedo hacer eso? ¿Qué puedo hacer?

La respuesta es sencilla: cueste lo que cueste. Cualquier cosa que Paul Giller pida.

Paso corriendo ante el mostrador de la portería, y casi me caigo por culpa de las chanclas.

—Señorita Carpenter —dice Finn—, ¿va todo bien?

—Llame a la policía —grito, y mi pánico se intensifica al oír el sonido de mi voz. Apenas puedo verle, cegada como estoy por las lágrimas—. Dígales que se está produciendo un robo con escalo en el seiscientos de la Segunda Avenida Sudeste. Apartamento dos mil setecientos seis.

Pero la combinación de lluvia y ruido de la obra cercana engullen mis palabras, y no estoy segura de que me haya oído.

Llego al edificio de Paul Giller y estoy a punto de caerme de nuevo ante la puerta principal, me doblo en dos y jadeo sin aliento. Da la impresión de que nadie se ha fijado en mí. Los escasos peatones que veo están demasiado ocupados intentando escapar de la lluvia. Nadie me presta atención cuando me apoyo contra la pared exterior, a la espera de que alguien salga del edificio para poder colarme dentro, como hizo Jade antes. Me planteo llamar al despacho de Adam Roth, pero desecho la idea enseguida. Adam Roth no me dejará entrar. Y si me ve y llama a la policía, se me llevarán del edificio por la fuerza, sin ni siquiera molestarse en comprobar mi historia, una historia que desecharán sin duda como alucinaciones de una loca.

Por fin, dos mujeres se acercan a la puerta desde el interior del vestíbulo, con idénticos paraguas floreados. Madre e hija, a juzgar por la misma expresión amargada de su cara.

—Sé que ese chico no te gusta, mamá —dice la más joven de las dos con los dientes apretados, mientras salen—, pero se trata de mi vida.

—Que pareces obsesionada por fastidiar del todo —replica su madre mientras yo entro con la cabeza gacha. Una vez dentro del ascensor, aprieto el botón del piso veintisiete, y cierro los ojos agradecida cuando las puertas se cierran enseguida y el ascensor empieza a subir.

Segundos después, estoy delante del apartamento 2706, preparada para hacer lo que haga falta, lo que pida Paul Giller, con tal de que mi sobrina salga sana y salva. Si no es ya demasiado tarde. Aferro el pomo y emito un leve grito cuando la puerta se abre sin más.

¿Qué significa eso? ¿Que el apartamento está vacío? ¿Que Paul ya se ha largado con mi sobrina? O peor aún, ¿significa que lo único que encontraré en el apartamento de Paul es el cadáver de mi sobrina?

—Entra, Bailey —dice una voz desde dentro—. Te estábamos esperando.

Reprimo el grito que crece en mi interior, abro la puerta y cruzo el umbral.

—Cierra la puerta.

La cierro con el pie, y mi corazón late con tal fuerza que no me extrañaría que todo el edificio pudiera oírlo. La habitación está vacía, salvo por las dos sillas de plástico que Jade describió antes.

—Levanta las manos —continúa la voz, y me doy cuenta de que Paul está detrás de mí. Imagino la pistola en sus manos, la misma que utilizó para disparar contra Elena—. Sabes que tendré que cachearte…

—No…

—Haz el favor de callar —dice con exagerada cortesía, mientras sus manos se mueven con lentitud sobre mi cintura, y después más abajo. Circulan de cadera a cadera antes de desaparecer entre mis muslos.

Reprimo la abrumadora necesidad de vomitar.

—Por favor…

—Shh —dice, mientras su mano continúa tanteando la parte interior de mis piernas, hasta llegar a los dedos de los pies—. Me encantan las chanclas —dice, antes de erguirse de nuevo.

Dime que me quieres.

—Oh, Dios.

—Oh, Dios, ¿qué, Bailey?

—No eres tú —susurro, sin apenas dar crédito a las palabras que surgen de mi boca. Paul Giller no es el hombre que me violó. Su voz, tan diferente de la de mi agresor en tono e inflexión, acaba de confirmármelo.

Pero si Paul Giller no es el hombre que me violó, ¿quién demonios es?

Me vuelvo hacia él.

—Despacio —me advierte, y retrocede un paso.

Una oleada de calma se derrama sobre mí. No es el mismo desconocido sin rostro que me domina en la oscuridad de la noche, sino un hombre que, pese al arma que blande, parece casi más asustado de mí que yo de él. Mis ojos asimilan cada detalle del hermoso rostro de Paul Giller. Al contrario que las fotografías de su página de Facebook, en persona es bastante insípido, el doble más que la estrella. Es sorprendentemente insustancial.

—¿Dónde está Jade?

—Tu sobrina está en el dormitorio.

—Quiero verla.

Mueve la pistola en dirección a la otra habitación.

—Tú primero.

Jade está sentada en la cama, y llora en silencio.

—Bailey —grita cuando avanzo hacia ella.

—¿Te encuentras bien?

Me siento a su lado y la estrecho en mis brazos.

—Sí.

—¿Te ha hecho daño?

—No. Sólo me dijo que no me moviera, o dispararía contra ti.

—No tengas miedo —susurro en su oído—. Te sacaré de aquí. —Me vuelvo hacia Paul Giller—. ¿Quién eres? ¿Por qué haces esto? —pregunto, mientras forcejeo con las diversas piezas del rompecabezas en que se ha convertido mi vida. Las piezas flotan sobre mi cabeza, lejos de mi alcance, no se dejan capturar—. Sé que no eres el hombre que me violó, así que ¿por qué...?

—¿Violación? —Paul parece verdaderamente sorprendido—. ¿De qué demonios estás hablando?

—Tiene que existir un motivo para que hagas esto —digo, al tiempo que mi cerebro se apodera de un puñado de las piezas invisibles del rompecabezas y se esfuerza por ordenarlas. ¿Qué motivo podría tener? Sé que los motivos suelen ser personales o económicos, y yo no conozco a este hombre, de modo que no puede ser personal. A menos que conozca a Heath. A menos que esté relacionado con las deudas de juego de mi hermano. ¿Podría existir una relación entre Paul y Heath?

—No conozco a ningún Heath Carpenter —dice Paul cuando verbalizo este pensamiento.

Hablo de Travis y recibo una respuesta similar, la misma mirada de confusión en sus ojos, lo cual me dice que ando desencaminada.

Mi mente da vueltas, un pensamiento tras otro. Si los motivos de Paul no son personales, eso significa que sólo pueden ser económicos. ¿Qué podría ganar Paul participando en esta extraña charada? Es actor, me recuerdo, un mercenario en el mejor de los casos. Lo cual conduce a la pregunta: ¿quién le contrató?

—Alguien te está pagando —digo.

Un imperceptible movimiento de las cejas de Paul me dice que estoy en lo cierto.

—No entiendo —dice Jade.

Explico la situación tanto a mí como a mi sobrina, las piezas del rompecabezas empiezan a encajar con más facilidad.

—Es un actor. Memoriza sus líneas, sigue directrices, aparece en el momento ordenado, ocupa sus marcas y recoge el talón. Necesitabas dinero para pagar las facturas del hospital después de tu reciente neumonía, ¿verdad? —pregunto a Paul directamente.

Guarda silencio.

—¿Alguien te ha estado pagando? —le pregunta Jade—. ¿Para hacer qué exactamente?

Paul Giller sonríe.

—Pregúntale a Bailey. Da la impresión de que lo ha descifrado todo.

—Para alquilar este apartamento. Para hacer el amor con un puñado de mujeres guapas delante de la ventana —contesto, mientras más piezas del rompecabezas van encajando—. Para fingir que daba una paliza a su novia, practicar un poco de sexo duro, reaccionar con inocencia e indignación cuando acudía la policía. Lo mismo después, tras fingir que le disparaba con la pistola de juguete en la mano.

—¿La pistola es falsa?

Jade se pone en pie de un brinco, indignada.

—Un recuerdo de un programa de televisión que hice una vez —admite Paul, con un encogimiento de hombros a modo de disculpa, y tira la pistola de juguete sobre la cama.

—Mierda —masculla Jade, que la recoge y sopesa en la palma de la mano—. ¿Todo fue una actuación? ¿Y la sangre que vio Bailey?

—Un truco del oficio, pero limpiar la ventana fue un coñazo, te lo aseguro. Sobre todo a oscuras.

—Y tu novia, Elena, está metida también en el ajo —digo, el rompecabezas casi resuelto.

Paul sonríe con indulgencia.

—A todo el mundo le va bien un poco de dinero extra.

—¿Cuánto? ¿Quién está detrás de todo esto?

¿Quién se tomaría la molestia y el esfuerzo de tramar y llevar a la práctica un plan tan complicado, aprovecharse de mi psique debilitada, desequilibrarme todavía más de lo que la violación había logrado, poner en cuestión hasta mi cordura?

¿Quién sale ganando, forzándome a pensar que estoy perdiendo la razón?

¿Quién tiene tanto que ganar?

—Telefoneó a alguien —dice Jade, mientras volvemos la cabeza al unísono al oír que la puerta del apartamento se abre—. Antes de que tú llegaras…

—Has tardado mucho —dice Paul hacia la puerta, mientras mi sobrina se acurruca contra mi costado—. Estamos en el dormitorio.

Y entonces, queda dolorosamente patente cómo Paul consiguió coreografiar al segundo sus apariciones nocturnas, cómo sabía con precisión cuándo estaría yo vigilando. Sé quién le está pagando. Y sé por qué.

—¿Qué está pasando aquí tan importante que me he visto obligada a ausentarme del trabajo…? —pregunta la última pieza del rompecabezas desde la entrada.

Claire.

El corazón me da un vuelco.

—¿Mamá? —susurra Jade.

En un instante, todo cristaliza: está claro que Claire empezó a urdir este plan en el momento en que entró en mi apartamento, aprovechando mi extrema vulnerabilidad, fingiendo preocupación por mi bienestar, al tiempo que jugaba delicadamente con mis neuronas, fingía generosidad y altruismo mientras socavaba la conciencia de mí misma. Al cabo de una semana, lo había puesto todo en acción: había escrito el guión, contratado el elenco y elegido su emplazamiento.

Heath tenía razón desde el principio. Mi hermana nunca estuvo interesada en mi bienestar. Sólo le interesaba mi dinero.

Recuerdo que fue Claire quien topó «por casualidad» con Paul Giller cuando estaba mirando con mis prismáticos; fue Claire quien dejó caer la insinuación sobre su parecido con el hombre que me había violado; fue Claire quien se encargó de que yo estuviera despierta cada vez que Paul llevaba a cabo sus exhibiciones, con aquellas llamadas telefónicas desorientadoras en plena noche; fue Claire quien calculaba el momento de sus entradas y salidas, enviando señales secretas a Paul cuando era hora de empezar; fue Claire quien fingió estar de mi parte mientras maniobraba con astucia para desacreditarme ante la policía; fue Claire quien se hizo pasar por mi amiga, mi tenaz partidaria, mi querida protectora, cuando la verdad era todo lo contrario.

Recuerdo lo mucho que se disgustó cuando le dije que había empezado a investigar por mi cuenta a Paul Giller, que le habia buscado en Internet, que incluso había ido a su apartamento, que le había seguido a él y a su novia, que había hablado con Elena. Me había suplicado, me había obligado a prometer que nunca volvería a hacer algo tan imprudente, tan peligroso. Recuerdo que su preocupación me había conmovido.

Salvo que no estaba preocupada por mí en absoluto.

¿En serio creía Claire que, al conducirme a pensar que estaba loca, al postularse ella como alguien indispensable para mi bienestar, le iba a conceder de buen grado el control de mi fortuna? ¿Confiaba en que, teniendo en cuenta mi frágil estado emocional, el Estado decidiría a la larga que yo era incapaz de administrar mis bienes, y que le cederían los poderes a ella porque era lo mejor para mí?

No lo sé, y tomando prestada una frase de una de las películas antiguas favoritas de mi madre, me importa un bledo.

Si bien es cierto que, en parte, preferiría que Claire hubiera logrado sus propósitos. En parte, preferiría estar loca antes que haber sido traicionada de una manera tan absoluta y total. Contemplo a mi hermanastra entre un velo de lágrimas.

El color se retira de las mejillas de Claire cuando nos ve sentadas en la cama. Está claro que no era esto lo que esperaba cuando Paul la llamó.

—Oh, Dios.

—¿Mamá? —repite Jade—. ¿Qué está pasando?

—¿Qué están haciendo aquí? —pregunta Claire a Paul. Está muy pálida, tiene aspecto de ir a desmayarse de un momento a otro.

—Tu hija entró por la fuerza —explica él—. Forzó la maldita cerradura. Como en la tele.

—¿Qué estás haciendo aquí? —grita Claire, al tiempo que se vuelve hacia ella.

—¿Qué estoy haciendo aquí? ¿Qué estás haciendo tú aquí? —replica Jade—. ¿Quieres hacer el favor de contarme qué coño está pasando?

Imagino que Claire va a contestar «no digas palabrotas, Jade». Pero no lo hace. De hecho, nadie dice nada durante varios larguísimos segundos.

—No puedo creer que esté pasando esto —suelta Claire—. Oh, Dios. Lo siento muchísimo.

—¿Qué sientes? —pregunta Jade.

—Por favor, cariño, compréndelo. Lo hice por ti, para que tuvieras todas las cosas que yo no pude darte.

—¿Qué hiciste exactamente, mamá? Dímelo.

—¿Qué puedo decir? —Está llorando, tiene la respiración agitada—. ¿Quieres una confesión como las que ves en esos estúpidos programas de la tele?

—¿Una confesión de qué?

Jade también está llorando.

—¿Bailey? —pregunta Claire, como si pudiera decir algo capaz de mitigar lo que ha hecho, algo que dulcifique lo ocurrido.

—De modo que todo era una cuestión de dinero —digo. Aun a sabiendas de que esto es cierto, necesito oír las palabras en voz alta—. Sabías que Heath nunca accedería a llegar a un acuerdo, y que la maldita demanda se arrastraría durante años por los tribunales, que existían bastantes probabilidades de que no ganarais…

—Intenta comprender, Bailey, te lo ruego. Tú siempre lo tuviste todo. La belleza, el dinero, la mansión, el padre que te adoraba. ¿Y yo? ¿Qué me llevé yo? ¡Un maldito imitador de Elvis! Eso fue lo que me llevé.

—¿Me estás pidiendo que sienta pena por ti?

Sacude la cabeza vigorosamente.

—Sólo estoy intentando explicar…

—¿Gene y los demás también están…?

—¿Implicados? De ninguna manera. No, fui yo sola. —Claire se masajea la frente—. Haz el favor de intentar comprenderlo. Nunca fue algo personal, Bailey. Has de creerme. Eres una chica estupenda. Más estupenda de lo que había imaginado nunca.

—¿Dónde le encontraste?

Jade lanza una mirada de asco en dirección a Paul Giller.

—Fue su paciente —digo, antes de que Claire pueda contestar.

—Una chica estupenda y una buena detective —dice mi hermanastra, con una sorprendente nota de orgullo en la voz—. Nunca me di cuenta de hasta qué punto.

—Pero ¿de dónde sacaste el dinero para montar todo esto? Tuviste que alquilar el apartamento, pagar el alquiler del primer y último mes por anticipado…

—Llamé a Gene, le dije que me estaba ahogando en deudas y que si no pagaba mis tarjetas de crédito, tendría que declararme en quiebra. Sabía que su orgullo jamás permitiría eso.

—Estoy segura de que el talón que te di contribuyó a sufragar los costes. Pese a que recuperé una parte. Aunque eso también funcionó en tu favor, ¿verdad? Sabías que no sospecharía que codiciabas mi dinero cuando te negaste a aceptarlo.

Claire se esfuerza por mantener el contacto visual, pero sus ojos están tan llenos de lágrimas que dudo que pueda ver algo.

—Y derivarme a una terapeuta fue un verdadero golpe de genio. Sólo fortalecería tus intentos de declararme incompetente, en caso necesario.

—Nunca te habría hecho eso, Bailey. Nunca.

—Hiciste verdaderos malabarismos, intentar meterte en mi cabeza, imaginar cuál sería mi siguiente movimiento, y eso no pudo ser fácil. Yo estaba muy dispersa.

Claire pasea una mirada impotente a su alrededor, primero a Jade, que contempla a su madre con una combinación de estupor y desprecio, y después de nuevo a mí.

—Nunca imaginaste que pasaría esto —le digo.

—Lo que nunca imaginé fue lo mucho que te llegaría a querer. Es de lo más irónico, si te paras a pensarlo. Eres más que mi hermana, Bailey. Eres la mejor amiga que he tenido jamás. Quizá la única amiga de verdad que he tenido.

—Caramba —exclama Paul Giller—. No me gustaría ser tu enemigo.

—No puedo decirte cuántas veces he querido acabar con esto, cuántas veces he estado a punto de terminar la farsa…

—Pero no lo hiciste.

—No. —Claire se seca las lágrimas—. No lo hice. No pude. Había ido demasiado lejos.

—¿Qué vamos a hacer ahora? —pregunta Paul.

—Sí, mamá —dice Jade, las mejillas inflamadas de ira—. ¿Qué va a pasar ahora?

—¿Ahora? —Claire levanta las manos en el aire, en el gesto universal de rendición—. Supongo que recogeremos nuestras cosas y volveremos a casa. Dedicaré el resto de mi vida a intentar compensarte…

—¿A compensarla? —repite Paul—. ¿De qué diantres estás hablando?

—Estoy hablando del hecho de que todo ha terminado, concluido, *finito*. Reducimos las pérdidas y damos por finalizada la función.

—¿Y lo de mentir a la policía? —pregunta Paul—. ¿Y lo de interferir en una investigación policial?

Claire se seca las últimas lágrimas.

—¿Qué investigación? Nunca fuiste sospechoso de la violación. La policía sólo vino aquí a instancias de Bailey. ¿Por qué te van a detener? ¿Escándalo público? Créeme, no van a perder el tiempo con esas minucias.

—¿Qué tal confinamiento forzoso y amenaza a la integridad física?

Paul desvía la vista hacia la pistola tirada sobre la cama.

—¿Con una pistola de agua? —Claire sacude la cabeza—. ¿Qué ibas a hacer con ella, ducharlas hasta matarlas? —Suspira. Cuando vuelve a hablar, lo hace con voz inexpresiva, falta de energía, desprovista de toda emoción—. ¿Te lo he de deletrear? No se ha cometido ningún delito real, ni asesinato, ni fraude. Sólo una broma pesada que se nos ha escapado de las manos. Bailey no presentará cargos. Para empezar, nadie la creería, y para continuar, con independencia de lo que sienta hacia mí, no quiere meter en líos a Jade. Y pese a sus bravatas, mi hija no quiere volver al reformatorio. Ni quiere que su madre acabe en la cárcel. ¿Estoy en lo cierto? —pregunta, y se vuelve de nuevo hacia Paul sin esperar la respuesta—. Por lo tanto, lo único que has de hacer es volver a casa y olvidar que esto ha sucedido. Se acabó.

—¿Y el resto del dinero que me prometiste? —pregunta él.

—Por si aún no lo has deducido tú mismo, no habrá más dinero.

—Me estás tomando el pelo, ¿verdad?

—No, no te estoy tomando el pelo.

—Dios, mamá —dice Jade, cuando asimila la enormidad de todo lo que ha estado escuchando—. ¿Qué has hecho?

—Lo hice por ti, por nosotras —repite Claire.

—¡Y una mierda! ¡Lo hiciste por ti! No te atrevas a engañarte a ti misma.

—Tú no comprendes…

—Oh, ya lo creo que lo comprendo. Comprendo que eres una mentirosa y una farsante, y que no quiero volver a dirigirte la palabra nunca más.

—Jade… —Claire pasea la mirada entre nosotras dos, con los hombros hundidos y más lágrimas en los ojos—. Bailey, por favor…

Lanzo una larga y dura mirada a la primogénita de mi padre, recuerdo todo lo que ha hecho por mí durante las últimas semanas: las incontables comidas que preparó, las muchas horas que pasamos juntas, los innumerables actos de bondad, la confianza sincera que compartimos.

—No tienes ni idea de cuánto lo lamento —dice—. Sé que he hecho algo terrible. Sólo puedo confiar en que algún día podrás perdonarme.

Pienso en tomarla entre mis brazos y decirle que sí, que la comprendo, y que, pese a todo, está perdonada. Como siempre hago con Heath.

Pero Heath es simplemente débil, no codicioso. Y a pesar de todos sus defectos, nunca me ha traicionado.

De modo que no la tomo en mis brazos ni le digo que la comprendo.

En cambio, le doy un bofetón en la cara.

Porque no he perdonado nada. Y nunca lo haré.

La policía, en respuesta a la llamada de Finn, llega poco después. Con la idea de que han interrumpido un robo, nos llevan a todos a la comisaría de policía, pero por suerte dejan en suspenso las detenciones hasta que se pueda analizar la situación.

El detective Castillo y el agente Dube aparecen casi de inmediato, así como la detective Marx, recién llegada de su luna de miel. Con la sospecha de que vamos a necesitar un abogado, llamo a Sean. Me dicen que se encuentra en una importante reunión y que no se le puede molestar. Su ayudante me promete enviar a uno de los asociados ahora mismo.

Jade y yo nos turnamos en explicar los acontecimientos de la mañana a la policía. Nuestras historias suenan increíbles, incluso a nuestros oídos.

—¿Están locas? —pregunta el detective Castillo cuando terminamos, y lanza las manos al aire.

Gene, mi hermano, quien llega a la comisaría un rato después, se hace eco de este sentimiento.

—¿Habéis perdido la chaveta? —pregunta una y otra vez, después de escuchar las historias de todos.

Soy muchas cosas: impulsiva, imprudente, incluso temeraria. Pero no estoy loca.

—¿Está segura de que Paul Giller no es el hombre que la violó? —pregunta la detective Marx cuando nos conceden unos minutos a solas.

—Estoy segura.

—Qué lástima. Habría sido estupendo poder cerrar todo el caso.

—¿Cómo le ha ido la luna de miel?

Me dirige una sonrisa irónica.

—Genial. Ha sido maravilloso.

Todavía quedan algunos hombres buenos por ahí, me recuerdo. No todos los hombres son malos.

No todas las mujeres son buenas.

Casi a las dos de la tarde, sin haberse tomado ninguna decisión definitiva sobre si se presentarán cargos, nos conceden permiso para volver a casa.

—No iré a ninguna parte con ella —dice Jade, tras fulminar con la mirada a su madre, quien desvía la cara, sin atreverse a mirar a su hija a los ojos.

—Jade, por el amor de Dios —dice Gene, con un suspiro de exasperación.

—Tengo dieciséis años, no iré a casa con ella, y tú no puedes obligarme.

—¿Quieres pasar la noche en el reformatorio? —pregunta su tío—. No irás a casa conmigo, eso te lo puedo asegurar.

—Ya puedes apostar a que no, joder.

—Vigila tu lengua, jovencita. Aún puedo conseguir que te detengan por allanamiento de morada…

—Puede quedarse conmigo —digo en voz baja. Y después alzo la voz, pues me gusta la idea—. Se quedará conmigo.

Gene se encoge de hombros y sacude la cabeza.

—Como quieras. —Se acerca a Claire y la agarra por el codo—. ¿Qué demonios te pasa a ti? ¿En qué estabas pensando? —La saca de la habitación con escasos miramientos—. ¿Sabes cómo podría afectar esto a nuestra demanda?

Estoy a punto de sonreír. Tal vez lo haría si no estuviera tan agotada.

—Gracias —dice Jade, que aparece a mi lado—. Contaba con que me lo ofrecieras.

Esta vez sí que sonrío.

Mi sobrina enlaza mi brazo con el de ella y abandonamos juntas la habitación, recorremos el pasillo y salimos por la puerta principal de la comisaría.

31

—Parece que alguien ha venido para quedarse —comenta Heath cuando echamos un vistazo a mi antiguo estudio, ahora segundo dormitorio de nuevo. Son las nueve y media del sábado por la noche, y han transcurrido tres meses desde que Jade se vino a vivir conmigo. O quizá soy yo la que vive con ella. Las pruebas de su conquista se ven por todas partes: libros escolares y revistas de moda se hallan esparcidas por todas las superficies disponibles del apartamento; vaqueros pitillo cuelgan de todos los pomos; botas gastadas de tacón alto siembran el pasillo. Hemos trasladado mi escritorio y el ordenador a mi dormitorio, delante de mi ventana, y por suerte impiden que vea el apartamento donde Paul Giller fingía vivir.

—Su cama nueva llega la semana que viene —digo a mi hermano, maravillada de lo feliz que parece.

¿Y por qué no? Le están empezando a suceder cosas buenas. Consiguió una serie de anuncios para una popular cadena de gimnasios de Miami, el primero de los cuales se rodó la semana pasada. Si bien los anuncios son locales, en lugar de anuncios a escala nacional, más lucrativos, significan algo de dinero y un montón de publicidad, al menos aquí en South Florida. Heath está seguro de que los anuncios, que aprovechan al máximo su glorioso rostro y su físico musculoso y en forma, conducirán a cosas mejores, y yo espero que tenga razón. Al menos, ya no duerme en el suelo del apartamento de Travis, y ha alquilado uno amueblado. También ha dejado la hierba.

—Debo tener un aspecto no sólo atractivo —me dijo, sin la menor insinuación de falsa modestia—, sino saludable. Además, si tú puedes apañártelas después de todo lo que has pasado, lo menos que puedo hacer yo es intentarlo.

—Hasta el momento, todo va bien.

—Supongo que se alegrará de no volver a dormir sobre ese trasto —dice Heath, y se deja caer en el sofá cama, lo cual provoca que el ordenador portátil de Jade salte por los aires—. Esto puede romperte la espalda.

—No le digas eso a Wes —advierto.

—¿Quién es Wes?

—Uno de los empleados del aparcamiento. Jade le dijo que está a la venta, y subirá más tarde a echarle un vistazo.

Heath apoya la cabeza contra una de las almohadas de terciopelo púrpura y cierra los ojos.

—¿Qué hay de nuevo?

Reflexiono un momento sobre la pregunta.

—Poca cosa. Mi amiga Sally dio a luz el otro día.

Heath abre los ojos de golpe.

—¿Tienes una amiga?

Río, aunque la pregunta no es tan exagerada.

—Sí, aunque parezca asombroso. Creo que no os conocéis. Trabaja en Holden, Cunningham y Kravitz.

—¿Has pensado en volver?

—Ni por asomo. Estoy pensando en volver a empezar por mi cuenta.

—¿Qué?

—Lo sé. Una idea estúpida.

—Una idea genial. «Bailey Carpenter, Investigadora Privada.» Suena brutal.

—Jade cree que «Bailey Carpenter y Asociados» suena todavía mejor. Ya ha empezado a mirar cursos *online*.

—Menuda pájara —dice Heath, y yo río—. Dios, es estupendo volver a oírte reír. Hacía mucho tiempo.

—Un poco más fuerte cada día.

—¿Se acabaron los ataques de pánico?

—Alguno hay —admito—, pero son menos frecuentes, menos graves. Y duermo mejor.

No le hablo de los tiburones mortíferos que siguen nadando en mis pesadillas, de las aletas que cortan la superficie de mares engañosamente tranquilos.

Heath se pone en pie.

—Bien, hermanita, parece que mi trabajo aquí ha terminado.

—¿Te vas?

—No te lo vas a creer, pero tengo una cita. Una cita de verdad, no un simple ligue.

—Caramba.

—Nada serio. Una chica a la que conocí en el plató.

Sigo a mi hermano hasta el pasillo.

—¿Y tú? —sondea cuando llegamos a la puerta—. ¿Has pensado en volver a salir con alguien?

—Pienso en ello. Pero no estoy preparada.

Imagino a Owen Weaver y me pregunto si su invitación a cenar seguirá en pie cuando esté preparada, si es que ese día llega.

—Ya lo estarás. —Heath me estrecha entre sus brazos—. Te quiero, Bailey. Recuerda que eres mi heroína.

Las lágrimas anegan mis ojos.

—Yo también te quiero.

Le veo alejarse por el pasillo a través de la mirilla. Después cierro la puerta con dos vueltas de llave.

Al fin y al cabo, mi violador sigue suelto.

Mi violador, repito en silencio mientras me encamino a mi dormitorio. Como si fuera alguien a quien poseo y no alguien que me poseyó, que me posee todavía. Mi violador, como si fuera mío en exclusiva.

Dudo que sea cierto. La experiencia me dice que, aun en el caso improbable de que hubiera sido su primera víctima, es todavía más improbable que sea la última. No cejará en su empeño hasta que algo, o alguien, le detenga.

He pensado mucho en él durante estos últimos meses. He investigado la clase de hombre que se dedica a violar, qué le motiva, qué le impulsa. Por supuesto, existen tantos motivos como violadores, pero he averiguado que estos hombres comparten cierto número de características: muchos son producto de madres sumisas y padres brutales, o de padres débiles y madres despóticas. A discreción. Muchos sufrieron malos tratos. La mayoría se sienten inadecuados de una forma u otra, a menudo desde el punto de vista sexual, aunque la violación tenga poco que ver con el sexo. Es un delito de poder, de control y humillación. En su esfuerzo por infligir dolor, es transversal en lo tocante a clases, límites económicos y barreras raciales. Una cosa une a estos hombres: los hombres que violan son hombres que odian.

Dime que me quieres.

He intentado conciliar estas palabras con el acto de la violación, determinar qué clase de hombre exigiría tal admisión a la mujer a la que acaba de violar. Lo he comentado con Elizabeth Gordon. Hemos teorizado que el hombre que me violó tal vez fue sometido a palizas frecuentes por su madre, incluso a causa de las transgresiones infantiles más inconsecuentes, después le obligó a disculparse por su castigo y, en un acto final de degradación, le obligó a declarar su amor inquebrantable. Otra teoría es que, de pequeño, el hombre que me violó pudo ser testigo de los abusos repetidos de su padre en la persona de su madre. Ambos escenarios son posibles, incluso plausibles. Por supuesto, es igualmente posible que ninguna de ambas suposiciones esté relacionada con la realidad, que el hombre que me violó sea el producto de un hogar acogedor y lleno de amor, y que sus padres ignoren a día de hoy que su amor creó un monstruo.

Y, en última instancia, ¿importan los motivos? El «porqué» sólo importa si conduce al «quién». Es el «quién» lo que cuenta.

Me derrumbo en la cama, levanto el mando a distancia y enciendo la televisión, y luego zapeo. Me detengo en *Mil maneras de morir.*

La realidad es que quizá nunca sabré quién me violó, que seguirá para siempre sin rostro, anónimo, que tal vez no encuentre respuesta a la mayor pregunta de mi vida.

Pero a veces hay que reconciliarse con la ambigüedad. A veces, es lo único que tienes.

Como investigadora, alguien que resuelve misterios para ganarse la vida, me cuesta metérmelo en la cabeza. Aún más irónico es el hecho de que el misterio que resolví no tenía nada que ver con el misterio que creía estar resolviendo.

Mi violación encubrió un montón de cosas. Durante semanas, actué bajo el peso de una enorme distracción, una distracción orquestada por mi hermanastra, una distracción que obró dos efectos al mismo tiempo.

La violación me distrajo de afrontar los problemas familiares, mientras mi familia me distraía de afrontar mi violación.

Elizabeth Gordon, lo único positivo de la traición de Claire, me ayudará a reconciliarme con ambas situaciones. Pero primero he de dilucidar qué tiene solución y qué no. Ahora que ya no estoy obnubilada por las pistas falsas que Claire sembró en mi camino, estoy empezando a concentrarme en lo que hace falta.

Dime lo que ves, oigo decir a mi madre, y su voz se mezcla con las voces que salen de la tele.

La oscuridad de aquella espantosa noche de octubre me rodea al instante. Me siento transportada desde mi confortable dormitorio al centro de un círculo de arbustos espinosos. Respiro el engañoso aire tibio, la suave brisa que empuja el aroma sutil de las flores circundantes hacia mi nariz. ¿Qué detalles he pasado por alto?, me pregunto, mientras me levanto de la cama para acuclillarme al lado, imitando mis gestos de aquella noche.

Impulsada por un acto reflejo recupero los prismáticos del cajón de abajo de la mesita de noche, conjuro la escena y la veo repetirse de nuevo. Veo desde mi escondite la gran ventana rectangular del apartamento de la esquina del tercer piso. De vez en cuando, aparece una mujer ante mi vista. En una ocasión, se detiene y se queda delante de la ventana, tuerce la cabeza como si me hubiera visto. Me estoy cansando, pienso en dar por concluida la noche. Es cuando oigo el ruido, el leve cambio en el aire.

Dime lo que ves, repite mi madre de nuevo.

Veo una repentina imagen borrosa de peso y estatura medios, un destello de piel, cabello castaño, vaqueros azules y zapatillas negras con el logo de Nike. Revivo la lluvia de puñetazos en el estómago y la cabeza, y me revuelvo contra la aspereza de la funda de almohada que me arrastra el pelo sobre la cara y se me mete en los ojos, la nariz y la boca.

El teléfono suena.

Pego un bote al oír el sonido, un reflejo familiar. Respiro hondo varias veces para calmar mis nervios alterados de nuevo, cojo el mando a distancia y bajo el volumen de la televisión. Son cerca de las diez de la noche, y Jade ha ido a una fiesta. Tal vez llamará para ver si amplío su toque de queda de medianoche.

Pero el número que aparece en mi identificador de llamadas no es el de Jade.

El corazón se me sube a la garganta mientras me pongo en pie, con la mano flotando sobre el receptor, e intento decidir si descolgar o no. En la pantalla de la televisión, una mujer se está ahogando con un huevo de Pascua de plástico que confundió con uno de chocolate. «Numero novecientos doce…», empieza el presentador mientras enmudezco el aparato y descuelgo el teléfono, sentada en la cama y apoyada contra las almohadas.

—Hola —digo.

—¿Cómo estás? —pregunta en voz baja Sean.

—Bien.

¿Por qué será que, pese a todo, las revelaciones, las mentiras, el hecho de que han transcurrido meses desde que intentó ponerse en contacto conmigo, una parte de mí se emociona todavía al oír su voz, una parte de mí no desea otra cosa que tenerle a mi lado y pasar la noche entre sus brazos, mientras me repite que sus sentimientos no han cambiado y que siempre estará a mi lado, para amarme y protegerme, para mantenerme apartada de todo peligro?

Salvo que, por supuesto, nunca estuvo a mi lado. Nunca me amó ni protegió. Sus brazos nunca me mantuvieron apartada de todo peligro. ¿Cómo iban a hacerlo, con una presa tan tenue?

—Ha pasado tiempo —dice.

—Sí.

—Aún no puedo creer que Claire, de entre todo el mundo…

—Sí.

—Parecía tan agradable.

La gente pocas veces es como aparenta.

—Nos engañó a todos.

¿Por qué llama?

—Escucha. Detesto la forma en que lo nuestro terminó —dices en respuesta a mi pregunta silenciosa. Le imagino inclinado sobre el teléfono, ocultando su preocupación por mi bienestar a los oídos de su esposa embarazada—. Pienso en ti en todo momento.

—Yo también pienso en ti.

—Te echo de menos, Bailey.

—Yo también.

Una oleada de vergüenza se derrama sobre mí. ¿Es que no he aprendido nada?

—Estaba pensando en pasarme por ahí en algún momento...

Sería muy fácil ceder, hacer la vista gorda, rendirse.

Sólo que ya me he rendido demasiado. Y estoy harta de sentirme avergonzada.

—¿No vas a tener un hijo de un momento a otro?

—Eso no tiene nada que ver con lo nuestro.

—Pues debería —me obligo a decir, sorprendida de lo fácil que ha sido pronunciar las palabras.

—Bailey...

—No quiero que vengas. De hecho, no quiero que vuelvas a llamarme.

—No lo dices en serio. Es tarde. Estás cansada...

—Y tú eres un mentiroso y un farsante —replico, tomando prestadas las palabras que Jade dedicó a su madre—. Si me vuelves a llamar, te juro que llamaré a tu mujer.

Devuelvo el receptor al cargador, con la adrenalina retumbando en mis venas, que amenazan con estallar. Tengo ganas de gritar. Si no hago algo, estallaré. Me levanto de la cama y entro en el cuarto de baño, me enfrento a mi reflejo en el espejo que hay encima del lavabo.

Si bien he recuperado unos cuantos de los kilos que perdí poco después de la violación, y he disminuido el número de duchas que me doy, estoy todavía demasiado delgada, y mi pelo continúa colgando como un trapo arrugado sobre mi cara demasiado estrecha. Sean adoraba mucho mi pelo.

Razón suficiente para deshacerse de él.

Vuelvo al dormitorio y saco las tijeras del cajón de arriba de la mesita de noche, vuelvo al baño y empiezo a atacar con saña lo que en otro tiempo fue mi gloria suprema, lo corto a puñados que caen al suelo de baldosas. Continúo sin miramientos, y no paro hasta que los restos de mis antes lustrosos mechones se ven reducidos a poco más que rastrojos, una pelusa enloquecida.

Cuando termino, dejo caer las tijeras sobre la pila y miro mi obra, las energías agotadas.

—¡Dios mío! —susurro.

En las películas, cuando la angustiada heroína se corta el pelo de cualquier manera, consigue ofrecer el aspecto de alguien que acaba de salir de una peluquería, el cabello corto, pero experta y elegantemente estratificado, su nuevo corte todavía más atractivo que el anterior. No ocurre lo mismo en la vida real, compruebo, mientras contemplo el desastre que he causado.

—¡Dios mío! —repito. ¿Qué otra cosa puedo decir?

Abrumada de agotamiento, me derrumbo sobre la cama, subo el volumen de la televisión y veo que una mujer con vestido de novia blanco ondulante entra en un río, riendo muy feliz, mientras un fotógrafo corre a su lado por la orilla. Contengo el aliento, pues sé lo que está a punto de suceder. Recuerdo haber leído sobre la moda en auge de las novias que hacen algo extravagante de cara a la película conmemorativa, la forma en que esta moda estúpida ha hecho furor. Veo que el vestido de la desprevenida novia se ha empapado y su peso la arrastra bajo la superficie del agua. Me quedo dormida antes de que el presentador anuncie qué lugar ocupa su trágico ahogamiento en el panteón de *Mil maneras de morir*.

Me pongo de lado y me sumerjo en un sueño. Estoy corriendo por una calle bañada de sol, perseguida por media docena de hombres sin rostro. Me persiguen hasta el borde del mar y yo me adentro en las aguas, y el peso de mi falda blanca ondulante, combinado con las pesadas olas azul marino, no tarda en hundirme. Hay una balsa a lo lejos, y nado hacia ella, mientras los tiburones se congregan bajo mis pies. Acelero el ritmo de mis brazadas, sin reparar, hasta que me encuentro a tan sólo unos metros de la balsa, en que hay un hombre tendido encima. Se incorpora, una silueta familiar, aunque el brillo del sol oculta su rostro. Extiende hacia mí su mano enguantada. «¡No!», chillo, agito las manos con desesperación en el agua, mi ropa se ciñe a mi alrededor como cinta de embalar, cuando una aleta gigantesca hiende la superficie del mar, y cientos de dientes afilados como tijeras desgarran mi carne.

Y es entonces cuando despierto sobresaltada.

—Maldita sea.

Echo un vistazo al reloj, y caigo en la cuenta de que apenas han transcurrido diez minutos. Toda una noche de pesadillas por delante. Me paso la mano por los restos de mi pelo, y decido que iré a la peluquería el lunes. Tal vez puedan hacer algo. Tal vez no sea tan terrible como pinta. Entro en el cuarto de baño y contemplo de nuevo mi reflejo en el espejo. Es justo tan terrible como pienso.

Me mojo la cara con agua, me planteo si tomar una ducha, decido que no. Ya he retrocedido bastante por una noche.

¿Qué dijo Jade un día, que tenemos sueños recurrentes por algún motivo?

¿Qué están intentando decirme exactamente esos sueños?

—Es probable que esté viendo demasiada televisión —digo, cuando el teléfono suena.

Esta vez, estoy tan segura de que es Jade que no me tomo la molestia de consultar el identificador de llamadas.

—No, no puedes llegar después de medianoche —digo en lugar de hola.

—Señorita Carpenter —dice la voz familiar—, soy Finn, de portería. Wes acaba de llegar de su turno, y me ha pedido que le diga que en cuanto se ponga el uniforme subirá a echar un vistazo al sofá cama.

Una sensación de temor se abre camino de inmediato hasta la boca del estómago, y me trago un pánico creciente. No seas tonta, me digo. No hay nada que temer. La visita de Wes no es inesperada. Jade lo planeó todo hace unos días.

Salvo que Jade no está en casa, y estoy sola.

Y un joven va a subir a mi apartamento, un joven que siempre me ha hecho sentir algo incómoda, un hombre joven de estatura y peso medios, un joven de cabello castaño y voz familiar, un joven cuyo aliento huele a veces a colutorio…

—Oh, Dios…

—¿Pasa algo, señorita Carpenter?

He olvidado que seguía al teléfono.

—¿Podría subir con él? —pregunto de repente.

—¿Qué?

—Por favor. ¿Podría subir con él?

—Estoy a punto de terminar mi turno —dice Finn, y baja la voz—. Tengo una cita con una chica...

—Por favor.

—Claro —accede enseguida—. ¿Qué debo decir a Wes?

—Dígale que usted también está interesado en el sofá.

—No le hará mucha gracia...

—Finn...

—Sí, claro. Como quiera.

—Gracias.

Cuelgo el teléfono, a sabiendas de que mi comportamiento es ridículo, que Wes no es el hombre que me violó.

Salvo.

¿Y si lo es?

No hay nada de qué preocuparse, me aseguro mientras avanzo por el pasillo. Me estoy comportando como una paranoica, saltando de un extremo a otro, de no ser capaz de centrarme a centrarme demasiado. En lugar de olvidar lo que pasó, me aferro a ello más que nunca. Pero se trata tan sólo de un revés temporal. Elizabeth Gordon me advirtió que esperara algo por el estilo, que mi viaje a la normalidad no sería tranquilo.

De manera que estoy ante la puerta del apartamento, armándome de valor para la llegada de Wes, y rezando para que Finn no me deje tirada. Atisbo por la mirilla y veo que, minutos después, el ascensor llega y los dos jóvenes salen. Wes en uniforme, Finn en traje de calle. Casi me quedo sin aliento cuando se acercan. Abro la puerta.

—¡Santo Dios! —exclama Finn.

—¿Qué le ha pasado a su pelo? —pregunta Wes en el mismo momento.

Sus palabras se combinan y superponen, flotan hacia mí en una vaharada de hierbabuena, amenazan con derrumbarme sobre el suelo de mármol. Me obligo a mantenerme firme.

—Yo... Me apetecía un cambio —murmuro mientras entran.

—¿Lo hizo a propósito? —pregunta Wes.

—Le queda bien —dice Finn sin convicción—. Diferente. Tardaré un poco en acostumbrarme.

Wes le dirige una mirada que dice: «Estás tan loco como ella».

—¿Está Jade?

Lanza una mirada inquieta hacia el pasillo. Está claro que mi aparición le ha puesto nervioso.

—Se fue a eso de las ocho —le informa Finn—. Dijo que iba a una fiesta.

—No tardará en volver —añado.

Un momento de silencio incómodo.

—¿Cree que podríamos echar un vistazo a ese sofá ahora? —pregunta Wes.

Dime lo que ves, susurra mi madre en mi oído.

Veo a un hombre que se siente muy incómodo con sus pantalones caqui recién planchados y la camisa de manga corta verde bosque, los brazos esqueléticos que cuelgan a sus costados, las manos demasiado pequeñas y delicadas para haberse enroscado con tanta facilidad alrededor de mi cuello.

Pero también sé que las apariencias engañan, que para «ver» de verdad, a veces has de mirar debajo de la superficie, para localizar a los tiburones que acechan.

—Por supuesto. Por aquí.

Guío a los dos hombres en dirección al dormitorio de Jade.

—¿Cuánto quiere por él? —pregunta Wes, mientras examina el sofá con detenimiento.

—Estaba pensando en unos trescientos dólares.

—Muy buen precio —dice Finn, mientras pasa las manos sobre la superficie color burdeos—. El color no combina con el de mi casa.

Me dirige una breve mirada de complicidad.

—¿Aceptaría doscientos? —pregunta Wes.

—Claro —acepto enseguida. Vale diez veces esa cantidad, pero casi se lo daría por nada con tal de que salga de mi apartamento lo antes posible.

—Genial. Trato hecho. —Wes está a punto de extender la mano hacia mí, pero luego se lo piensa mejor—. Bien, he de volver al trabajo. Avíseme cuando pueda pasar a recogerlo.

Se encamina por el pasillo hacia la puerta principal.

—Gracias —susurro a Finn cuando le seguimos.

—Ningún problema —susurra a su vez, e inclina la cabeza hacia mí cuando Wes abre la puerta.

Es cuando percibo el olor a colutorio en el aliento de Finn.

No es nada, me digo. Tendrán un frasco en la oficina de la portería, y Finn ya me ha dicho que tiene una cita con alguien, de modo que es normal que lo haya utilizado después de acabar su turno. Iba a terminar cuando insistí en que acompañara a Wes, por eso va vestido de calle y no con el uniforme habitual.

Mis ojos asimilan su atuendo informal, desde el jersey de algodón azul marino a los vaqueros oscuros. Tiene un aspecto muy diferente sin su uniforme. Mi corazón se acelera. No hay nada siniestro, ni siquiera inusual, en el hecho de que lleve vaqueros. ¿Qué hombre joven no lleva vaqueros? Se ha cambiado un uniforme por otro. Mis ojos descienden por sus piernas hacia las zapatillas de deporte negras. El logo familiar de Nike me guiña el ojo de una forma obscena.

Lanzo una exclamación ahogada y retrocedo un paso.

—¿Señorita Carpenter? —pregunta—. ¿Pasa algo? ¿Se encuentra bien?

—¿Algún problema? —pregunta Wes desde el pasillo de fuera.

—Será mejor que vayas a trabajar —dice Finn—. Yo me ocuparé de todo.

Cierra la puerta con la mano.

Por primera vez, me fijo en lo grandes que son sus manos.

—¿Qué pasa, señorita Carpenter?

Se fue hacia las ocho, dijo antes, refiriéndose a mi sobrina. *Dijo que iba a una fiesta.* ¿Quién conoce mejor mis idas y venidas? ¿Quién mejor para seguir el rastro de todos mis movimientos?

Me está mirando con auténtica preocupación en los ojos. Me doy cuenta de que no tiene ni idea de lo que me está pasando por la cabeza. ¿Por qué iba a tenerla? Han transcurrido más de tres meses desde aquella noche. Se siente seguro e invulnerable. No tiene ni idea de lo que vi entonces, ni de lo que estoy viendo ahora.

Dime lo que ves.

Veo a un hombre no demasiado apuesto, de estatura y peso medios, cabello castaño, un hombre de edad comprendida entre los veinte y los cuarenta años, vestido con vaqueros azules y zapatillas deportivas que exhiben el icónico logo de Nike.

Pero yo hablo con Finn casi cada día. ¿Cómo es posible que no haya reconocido su voz, incluso sepultada en el interior de un gruñido quedo y airado?

Salvo que tal vez sí la reconocí, decido, cuando un pensamiento sucede con toda rapidez al anterior, y cada uno ocupa menos de una fracción de segundo. Recuerdo las numerosas ocasiones en que hemos hablado desde la noche que me violaron, mi pánico cada vez que se anunciaba por teléfono, la angustia que experimentaba cada vez que le veía. Atribuía esas sensaciones a lo que me estaba pasando entonces, pero quizás él era el causante de mi angustia. Tal vez mi subconsciente supo desde el primer momento que él era el hombre que me violó.

Dime lo que ves, repite mi madre.

Miro con más detenimiento.

Veo los tiburones de mis pesadillas que describen círculos alrededor de mis pies, sus aletas cada vez más cerca. Por fin, comprendo lo que han estado intentando decirme.

Su nombre: Finn.*

—¿Se encuentra bien, señorita Carpenter?

—Estoy bien —contesto en voz baja.

—¿Está segura? No tiene buen aspecto.

—Me he sentido un poco desfallecida de repente. —Fuerzo una sonrisa y le miro a los ojos—. Ahora me encuentro bien.

—Está pálida.

—Estoy bien. En serio. Debería irse. Tiene planes.

—Pueden esperar.

—No. Por favor. Ya me siento bastante culpable por haberle obligado a subir. Debería irse.

Se encoge de hombros.

—De acuerdo…, si está segura.

—Estoy segura.

* «Aleta» en inglés es *fin*, de ahí el juego de palabras. *(N. del T.)*

Se vuelve hacia la puerta, vacila, da media vuelta. Nuestros ojos se encuentran.

Él sabe que yo sé.

Nos movemos en el mismo momento, casi como si todo hubiera sido coreografiado de antemano. Se lanza sobre mí mientras me pongo fuera de su alcance de un salto y corro por el pasillo hacia mi dormitorio. Me pisa los talones, sus manos extendidas hacia mi camisa. La agarra justo cuando cruzamos el umbral y me obliga a dar media vuelta, me levanta en el aire sin el menor esfuerzo, de forma que el grito que escapa de mi boca vuela en todas direcciones. Consigo soltarme, lanzo patadas en su dirección, intento escapar de sus puños, de su ira. Caemos al suelo.

—Sabes que no puedes salir impune de esto —consigo farfullar—. Wes sabe que estás aquí...

—¡Sabe que estás loca! —replica Finn—. Todo el edificio lo sabe. —Se pone en pie, se cierne amenazador sobre mí—. Y los locos cometen locuras. Lanzan acusaciones sin fundamento, atacan a gente que sólo intenta ayudarles, gente que no tiene otra elección que defenderse...

¿Es eso lo que planea hacer? ¿Matarme y conseguir que parezca un accidente?

—No tuve otra elección —gimotea, como si ya estuviera ensayando lo que dirá a la policía—. Se lanzó sobre mí. La rechacé de un empujón. Cayó hacia atrás... Se dio un golpe en la cabeza...

Agarra mis brazos y me pone en pie.

Ruego a mi cuerpo que no resista, permito que quede como muerto, tal como me han enseñado en mis clases de autodefensa. Y cuando estoy de pie, lanzo de repente una patada contra su entrepierna. Se dobla en dos, emite una exclamación ahogada y me suelta los brazos. Corro alrededor de la cama, busco los prismáticos que dejé antes en el suelo. Estoy a punto de cogerlos cuando me ataca de nuevo. Mis dedos los rodean cuando me arroja al suelo y me da la vuelta. Descargo los prismáticos con todas mis fuerzas sobre su cabeza.

Eso le deja atontado, pero no es suficiente para detenerle. Mientras me pongo en pie, agarra mis piernas, intenta arrastrarme al tiempo que yo entro dando un traspié en el cuarto de baño.

Extiendo las manos para frenar la caída, para enderezarme sobre la pila, cuando toco las tijeras que están sobre el montón de pelo que me corté. Las aferro cuando Finn se lanza sobre mí otra vez, las manos extendidas hacia mi garganta. Le hundo las tijeras en las tripas.

—Zorra chiflada —masculla con incredulidad. Después se derrumba a mis pies.

Me quedo inmóvil unos segundos antes de volver al dormitorio y llamar abajo. Pido a Wes que llame al 9-1-1. Después me siento en la cama y espero con calma la llegada de la policía y de los paramédicos.

Mi sobrina llega a casa justo antes de medianoche. La ambulancia ya se ha llevado a Finn al hospital para operarle de urgencias, y el equipo forense está terminando. Heath vino corriendo en cuanto le llamé para contarle lo sucedido, y no se ha separado de mi lado desde entonces.

—¡Dios mío! —dice Jade cuando la informo—. No puedo dejarte sola ni un momento.

Son casi las dos de la mañana cuando la policía se queda satisfecha y soy capaz de convencer a Heath de que se vaya a casa. Es probable que quieran interrogarme de nuevo por la mañana, me informa la detective Marx, y yo contesto que estupendo. Me pregunta una vez más si quiero ir al hospital, y declino su oferta de nuevo. No me he roto nada. Al menos, nada que los rayos X puedan revelar.

Si bien el hombre que me violó se halla ahora detenido por la policía, no soy tan ingenua para creer que todo se ha resuelto milagrosamente. Sé que todavía sufriré episodios de estrés postraumático, algunos conocidos, otros nuevos, como resultado de los acontecimientos de esta noche. He estado a punto de matar a un hombre. Y pese a mis anteriores fantasías, no experimenté placer ni satisfacción. Todavía siento la espantosa vibración de esas tijeras en mi mano cuando se clavaron en la carne de Finn.

Sé que todavía padeceré momentos de pánico y parálisis. Todavía tendré pesadillas, aunque al menos ahora el hombre que me persigue tendrá un rostro. Y un nombre. Los tiburones ya no considerarán necesario nadar bajo mis pies.

Y sé algo más: que no soy impotente, que soy capaz de luchar, y de vencer.

No tengo ni idea de cuánto tardaré en volver a sentirme normal, y si alguna vez lo consigo, cuánto tiempo tardaré en experimentar placer cuando un hombre me toque, en confiar en los demás. Sé que me queda un largo camino por recorrer. Elizabeth Gordon y yo seguiremos trabajando en ello.

—¿Qué haces? —pregunto, cuando veo que Jade se mete en mi cama.

—Dormiré contigo hasta que llegue la cama nueva.

—No tienes por qué hacerlo.

—No lo hago por ti. Tu cama es mucho más cómoda que esa cosa en la que he estado durmiendo.

Claire tenía razón en una cosa: pese a las bravatas de Jade, no es ni la mitad de dura de lo que finge ser.

—¡Dios mío! —repite.

Me acuesto a su lado.

—Lo sé. Todo es increíble.

Se acurruca junto a mí, apoya una mano protectora sobre mi cadera.

—Estaba hablando de tu pelo.

Agradecimientos

Ha sido difícil conseguir que este libro llegara a la imprenta. Como saben casi todos mis lectores, he estado publicando un libro al año durante los catorce últimos. Pero el año pasado marcó el final de mi larga asociación con mis editores estadounidenses, lo cual trastocó mi programación normal. Estoy emocionada al anunciar mi nueva asociación con Ballantine Books (un sello de Random House) y espero que nuestra asociación sea larga y fructífera. Con ello en mente, he de dar las gracias a cierto número de personas, empezando con las que me han apoyado desde siempre: Brad Martin, Nita Provonost, Kristin Cochrane, Adria Iwasutiak, Val Gow, Martha Leonard y el resto del maravilloso equipo de Doubleday en Canadá (una división de Random House), todas las cuales han sido excepcionales en su consejo, guía y aliento. Nita, en particular, es la editora soñada por cualquier autor, cariñosa, diligente y perspicaz. No me pasa ni una, y por eso le estoy agradecida. También quiero darle las gracias a mi agente, Tracy Fisher, y su ayudante, James Munro, en William Morris Endeavor, quienes trabajan sin descanso por mí y me han acompañado durante este año, en ocasiones difícil, con elegancia y tacto; y a mis diversos editores de todo el mundo, todos los cuales continúan apoyándome con entusiasmo. Si bien no os puedo nombrar a todos, os doy a todos y cada uno las gracias por el maravilloso trabajo que seguís haciendo, incluidas la traducción y la publicidad. He establecido fuertes conexiones con muchos de vosotros a nivel individual y me encanta el hecho de que nos comuniquemos durante todo el año vía correo electrónico sobre asuntos tanto profesionales como personales. Espero veros en persona pronto para poder daros las gracias cara a cara.

En cuanto a mis nuevos editores estadounidenses, ¿conocéis la expresión «Todo lo viejo vuelve a ser nuevo»? Bien, parece que el círculo se ha cerrado. En 2000, publiqué una novela titulada *The First Time*. Mi editora de aquel momento era Linda Marrow, una mujer que tenía la habilidad de visualizar el libro en su conjunto y concretar lo que estaba mal en mi manuscrito y lo que había que arreglar. Por desgracia, sólo trabajamos juntas en ese libro antes de que ella siguiera adelante. Pero ahora, por obra de la suerte, hemos vuelto a encontrarnos (mi madre decía siempre que las cosas tenían su forma de ocurrir) y ha sido como en *The First Time* otra vez. Sigue siendo una maravillosa editora, y sus comentarios en relación con esta novela fueron perspicaces y certeros. Así que, gracias, Linda. Me alegro mucho de volver a estar juntas. Gracias también a su ayudante, Anne Speyer, y al asombroso equipo de Ballantine. Sé que haréis un trabajo genial.

Quiero dar las gracias a una amiga especial, Carol Kripke, una brillante psicoterapeuta cuyo asesoramiento busqué con respecto a las sesiones de terapia de esta novela. Si estas sesiones parecen ciertas, es gracias al experto consejo de Carol. Representamos estas sesiones, y ella me fue guiando línea a línea. Si en algún momento he puesto palabras en su boca que ella no usaría, pido disculpas y declaro locura temporal.

Gracias a Lawrence Mirkin y Beverley Slopen, nombres que mis lectores habituales reconocerán sin la menor duda, pues han formado parte de mi carrera desde hace tanto tiempo que ya son como de la familia. Vuestra perspicacia, paciencia y consejo han sido, y espero que sigan siendo así en el futuro, de valor incalculable. Larry lee mis libros mientras los escribo, poco a poco, cuidando de hacer el seguimiento, y me dice si me he desviado del camino antes de que sea demasiado tarde. Bev lee el producto terminado, sus ojos (de águila) son hábiles cuando más los necesito. Ambos roban tiempo a sus ya apretadas agendas para ayudarme a producir el mejor libro posible. Gracias, gracias, gracias. Os quiero a los dos.

Gracias a Corinne Assayag, quien diseñó y supervisa mi página web. Eres una constante fuente de dedicación y grandes ideas, una persona increíble que hace cosas increíbles. Y a Shannon Micol, quien administra mis cuentas de Facebook y Twitter, y también es una de mis primeras lectoras. El hecho de que las versiones en eBook de *Life Penalty*, *The Deep End*, *Good Intentions* y *Di adiós a mamá* se hayan publicado por fin en el mercado estadounidense con menos erratas de las que los lectores suelen encontrar en este formato ha sido gracias a los incesantes esfuerzos de Shannon.

Y por fin, gracias a mi maravillosa familia: a Warren, mi marido durante cuarenta años (!!!), de una generosidad increíble, cuyo consejo tal vez me moleste en alguna ocasión, aunque suele tener razón (sobre muchas cosas); a mis hijas, Shannon y Annie, dos de las mujeres más hermosas y capaces del mundo; a mi yerno, Courtney, tan adorable como apuesto; a mis dos dulcísimas nietas, Hayden y Skylar, por aportar tanta alegría a mi vida y conseguir que me sienta amada y apreciada; a mi hermana Renee, que también es una de mis amigas más íntimas; y a Aurora, mi ama de llaves durante más de veinte años, quien cuida de mí y siempre da lo máximo de sí.

Y, por supuesto, gracias a vosotros, mis lectores. Siempre puedo contar con vosotros para dar lo mejor de mí.